别长安

瞿立章（C叔） 著

中信出版集团 | 北京

图书在版编目（CIP）数据

别长安 / 瞿立章著 . -- 北京：中信出版社，
2023.9
ISBN 978-7-5217-5567-1

Ⅰ . ①别… Ⅱ . ①瞿… Ⅲ . ①古典诗歌－诗歌欣赏－中国－唐宋时期②中国历史－唐宋时期－通俗读物 Ⅳ .
① I207.2 ② K220.9

中国国家版本馆 CIP 数据核字（2023）第 059230 号

别长安
著者：　瞿立章
出版发行：中信出版集团股份有限公司
（北京市朝阳区东三环北路 27 号嘉铭中心　邮编　100020）
承印者：　北京启航东方印刷有限公司

开本：880mm×1230mm 1/32　　印张：11.75　字数：204 千字
版次：2023 年 9 月第 1 版　　　　印次：2023 年 9 月第 1 次印刷
书号：ISBN 978-7-5217-5567-1
定价：88.00 元

版权所有·侵权必究
如有印刷、装订问题，本公司负责调换。
服务热线：400-600-8099
投稿邮箱：author@citicpub.com

目录

推荐序
如何从古诗背后的故事里
提炼诗性智慧 _V

自　序 _XI

第一篇　正是江南好风景　感怀

唐诗的宇宙
张若虚《春江花月夜》_005

千古侠客行
陈子昂《登幽州台歌》_021

长安回望
张九龄《望月怀远》_037

谪仙人李白
李白《早发白帝城》_051

也教诗圣忆流年
杜甫《江南逢李龟年》_063

第二篇 与尔同销万古愁 咏志

不废江河万古流
王勃《滕王阁序》_080

酒入豪肠，人生几何
李白《将进酒》_099

山水田园，明心见性
王维《终南别业》_111

万里青山送逐臣
刘长卿《逢雪宿芙蓉山主人》_127

永州司马的千万孤独
柳宗元《江雪》_141

第三篇 夜半钟声到客船 ——言愁

盛唐的边塞
王之涣《凉州词》_157

忽如远行客
张继《枫桥夜泊》_171

秦淮河上的遗韵
杜牧《泊秦淮》_183

千古词人绝命书
李煜《虞美人·春花秋月何时了》_197

秋风秋雨愁煞人
李清照《声声慢·寻寻觅觅》_213

蓦然回首，逆旅行人
辛弃疾《青玉案·元夕》_227

第四篇 十年生死两茫茫 ——道别

前路漫漫觅知音
高适《别董大》_243

一次独特的告别
李白《赠汪伦》_255

征人送归
岑参《白雪歌送武判官归京》_265

曾经沧海
元稹《离思》_283

别时茫茫江浸月
白居易《琵琶行》_298

最后一次相逢
杜牧《张好好诗》_320

十年生死两茫茫
苏轼《江城子·乙卯正月二十日夜记梦》_335

注释 _347

推荐序

如何从古诗背后的故事里提炼诗性智慧

汉语是富有诗意的语言，唐诗则是汉语诗歌的天花板，既是中华民族优秀文化的代表，也是世界人民的共同财产。以雅俗共赏的角度，我们可以仰望唐人的诗意天空，今夏热映的《长安三万里》就带给我们一场唐诗的盛宴，一幅盛唐的生动画卷。回首长安三万里，热血追光一千年。盛唐画卷展示的壮美河山，最耀眼的中心点自然是长安。长安，绝不只是地理意义上的西安，也不单单指向唐帝国的首都，更是一种符号，乃至一种信仰（叶嘉莹先生所谓以诗词为生命支撑的信仰）；它是凝聚着唐人心灵的圣地，四海漂泊的诗人的理想，诗意的远方，包括心理意义上念兹在兹的家乡。

每个人的心中，都有一个长安。《别长安》中的长安，取义看来更为宽广。与同类通俗作品不同，本书所选作品，并非都紧密地围绕长安，但因为体裁上主要是唐诗，仅一篇唐文和三首宋词，而且都是大家耳熟能详的名篇佳作，因此，以闻一多先生倡言"诗唐"以代"唐诗"的思路，则书名以"别长安"为题，其张力和笼罩力，也足以贯穿起全书对唐诗的把握和理解。作为有幸先睹为快的读者，我理解，本书作者的立意，是想将古诗结穴于故事，将文学融合于历史，将古奥转化为平易，将遥远的文本引入今天普通读者的日常感怀。

这本书的议题在专业研究者眼中属于普及性话题，在我工作的单位里，在每年的年鉴综述中，这种作品是不计入探讨范围的，也一直是专业研究综述的盲点。但是，随着近年来传统文化与古典诗词日益受到人们的重视，伴着文化传播平台的深刻改观，数字化、网络化与人工智能的飞速发展，普及性读物与研究著作的界限正在逐渐模糊，泾渭分明的旧况正在逐渐改变。大家开始认识到，普及经典者，自身也可以成为经典；恰如流行歌曲，也可以成为经典。远不必说《美的历程》《唐诗鉴赏辞典》，近也不必说中国社会科学院文学研究所前辈参与编著的"中国古典文学读本丛书"，还有唐诗研究领域里的前辈金性尧（1916年—2007年）、栗斯（1930年—2012年）、肖文苑（1933年—2002年）等，仅就当代而言，李元洛（1937— ）、王志清（1953— ）、张炜（1956— ）、江弱水（1963— ）、西川（1963— ）、汗漫（1963— ）、潘向黎（1966— ）、六神磊磊（1984— ）等，就是很好的例子。

在古今之间，在传统与现代的对话与交流中，文学普及之路正如白居易等人倡导的新乐府运动，眼下正展现出光明灿烂、前途无限的广阔空间。因为人民需要普及——白雪阳春，雅派难寻同世知音；下里巴人，俗韵易与当代同频。在佶屈聱牙的韩孟诗派与平易通俗的元白诗派之间，虽无高下之分，却有宽窄之别。然通俗不是粗俗，更非低俗或媚俗；平易不是贫乏，更非平庸或平板。人民的眼睛是雪亮的，分得清驴和鸡；人民的智慧是与时俱进的，完全能够理解维特根斯坦——人只有通过对语言的使用，才能赋予语词以实在的意义。

妙曲佳音四座惊，俗腔凡调一洗清。阅读《别长安》里讲述的诗文背后的故事，不仅可以满足我们的求知欲，通过了解背景、情节和原委，得以知人论世，还原昔日这些佳作的创作现场、周遭环境，还可以从古诗背后的故事里，建立诗文解评和阐释的一种独特方式，由此提炼滋养心灵的诗性智慧。

短诗歌，厚感悟；小故事，大人生。精炼浓缩的唐诗里，不仅有唐人的喜怒哀乐，还有他们超越喜怒哀乐的人生哲思。不是每一首古诗的背后，都有一个故事。《唐诗纪事》也好，《本事诗》也好，只关联着一部分唐诗，就像诗中有画、诗中有乐、诗中有佛一样，诗后有事（故事或本事），只是情动于中而形于言的诗之要素之一。但这一要素，无论对诗歌的创作、传播和接受，还是对诗歌风尚和诗学观念的历史形成而言，都足够重要，其背后是生动的唐诗本事研究传统（余才林教授有专门著作）、悠久的中国诗史传统（中国社会科学院文学研究所英年早逝的英才张晖有专门梳理），与之互补的是中国诗学的叙事传统（董乃斌教授有专门研究），还有与之颉颃的比兴传统、抒情传统。在故事和古诗之间，人生哲思与诗性智慧无疑是最好的触媒或催化剂。如何从古诗背后的故事里提炼诗性智慧？这本书以23个经典有趣的个案，做出了生动而具体的回答。

百年才觉古风回。现代意义上的唐诗普及工作已过百年，普及与提高、高雅与通俗、传统与现代，在相互磨合、彼此交织中不断变化生长。讲故事这一颇具古风的传统形式，在这里，在新媒体日新月异的今天，在《别长安》23个诗词故事的讲述中，焕发出新鲜的生命力。传统的诗词探讨，不外乎文献整理、理论阐发、心灵感悟三种，正可分别对应着对真的追求、善的追求、美的追求，而真善美，与传统治学讲求的义理、考据、辞章也是相互对应的。从古诗背后的故事里提炼诗性智慧，其实也就是将文史哲打通，在代代相传的陈旧故事中，在诗歌中国高度浓缩的历史典故中，还原出诗人的文学才华，通过品味、涵咏、感悟，来获得诗性智慧的陶冶。从古人的用典、翻典，到西方人的互文、互文性，再到互联网时代的造梗、接梗与加梗，无不是围绕着讲故事的古老传统展开。以故为新，推陈出新，通过创造性转化获得创新性发展。这是中华优秀传统文化根脉生生不息、不断进步的内在规律，也是在数字化时代，古典诗词能够不断绽放异彩的正径广途。

岁月沧桑，诗歌物质性的故事场景终将消逝，而作为精神财富的诗歌当会永存。中国诗歌，尽管已经有三千年的发展历史，但至今尚未止步，其生命仍在不断变化生长，继续"照烛三才，晖丽万有"（钟嵘《诗品序》）。回顾中国诗歌的历史，每一种体裁都有萌生、发育、成熟、衰老的历史。从《诗经》之诗，到歌诗之诗，到《诗品》之诗，到诗余之词，历经以赋为诗，以文为诗，以诗为词，以复古为革新，变文言为白话等各种翻新过程，诗体不断有新风尚，诗篇不断有新物什，诗人不断有新思想，诗论不断有新境界。只要人类存在，诗歌就有继续存在的价值和意义。我深信，在中国这个诗歌的国度，诗歌一定会复兴，而且更加光昌流丽。

陈才智
中国社会科学院文学研究所研究员
二〇二三年八月二十三日
于京华酿雪斋

自　序

写诗词系列，纯属偶然。

2019年，有个朋友建议我，可以把文章发到B站。当时我开了个公众号，叫"C叔聊历史"，本意是写点历史相关文章。最初，我野心很大，从中国神话写起，纵观历史风云，写至周朝，渐感自己在这一选题上多么无知，加之反响寥寥，更新渐缓，不知路在何方。

朋友大意是说，多个渠道多条路。B站在我当时的认知里就是个看动画、看人打游戏的视频网站，哪里知道上面还真有人写文章，还有人愿意看。

之后，我在B站专栏里同步了一些文章，阅读量也就几十，最多上百，但有人会指出文章里的错别字，有人会留言说某段引用似有出入。总之，确实有人在阅读我写的东西，这令我深感欣慰，也是推动我继续写下去的动力。

后来偶然在知乎上看到一个问题：李白有没有写得不好的诗？有人回答说，《赠汪伦》绝对是敷衍之作。有人从遣词造句的复杂程度去分析一首诗，加上一些人物历史片段，就断言一首诗的好坏。虽然身为业余历史爱好者，但以我浅薄的认知，一首诗被创作的背后，一定是诗人基于当时所见所闻，有感而发，而要理解或者欣赏一首诗，至少要尽可能还原诗人当时的处境，才能真正感受到诗句表面文字之外所蕴含的情感。

实际上，在李白的众多诗句里，《赠汪伦》的确不能算上乘之作，但等我整理完李白的资料后，模模糊糊地感受到那种"君子之交淡如水"的自由，同时又想到自己步入社会后所遇的人情世故，于是就有了那篇名为《年少不懂〈赠汪伦〉，读懂已是中年人》的文章。

文章发布后，引发了一些争议和共鸣。或许是因为解读诗词的角度刁钻，我收到了 B 站专栏渣晨的邀请，他建议我在 B 站开个诗词相关专栏，我也因此第一次登上了 B 站首页。此后，命运的齿轮似乎运转起来。

之所以决定写诗词专栏，也有很大一部分原因是为了孩子。女儿正读初中，周围其他家长都在陪读，颇为用功，有的甚至重新学习一遍初中所有课程。我看着数学和物理试卷，忽然联想到毕业多年后，仍然会梦到考试时间即将结束而我还有一半题目没写的场景，公式和定律早已随风飘远，令人汗颜。唯一能帮助她的，似乎只有文史，我首先想到的就是诗词。

中国家长很少有不让小孩从小背唐诗的，但读书考试的要求可不一样，光是会背不行，还得了解诗词背景、诗句要表达的意思。于是我也做了些功课，看了《记忆宫殿》之类的书，今天背第一首，明天背第二首，后天再背第一首，长短期记忆交互进行，据说能刺激神经元，好似脑部按摩；还弄过小程序，你画我猜，用图像法让孩子背诗。但总体下来，收效甚微。

最后我发现，还得是用老祖宗传下来的办法——讲故事。

上课时，老师通常会分析一首诗里的字、词、句是什么意思，用到了哪些修辞手法，是比喻、夸张、排比，还是以景抒情、托物言志？这些都是考点，却都是"术"。当然，由于上课时间有限，老师很难在语文课上去讲诗词背后的前因后果，可脱离当时的历史背景，又很难体会诗人真正表达的情绪。

比如杜甫的《江南逢李龟年》：

岐王宅里寻常见，崔九堂前几度闻。
正是江南好风景，落花时节又逢君。

光从字面意思看，这首诗平铺直叙，简单易懂，好像是说，遇到一个多年未见的老朋友，景色又好，非常开心。

但是代入历史中，杜甫和李龟年相识是在少年时，再遇李龟年，二人皆已白发苍苍，几十年的光阴，如白驹过隙，转瞬即逝，而这几十年又不是单纯的光阴飞逝，中间发生了改变唐王朝历史的"安史之乱"，两人初识于盛世，再见却已成乱世。而本应痛哭流涕的场面，杜甫却用极温柔的笔触写下："正是江南好风景，落花时节又逢君。"

短短四句，写尽人生四十年风雨，道出大唐盛世的崩塌，杜甫用生命中最轻柔的文字，写出了历史的沧桑与厚重。

一首诗，就是一个故事。

做阅读理解题时，一个常见的问题是：文章的中心思想是什么，表达了作者什么样的观点？这当然是为有个标准答案而不得不设立的问题，但其实作者并不太考虑这个问题，或者说，即使他有明确的观点，也会想办法藏起来，让读者自己去发现。

中国文化讲究"含蓄"，音乐要听出"弦外之音"，看画要看到"画中有话"。毕加索认为他的抽象画和中国山水画有"异曲同工之妙"，不是讲究画得像，而是要画出意境。经典名著也有这一"玄机"，我们回头看那些世界名著，事无巨细地描写环境，从头到尾描写一个人的衣着打扮，十几页过去情节一点没推进，真急死人。

其实作者只是负责"展示"，把一切细节都展示给读者，让每个人自己去感悟，这就是经典常读常新的原因，也是经典的魅力。

可是说到诗词，它不光讲究"藏"，同时又是一种密度极高的文体，假如拿小说来对比，一首诗里的一个字，能对应小说中的一个段落，乃至一个章节。因此，要解读一首诗，就不能只从字面意思去理解，而是要去了解诗人当时所处的时代，诗人本人正在经历的事，他周围的人、周围的事对他产生的影响，所有这些最终才会成就一首诗。

这样说起来，我的写作过程就是一个解压缩的过程，将高度浓缩的诗句，还原到当时的时代，想办法还原诗人们的周遭环境、所见所闻，把这些细节都尽可能展示在大家面前，有悲有喜，有欢笑，有孤独，然后每个人都能从中得到自己的感悟。品诗词，有时候也是品人生。为什么一首诗可以流传千古？这大概就是原因所在。

以上便构成我写作的方式或者说风格，我想我还是在写历史。

本书共收录 23 篇诗文及其背后的故事。为什么是 23 篇，而不是 25 篇或 30 篇？说来惭愧，写诗词故事时我又犯了写历史长河的毛病，铺了很大的摊子，那么多诗词，于是定了个 100 篇的"小目标"，实际写起来却发现不是那么回事，时间也大大超出预期。怕拖稿时间太长，遂将手头所写，先结集成书，数量上虽比想象中少，却也花了力气，和书中人交了朋友，于梦中推杯换盏。

我将其分为四个篇章：正是江南好风景——感怀；与尔同销万古愁——咏志；夜半钟声到客船——言愁；十年生死两茫茫——道别。

分类并不确切，但这些诗文的共性是，都真正打动过我。尽管这些诗人都名垂千古，但以他们所处时代的标准来看，多少都是一个"失败者"。对于这些诗人来说，长安是他们共同向往的地方，可偏偏却无法留在长安：李白一辈子仕途不如意；柳宗元改革失败被贬官；白居易无法兼济天下，只能独善其身。就像托尔斯泰说的，幸福的家庭都是一样，不幸的家庭各有各的不幸。经过和编辑老师商议，将书名定为"别长安"。

不过，别看有些诗的氛围落寞，用词冷寒，可这些诗人的身上都有一种不认命、不服输的精神。正如电视剧《漫长的季节》所说，不论经历过多少不幸，最终还是要"往前看"。

当然也必须向大家坦陈，我只是一个业余写作者，对于历史，对于写作，都是"非专业选手"。写文章，尤其是写历史，自然应该做到"客观"，尽管追求事事都有出处，但仍不可避免出现考据不准确的地方。而回头看前期的文章，笔力稚嫩，不忍直视，想要再改改，却发现破绽太多，无处下手，好在情感真挚，似乎笨拙得恰到好处，招呼不周，实为能力不足，还望大家海涵。

最后自然是感谢，关于写作，我虽有个大致方向，但始终处于脚踩西瓜皮的滑行状态，每每即将掉坑里的时候，往往有一只无形的手，或推或拉，将我重新引导至新的坡道。我发现，人生中许多事情并非能计划出来，从写历史故事，到写诗词，从写文章，到做视频，从做视频，到结集成书。

在此，我要感谢中信出版集团的编辑刘丹妮老师对内容的肯定以及对拖稿的包容，感谢B站的渣晨和芥子让我的文章有更多的受众，感谢我的太太对我的长期支持和鼓励，更要感谢一路阅读我的文章的读者和粉丝朋友们，是你们的留言和鼓励，让我有了坚持下去的动力。谢谢大家！

第一篇 感怀

正是江南好风景

感怀是需要时间积累的。我们难以想象一个初入朝堂、少年侠气的陈子昂，会写下"念天地之悠悠，独怆然而涕下"。一个未曾考虑过生死之问的张若虚，也写不出横绝全唐的诗意宇宙。在黄金时代，年轻人总是充满憧憬与希望。总要经历漫长中年的磋磨到垂垂老矣感慨人寿须臾，才会叹息志未酬、鬓已霜。"江月年年望相似"，与明月清风相比，盛唐风华也不过转瞬即逝。名相张九龄被贬离长安时并没有抱怨时运，人生暮年的杜甫再逢旧人也未曾涕泗横流，他们只是以唐人的诗意，写月华皎洁，写江南落花。人生苦短，难免感怀。不如再读一读李白吧，或者斗转星移，你会发现——"轻舟已过万重山"。

春江花月夜

唐 张若虚

春江潮水连海平,海上明月共潮生。
滟滟随波千万里,何处春江无月明。
江流宛转绕芳甸,月照花林皆似霰。
空里流霜不觉飞,汀上白沙看不见。
江天一色无纤尘,皎皎空中孤月轮。
江畔何人初见月?江月何年初照人?
人生代代无穷已,江月年年望相似。
不知江月待何人,但见长江送流水。
白云一片去悠悠,青枫浦上不胜愁。
谁家今夜扁舟子?何处相思明月楼?
可怜楼上月徘徊,应照离人妆镜台。
玉户帘中卷不去,捣衣砧上拂还来。
此时相望不相闻,愿逐月华流照君。
鸿雁长飞光不度,鱼龙潜跃水成文。
昨夜闲潭梦落花,可怜春半不还家。
江水流春去欲尽,江潭落月复西斜。
斜月沉沉藏海雾,碣石潇湘无限路。
不知乘月几人归,落月摇情满江树。

唐诗的宇宙

在那个夜晚,站在江边的张若虚可能不会想到,在那个崭新的时代,他的《春江花月夜》竟然无人喝彩。他更想不到,在1 000年以后,人们会把这首诗推向诗歌的顶峰。

赞赏它的人认为它"孤篇盖全唐",开盛唐之风,体现了古人的首次宇宙意识。质疑它的人说,唐代伟大的诗人那么多,伟大的诗那么多,《春江花月夜》凭什么"盖全唐"呢?

带着这个疑问,我们来聊聊这首《春江花月夜》和张若虚背后的故事。

孤篇盖全唐

《春江花月夜》如今广为人知,但它在历史上沉寂了很长一段时间,不仅在唐代,甚至之后的宋元几百年间都很少有人问津。

最早将《春江花月夜》编入诗集的人是北宋的郭茂倩。作为北宋河南府法曹参军,他编写了100卷的《乐府诗集》,历史上对这部书的评价是:

> 征引浩博，援据精审，宋以来考乐府者无能出其范围。[1]

不夸张地说，假如没有郭茂倩，张若虚的《春江花月夜》可能就要湮没在历史的尘土中了。

然而，对郭茂倩来说，张若虚的这首《春江花月夜》并没有什么特别之处，他把它收录进来，可能仅仅是出于一个读书人的严谨。《乐府诗集》里收录的《春江花月夜》共有 7 首，其中隋炀帝杨广 2 首，诸葛颖 1 首，张子容 2 首，温庭筠 1 首，张若虚 1 首。

明朝翰林院待诏高棅的诗、书、画时人称为"三绝"，他曾参与编纂《永乐大典》，其编写的《唐诗品汇》第一次将唐诗分为"初、盛、中、晚"四个时期。他的《唐诗品汇》里也收录了张若虚的《春江花月夜》，不过只是简单地收录进来，并没有给出特别的评价。

又过了百余年，明朝著名文学家、"后七子"之一的李攀龙，在编选《古今诗删》时收录了张若虚的《春江花月夜》。此后，人们逐渐认识到这首《春江花月夜》的价值。

明代胡应麟曾说：

> 张若虚《春江花月夜》，流畅婉转，出刘希夷《白头翁》上。[2]

谭元春说：

> 春江花月夜，字字写得有情、有想、有故。[3]

清末著名经学家、文学家王闿运先生在《论唐诗诸家源流（答陈完夫问）》中说：

> 孤篇横绝，竟为大家。[4]

闻一多先生在《宫体诗的自赎》中评价《春江花月夜》是诗中的诗、顶峰上的顶峰。

后来关于这首诗的评价演变成"孤篇盖全唐"。不论这首诗是否足以"盖全唐"，它都是一篇毫无疑问的杰作。

然而，这样的杰作为什么在唐宋元几百年的时间里几乎无人问津呢？

几百年无人问津

著名文史学家程千帆先生曾在《〈春江花月夜〉的被理解和被误解》一文中考证了张若虚的这篇《春江花月夜》从无人问津到家喻户晓的历程。文中有这样一句话："在文坛上，作家的穷通及作品的显晦不能排斥偶然性因素所起的作用，这种作用，有的甚至具有决定性。"

但在我看来，《春江花月夜》在当时缺乏影响力的原因，主要有两个。

一是张若虚本人的名气不够。

古诗留存靠的是一代代人的抄录，不是随便一个人的诗都能被抄录，诗人本身的地位和影响力是主要的筛选条件。

记录的方式主要有以下几种：一是官方档案保存，比如科举时的考题、考生干谒的诗文；二是后人的编选，比如各种诗词选集，有官方的，也有民间的；三是各地名胜的题诗。

《唐诗三百首》里的诗人，多数是有一定社会影响力的人，要么是进士出身，走仕途，比如王维、白居易、柳宗元、刘禹锡、陈子昂；要么是有人推荐，走民间路线，即便没考上进士，诗名也很大，比如李白、杜甫、王之涣、孟浩然、李贺。

反观张若虚，扬州人，出身未知，没中过进士，担任过的最大的官是兖州兵曹，一个普通的基层官员，没背景、没人脉、没学历，社会影响力十分有限。

二是《春江花月夜》本身的题材所限。

我们今天耳熟能详的《春江花月夜》，其实是一首非典型的《春江花月夜》，为什么这么说呢？

杜牧的《泊秦淮》中有一句：

商女不知亡国恨，隔江犹唱后庭花。

后庭花是指一首叫《玉树后庭花》的曲子，后人用它来批判陈后主的荒淫无度。当时经常与《玉树后庭花》一起被提到的曲子，就是《春江花月夜》。

郭茂倩在记载《春江花月夜》时是这样说的：

《春江花月夜》《玉树后庭花》《堂堂》并陈后主所作。后主常与宫中女学士及朝臣相和为诗，太常令何胥又善于文咏，采其尤艳丽者，以为此曲。[5]

可见，在张若虚写这首诗之前，以《春江花月夜》为名的诗多为靡靡之音。张若虚生活的时代是初唐，当时的人对前朝灭亡的原因记忆犹新。触碰这个题材很不讨好，流传度低也就不难理解了。

顶着这样一个名字，张若虚的《春江花月夜》很有可能会被遗落，或许郭茂倩也没想到，自己的一个小举动，挽救了一首杰作中的杰作。

历史的长河滚滚向前，在被埋没千年之后，《春江花月夜》开始焕发它的光芒。

张若虚其人

时至今日，《春江花月夜》成了不朽的作品，但其作者张若虚好像一个旁观者。就如同博物馆里的某个顶级展品大受追捧，其作者只是完成这个作品的工匠。仿佛不是张若虚写出了这首诗，而是这首诗选中了张若虚，借由他的笔问世。

任何一首诗都不会无缘无故地诞生，每首诗的背后都是诗人在为其注入灵魂。《春江花月夜》的问世并不是偶然，张若虚是一个被掩埋的巨人。

张若虚的形象在史书中十分模糊和黯淡，关于他的记载很少，但有一句话是这样说的：要想看到一个人真正的样子，就去看他的朋友。

在那些为数不多的记载中，你会发现，张若虚的朋友们都不寻常。

他的第一位朋友官阶不低，开元十三年（725年）任礼部侍郎、集贤院学士，后又任太子宾客、银青光禄大夫兼正授秘书监，曾教导多位皇子。

《旧唐书》记载此人：

> 性放旷，善谈笑，当时贤达皆倾慕之……晚年尤加纵诞，无复规俭，自号"四明狂客"，又称"秘书外监"，遂游里巷。[6]

这位"四明狂客"也被称为"饮中八仙"之一。他就是贺知章，后来的唐肃宗要叫他一声老师。李白"谪仙人"的名号，也是他叫响的。

张若虚的第二位朋友是武官，曾任金吾长史，也就是京城卫戍部队幕僚长，虽为武官，但写得一手好字，其草书尤为出色，被誉为"草圣"。他和贺知章一样，喜欢喝酒。

《新唐书》记载此人：

> 嗜酒，每大醉，呼叫狂走，乃下笔，或以头濡墨而书，既醒自视，以为神，不可复得也，世呼张颠。[7]

这个人是张旭，他教出了两位厉害的弟子：颜真卿和吴道子。

张若虚的第三位朋友官至大理司直，身为律政先锋，诗名远扬，其诗"情幽语奇，颇多剪刻"。他就是包融。这位朋友更让人羡慕的是，他把儿子培养成才了，两个儿子都考上了进士，一门出三个进士，人称"三包"。

张若虚与这三位朋友齐名。史料记载，张若虚与贺知章、张旭、包融并称"吴中四士"。

这些人身上有几个共同点。一是拥有卓绝的才华。贺知章自不必说，如果说张若虚"孤篇盖全唐"，那么张旭可谓"笔砚盖全唐"。

二是洒脱奔放。贺知章"狂"，张旭"颠"，包融"奇"，他们虽身处官场，但并不看重世俗礼节，颇有魏晋之风。

张若虚是不是这样呢？

唐人郑处诲在《明皇杂录》中记载：

> 天宝中，刘希夷、王昌龄、祖咏、张若虚、孟浩然、常建、李白、杜甫，虽有文名，俱流落不偶，恃才浮诞而然也。[8]

能和这些人相提并论，说明张若虚不乏才名。

讲到这里，你可能会发现这和前面讲的产生了矛盾。先前说张若虚没背景、没人脉、没学历，这里怎么又说他名气不小呢？

这确实是个矛盾的地方，按理说，张若虚这样的人不会只有两首诗传世。如果他想做官，找找自己的"吴中"老乡，不是没可能实现的。但他没有这么做，可能仕途和名声在张若虚眼里没那么重要。作为"吴中四士"之一，张若虚称得上一个"淡"字。

我们常说，人的成长就是被社会磨平棱角，但总有人固执地坚守自己的内心。在世人看来，这或许是一群有性格缺陷的人，他们可悲、可叹、可惜。但历史总是喜欢去记录这样的人。

只有这样的张若虚，才能写出这样的《春江花月夜》。

春江花月夜的那一晚

> 春江潮水连海平，海上明月共潮生。
> 滟滟随波千万里，何处春江无月明。
> 江流宛转绕芳甸，月照花林皆似霰。
> 空里流霜不觉飞，汀上白沙看不见。[9]

这个夜晚没有什么特别的地方，月亮一如往日升起。船停在江边，一股恼人的风自江面溜进船舱，烛光四处摇曳，影子像一个醉汉东倒西歪，蜡烛最后被风熄灭，睡意似乎也被驱散了。

岸边多了一个男子的背影，这个身影向远方望去，那是一片泛着淡蓝色的江面，不知哪里才是尽头。潮水轻柔地拍打着岸边，一阵接着一阵，水面上方是一轮明月，它似乎刚从云层中显现出来，不知何时悄然悬挂到了空中。

春风徐徐吹拂，月光洒在水面上，形成一条波光粼粼的道路，

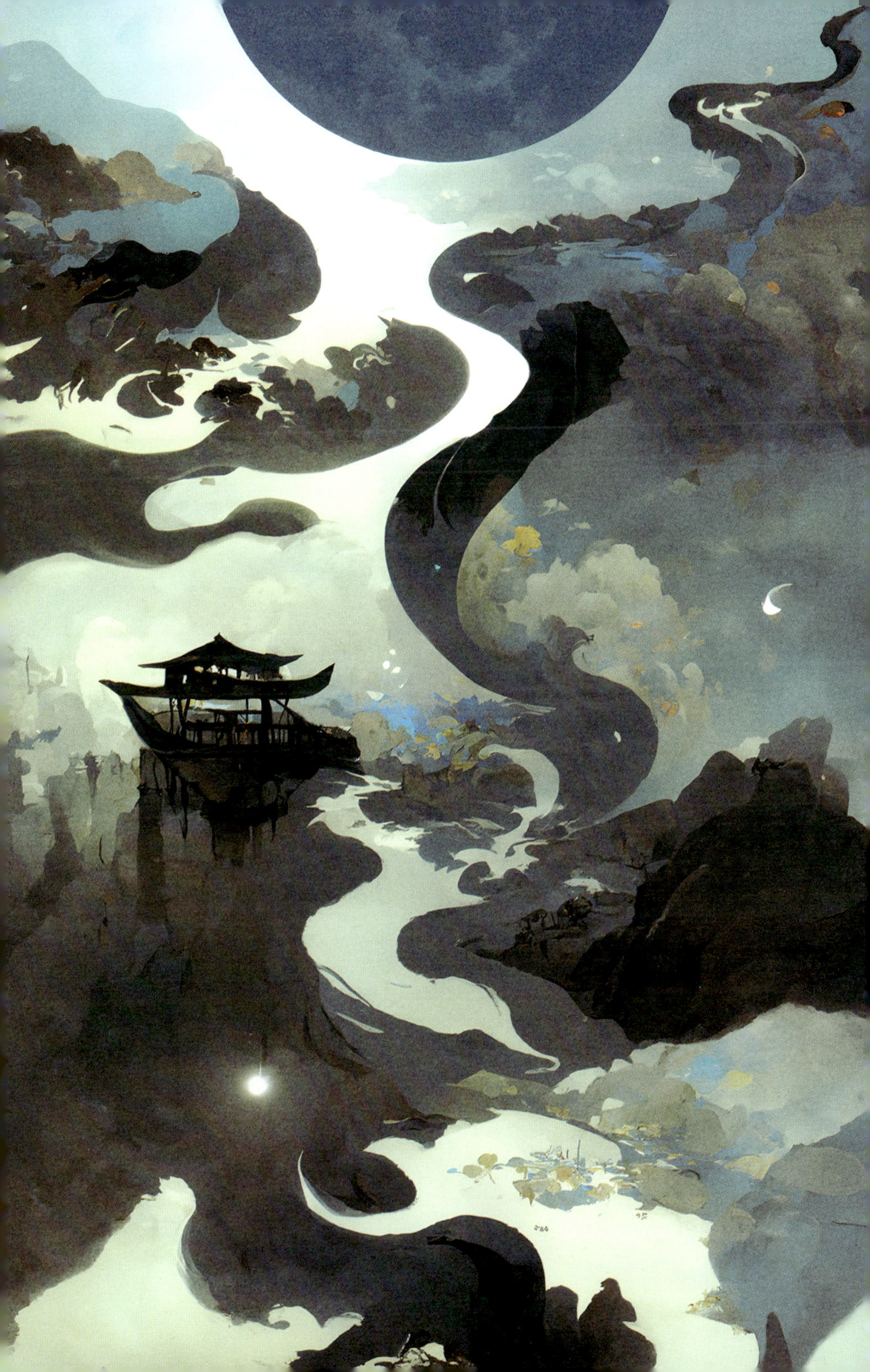

一直通向天边。

紧接着,那人的视线又移向近处,江水漫上陆地,沿细细的通道蜿蜒前行。在月光的照耀下,甚至能瞧见被水围绕的花林上闪烁着点点微光的"尘埃"。

当眼睛适应了眼前的景象时,仿佛置身于漫天白色微光的"尘埃",梦幻而朦胧。沙滩的白沙也融入其中,构成一幅绚烂的画。

该如何去描述这个画面呢?张若虚想到,这些元素不正是春、江、花、月、夜吗?尽管它原本是艳丽的宫体诗,但那又怎么样呢?规矩就是用来打破的。

> 江天一色无纤尘,皎皎空中孤月轮。
> 江畔何人初见月?江月何年初照人?
> 人生代代无穷已,江月年年望相似。
> 不知江月待何人,但见长江送流水。

男子再次转身,把视线从陆地转向江面,月亮仿佛和他只有咫尺之遥,江边的一切都显得无比渺小,他感觉自己进入了另一个空间,这里没有任何尘世的气息,只有他和月亮。

此时男子向月亮提出了问题:江畔何人初见月?江月何年初照人?

月亮始终在倾听人们的声音,有人向它许愿,有人向它诉苦,有人向它追问。对月亮来说,人类的生命实在太短暂了。佛经中说,九十刹那为一念,一念中一刹那经九百生灭。月亮不明白,人生不

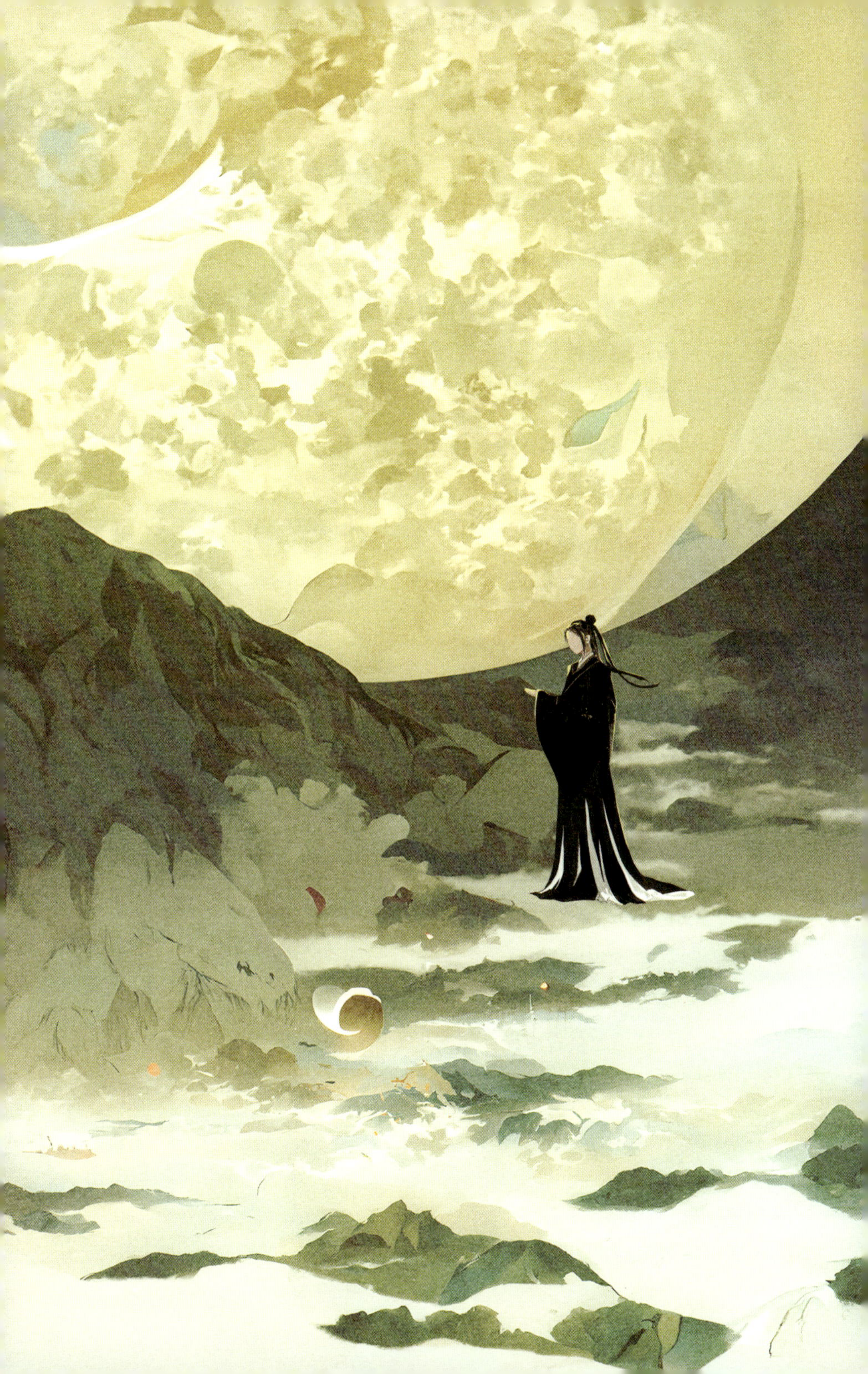

过是一刹那的工夫，这些人何必要纠结这些事情呢？

此时此刻，面前的这个人问出了一个与自己、时代和世间万物无关的问题，让月亮颇感意外。问谁是第一个被月光照耀的人，就相当于连一天都活不过的小虫，开始关心起了四季的变化。

月亮没有回答这个问题。无论过去还是未来，盛世还是乱世，月亮始终在江边，安静地注视一代又一代人的诞生和逝去。

话题到这里似乎进入了一条死胡同，问题显然无解，或许可以在这里结束，留下一个悲伤的结局，让后人去玩味。

可张若虚没有，他突然把视角无限放大，从虚空的宇宙，穿透层层云雾，跨过芸芸众生，聚焦到江上的一叶小舟。

> 白云一片去悠悠，青枫浦上不胜愁。
> 谁家今夜扁舟子？何处相思明月楼？
> 可怜楼上月徘徊，应照离人妆镜台。
> 玉户帘中卷不去，捣衣砧上拂还来。
> 此时相望不相闻，愿逐月华流照君。
> 鸿雁长飞光不度，鱼龙潜跃水成文。

这一叶扁舟独占着一片江面，可船上载着数不尽的愁。愁是因为思念，这思念乘着月光，飘向远方的楼。

楼上是半掩的窗，薄薄的月光透进去，镜子泛着光，却无人梳妆。载着月光的风在屋内徘徊，微微卷起帘帐，拂过旧时的捣衣砧，却找不到思念的人。

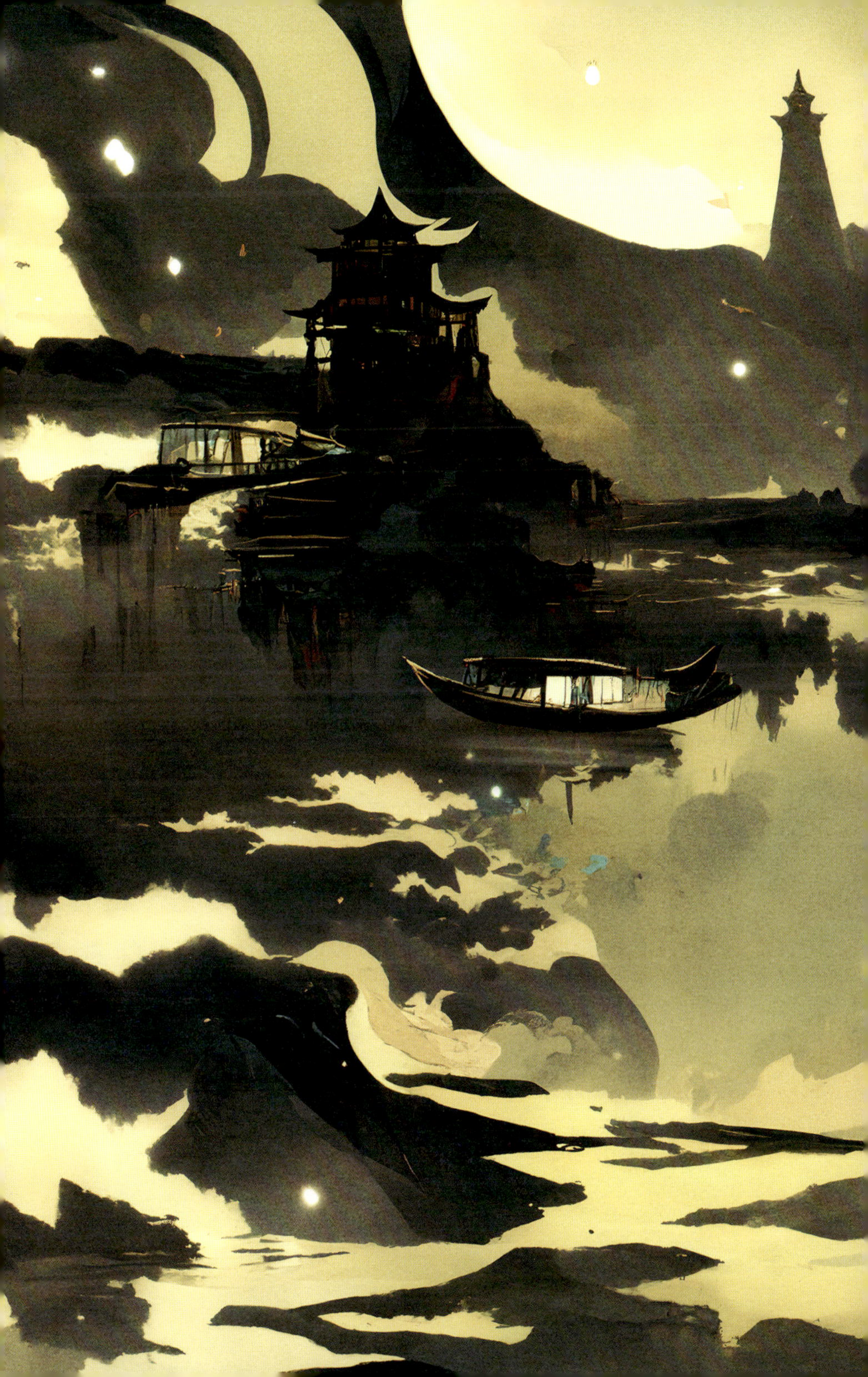

别长安

一位女子走到窗边仰望着夜空，向月亮许愿，希望将她的情意寄托给远方的人。月光将这份思念交给鸿雁，将这份深情交给鱼龙，整个天地都为之动容。

> 昨夜闲潭梦落花，可怜春半不还家。
> 江水流春去欲尽，江潭落月复西斜。
> 斜月沉沉藏海雾，碣石潇湘无限路。
> 不知乘月几人归，落月摇情满江树。

可接下来，男子却泼了一盆冷水。

这天底下，还有多少对"情人"在经历分别？似乎所有人都无可奈何地奔波，而月光又能承载多少人的思念，江水能带来多少人的情意？

眼看着月亮要没入海雾，未知的前路渐渐显露，有多少人能踏上人生的归程呢？但至少还有满江的情意。

月亮听到了男子的答案，所有的圆满都来自不圆满，正因为没有永恒，才要把短暂的生命活得精彩。

在一次眨眼过后，月亮已经找不到那个站在江边的男子了，他消失在了历史的长河中，无声无息，没有一点点留恋，只留下了几行诗句。

在同一个地方，一代又一代的人走过、停留、逝去，仿佛这些人从来没有存在过。

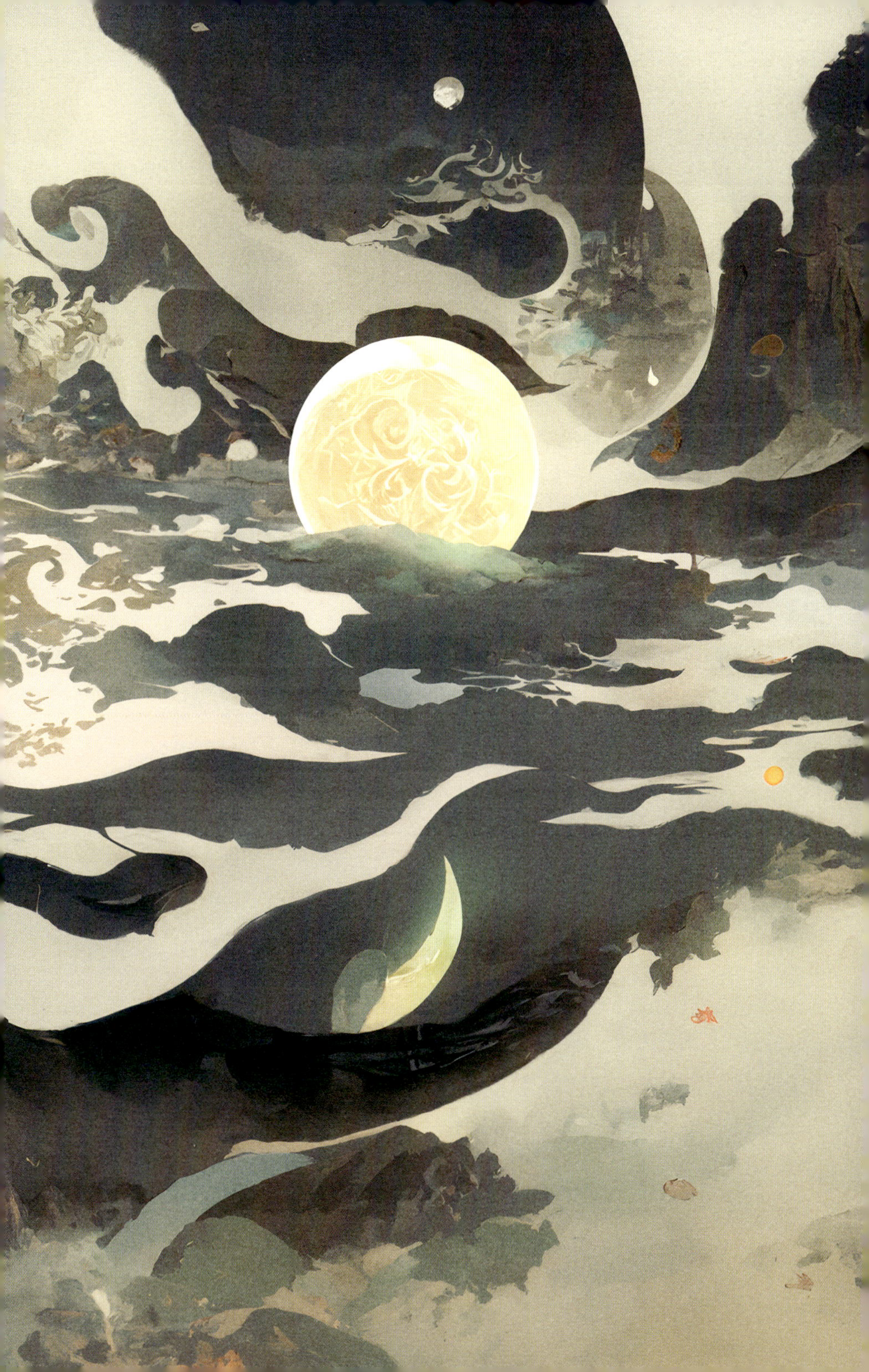

登幽州台歌

唐 陈子昂

前不见古人,
后不见来者。
念天地之悠悠,
独怆然而涕下。

千古侠客行

电视剧《庆余年》中有一段朝堂斗诗，非常精彩。范闲用李白的《将进酒》开场，一下子把气势提到了顶点，接着陆续背诵出了数十首唐诗。在他背诵的过程中，灯光越来越暗，周围的人似乎越来越少，等背到最后一首《登幽州台歌》时，一种跨越空间和时间的孤独感喷薄而出，让人一下子就感受到了身为穿越者的寂寞。

> 前不见古人，后不见来者。
> 念天地之悠悠，独怆然而涕下。[10]

没错，这是一首失意的诗，你肯定在课堂上听过。陈子昂才华横溢，却始终得不到重用，郁闷愁苦，最终在幽州台创作了这首千古名篇。

可是，纵观整个唐代，但凡留下名字的诗人，有哪个是顺风顺水的？《唐诗三百首》的众位作者，简直可以组成一个失意阵线联盟。

《登幽州台歌》为什么会因为刻画孤独而闻名呢？这还要从他本

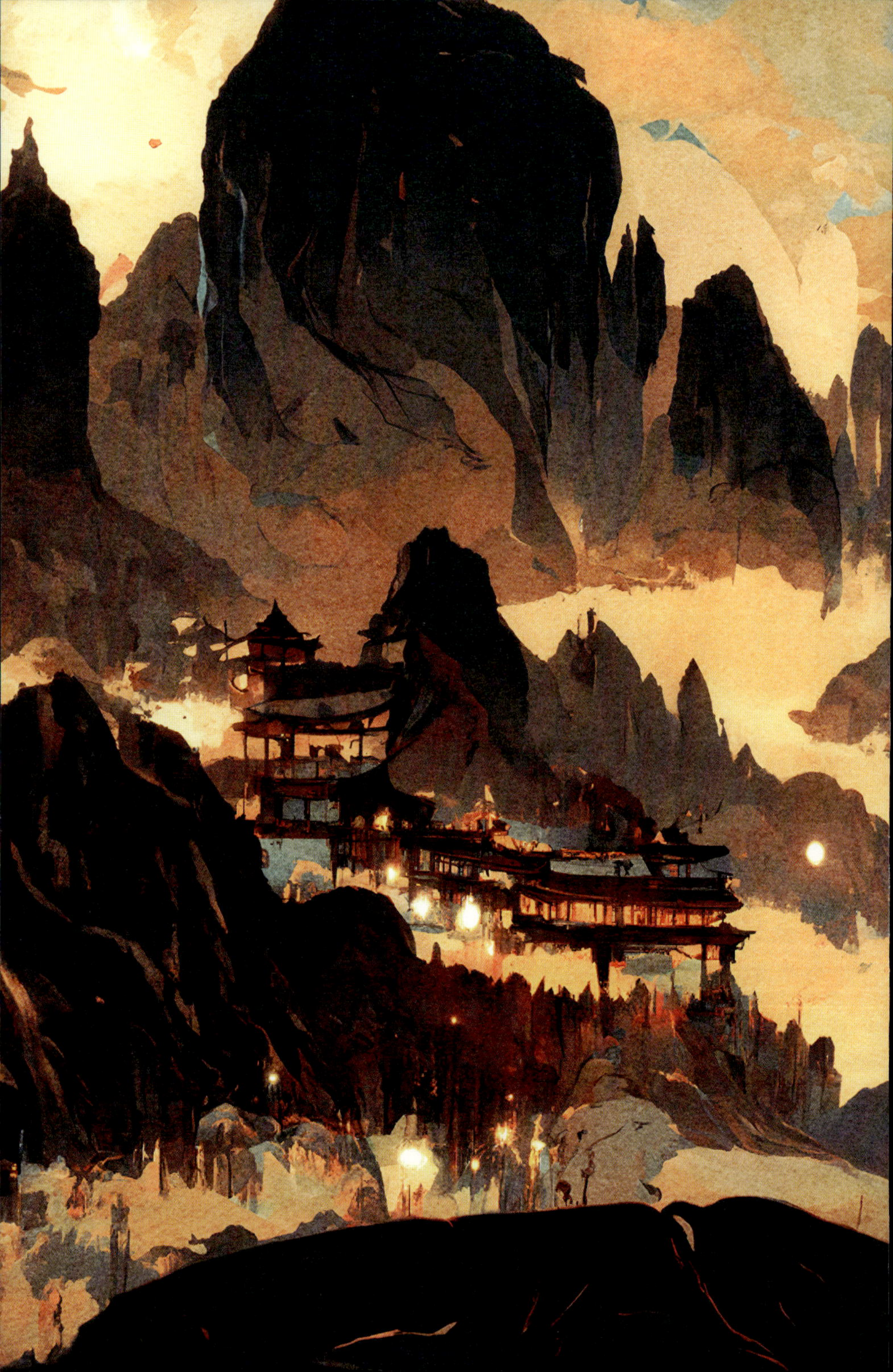

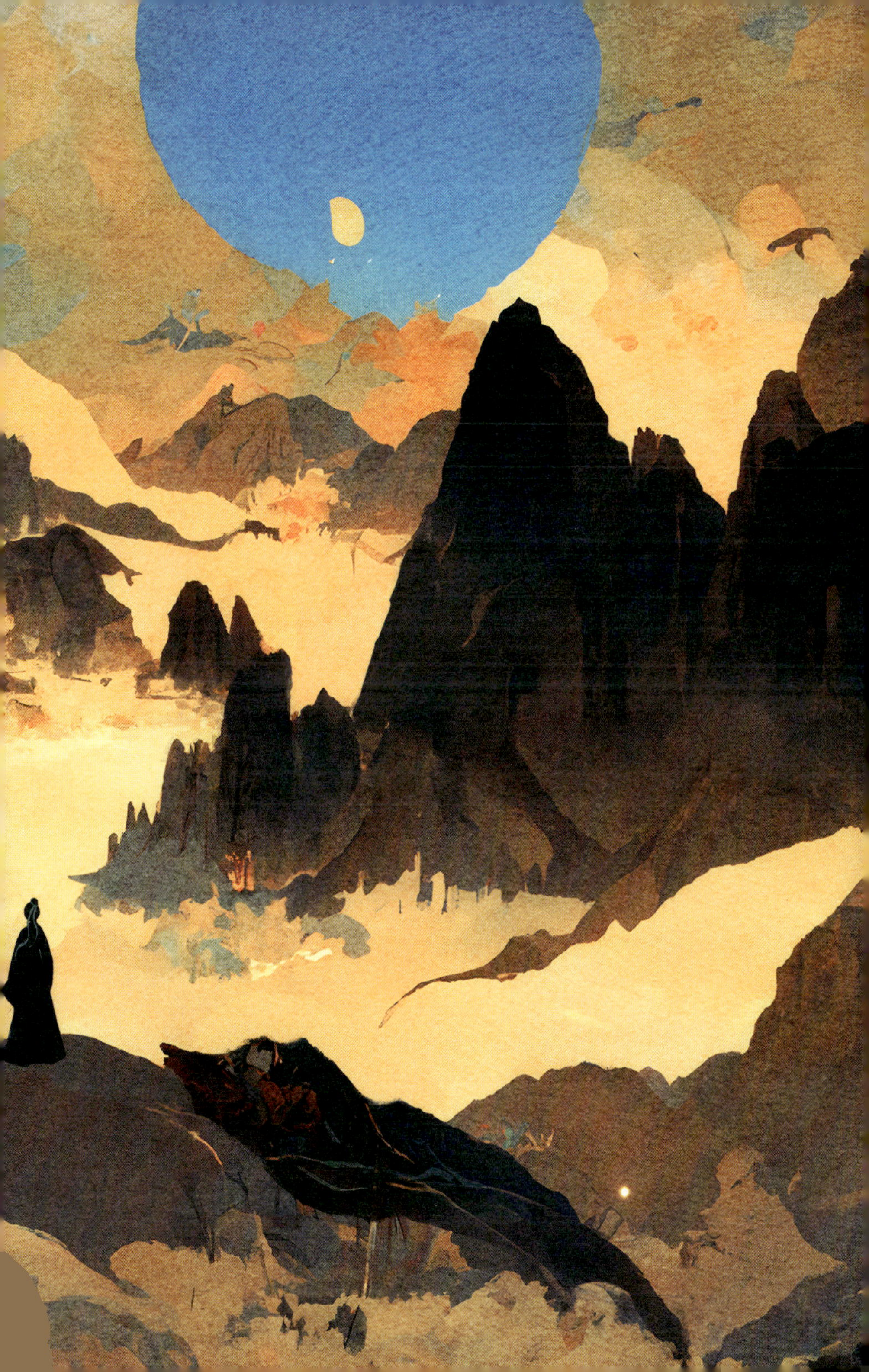

人和他所处的时代说起。

690年,洛阳已经取代长安成为天下的中心,往日的东都早已改名为"神都"。

洛阳地势最高的地方在西北角,那里是紫微城。在紫微城最高点坐着的,是一位前无古人的女皇帝——武则天。

太仆卿来俊臣启奏,今天有人说某位大臣讲了大逆不道的话。如此一来,又有人要进诏狱了,但这个人真的有罪吗?这已经不重要了,来俊臣说他有罪,他就有罪。这似乎成了那几年的日常,没人敢反驳,谁都不想受牵连。

来俊臣正在等待武则天的指示,此时,有一位大臣站了出来。他朗声说,古代明君重慎刑罚,如今一人被讼,百人入狱。所谓前事不忘,后事之师,陛下应当敬承天意,以泽恤人。宫殿里站满了人,他的声音像一个弹球,在偌大的空间来回反弹,打碎了群臣的沉默。

众人转头观望,试图寻找声音的源头。此时一道强烈的阳光照进了宫殿,一个逆光的身影站在队伍的末尾,仿佛披着一层佛光。

来俊臣努力眨了眨眼睛,看到了一个不到30岁的年轻官员,阳光把他的影子拉得老长,仿佛一个巨人,无所畏惧。

他叫陈子昂,是一名皇家图书馆管理员。

侠客

陈子昂的人生本可以有更好的选择。

661年,陈子昂出生在四川射洪县。[11]陈家是当地有名望的大户

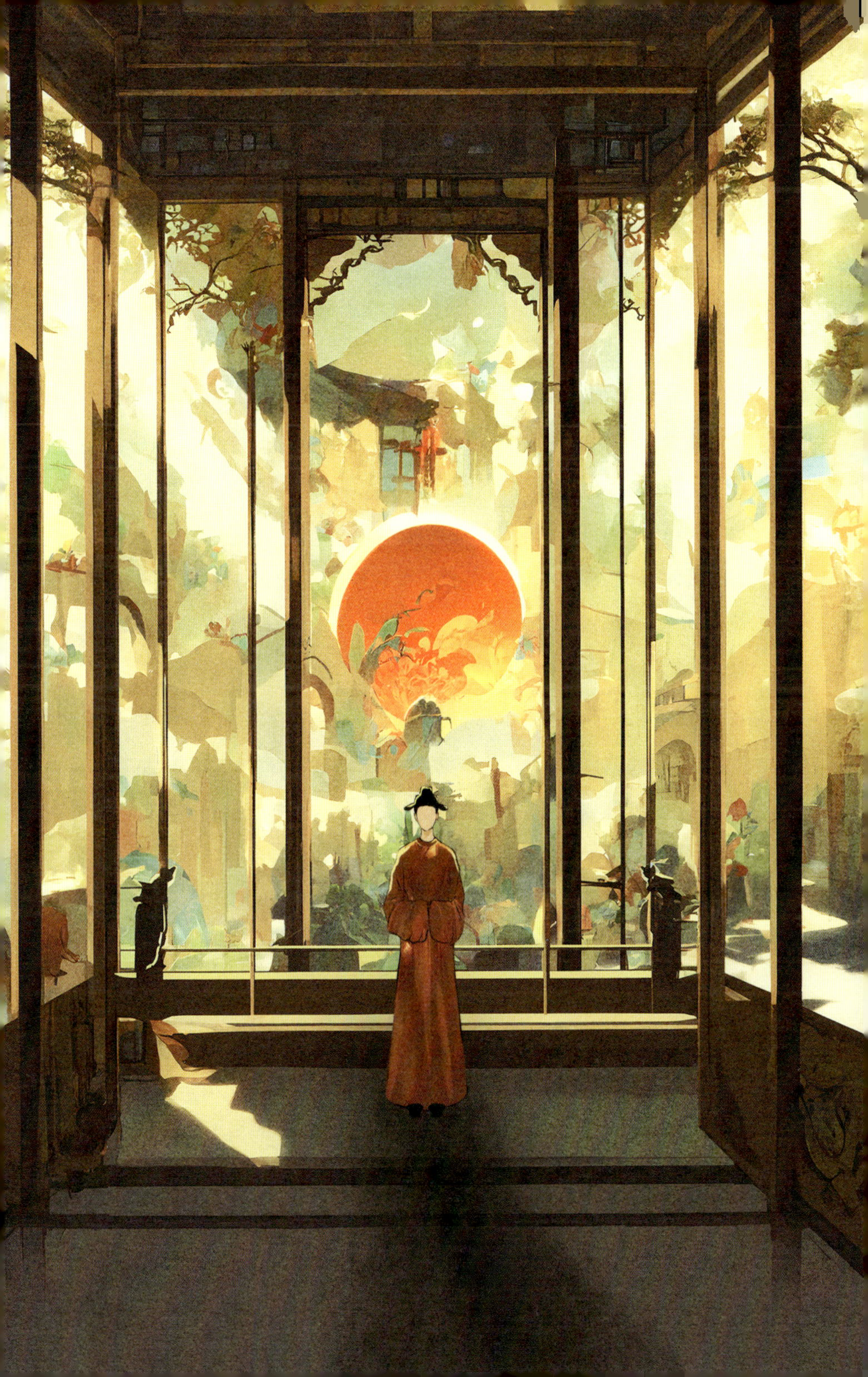

人家，1988年在陈子昂故里武东乡发现的《陈氏族谱》残卷记载，其远祖是西汉辅佐刘邦的陈平。自先祖陈祗后，子孙因晋灭蜀不再出仕为官。

但考取功名，重耀门楣，仍然是陈家几代人的愿望。陈子昂的父亲陈元敬参加明经考试被录用，任文林郎。

陈元敬经常会和家族里的小辈谈起先祖的功绩，可陈子昂从没想过读书，只想成为一名侠客。

侠客具体是什么？当时的陈子昂认为是劫富济贫，可他自己就是个"富二代"，所以乡里其他富人就倒霉了。

陈元敬试了各种办法，始终没能让陈子昂放下他的侠客英雄梦，甚是无奈。令陈元敬欣慰的是，侄子陈孜身上有陈家先祖的风范。陈元敬对陈孜说：

> 吾家世虽儒术传嗣，然豪英雄秀，济济不泯。常惧后来光烈，不象先风。每一见尔，慰吾家道。[12]

也许是陈孜的死触动了陈子昂，也许是因为他成了家族唯一的希望，陈子昂在18岁的时候，解散了他的侠客团，开始认真读书。

陈子昂可能是个天才，因为和大部分诗人相比，他的科举生涯相当顺利，虽然考了三次才考上进士，但他读书也不过三年。这就相当于一个连中学文凭都没有的人，复读了三年，就考上清华大学了。

大部分考生即便中了进士，也要等待机会才能当上官，等个五年八年也很正常。

陈子昂抓住了一次不寻常的机会。

683年,也就是陈子昂进士及第的前一年,大唐发生了一件大事,唐高宗李治驾崩了。

继位的是唐中宗李哲,但他的身边还坐着一位"天后"武则天。

李治死前留下了两句话,一句是:

> 苍生虽喜,我命危笃。天地神祇若延吾一两月之命,得还长安,死亦无恨。[13]

还有一句是:

> 军国大事有不决者,取天后处分。[14]

武则天的势力在洛阳,李唐的根基在长安,于是出现了一个微妙的局面。

武则天一百个不愿意回到长安,可如果不让高宗叶落归根,以后要落多大的话柄?

唐中宗一百个不愿意留在洛阳,可遗诏说了大事要听天后的,不好硬来。

这时候双方的支持者开始活动了,一派说回长安,另一派说留洛阳。大家明面上谈的是灵柩迁移的事,可实际上,只要是对方提出的意见,就一概反对。

这个时候,有个人上了一份奏疏,打破了僵局。

上书的就是陈子昂，他写了一篇《谏灵驾入京书》，力陈灵柩迁回长安的弊端，言辞恳切，有理有据，文采斐然。

皇帝问起陈子昂是谁，是不是天后一党的，结果发现他只是个平民，也不好发作。

武则天也看到了这篇文章，没几天，这篇文章已经传得洛阳城人人皆知了。

权力的中心仍然在洛阳，武则天亲自接见了年轻的陈子昂。

那一年，陈子昂成了麟台正字，虽说只是个正九品下的小官，但由于受到天后的器重，一时风头无两。

同年，唐中宗被废。

告密与科举

在经历过垂拱时期的老臣们眼里，陈子昂这个官能当到现在，完全是一个奇迹，不，其实他还活着，就已经是奇迹了。

当年把唐中宗从乾元殿拉下马的禁卫军中，有几个士官领了赏钱就去妓院喝酒，可能是喝多了，其中一人发牢骚：政变那么大的事，才给那么点封赏，早知道就拥护庐陵王（政变后，唐中宗李显被贬为庐陵王）了。

大家当时只是发发牢骚，都没当回事，结果有一人偷偷回去告了密。没过多久，大队羽林军冲到妓院，乱说话的禁卫军都被处死了，那个告密者被授予了五品官。

这件事很快传遍了洛阳，没人关心被处死的禁卫军，人们只知道,告密就可以升官发财。

武则天还规定:

> 有告密者,臣下不得问,皆给驿马,供五品食,使诣行在。虽农夫樵人,皆得召见,廪于客馆,所言或称旨,则不次除官,无实者不问。[15]

这就是说,朝廷为告密者报销路费,而且不对传谣者追责。

《资治通鉴》记载:

> 告密之端自此兴矣。[16]

在告密这件事上最有天赋的那个人,名叫来俊臣。

一个人有秘密会被告发,没有秘密就不会被告发了吗?

不,来俊臣会想尽办法罗织罪名,他还对这些方法进行了系统化的整理,编成了《罗织经》。从此,告密成了可复制的经验,效率提升了,告密队伍也壮大了。

有一段时间,在洛阳城,生意最好的就是棺材铺。有的大臣早上上朝,下午就被杀了,后来大家都得提前准备好棺木,以免排不上号。

在这种情况下,说真话是需要勇气的。

陈子昂本以为这是最好的时代,而武则天就是自己的伯乐。

他在诗里写道:

> 感时思报国，拔剑起蒿莱。[17]

坦率地讲，武则天在任期间，对人才的选拔是不遗余力的。

唐朝继承了隋朝的科举制度，但初唐时期，科举其实不光看考试成绩，还有一个重要的影响途径是干谒行卷。所谓干谒就是考生把自己写的诗提前拿给考官过目，考官如果觉得不错，那在阅卷时看到考生名字，自然会有印象。

这本来是避免"一卷定终生"的好举措，结果有不少人开始走歪路，考官也变相收受贿赂。

武则天大力整顿科举，一方面打击作弊，另一方面首创"殿试"，就是最后一级考试由皇帝亲自把关。她还规定考卷要糊名，这样关系户也无从作弊了。

由于科举更加公平，很多像陈子昂这样的寒士得以打破士族垄断，进入官场。

武则天一度以为陈子昂是自己这边的人，李唐阵营的人也这样认为，但他们都错了。

侠之大者，为国为民。陈子昂心中仍不失侠义之心。

武则天任用酷吏，屠戮功臣，陈子昂没少提意见。

他有一首感遇诗直接抨击武则天任用小人酷吏，以致亲人都要互相陷害。

> 呦呦南山鹿，罹罟以媒和。
> 招摇青桂树，幽蠹亦成科。

> 世情甘近习，荣耀纷如何。
> 怨憎未相复，亲爱生祸罗。
> 瑶台倾巧笑，玉杯殒双蛾。
> 谁见枯城蘖，青青成斧柯。[18]

他还写过一篇《谏用刑书》，抨击武则天大兴诏狱，其中更是直言：

> 今陛下不务玄默，以救疲人，而反任威刑，以失其……[19]

对此，武则天表示，陈子昂说得很有道理，但是毫无意义。

诏狱

退朝后，来俊臣问武则天，今日之事是否要追究。武则天说就按他的意思办。来俊臣问的是陈子昂。

和陈子昂接触多了，武则天发现，陈子昂很单纯，甚至单纯得有些可笑。

武则天很冷血，但并不傻，朝廷里的每个人背地里在打什么算盘，她都知道。像来俊臣这样的酷吏干了什么勾当，她也知道。

陈子昂这个人，有什么说什么，一点都不加掩饰。往好了说，这是耿直；往坏了说，这是没政治头脑。

整个朝廷谁都可能掀起风浪，但他不会。

692 年，陈子昂的官阶从九品升到了八品，职位是右拾遗，主要工作是给皇帝提意见，尽管意见从未被采纳。

对武则天来说，陈子昂就是个花瓶，用来证明武则天会听取意见的花瓶。

这一年，陈子昂也进了诏狱，有人觉得他话太多了。虽然很快就被释放了，但经过敲打的陈子昂觉得，这是最坏的时代。

不久之后，陈子昂又得到了一个机会。

696 年，帝国东北部的契丹部落叛乱，其实这场叛乱本来不会发生。

当时营州（今辽宁朝阳一带）发生饥荒，当地都督不但不赈灾，还镇压闹事的契丹人，最后导致矛盾激化，契丹人首领李尽忠和孙万荣揭竿而起。

武则天派去平定的将领多达 28 人，还有一个安抚使武三思。之所以派那么多人，不是因为唐军兵强马壮，而是因为朝中无人可用，名将们要么已经被杀了，要么还被关在诏狱里。

结果唐军惨败。没办法，只能派人增援。这次派的还是武家人——武攸宜。

看到国家有难，陈子昂主动请缨。

登幽州台歌

696 年，陈子昂作为随军参谋和大军一起抵达前线。

虽然总管是武攸宜，但负责打仗的是不久前刚被贬为庶人的名将王孝杰。战事吃紧，朝廷不得不重新起用他。

目睹武攸宜的指挥能力后，陈子昂非常焦急，屡次建议武攸宜与王孝杰配合进攻。

起初武攸宜比较客气地拒绝他，可陈子昂每天都来，武攸宜一气之下把陈子昂降为军曹。

最后王孝杰带领17万大军北上征讨契丹，而武攸宜则驻守渔阳（今天津蓟州区），说是驻守，其实是等着收割胜利果实。

同年三月，前方传来消息，唐军中了契丹人的埋伏，全军覆没，王孝杰坠崖身亡。

武攸宜傻了，接着契丹夺取了幽州，武攸宜以多敌少被杀得大败，从此死守渔阳城。

陈子昂冒着违抗军令的风险，跟武攸宜讨要一万兵马，希望为国尽忠。

和他前37次进言一样，这一次武攸宜还是没有听他的。

他登上了渔阳城的城楼，遥望着远处的幽州。

这一年北征，他将自己的所见所感写成了7首诗，送给好友卢藏用，这就是《蓟丘览古赠卢居士藏用七首》，其中反复提到的就是燕昭王和黄金台：

> 南登碣石馆，遥望黄金台。
> 丘陵尽乔木，昭王安在哉？
> 霸图怅已矣，驱马复归来。[20]

1 000 年前，燕昭王为了招揽人才，筑起黄金台，各国群贤聚集燕国，史载：

乐毅自魏往，邹衍自齐往，剧辛自赵往，士争凑燕。[21]

陈子昂似乎看到，有一群人从他身边走过，意气风发，神采奕奕。其中有人向他挥手，招呼他过去。他们一起上了黄金台，燕昭王亲自下来迎接，拉着他的手，将国家托付给他。

陈子昂激动地还礼，等抬起头来，却发现四周空无一人。天色渐渐暗了下来，城墙上只有他一个人，一阵风吹过，他感到些许孤独、忧愁与惆怅。

前不见古人，后不见来者。

他想起这 14 年的为官生涯，其间洛阳越来越气派，新造的明堂气势恢宏，甚至超过了长安。

可朝廷却陷入了一种怪象，尖锐的批评变成了委婉的建议，委婉的建议变成了群体的沉默，群体的沉默变成了心里的秘密，最终朝廷里只剩下了一种声音，那就是赞美。

在这样的朝廷里，陈子昂成了一个异类，他没有朋友，没有同伴。他一个人上朝，一个人散朝。

在一片赞美声中，大唐迎来了又一次的盛世繁华。

唐朝和已经灭亡近 1 000 年的燕国相比，哪个是更好的国家？

在大唐帝国的赞歌中,陈子昂奏响了最激烈的不和谐音。

> 念天地之悠悠,独怆然而涕下。

这场叛乱以一种奇怪的结局收场,后突厥自告奋勇帮大唐平乱,条件是"六胡州"降户和单于都护府辖地,朝廷还要允许突厥可汗家族和武周皇族通婚。

割地赔款之后,陈子昂和队伍一起"凯旋",第二年,他辞官回到了四川。

4年后,他被陷害入狱,病卒于狱中。

在陈子昂之后,又有一位自称"剑客"的少年从四川出发,渴望成就一番事业。他也像陈子昂一样豪爽,一样爱交朋友,他四处干谒却也屡屡碰壁。

40年后,陵城村的一处酒家里,这位身穿白衣的剑客刚喝完酒,准备结账。店小二看着桌上的剑,问他要去哪里、做什么,他回答要去长安做官。

说完,拿起剑便离开了。

众人只远远地听到一句:

> 仰天大笑出门去,我辈岂是蓬蒿人?

望月怀远

唐 张九龄

海上生明月,天涯共此时。
情人怨遥夜,竟夕起相思。
灭烛怜光满,披衣觉露滋。
不堪盈手赠,还寝梦佳期。

长安回望

开元二十四年（736年）八月初五是千秋节，也就是玄宗的生日。

这是一次表现的机会，假如能够打动圣人，加官晋爵近在眼前，群臣都向玄宗献上了宝镜。在张九龄看来，以镜自照，只能照见人的面容，而以人自照，能判断吉凶。于是，他以五卷《千秋金镜录》阐述以前各个朝代兴废的缘由，将书献给唐玄宗，获得了褒奖。

以铜为镜，可以正衣冠；以古为镜，可以知兴替；以人为镜，可以明得失。[22]

玄宗自然明白这个道理。

然而，张九龄在很多事上反对玄宗的主张，加上李林甫的恶意中伤，使玄宗对他积怨很深。同年，张九龄被任命为右丞相，免去了知政事的职务。与此同时，牛仙客得到了重用。

737年，监察御史周子谅弹劾牛仙客才干不足，引谶书为证，引得玄宗大怒，受刑后被流放到了瀼州（今广西边境地区），到达蓝田时身亡。李林甫指出,周子谅是张九龄引荐的,于是,张九龄被贬为荆州长史。离开的那天,天空布满了阴霾,张九龄回望了长安城一眼,转身仰望天空,轻叹要变天了。

来自岭南的宰相

在某种程度上,张九龄在长安的成功是不可思议的。

张九龄来自岭南,往好了说,这地方叫"蛮夷之地",说难听点,就是"鬼门关""魑魅之乡"。所以这是个热门被贬地,据不完全统计,唐朝被贬岭南的大小官员多达 600 余人,比如后来的柳宗元、韩愈、李德裕。

长安官场向来看重出身,其他官员对张九龄有偏见毫不奇怪。但就才华而言,张九龄十分耀眼。他从小就显露出不凡的才学,7 岁就能写文章,13 岁上书广州刺史王方庆,王方庆看了他的文章后,感叹道:"是必致远!"[23]

曾任宰相的张说称赞张九龄"后出词人之冠"[24],其文章"如轻缣素练,实济时用"[25]。

但张九龄心中的目标比成为文坛领袖大得多,这是由于家族的影响。

伦敦大英博物馆里有一幅中国画,名为《女史箴图》,是镇馆之宝之一。这幅画的作者是东晋的顾恺之,画作的内容由 12 个讲述古代宫廷仕女的故事组成,故事则来自西晋广武侯张华的一篇骈文《女史箴》。

张华处于西晋历史最混乱的时代，后宫、宦官、皇族的势力错综复杂，皇后贾南风把持朝政，秽乱后宫。他写《女史箴》是为了规劝贾南风，但很明显效果不佳，否则之后就不会发生"八王之乱"了。

"文死谏，武死战"是中国历代士大夫的风度和精神。张华是这样，他的后人张九龄也是这样。武后长安二年（702年），张九龄进京参加科举，据记载：

考功郎沈佺期尤所激扬，一举高第。[26]

沈佺期当时诗名远扬，和另一位诗人宋之问合称"沈宋"。后来，沈佺期被指任考功郎期间受贿，被贬到了岭南。人们怀疑他在主持考试时有不正当行为，否则来自穷乡僻壤的张九龄怎么能考中进士呢？

中宗命中书令李峤对张九龄进行重考，李峤以文辞出名，当时与苏味道、杜审言、崔融合称"文章四友"。经过李峤的阅卷，张九龄再次高中。

根据唐代科举制度，中了进士后，通过吏部考试才能做官，张九龄一路通关。712年，张九龄被任命为左拾遗，他的官场生涯正式开启。

733年，56岁的张九龄终于成了大唐的宰相。

做了几年宰相，如今沦落到被贬官，张九龄在想到底是哪里出了问题。

君臣典范

712年,太子李隆基主持道侔伊吕科考试,亲自策问。在场的是通过层层选拔,来自各州的最优秀的人才。李隆基希望从这些人里找到未来可用之人。

这是张九龄和唐玄宗的第一次相遇,此时这两位年纪相仿的年轻人可能都不会想到,他们会成为一代君臣的典范。

后世对张九龄的认识,多在于他的风度。张九龄上朝时气质不同于旁人,唐玄宗看到他时总是觉得眼前一亮,对身边人说,每次见到张九龄,都令人精神顿生。

后来张九龄被贬,每次有人举荐人才,玄宗总要问被举荐的人是否比得上张九龄。张九龄是韶州曲江人,其处事风格被赞有"曲江风度",现在曲江有条路就叫"风度路"。

相比风度,张九龄的文采更得玄宗赏识,当他对制诰不满意时,总会让张九龄改写一遍。他曾称赞张九龄的文章独步朝堂,堪称文场元帅。

两人的"蜜月期"本可以更长,但有人看不下去了,这个人就是李林甫(小名哥奴)。

在后人的记载中,许多人认为,唐朝衰败是因为出了个奸臣李林甫,假如没有李林甫,唐朝还能延续盛世。在我看来,这话说对了一半。

张九龄一直看不上李林甫,在他看来,李林甫不学无术。李林甫年轻的时候和时任侍中源乾曜的儿子源洁交好,曾托源洁帮自己

得到司门郎中一职,源洁去向父亲请求此事。结果源乾曜一口拒绝,还说了一句很不客气的话:

> 郎官须有素行才望高者,哥奴岂是郎官耶?[27]

但就是这样的李林甫,成了玄宗一朝任职时间最长的宰相。

李林甫是奸臣,这毫无疑问。奇怪的是,往往在盛世皇帝身边最容易出奸臣,北宋出了个秦桧,清朝康乾盛世出了个和珅。

皇帝不知道他们贪吗?不知道他们干了什么事吗?当然知道。既然如此,为什么仍然重用这些奸臣呢?因为他们能干,而且听话。

李林甫的办事能力从一些小事上就能看出来。736年10月,玄宗朝廷在洛阳,玄宗本打算来年春天回长安,不知为何,洛阳宫里突然闹鬼,搞得人心惶惶,于是他准备提前回西京。他找张九龄商量,想早日动身,没想到遭到严词拒绝。理由是会影响当地农民正常秋收,应该等到冬闲时候再走。

张九龄完全是为民着想,无可厚非,玄宗不好反驳,但他每天晚上提心吊胆,睡不好觉。这些都被李林甫看在眼里,散朝后,李林甫对玄宗说:"长安、洛阳,陛下东西宫耳,往来行幸,何更择时!"[28]玄宗听了很高兴,但不得不考虑沿途百姓的农收。李林甫提议,免了沿途百姓当年的税收,这样百姓叫好还来不及呢。这件事办得让皇帝开心,老百姓更开心,似乎达成了双赢。

张九龄是被李林甫扳倒的,但他被罢相的真实原因不在于李林甫,而在于他背后的圣人——唐玄宗。

开元二十三年（735年），李林甫官拜礼部尚书、同中书门下三品。这时候，唐玄宗已经在龙椅上坐了23年，在这23年间，他开创了一个名为"开元"的盛世。

到开元二十年（732年），全国户数大约是786万，人口大约是4 543万，是唐初户口的两倍多，国土面积达1 076万平方公里，疆域辽阔。

开元年间名相辈出，比如姚崇、宋璟、张说。

但这些成就是靠唐玄宗牺牲个人安逸换取的。圣人好当吗？不好当。当一个贤明的圣人，更是难上加难。偷点懒，会被宰相指责；给皇亲国戚开个后门，要被一群官员上书劝诫，甚至被当面驳斥。

没有天下百姓的幸福，就不会有大唐盛世的根基，玄宗明白这个道理，所以他克制了20多年，直到突然来了个会嘘寒问暖的宰相，事事为他考虑。

玄宗起初也提防着李林甫，但李林甫的办事水平很高。皇帝要做什么事，在别人那里要么行要么不行，到了李林甫这里，行也是行，不行也得行，而且他还能处理得四平八稳，让那些说不行的人无可辩驳。

后宫宦官、六宫嫔妃，李林甫都搞定了。玄宗一开口，李林甫总能第一时间给出三套解决方案。现在多少老板都盼望着手底下有这么个员工。

可以说，这是标准的"捧杀"，大唐就败在李林甫这里。但扪心自问，如果你兢兢业业、克己奉公20多年，终于迎来了成功，实现了财务自由，公司业务蒸蒸日上，那你会不会选择放松一下呢？

这个道理，李林甫懂，但张九龄不懂。

三次被贬

荆州城外，江边长亭，秋风吹过，天气渐凉，桌上摆着一壶酒。张九龄站在亭内，望着江水，身边是他的学生孟浩然。孟浩然拿起酒壶，给张九龄倒了一杯，给自己倒了一杯，还没等张九龄说话，就一饮而尽。

张九龄摇摇头，心想这学生还是那么不懂人情世故，但转念一想，自己又何尝不是呢。可这有什么办法，心中那杆秤要是歪了，走路总会难受。

这是张九龄第三次被贬，同僚和下属都对他说，左迁是常事，早晚圣人会召他回去。可张九龄心里明白，官做到头了。

张九龄第一次被贬是主动要求调动岗位。刚当官时，他和时任宰相姚崇在人事选拔上观点不合，颇不受姚崇待见，与其在京师耗着，不如回岭南，为家乡干点实事。俗话说，要致富，先修路。于是张九龄命人开凿了大庾岭路，也就是最早的"京广线"，可谓造福一方。

张九龄第二次被贬是因为被牵连。玄宗泰山封禅时，只要是参加典礼的官员都可以加官晋爵，时任宰相张说负责参加典礼的名单，从中收了不少贿赂。后来东窗事发，张说因此被罢相，而他和张九龄关系不浅，于是张九龄连带着被贬了官。

说到底，前两次被贬都不是张九龄自己的问题，而这次被贬则是彻底的失败。一直以来,唐玄宗在张九龄心中是圣明君主的形象,能虚心纳谏,体恤百姓。"士为知己者死",千百年来,遇上明君,与之共同开创基业,是一代代读书人的毕生追求。

这样的好时候,张九龄赶上过,可不知从什么时候起,圣人变了,变得陌生,变得世俗起来。为此,张九龄不是没发过牢骚。

他在一首感遇诗里这样写道:

> 兰叶春葳蕤,桂华秋皎洁。
> 欣欣此生意,自尔为佳节。
> 谁知林栖者,闻风坐相悦。
> 草木有本心,何求美人折。[29]

这首诗看起来是在讲花木,讲春天的兰花和秋天的桂花,四时之花各有本心,不会因为美人来了就竞相开放,也不会因为无人到来就不开放。

中国文化历来讲究含蓄,有的是不得不含蓄,比如历朝历代的史官们的诗文;有的是故意含蓄,咏物言志更能引人共鸣。

张九龄不是第一个这样做的人,但他掀起了一个时代的浪潮——诗的盛唐。

这一切源于这首《望月怀远》:

> 海上生明月,天涯共此时。
> 情人怨遥夜,竟夕起相思。

灭烛怜光满，披衣觉露滋。
不堪盈手赠，还寝梦佳期。[30]

张九龄站在江边，抬头望着天上的月亮，这是第几个月亮呢？传说天上不止一个月亮，每一天都要经历月生月灭，新的一天会迎来新的月亮。

明月当空，他回忆起做宰相时，每天上朝前都要穿戴整齐，精神饱满地出发，一路上是月光伴随着他，送他入宫，见他的君主。月亮沉默地见证一切，从长安到荆州，从相守到别离。

接下来，他突然写到了对一个人的思念。许多解读里提到，这是对远隔天涯的亲人或情人的思念，但我觉得还有更深层次的意义。

此时张九龄已年迈，况且李林甫的势力已经在朝廷根深蒂固，他明白，自己已经没有以后了。

在这样一个夜晚，突然涌起一股"相思"的感觉，与其说是相思，不如说是担心，即使分开了，也会担心你过得好不好。如果是另一名更有才华的人代替了自己，那么根本用不着担心，可现在，张九龄听到、看到的并非都是歌舞升平，远在皇宫里的圣人还能否听到世间的声音呢？

想到自己已经无力挽回，一股巨大的失落涌上心头，想这么多又有什么用呢？张九龄把烛光熄灭，可月光迅速把整个空间填满，江边的风裹挟着水面的雾气，阵阵凉意仿佛在提醒他过去那些日日夜夜。

不论何时，别离都是一件让人难以面对的事情，尤其是自己遭

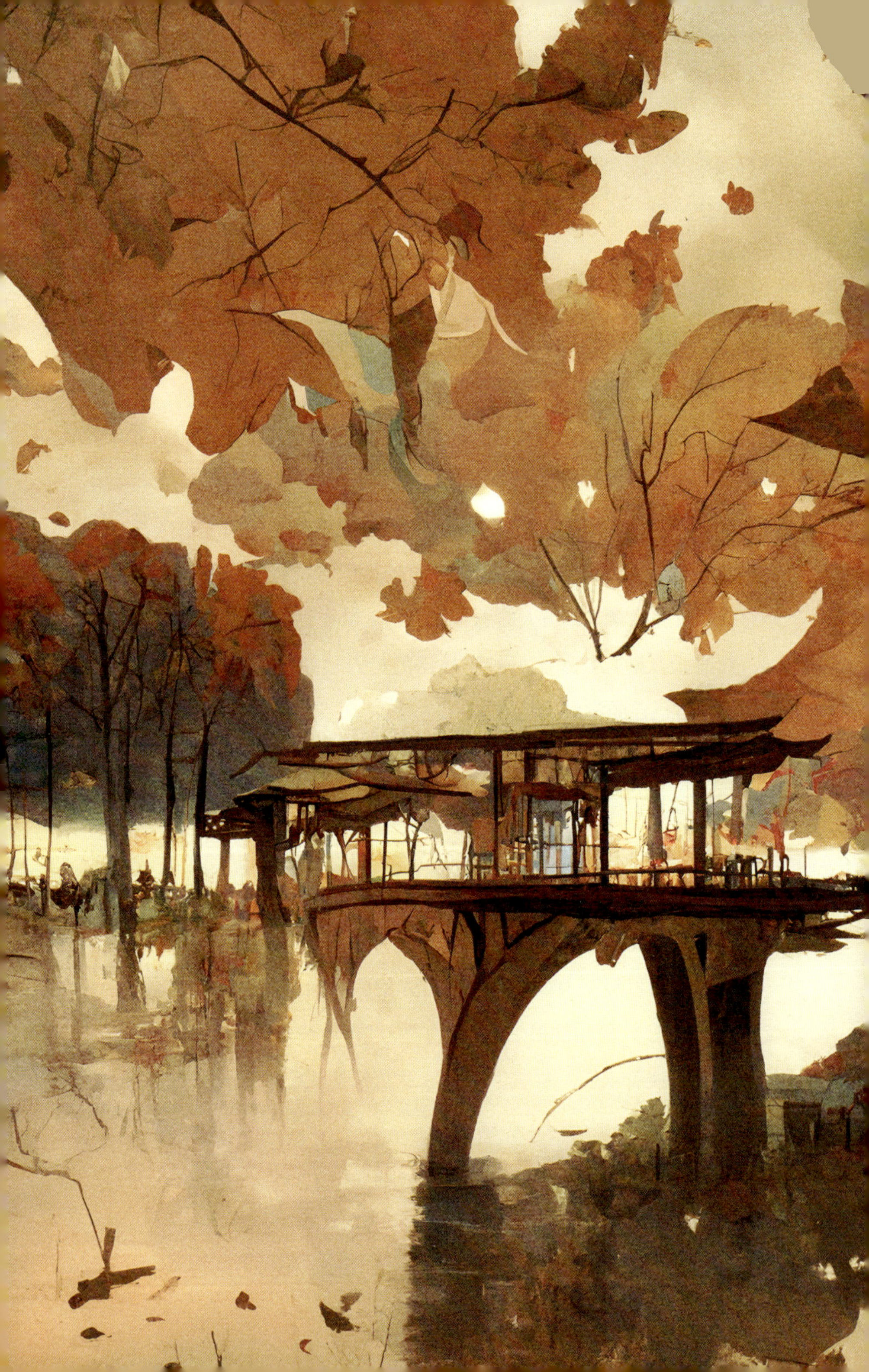

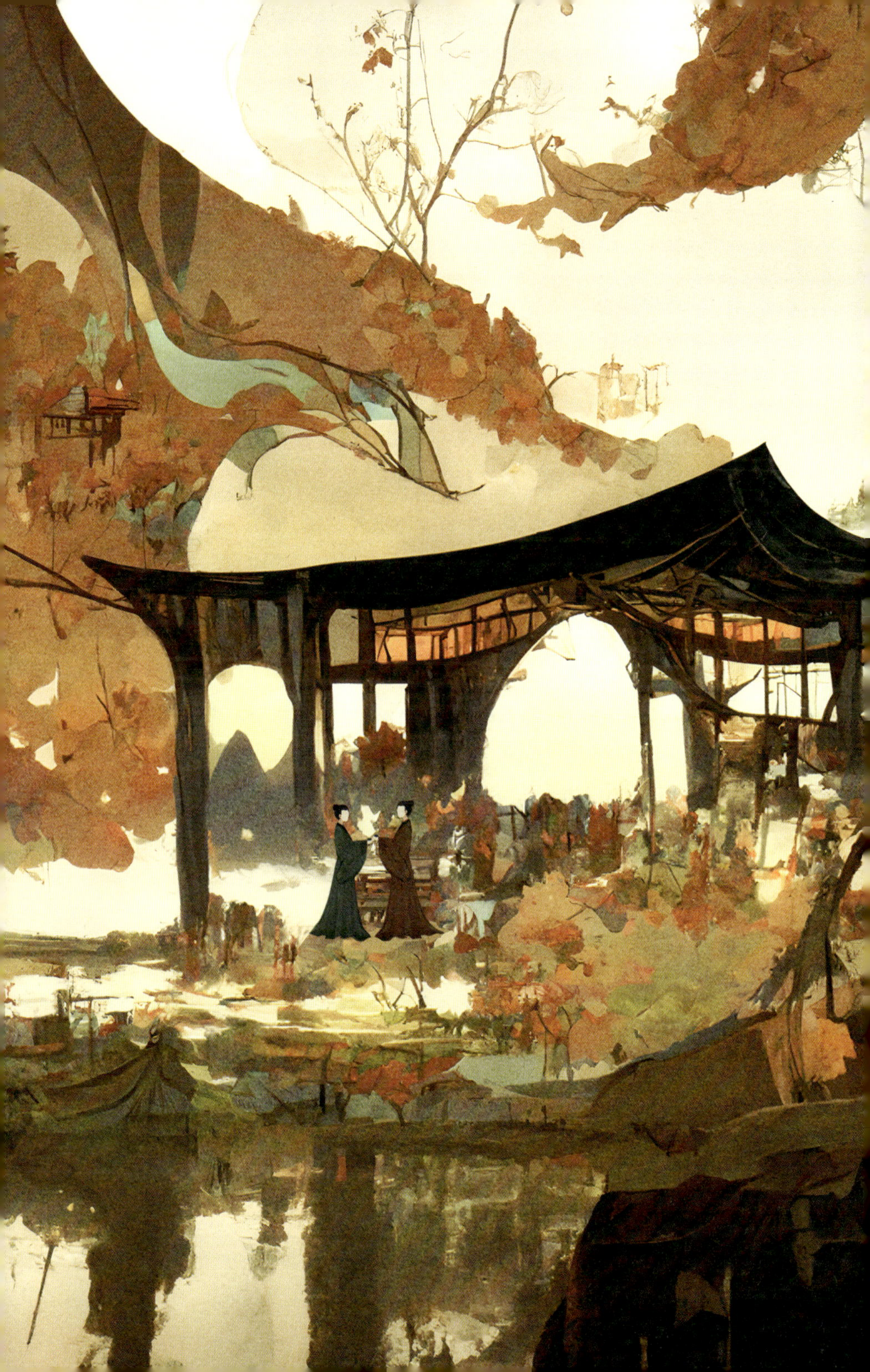

受到不公正对待的时候。有人埋怨，有人痛哭，有人走向崩溃，但时间会治愈一切。

现在快要到月落的时候了，这个新生的月亮即将迎来自己的终结，一如张九龄的人生。

过去的一切，成功也好，失败也好，得意也好，失意也好，这一刻都不谈了，最终只汇成一句"今夜月色真美啊"。

可是，他还有一丝放不下，难道眼睁睁看着这个时代走向崩溃吗？不，或许自己还能做点什么。于是他写下了这首《望月怀远》，他站在文坛的顶峰，向天下所有的读书人喊话。

读书的目的到底是什么？是做官，求名誉，还是求财富？都不是。当在位者不可避免地走向庸俗时，读书人就是最后的防线。来吧，一辈子贯彻文人的忠义！来吧，时代在呼唤你们！

这是张九龄为圣人做的最后一件事，做完这些，他微笑着进入了梦乡。

755 年，安史之乱爆发，兵临城下时，玄宗不得不离开长安，逃往四川。在入蜀的路上，玄宗听着马车的铃铛声，或许短暂地想起过张九龄。

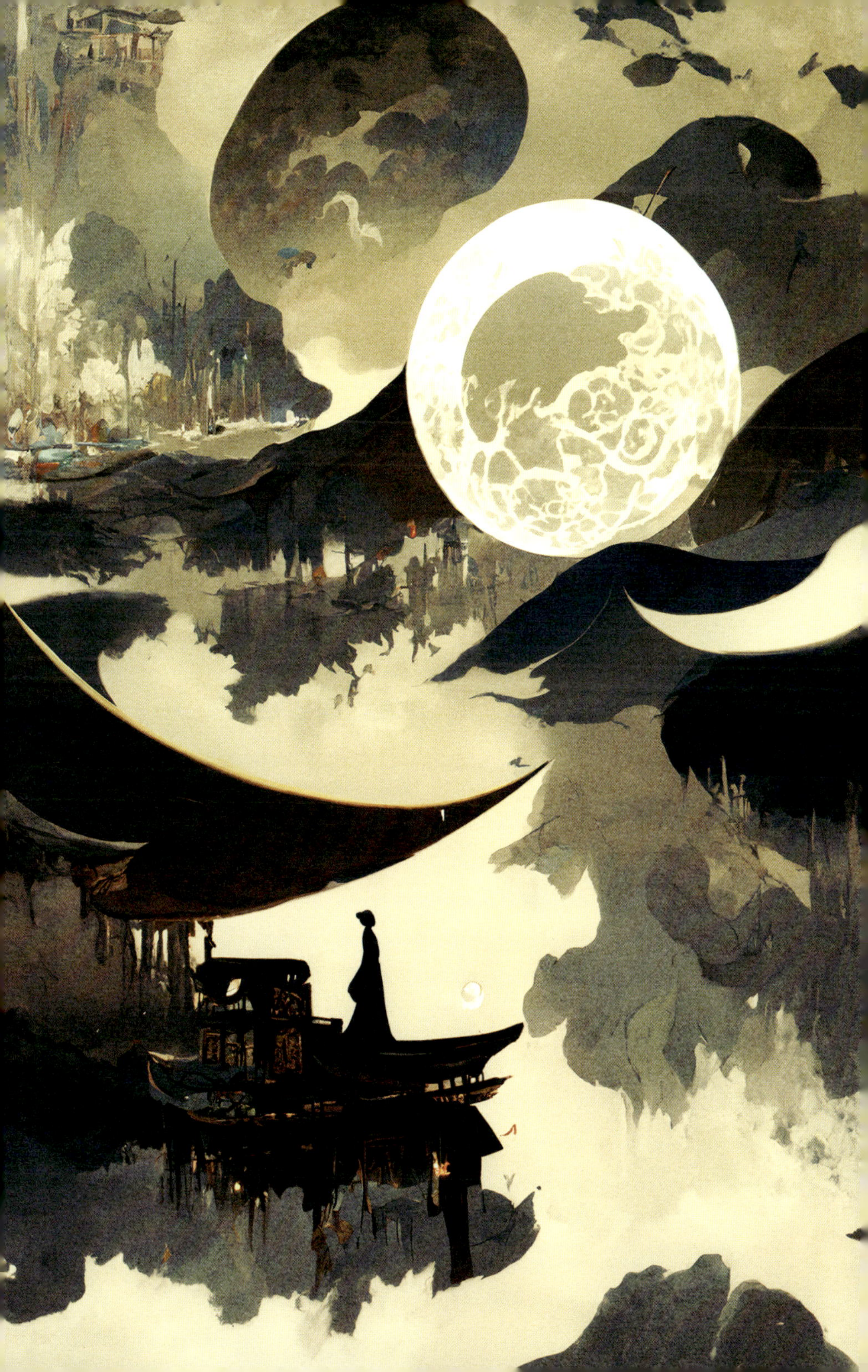

早发白帝城

唐 李白

朝辞白帝彩云间,
千里江陵一日还。
两岸猿声啼不住,
轻舟已过万重山。

谪仙人李白

至德二载（757年），逐渐从一连串失利中恢复过来的唐军，吹响了反击的号角。在北方，名将李光弼与史思明在太原激战。刚登基不久的唐肃宗李亨，与回纥达成了同盟，借兵收复失地。燕军内部出现了分裂，安禄山被自己的儿子安庆绪杀死。一切似乎都在向好的方向发展。

此时的浔阳监狱里，来了一名新的犯人。他叫李白，罪名是"附逆作乱"，死罪。

最后一次为国尽忠

756年，已经56岁的李白接到了一份来自永王李璘的邀请，希望他能在国家危难之际站出来做点什么。

国家有难，匹夫有责，何况是一辈子都在追求报效国家的李白。

但这个选择给他带来了巨大的麻烦。这一年，长安动荡不安，玄宗出逃，马嵬坡下贵妃殒命，皇帝与太子分道扬镳，几经波折，终入四川。

抛下长安百姓，仓皇出逃的皇帝采取了一系列动作。《旧唐书》记载：

> 十五载六月，玄宗幸蜀，至汉中郡，下诏以璘为山南东路及岭南黔中江南西路四道节度采访等使、江陵郡大都督，余如故。[31]

一个月后，玄宗再次下诏，命诸王分镇天下：

> 诏以皇太子讳充天下兵马元帅，都统朔方、河东、河北、平卢等节度兵马，收复两京；永王璘江陵府都督，统山南东路、黔中、江南西路等节度大使；盛王琦广陵郡大都督，统江南东路、淮南、河南等路节度大使；丰王珙武威郡都督，领河西、陇右、安西、北庭等路节度大使。[32]

皇太子担任天下兵马大元帅，各王也分别统领兵马，蓄势待发。当时盛王和丰王并未到任，分镇的权力实际上落到了皇太子李亨和永王李璘的手里。

永王是玄宗的第十六个儿子，母亲郭顺仪早逝，是被太子李亨从小养大的。假如一切顺利，永王会成为一个纨绔子弟，钱不多不少，权力不大不小，不时闹出些麻烦，以证明自己不轻不重的存在，然后过完不咸不淡的一生。可是一场动乱突然把永王推到了权力的中心，打乱了他的人生节奏。

身兼三路节度使和江陵府都督，恰逢北方战乱，而天下财税都在江南，凭借这些优势，永王足以募集一支强大的军队。而此时，肃宗已经在灵武称帝，局势非常微妙。永王在这个时候大肆招募人才，任何有官场经验的人都会思考，应不应该站这个队。

可李白会想这些事情吗？他不会。他的想法很简单，现在最大的敌人是安禄山、史思明和燕军。谁能马上去讨伐他们呢？肃宗在灵武保存实力，而永王主张迅速反击，拯救长安百姓于水火之中。

李白选择了追随永王，这很有他的风格，做什么都带着一飞冲天的气势。

> 大鹏一日同风起，扶摇直上九万里。[33]

很快，肃宗的诏书就到了，让永王入蜀。永王没有理睬，而是让楼船向北驶去。李白发现，等在那里的不是燕军，而是自己的一位老朋友——时任扬州大都督府长史、淮南节度使高适。

是朋友也是对手

看到高适，李白想起了12年前的梁园。那一年，李白被赐金放还，开始了他的漫游之旅。

在睢阳（今河南商丘），44岁的李白与33岁的杜甫，以及41岁的高适，在一个晴朗的日子里同游梁园。那一天，天很蓝，风很轻，有少许云。在古吹台上，一阵悠扬的琴声随风而来，古琴、老树、旧园撩拨起诗人们的心弦。

凭吊怀古,不可无酒,更不可无诗。他们开怀畅饮,说古论今,谈笑风生。在梁园的一处墙壁上,李白留下了一首《梁园吟》。黄昏时分,先前抚琴的女子路过此处,看见了墙上墨迹未干的诗句,久久不能离去。

园内下人看到刚粉刷的白墙被涂成了这样,想过去擦拭,被女子拦住了。她不让任何人碰墙上的诗,而且花1 000两银子买下了这堵墙。这件事惊动了整个商丘,也惊动了李白。

杜甫说,这位小姐是已故宰相宗楚客的孙女,是梁园有名的才女,商丘有句民谣:"今人难娶宗氏女,除非神仙下凡来。"高适笑着说,看来良缘要落在李白身上了。

"千金买壁"的佳话仿佛就发生在昨天。

李白认为永王准备从扬州出发,经东海(今东海、黄海)、渤海海路直取幽州,捣毁敌军老巢。在《永王东巡歌》里,他写道:

祖龙浮海不成桥,汉武寻阳空射蛟。
我王楼舰轻秦汉,却似文皇欲渡辽。[34]

但高适不是这样想的,肃宗也不是这样想的,在他们看来,永王的举动有造反之意。在高适的策反攻势下,永王手下的大将季广琛倒向了肃宗。永王派人去追季广琛,季广琛直言,自己感恩永王恩德才不与他们交战,假如再逼他,就别怪刀剑无情。

一个气球漏气的时候,绝不会一点一点地瘪下去。

李白刚进牢里的时候，虽然很绝望，但怎么也没想到会被判死罪。等反应过来，他才开始写信求救，他给很多人写过信，包括高适。高适并没有出手相助，救李白的是郭子仪。《新唐书》记载：

> 初，白游并州，见郭子仪，奇之。子仪尝犯法，白为救免。至是子仪请解官以赎，有诏长流夜郎。[35]

当时郭子仪是肃宗最仰仗的将领，李白在并州救过他，郭子仪拿自己的官职换了李白一命。李白逃过了死罪，被流放到了夜郎。

人生最后的舞台

夜郎，又称夜郎国，地处西南，偏僻而遥远，属蛮夷之地。

汉武帝对付南越国时，有意拉拢南越附近的夜郎国。没有想到，夜郎国王问使者，夜郎国和大汉哪个更大。这就是蒲松龄说的"夜郎自大"的故事。

在好友王昌龄被贬到湖南怀化时，李白写下了《闻王昌龄左迁龙标遥有此寄》：

> 杨花落尽子规啼，闻道龙标过五溪。
> 我寄愁心与明月，随君直到夜郎西。[36]

乾元元年（758年）李白踏上了流放夜郎之路。这一路他走得很慢，好像夜郎就是他人生的终点，他知道那一天终会到来，可希望能慢一点。从浔阳走到江夏，从江夏走到三峡，在巫山，处在绝望中的李白迎来了转机。759年，在张镐等人的奔走下，李白被赦免了。在回江陵的途中，李白写下了那首脍炙人口的《早发白帝城》：

朝辞白帝彩云间，千里江陵一日还。
两岸猿声啼不住，轻舟已过万重山。[37]

我们听到的最多的解读是，这首诗表达了诗人遇赦后激动的心情，以及柳暗花明又一村的轻快感。其中不仅包含绝处逢生的喜悦，也隐约有另一种情绪。

这一年，李白已经将近60岁了。

李白出生在中亚碎叶，从小跟着父亲到了四川，25岁那年，在江陵开启了出仕的道路。江陵是李白最初的舞台，过了35年，经历过失败和等待，他又回到了这里。

三峡、巫山、白帝城，一幕幕往事浮现在李白眼前。他的诗名动天下，唐玄宗亲自召见过他，贺知章说他是"谪仙人"，这算不算成功呢？他从来没有为国家做过什么大事，被玄宗赐金放还，现在还成了附逆之人，这算不算失败呢？他已经快60岁了，还有没有未来？

江陵是李白最初的舞台，也是他最后的舞台。

起风了，李白的船在江上，有那么一刻，他觉得船仿佛静止了，

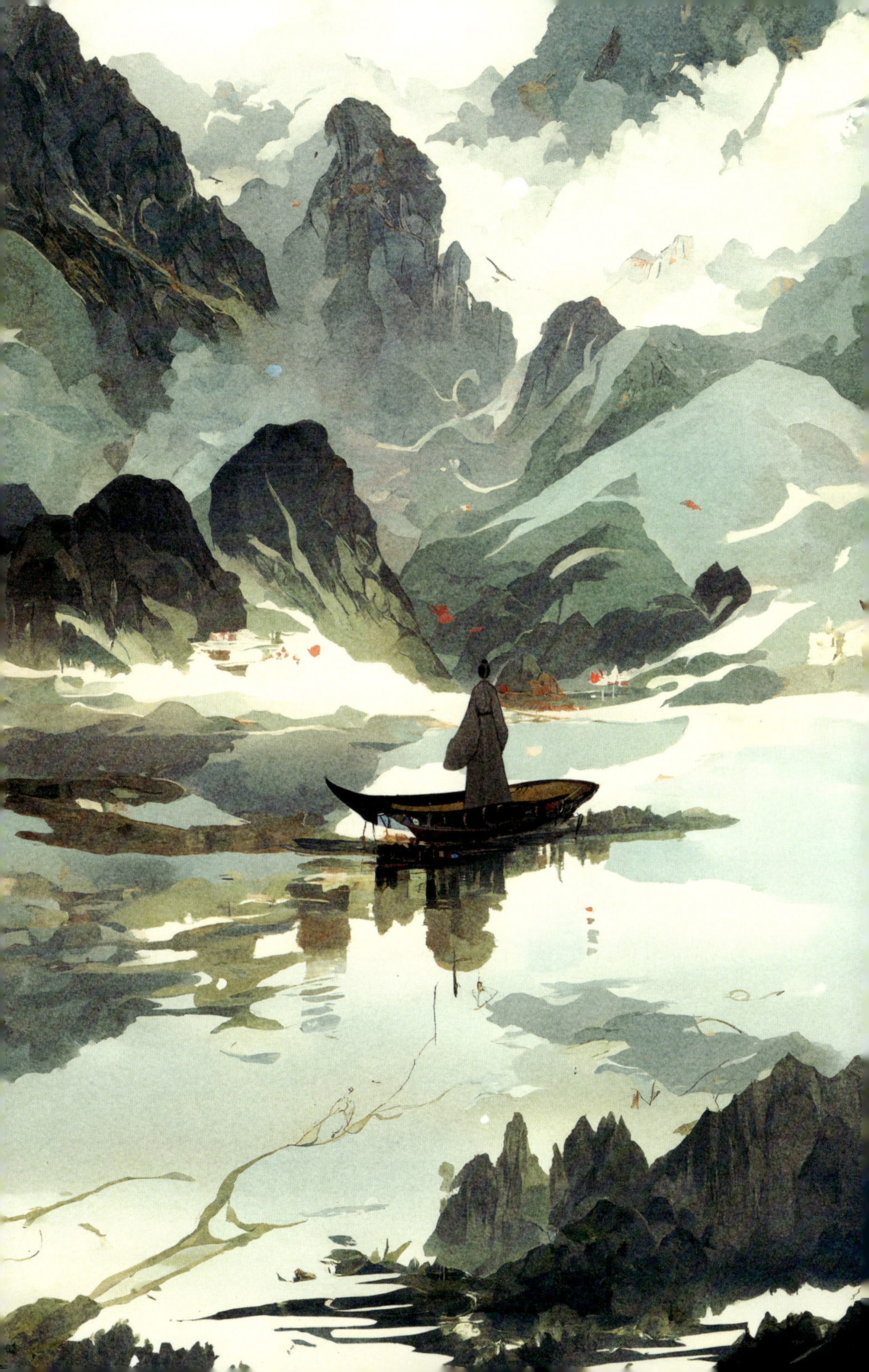

两岸的山像《神仙图》里的众仙，成群结队地来，孤孤单单地走。

天上有云，巫山有雨，山上有树、有草、有花、有猿猴，气氛渲染到浓处，仿佛一幕幕悲喜剧在上演，一场接着一场，李白在其中看到了自己。

船夫来提醒李白快到地方了。

写在最后

纵观李白的一生，仅就结果而言，他是很失败的。

他在玄宗身边的时候不珍惜，到肃宗时代又站错了队，没担任过什么正式的官职，更别谈治国平天下了。

有人说李白不懂做人，没有人生智慧，在官场肯定行不通。没错，但凡李白能稍微妥协一点、世故一点、圆滑一点，以他的才华，成就肯定会更大。

但那还是李白吗？

李白这辈子的终极追求，用一句话来说就是：来要来得轰轰烈烈，走要走得潇潇洒洒。

他出仕的目的不是高官厚禄，而是兼济天下，最好是挽国家于既倒之中，扶社稷于将倾之时。等一切功业都完成，众星捧月的时候，他就静静地退场。

事了拂衣去，深藏身与名。[38]

叶嘉莹先生将天才分为两种：

其一种为能忍世人所不能忍之羁束，而足可于现世中完成其拯拔世人之大业者；其另一种则为不能忍世人所忍之羁束，虽其本身之天才亦足以光照千古，而却并不足以成就任何现世之功业者。[39]

李白属于后者。

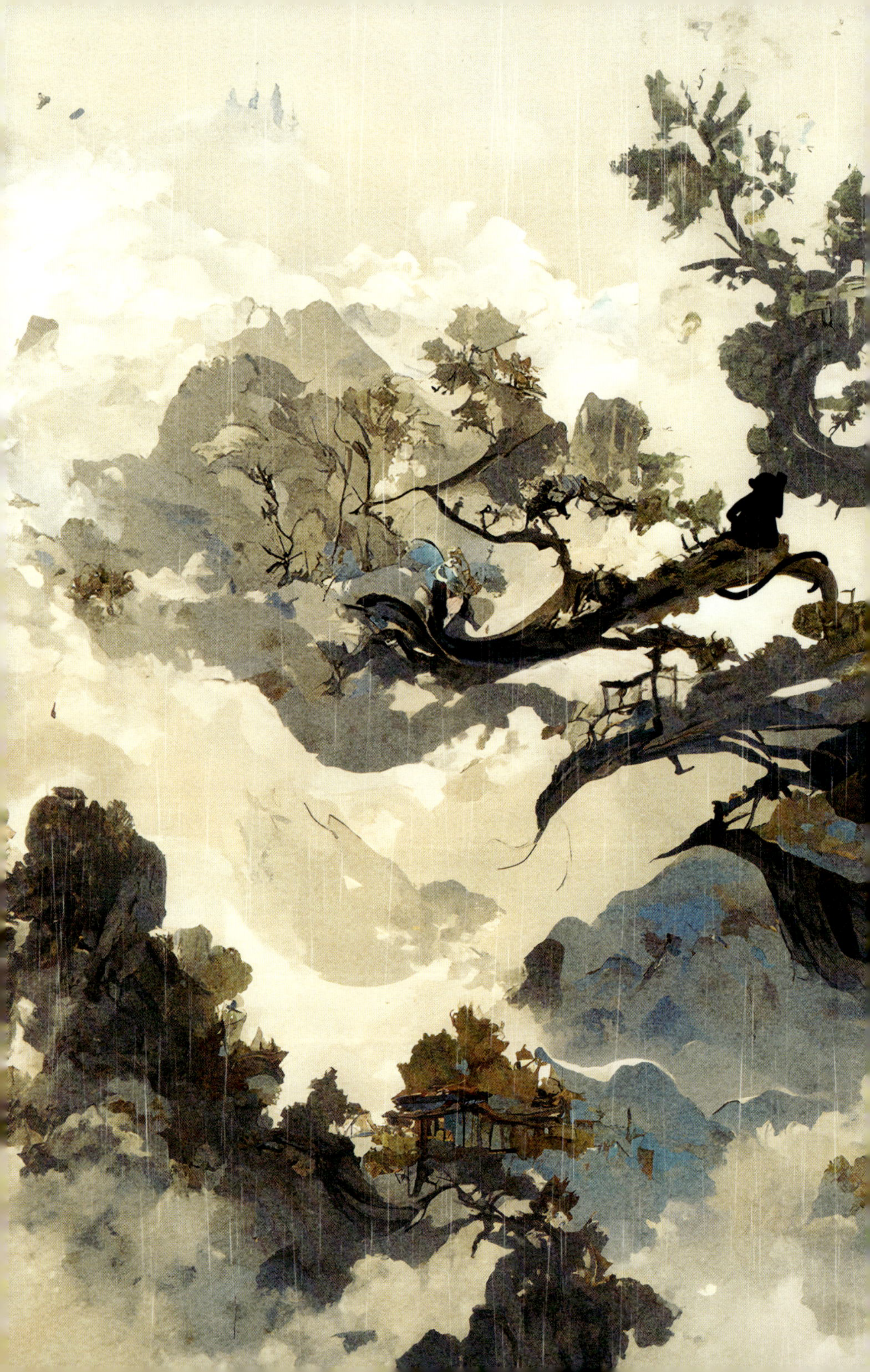

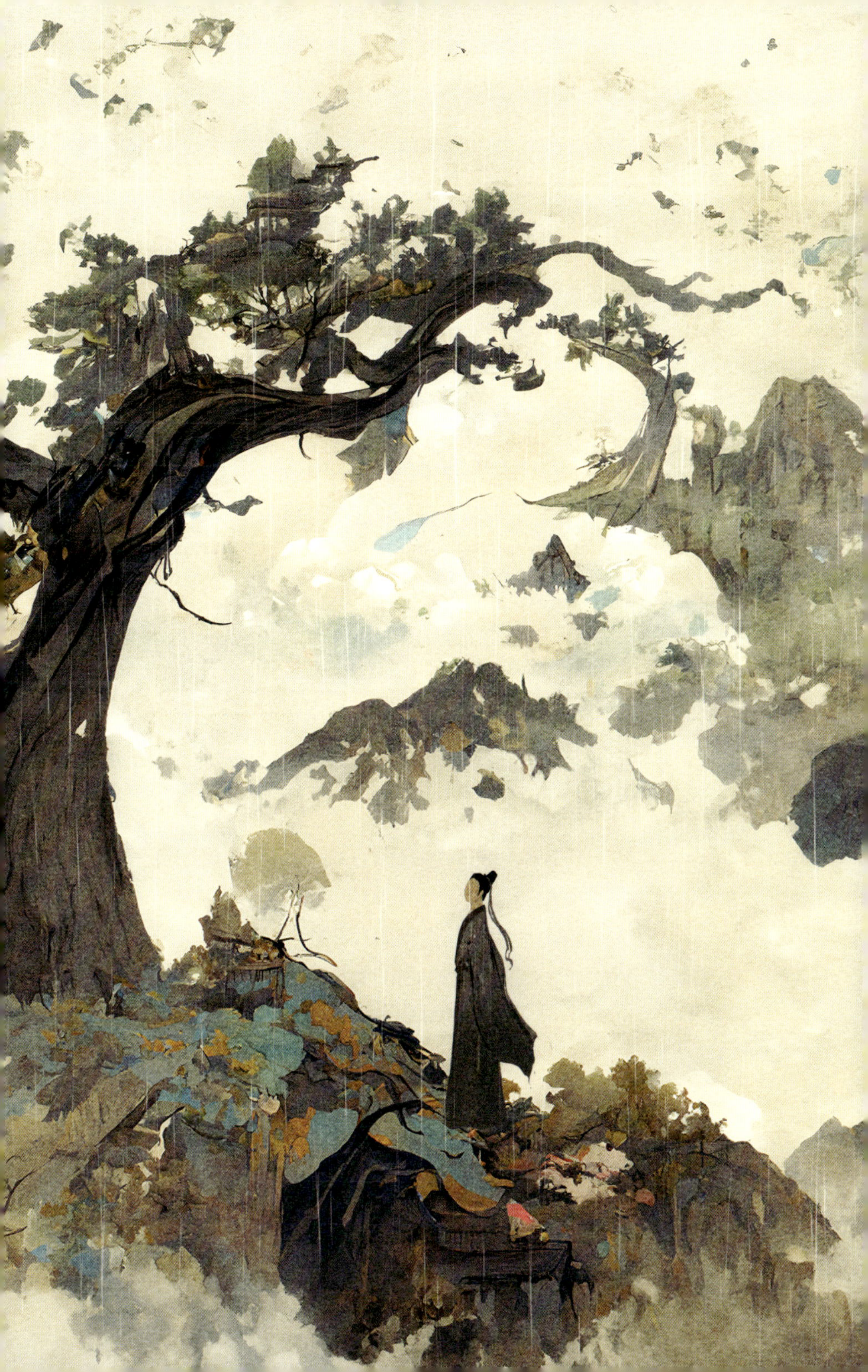

江南逢李龟年

唐 杜甫

岐王宅里寻常见,
崔九堂前几度闻。
正是江南好风景,
落花时节又逢君。

也教诗圣忆流年

如何用一句话让诗词爱好者争论起来？

很简单，问他们认为杜甫的哪首诗最好就行，保证能让他们好好争论一番。

杜甫是诗圣，也被称为"诗史"，他留下的诗有 1 400 多首。诗的数量多，好诗也不少。所以，要挑出最好的一首是非常难的。

清代的蘅塘退士在编《唐诗二百首》时，将其中一首诗评为杜甫七绝的压卷之作。

世运之治乱，年华之盛衰，彼此之凄凉流落，俱在其中。少陵七绝，此为压卷。[40]

另有清人黄生在《杜诗说》中评此诗：

见风韵于行间，寓感慨于字里，即使龙标、供奉操笔，亦无以过。[41]

龙标是指王昌龄，供奉是指李白。

李白就不用说了，王昌龄号称"七绝圣手"，比这两人的作品更厉害的诗，到底是哪一首呢？

那就是《江南逢李龟年》：

> 岐王宅里寻常见，崔九堂前几度闻。
> 正是江南好风景，落花时节又逢君。[42]

这诗估计大多数人在初中时期就会背了，它内容平实，用词也看不出有多精妙。

那么这首诗究竟好在哪儿呢？

故事还要从李龟年这个人说起。

李龟年其人

唐宋时期，诗词的传播和现在流行的歌曲打榜一样。

电视剧《长安十二时辰》里，唐代第一"女高音"许鹤子出巡，她一开口，下面的老百姓都激动不已。许鹤子唱的是李白的《短歌行》。这首曲子的作者目前没有定论，我个人推测，很可能是李龟年。

为什么这样说呢？

唐代的李濬在《松窗杂录》里记载了这样一个故事：

天宝二年（743年），扬州献上了一批很难得的木芍药（牡丹花），有红、紫、浅红、通白四种颜色，玄宗命人将其移植到兴庆池东的沉香亭。

等到花开的那天，玄宗带着杨贵妃一起去赏花，当时还有一众梨园弟子表演歌舞。唐玄宗在看到花的那一瞬间，突然说：宝花对美人，怎么能用旧乐词呢？于是他就派人去找当时供职于翰林院的李白。当时李白因前一天刚喝完酒宿醉未醒，于是便在醉意未消的状态下提笔写就三篇新词，也就是千古名篇《清平调》三章。

其中一句广为人知：

> 云想衣裳花想容，春风拂槛露华浓。

而当时给《清平调》谱曲和演奏的，正是李龟年。

李龟年是个音乐人，他不但会谱曲、演唱、填词，还会演奏各种乐器。

李龟年非常幸运，因为他不仅生活在盛世的大唐，而且遇到了一位真正懂音乐的皇帝——唐玄宗。

中国历史上喜欢音乐的皇帝不少，可大多是票友，而唐玄宗不一样。

论中国书画成就最高的皇帝，非宋徽宗莫属；论中国音乐成就最高的皇帝，那就是唐玄宗了。

《旧唐书》记载：

> 性英断多艺，尤知音律，善八分书。[43]

《资治通鉴》记载:

> 上精晓音律,以太常礼乐之司,不应典倡优杂伎;乃更置左右教坊以教俗乐,命右骁卫将军范及为之使。又选乐工数百人,自教法曲于梨园,谓之"皇帝梨园弟子"。又教宫中使习之。又选伎女,置宜春院,给赐其家。[44]

用现在的话说,当时太常、教坊、梨园都是国家级音乐部门,演奏的都是传统古典音乐,叫"雅乐",流行音乐则叫"俗乐"。玄宗居然主动让教坊教俗乐,可见大唐风气之开放。

这还不算完,就像宋徽宗亲自教绘画一样,唐玄宗也亲自在"皇家音乐学院"教音乐。所以,司马光说玄宗精晓音律绝对不夸张。

能得到唐玄宗的认可,李龟年的音乐造诣自不必说,更重要的是,他名声远扬了。

而后,李龟年成了王公贵族们的座上宾,一场宴会规格的高低,取决于李龟年是否在表演嘉宾名单里。

这样的李龟年最不缺的,就是拥趸。

王维有一首很有名的诗,现在幼儿园小朋友也会背,就是《相思》:

> 红豆生南国,春来发几枝。
> 愿君多采撷,此物最相思。[45]

这看起来很像一首爱情诗，然而，它还有另外一个名字，叫《江上赠李龟年》。

李龟年红得连王维都要写诗来表达对他的思念之情。

但此时的李龟年，又是怎么和杜甫扯上关系的呢？

杜甫和李龟年

李龟年当红的时候，杜甫还是小杜。

小杜当时十四五岁，正是意气风发的时候。和我们印象中饱经沧桑的杜甫不同，这时候的小杜有一腔豪情：

> 会当凌绝顶，一览众山小。[46]

当时还是"杜傲天"的小杜来到了洛阳姑母家。到洛阳以后，他发现，这里除了自己还有"王傲天""李傲天"，天才们白天不知在何处，但晚上不是在岐王府上，就是在崔九家里。

岐王名叫李范，是玄宗的弟弟。在玄宗和太平公主之间，他站对了队伍，因此得到了巨大的荣耀。

和许多王公贵族一样，岐王在洛阳置了地，他的宅子位于与皇宫一河之隔的尚善坊，位置优越。

岐王本人爱好风雅，喜欢结交文人雅士。

和岐王一样附庸风雅的，还有崔涤。

崔涤是中书令崔湜的弟弟，在家中排行老九，人称崔九。他哥哥崔湜很得唐玄宗赏识，但在太平公主一案中站错了队，丢了性命。玄宗在坐稳江山以后，看到崔涤就好像看到了崔湜，心中很是怀念。

崔涤的地位很高，也很有钱，由于哥哥的事情，他把心思都放在了文学领域。他的府邸位于遵化里，那里也是李龟年经常出现的一个地方。

年少的杜甫也常出入岐王和崔九家里，他很快发现众人的焦点始终在一个人身上，那就是李龟年。

有人的地方就有江湖，有江湖的地方就有传说。杜甫听到的故事是这样的：

在一个晴朗的夜晚，月光洒在路上，就像铺了一层白沙。李龟年第一次来到了岐王府，随着宴席一起开始的，是柔和的女声和伴奏的琵琶声。

唱到一处，李龟年突然低声说，这是秦声慢板，又到一处，道是楚音流水。

一曲终了，果然如李龟年所说，屏风后走出两位歌伎：一位叫沈妍，来自陇西；一位叫薛满，来自扬州。

岐王当即赏了李龟年破红绡、蟾酥粆，可李龟年看都不看，直接跑到沈妍面前，抱起她的琵琶扬长而去。

这个故事从唐朝冯贽的《云仙杂记·辨琴秦楚声》一直传到明朝张岱的《夜航船》，真假已经不重要了，重要的是人们共同的记忆。李龟年已经不单单是一个偶像，他变成了一个符号，一个象征大唐盛世风华的标志。

坐在台下的小杜和其他人一样，憧憬着美好的未来。他想象着，

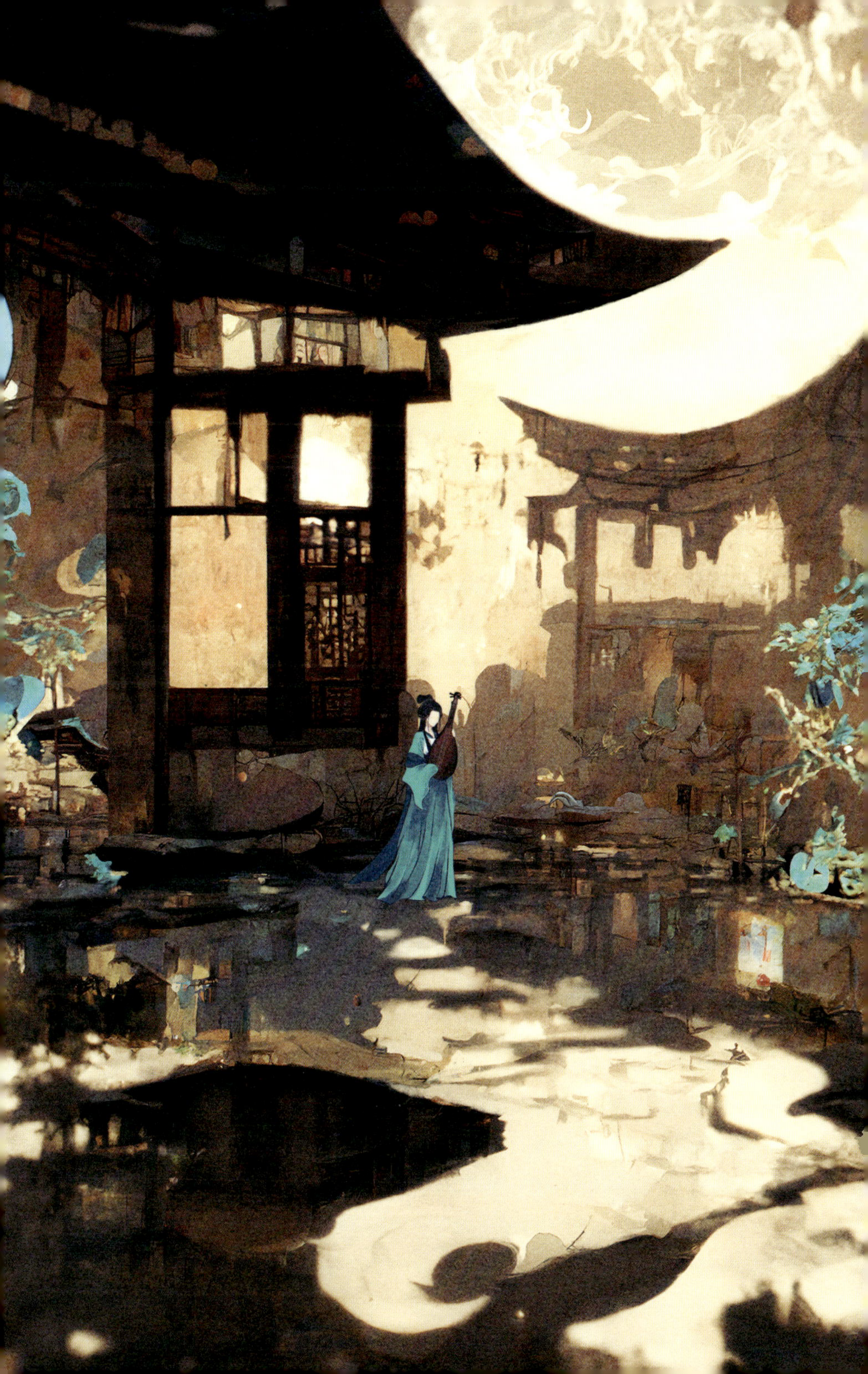

将来有一天，自己也能像李龟年一样成为众人的焦点，像李白那样名满天下，像王维那样功成名就。

一切应该只是时间问题，在这样的盛世下，梦想是有机会实现的，如果没有那场动乱的话。

多年后的重逢

770年春，在潭州（今湖南长沙），杜甫又一次遇到了李龟年，在那次相遇之后，杜甫写下了《江南逢李龟年》。

他们相见时，也许是这样一番景象：

杜甫路过一个酒馆，听到一段熟悉的歌声。

> 红豆生南国，春来发几枝。
> 愿君多采撷，此物最相思。

音乐响起时，酒馆里的人纷纷把手中的酒杯放下，有人沉默不语，有人掩面拭泪，已经40年没有听到这首歌了。

一位老者走出了酒馆，杜甫迎了上去，两个年过半百的旧相识相遇了。

杜甫上前表明了自己的身份。李龟年似乎并没有认出杜甫。

杜甫说起当年经常在岐王府和崔九家里看李龟年表演。李龟年似乎想起了什么。

按理说，这时候他们肯定会怀念当年大家在一起参加宴会的日子，对酒当歌，把酒言欢，多么开心。

当时大家都还很年轻，以为这样的日子会一直持续下去。

之后40年，李龟年过得怎么样？杜甫经历了什么？

李龟年本来可以和玄宗一起逃往成都，结果却掉了队，流落到南方，一代巨星靠街头卖艺为生。

杜甫从洛阳到秦州（今甘肃天水），从秦州到同谷（今甘肃成县），从同谷到成都，一路颠沛流离，时常挣扎在生存的边缘。

蒋勋老师曾经说，不管从什么阶段开始读诗，从哪位诗人开始喜欢诗，最后在那里等着你的，一定是杜甫。

在你历经沧桑、洗尽铅华后，回过头会发现，你所经历的悲情都已经被杜甫写进了诗里。

可是，在这首诗里，过往的沧桑岁月、物是人非和悲情故事，杜甫只字未提。

他突然讲了一句看似莫名其妙的话：

正是江南好风景，落花时节又逢君。

我以前很不理解这句话，两人明明有很多话要说，40年的情感应该像泄洪一样汹涌澎湃，为什么没有开口呢？

直到我后来读到另一个关于重逢的故事——吴念真的《计程车》。一个离婚男人事业失败后去开出租车，他在机场拉生意，上来的乘客是前女友。前女友似乎没有认出他，上车后打了好几通电话，第一通电话打给在国外的女儿报平安，第二通电话打到澳大利亚的

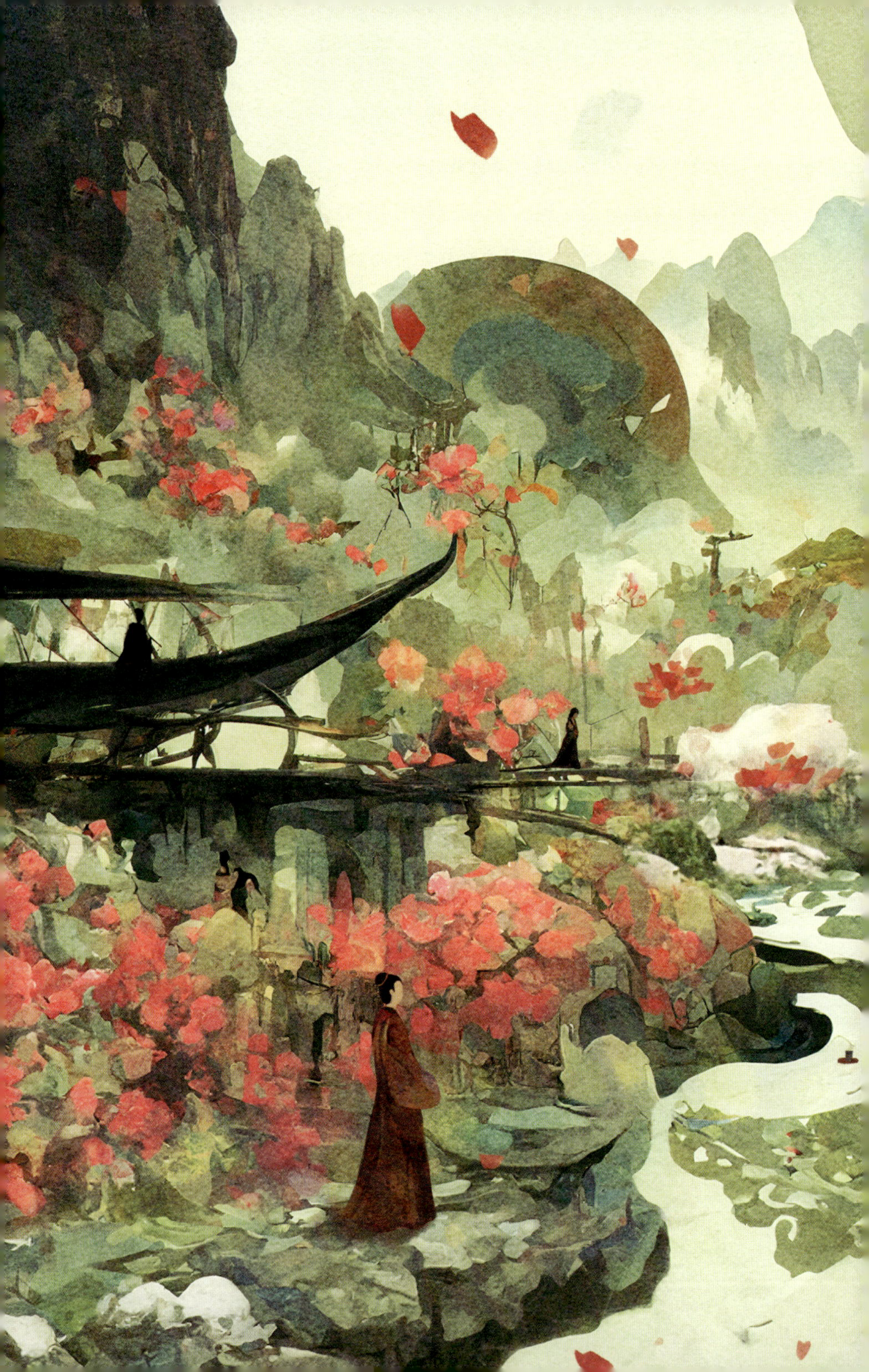

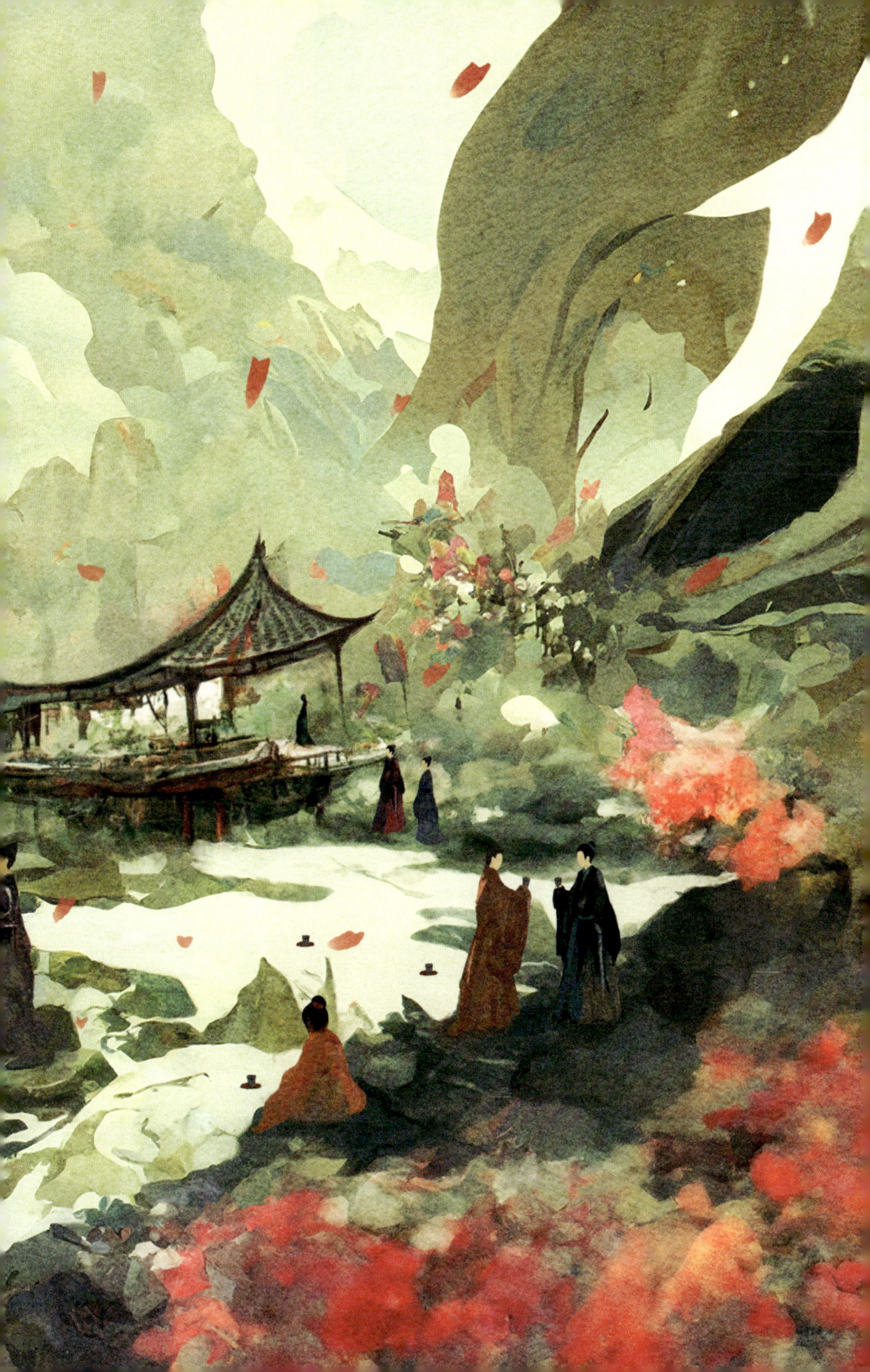

公司布置工作，最后一通电话打给闺密，聊了聊女人到了这个年龄的感受。

终于到了目的地，男人庆幸她没有认出自己，这时女人开口说：我把自己的近况、现在的心情、对一些人的思念都告诉你了，你连一句简单的问候都不肯跟我说吗？

我从这个故事里突然明白了杜甫这首《江南逢李龟年》的意境。

这种时候应该说什么呢？

过去的不幸、挫折和困苦已经发生了，大唐盛世一去不返。不管说什么，过去的都已经过去，无法改变。

未来呢？杜甫已经59岁了，李龟年比杜甫还大，他们还有再见的机会吗？没有了，他们也没有什么未来了。

既然改变不了过去，未来也没有什么可期待的，唯一能说的是什么？

正是江南好风景，落花时节又逢君。

那一刻，漫天的花瓣随风飘落，一人高声歌唱，另一人饮酒作诗，渐渐地，周围聚拢过来一些人，他们互相打着招呼，推杯换盏，仿佛一场盛大的宴会。

770年，也就是和李龟年重逢的那一年，杜甫终于走完了他人生的最后一段路。

第二篇 — 咏志

与尔同销万古愁

喝一场酒，爬一座山，登一座楼，寓情于景、歌以咏志，是古典文人的拿手好戏。"天若有情天亦老"，老天爷可能也偏爱妙手文章，所以总是故意发难，换得彪炳史册的绝唱。少年英姿、被冠以"初唐四杰"之首的王勃，也因仕途失意叹息"关山难越，谁悲失路之人"。写尽半个盛唐，豪言"天生我材必有用"的李白，也曾推杯换盏，"但愿长醉不复醒"。于是经历过盛世将倾、已知天命的王维，早已锋芒尽敛，坐看云卷云舒。"古来圣贤皆寂寞"，所以诗文里写就了千万种孤独。在永州那个万籁俱寂的隆冬，孑身一人的柳宗元仍没有忘记心中之志；而看过青山万里的刘长卿，在风雪交加的人生路上，提笔挥书"不如归去"。

滕王阁序

唐 王勃

豫章故郡，洪都新府。星分翼轸，地接衡庐。襟三江而带五湖，控蛮荆而引瓯越。物华天宝，龙光射牛斗之墟；人杰地灵，徐孺下陈蕃之榻。雄州雾列，俊采星驰。台隍枕夷夏之交，宾主尽东南之美。都督阎公之雅望，棨戟遥临；宇文新州之懿范，襜帷暂驻。十旬休假，胜友如云；千里逢迎，高朋满座。腾蛟起凤，孟学士之词宗；紫电青霜，王将军之武库。家君作宰，路出名区；童子何知，躬逢胜饯。

时维九月，序属三秋。潦水尽而寒潭清，烟光凝而暮山紫。俨骖騑于上路，访风景于崇阿。临帝子之长洲，得天人之旧馆。层峦耸翠，上出重霄；飞阁流丹，下临无地。鹤汀凫渚，穷岛屿之萦回；桂殿兰宫，即冈峦之体势。

披绣闼，俯雕甍，山原旷其盈视，川泽纡其骇瞩。闾阎扑地，钟鸣鼎食之家；舸舰迷津，青雀黄龙之舳。云销雨霁，彩彻区明。落霞与孤鹜齐飞，秋水共长天一色。渔舟唱晚，响穷彭蠡之滨；雁阵惊寒，声断衡阳之浦。

遥襟甫畅，逸兴遄飞。爽籁发而清风

生，纤歌凝而白云遏。睢园绿竹，气凌彭泽之樽；邺水朱华，光照临川之笔。四美具，二难并。穷睇眄于中天，极娱游于暇日。天高地迥，觉宇宙之无穷；兴尽悲来，识盈虚之有数。望长安于日下，目吴会于云间。地势极而南溟深，天柱高而北辰远。关山难越，谁悲失路之人？萍水相逢，尽是他乡之客。怀帝阍而不见，奉宣室以何年？

嗟乎！时运不齐，命途多舛。冯唐易老，李广难封。屈贾谊于长沙，非无圣主；窜梁鸿于海曲，岂乏明时？所赖君子见机，达人知命。老当益壮，宁移白首之心？穷且益坚，不坠青云之志。酌贪泉而觉爽，处涸辙以犹欢。北海虽赊，扶摇可接；东隅已逝，桑榆非晚。孟尝高洁，空余报国之情；阮籍猖狂，岂效穷途之哭！

勃，三尺微命，一介书生。无路请缨，等终军之弱冠；有怀投笔，慕宗悫之长风。舍簪笏于百龄，奉晨昏于万里。非谢家之宝树，接孟氏之芳邻。他日趋庭，叨陪鲤对；今兹捧袂，喜托龙门。杨意不逢，抚凌云而自惜；钟期既遇，奏流水以何惭？

呜乎！胜地不常，盛筵难再；兰亭已矣，梓泽丘墟。临别赠言，幸承恩于伟饯；登高作赋，是所望于群公。敢竭鄙怀，恭疏短引；一言均赋，四韵俱成。请洒潘江，各倾陆海云尔。

不废江河万古流

水没过头顶的时候，王勃想起了一件事，借来的路费可能还不了了。

上元三年（676年）八月，一艘从交趾（位于今越南北部红河流域）驶向广州的船翻了。一个年轻的生命永远停留在了27岁。就在前一年，他在洪都（今江西南昌）为第一次重修的滕王阁写了一篇文章。他或许不会想到，这篇《滕王阁序》会让他青史留名。

王勃，字子安。很多人认为，王勃是一个少年天才，唯一的缺憾就是过早离世，甚至有人说，假如王勃能多活几十年，足以撼动李白在诗坛的地位。现在看来，《滕王阁序》充分展现了王勃的文学才华，正如杜甫诗里所说的：

> 杨王卢骆当时体，轻薄为文哂未休。
> 尔曹身与名俱灭，不废江河万古流。[1]

可初唐名将裴行俭对王勃等"初唐四杰"的评价并不高，他说："勃等虽有文华，而浮躁浅露，岂享爵禄之器邪！"[2]

应该如何评判王勃短暂的一生呢？故事要从"一阵风"说起。

马当神风送王勃

王勃在滕王阁一鸣惊人的故事堪称传奇，后世许多文章将王勃写得神乎其神，其实历史关于他的记载没有那么奇幻。王勃会成为传奇，很大程度上要归功于明代冯梦龙的《醒世恒言》。

《醒世恒言》是明末的一部传奇小说，是"三言二拍"中的一部。"三言"是指冯梦龙编著的《喻世明言》《警世通言》《醒世恒言》，"二拍"则是指凌濛初编著的《初刻拍案惊奇》和《二刻拍案惊奇》。"三言二拍"写的大多是市井故事和民间传说，因涉及一些情色描写，曾一度被列为禁书。

《醒世恒言》中的《马当神风送滕王阁》可以说是"王勃传奇"的初始版本。和四大名著等明清话本一样，故事从一首定场诗开始：

> 山藏异宝山含秀，沙有黄金沙放光。
> 好事若藏人肺腑，言谈语话不寻常。[3]

王勃13岁常随舅母游于江湖，有一天从金陵（今江苏南京）坐船去九江，经过九江第一凶险处马当山时，忽然乌云遍布，狂风大作，巨浪滔天。

船上众人都虔诚地祈求江神保佑，唯独王勃毫无惧色。有人问他为什么不害怕，他说："我命在天，岂在龙神！"满船皆惊，众人劝他不要说这样的话。而王勃说:"我当救此数人之命!"在众人炽热的目光之下,王勃大笔一挥,吟诗一首,随后将纸掷于水中,没过一会儿就风平浪静了。众人的脸色马上由阴转晴,感叹王勃的才华之高,竟然能说动江神。王勃说:"生死在天,有何可避!"

船在马当山靠岸后,王勃上岸闲逛,看见一座古庙,朱红漆牌上写着"敕赐中源水府行宫"。王勃便在墙上题诗:

> 马当山下泊孤舟,岸侧芦花簇翠流。
> 忽睹朱门斜半掩,层层瑞气锁清幽。[4]

这庙里的景色别具一格:

> 碧瓦连云起,朱门映日开。
> 一团金作栋,千片玉为街。[5]

王勃在庙里焚香祝告,赏玩江景多时,正准备回船,忽然有一位老者问他是不是王勃。这位老者"碧眼长眉,须鬓皤然,颜如莹玉,神清气爽,貌若神仙"。

王勃恭敬地上前与老者对谈,老者说见过王勃在船上写的诗,问他既然这么有才华,为什么不去考取功名。王勃说,家寒窘迫,囊中羞涩,因此流落穷途,有失青云之望。老者说,明日重阳佳节,洪都阎府君欲作《滕王阁记》,以王勃的才华,既可获资财数千,又能垂名后世。

王勃说洪都离此 700 余里，一日之内无法到达。老者让王勃登上一艘船，王勃上船后，船便飞速向前驶去。王勃问老者的身份，对方说自己是中源水君，山上那座庙供奉的就是他的香火。

王勃不到一日就到了洪都。那里级别最高的官员是阎都督，当时正在重修滕王阁，他遍邀天下名士，作《滕王阁记》。阎都督其实是在为自己的女婿吴子章铺路，准备让他以此为题写篇文章，在众位名士面前闪亮登场。阎都督让手下的小吏端着笔墨纸砚到各位名儒面前，大家都不敢轻易接受，最后传到了坐在末座的王勃那里。王勃毫不推辞，拿过纸笔就开始作文。

众人心中一惊，感叹这个年轻人真不懂人情世故。阎都督气得起身离座，一片哗然中，王勃丝毫不乱，安心写文。仆人们来回报告王勃写了什么。

接下来的故事我们就很熟悉了，王勃写下了："豫章故郡，洪都新府。"阎公说，这是老生常谈，谁都会。仆人又来报："襟三江而带五湖，控蛮荆而引瓯越。"阎公沉思不语。小吏跑过来一句接一句地汇报。听到"落霞与孤鹜齐飞，秋水共长天一色"时，阎公不禁拍案："此子落笔若有神助，真天才也！"

当时在场的宾客都没意识到，自己见证了千古名篇的问世。而冯梦龙或许觉得故事不够曲折，又安排了一个小插曲。被抢了风头的吴子章不服，说王勃这篇文章是先贤旧文，为了让大家相信他的话，他把王勃刚才写的诗句背诵了一遍。吴子章之所以能背诵出来，是因为他有过目不忘的本领。正当他得意之时，王勃问：旧文可还有诗否？吴子章说没有。王勃说这首诗后面还有 8 句，问在场的人

是否记得,可他问了好几遍,都没人回答。王勃继续写道:

滕王高阁临江渚,佩玉鸣鸾罢歌舞。
画栋朝飞南浦云,珠帘暮卷西山雨。
闲云潭影日悠悠,物换星移几度秋。
阁中帝子今何在?槛外长江空自流。[6]

在场众人包括吴子章都不禁赞叹王勃的才华,人们知道的故事通常到这里就结束了。我们看到了一个朝气蓬勃、意气风发的王勃,仿佛大唐天空中一颗冉冉升起的新星。他不相信命运,不相信神佛,一切全凭自己。

然而,故事还有后半部分。

在滕王阁一文成名后,王勃带着祭品和酒回到了马当山。中源水君热情地接待了王勃,两人分别时,水君说王勃命数未终,凡限未绝,他们以后肯定有再见的机会。王勃便问起自己的命数和前程。

水君有点为难,说生死之事不归自己管,不能泄露天机,尽管王勃有才华,却难享富贵。接着他又安慰王勃,富贵向来由神安排,一钟一粟都有定数,昔日孔子尚不免陈蔡之厄,更何况普通人。王勃自然明白水君的意思,只是心中略感失望。

与水君分别后,王勃去交趾省亲,路上遇到前不久在滕王阁碰到的宇文钧,于是两人结伴乘船过海。

有一日,船在海上行驶,忽然狂风怒吼,怪浪滔天,能装数十人的船此时渺小如一片树叶,随时可能倾覆。船上众人惊恐万分,王勃淡淡地说：死生有命，富贵在天；风波虽有，不足介意。

说完这话，风浪竟平息下来，正当众人为王勃喝彩之时，风中传来了缥缈的乐声。随后，五彩祥云从天而降，从中走出了数十位仙娥，最前面是一位青衣女童，她说是奉掌管天下水籍文簿的神仙之命，召唤王勃去蓬莱写诗作文。王勃有些疑惑，女童说王勃如果不去，中源水君会亲自来请他。另一位到来的神仙说，王勃有仙骨，而且他曾在庙下作诗说愿伴清幽，要说话算话。王勃相信了他们的话，欣然前往。

脚下是万顷波涛，但他就像走在平地上一样。他回身与宇文钧和船上的其他人告别，随后牵衣出舱，望水面攀鞍上马。后来人们说，王勃是去做神仙了。

冯梦龙给不屈服于命运的王勃安排了一个美好的结局。这体现出后世文人对王勃的崇拜，人们更愿意相信天妒英才，而不是他单纯地遇难。那么，真实的王勃又是怎样的呢？

另一个王勃

674年，有位官员来到牢里，向死囚们传达皇帝大赦天下的圣旨。阳光洒在王勃的肩头，他感到一丝久违的暖意。他原本将于几个月后被处死，没想到绝望的人生竟然有了转机。回家的路熟悉又陌生，往日的记忆在睡梦中逐渐浮现。

650年，王勃出生在绛州龙门（今山西河津），小时候被誉为神童。《旧唐书》记载：

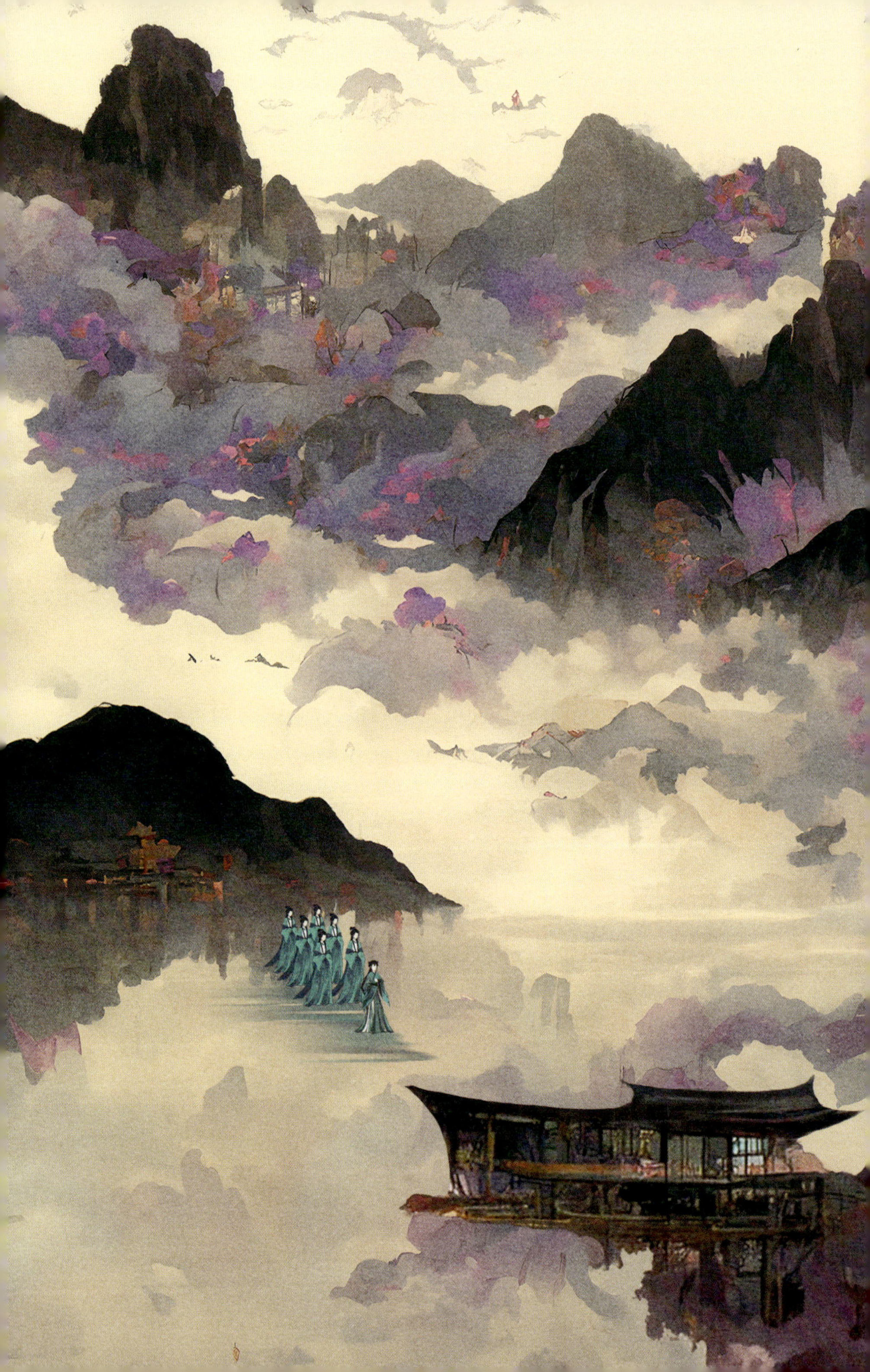

勃六岁解属文，构思无滞，词情英迈，与兄勔、勮，才藻相类。[7]

但在王家，被誉为神童并不稀奇，王勃的祖父王通和叔祖父王绩也是神童。

王通是隋朝大儒，人称"文中子"，是《三字经》中的五子之一，与荀子、扬雄、老子、庄子并列。他出生时父亲为他算了一卦，祖父安康献公一看，这是素王之卦，以后"必能通天下之志"，所以给他取名为"王通"。

王通2岁就能读书，5岁已经可以和父亲纵论国家大势，18岁时中秀才。在隋朝，秀才是最高的科举成就，完全不亚于唐朝的进士。王通后来怀才不遇，于是决定回乡从事教育事业，其门下弟子超过千人，后来衍生出"河汾门下"一词。他的弟子包括薛收、温彦博、杜淹等。

王通的弟弟、王勃的叔祖父王绩，也是个奇人。他凭借一首《野望》，为唐朝五言律诗打开了新局面。后来他为了能喝上好酒，从门下省跳槽到太乐署去搞音乐，时人称他为"斗酒学士"。不过，与他早年的经历相比，这些都不算什么。

王绩15岁那年到京城游玩，去参加隋朝开国元勋杨素举办的宴会。王绩当时还没当官，杨素招待客人时自然也有分别。王绩出言讽刺杨素：明公将来的富贵可都要靠天下之士，难道就这样对待人才吗？宾客辩论起来，王绩大出风头，完全不亚于王勃在滕王阁的亮相，时人称王绩为"神仙童子"。

不光祖辈厉害，王勃兄弟七人都是"学霸"，哥哥王勔、王勮与王勃合称"王氏三珠树"。

以上这些不是要说明王家的基因有多强。现在许多人认为王勃的才华是天赋使然，但神童称号的背后，是夜以继日的读书和写作。同时，王勃也承受着巨大的压力。对普通人来说，中进士就能光宗耀祖，可中科举和当官对王勃来说不过是起点，他心中有更远大的目标，他的家族也对他有更高的期许，而这为王勃日后的悲剧埋下了伏笔。

664年，太常伯刘祥道巡行风俗，王勃写了一篇《上刘右相书》。当时大唐和新罗、百济、高句丽打了几年仗，惹出不少民怨。王勃从军事、政治、经济、用人制度四个方面，对朝廷频繁用兵提出异议。虽然打仗是高宗的决策，但肯定不能骂皇帝，于是王勃在文章里四次怒斥刘祥道为什么不劝诫主上。

整篇文章气势恢宏，开阖有度，有理有据，最后还不忘夸赞刘祥道。刘祥道忙问文章是谁写的，在得知作者是年仅14岁的王勃时，立马表示"此神童也"，并上表力荐。王勃声名鹊起。

此后，王勃写了一系列歌功颂德的文章，希望博取功名。665年，东都洛阳乾元殿建成，王勃写了一篇《乾元殿颂》，大力夸赞高宗。王勃得到了沛王的赏识，进入沛王府任侍读。666年，高宗泰山封禅，王勃又写了一篇《宸游东岳颂》。

王勃16岁便应幽素科试及第，被授为朝散郎。朝散郎是从七品的官，起点不低，但离王勃的抱负还差很远。进入王府没有官职，却是更快的升迁通道。

沛王李贤是高宗第六子，甚得高宗喜爱。当时沛王府里人才济济，比如《汉书》学者刘讷言、精通《毛诗》《礼记》的许叔牙，但这些人年纪都比较大，而李贤当时不到20岁，年龄和他相仿的王勃便成了他的朋友。

如果一切顺利，那么李贤上位的可能性很大（后来李贤成了太子）。王勃也很可能成为另一个房玄龄或魏徵，从而开创一番事业，名垂青史。可是，水能载舟，亦能覆舟，王勃的前途毁在了一篇文章上。

任职沛王府是王勃人生的顶点，也是其命运的转折点。

668年的一天，高宗收到了一篇文章，看完后勃然大怒。这篇名为《檄英王鸡》的文章出自沛王府，作者就是王勃。

当时上层子弟间流行斗鸡，诸王也热衷于此，有一次沛王和英王比拼斗鸡，王勃也许是急于表现，写下了这篇《檄英王鸡》。沛王当时正在兴头上，就发了"檄文"。这本是两个年轻皇子间的玩闹，可事情传到高宗那里就变了性质。

纵观历史，皇子之间的关系向来是非常微妙的，而"玄武门之变"一直都是宫中禁忌，斗鸡虽然是小事，但皇族幕僚挑拨皇子之间内斗，触碰到了皇帝的底线。皇帝必须给他们一个教训，杀一儆百，于是王勃成了那个"反面典型"，当即就被逐出了沛王府。

《旧唐书》记载：

> 高宗览之，怒曰："据此是交构之渐。"即日斥勃，不令入府。[8]

被逐出王府后,有朋友为王勃在虢州谋了一个参军的职位,可在参军任上,他又闯了大祸。

《旧唐书》记载:

> 补虢州参军。勃恃才傲物,为同僚所嫉。有官奴曹达犯罪,勃匿之,又惧事泄,乃杀达以塞口。事发,当诛,会赦除名。[9]

王勃包庇了一个犯罪的官奴,但他又怕事情败露,竟然把官奴给杀了,按律这是死罪。这下别说前途了,连命都要保不住了。幸运的是,他遇上了大赦,被免了死罪。王勃的父亲也受到了牵连,从雍州司户参军被贬为交趾令。

人们在回看这段历史时,往往会觉得王勃很倒霉,因为一篇"檄文"把前途毁了,因为一次包庇差点把命丢了。是不是有人嫉妒他,故意害他?这事我们要一分为二地看。

王勃12岁时跟着长安名医曹元学习《周易》和《黄帝内经》,学成分别时,曹元特别嘱咐王勃:

> 无猖狂以自彰,当阴沉以自深也。[10]

从这句话可以看出,王勃不是个低调的人。站在王勃的角度,这也可以理解。他从小就是神童,同龄人比不过他,长辈都捧着他,在进沛王府前,他几乎没有遇到任何大的挫折。

对天才来说，入圣容易入凡难。人一旦太过自我，就很难看见周围人的眼神。

王府的繁华背后，是弱肉强食的残酷竞争。这里的人，与其说是忠于沛王，不如说是忠于自己的野心。王勃涉世未深，他天真地以为，只要让沛王开心，自己就会获得升迁。当他写下《檄英王鸡》的时候，沛王府里的文人们都露出了笑意，他们似乎都在赞赏王勃的文章，但不知道为什么，这篇《檄英王鸡》传到了皇帝那里。

从王府到军队，现实的巨大反差，加上"秀才遇到兵"的状况，让王勃越发与环境格格不入。没有文献显示王勃在王府时狂傲不羁，至少表面上大家相安无事。可此时，王勃已经"为同僚所嫉"。和之前一样，王勃犯错之前，没有任何人提醒他，甚至所有人都在看着事情发生，等待王勃自动跳入陷阱中，默默拿起石头准备砸下去。

王勃的前途越来越渺茫。

《滕王阁序》

675 年，在滕王阁，当笔墨传到王勃面前的时候，他毫不犹豫地拿起笔。现场开始变得嘈杂，有人对他指指点点，但王勃根本顾不上这些，他明白这或许是他人生最后的机会，他要赌一把。

674 年，刚遇赦的王勃返回龙门老家，父亲还没有出发去交趾，原因是没有路费。为了给父亲筹措钱款，王勃写了一篇《上郎都督启》，其中这样写道：

赈给之义，既惟其常；厚薄之差，伏希俯访。[11]

意思是，大人，您发发善心，多少救济一点吧。我读到此处时，不禁觉得凄凉，人生有起也有落，贫贱富贵自有定数，此时王勃舍弃了读书人的尊严，王家似乎到了山穷水尽的地步。想到老父亲要孤身前往偏僻的交趾，而这一切又是自己造成的，王勃在懊悔中开始反省。

此时的王勃正处于人生低谷，他四处托人，希望"寻复旧职"，在《上百里昌言疏》里写道：

是以君子不以否屈而易方，故屈而终泰；忠臣不以困穷而丧志，故穷而必亨。[12]

可是，像他这样犯过大错的人，要重新被官场接纳谈何容易。失望之余，他在《冬日羁游汾阴送韦少府入洛序》里写道：

朝廷无立锥之地，丘园有括囊之所。山中事业，暂到渔樵；天下栖迟，少留城阙。忽逢萍水，对云雨以无聊；倍切穷途，抚形骸而何托。[13]

升迁的道路完全被封死了，一身的抱负无处施展，家族的荣耀断送在自己手上，仅仅两年就从巅峰跌到谷底，未来不知去往何处，王勃带着复杂的心情来到了洪都。

在滕王阁的宴会上,他突然发现了那么一丝"希望"。

王勃本不会出现在滕王阁,他这一路全靠朋友接济。在洪都接待王勃的是王承烈(一说是其族叔),王承烈可能是阎都督手下能说得上话的人,这也解释了当时是平民的王勃为何能出席当地最高级别的宴会。《醒世恒言》里说王勃叨陪末座,一方面是因为他年纪小,另一方面是因为王勃当时的身份不够格。

按理说,宴会前,在场的宾客多少都被授意过,所以笔墨才有机会传到末位的王勃手里。此时的王勃明白,在拿起笔的瞬间,他就成为全场唯一一个不受欢迎的人,甚至永久地登上当地的黑名单,可他更明白,在今天之后,他再也没机会遇到如此多的大人物。如果此时问他人生最重要的时刻是什么,他肯定会回答:就是现在!

于是,王勃开始动笔创作《滕王阁序》,可以说这篇文章是他的求职信。关于《滕王阁序》写得有多好,这里不再详述,我们来看王勃要表达的是什么。在文章开头,王勃写了滕王阁所处的地理环境如何优越,这一方面是在满足"客户需求",另一方面是为后续内容做铺垫。

第二段是写人,王勃把阎都督、宇文州牧、孟学士、王将军等人基本夸了一遍,可以说把自己放在了很卑微的位置。坦率地讲,阎都督认为这些话是老生常谈,也在情理之中。

接下来的两段,从"时维九月,序属三秋"到"落霞与孤鹜齐飞,秋水共长天一色",则是写王勃登滕王阁时的所见、所闻、所感。

紧接着,从"遥襟甫畅,逸兴遄飞"一直到"穷睇眄于中天,极娱游于暇日",王勃的视角越缩越小,从整片洪州区域、滕王阁到阁里的景和人,再到这次宴会举办的如何成功,宾客如何尽心。然后,他话锋一转。

中国文化中最高级的表达往往都是含蓄的,比如用"明月夜,短松冈"来表达思念,用"草木有本心,何求美人折"来表达品格。写景的目的是抒情。

天高地迥,觉宇宙之无穷;兴尽悲来,识盈虚之有数。

前半段景都铺垫完了,王勃最终要表达自己的思想,但直接转换未免生硬,他是这样过渡的:月有阴晴圆缺,水有潮起潮落,再快乐的日子也终有结束的时候,可我们该如何面对人生的起伏呢?

下半段他开始自比历史上的一系列"失败人物",比如冯唐、李广、孟尝君、阮籍。尽管这些人有才华、有名望、有思想,但仍然"时运不齐,命途多舛",而我王勃又何尝不是这样,今天有幸在此遇见各位,也期盼能遇到伯乐和知音,我没有什么才华,谨以此文纪念我们今日的好时光吧。

这篇《滕王阁序》的创作是在人们疑惑和蔑视的目光中开始的,阁内众人从杂乱到安静,从安静到沉默,从沉默到惊叹,王勃的文字仿佛逐渐亮起金光,这金光从窗户映射到整片天空,云层从远处奔袭而来,一道闪电自天际划破长空,仿佛把天空劈开一道口子,在惊雷声中,王勃的名字顺着历史的长河蜿蜒而下。

时至今日,《滕王阁序》已经成了千古名篇,人们惊叹于《滕王阁序》写得多么好，创造了多少成语，引用了多少典故。而我觉得，让王勃名垂青史的，是他藏在《滕王阁序》里的感情。

一部真正的好作品必须有真感情。在人生最后的两年，王勃终于学会了反思，终于懂得了谦卑，可一切都已经晚了。

一个有天赋又努力的人，却没能过好这一生，此时的王勃多少找到了一些答案。

这封"求职信"到底能否帮他重返官场，王勃心里并没有把握，他唯一可以做的，就是把自己的悔恨和反思都融入这篇《滕王阁序》。

王勃以仰面朝天的姿势下沉，肺里的空气正急速流失。顺着气泡冒出的方向，两群相似的鱼从不同的方向游来，王勃被笼罩在鱼群之中。他突然觉得如释重负，眼前本已发黑的景色又变得清晰可见，似乎有一团白雾从他身体里飞出，更多的白雾从四面八方飘来，簇拥着他飞向远方。王勃明白，从此以后，他不会被任何东西困住了。

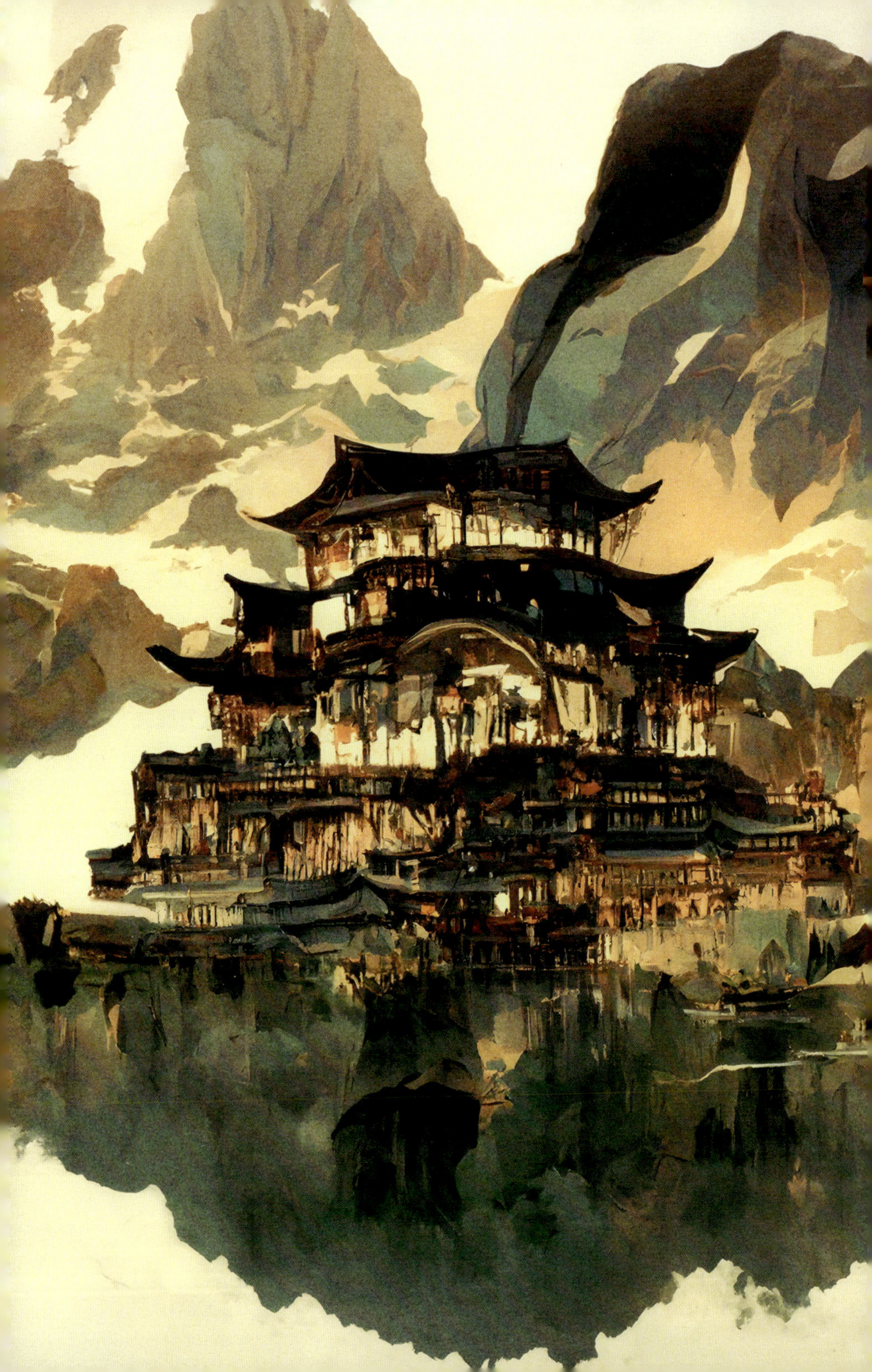

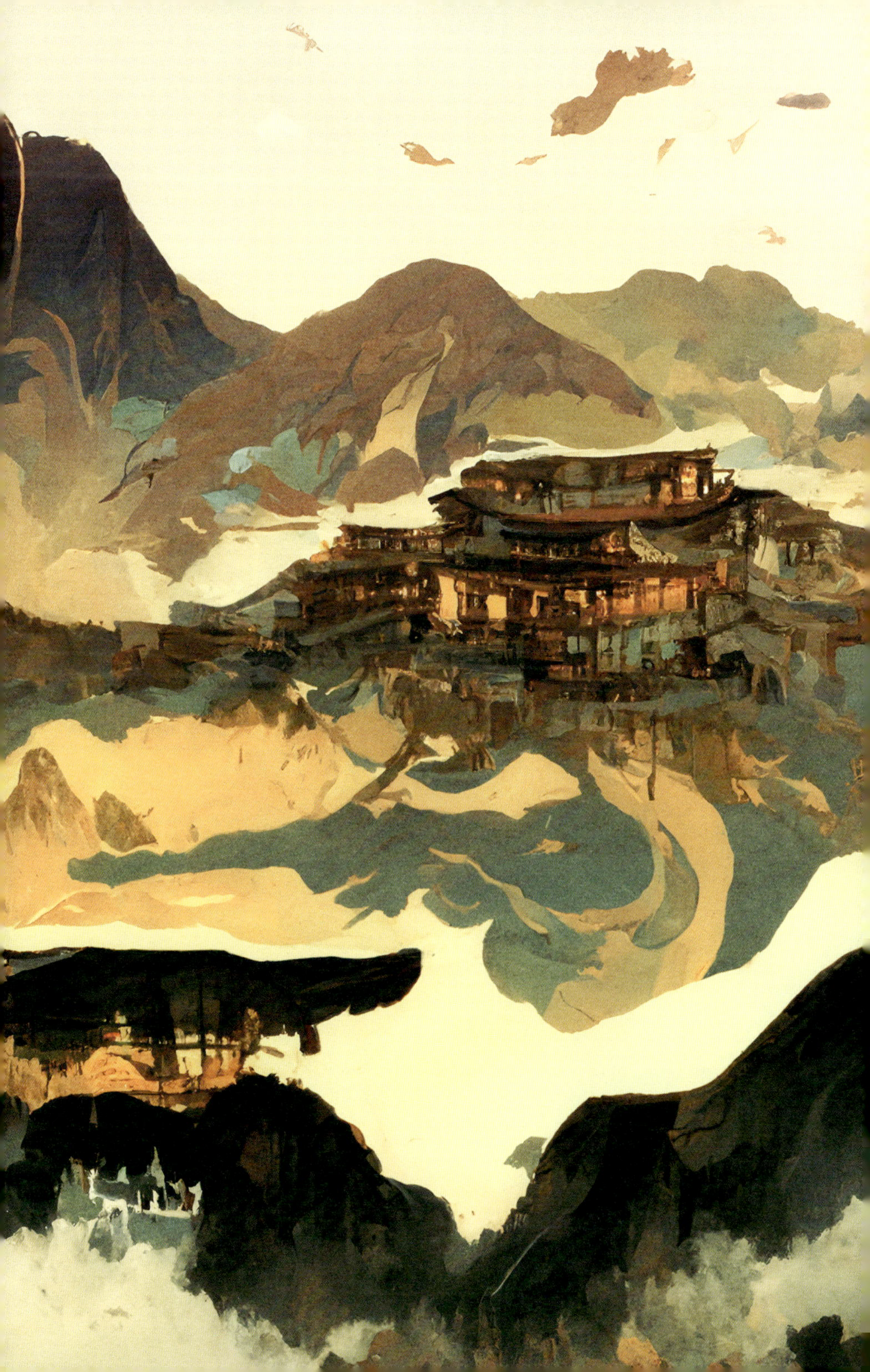

将进酒

唐 李白

君不见，黄河之水天上来，
奔流到海不复回。
君不见，高堂明镜悲白发，
朝如青丝暮成雪。
人生得意须尽欢，莫使金樽空对月。
天生我材必有用，千金散尽还复来。
烹羊宰牛且为乐，会须一饮三百杯。
岑夫子，丹丘生，将进酒，杯莫停。
与君歌一曲，请君为我倾耳听。
钟鼓馔玉不足贵，但愿长醉不复醒。
古来圣贤皆寂寞，惟有饮者留其名。
陈王昔时宴平乐，斗酒十千恣欢谑。
主人何为言少钱，径须沽取对君酌。
五花马，千金裘，呼儿将出换美酒，
与尔同销万古愁。

酒入豪肠，人生几何

李白的朋友很多，聚会也很多。

那时大唐到处流传着关于李白的传说，酒肆老板努力收集李白的新诗，乐师们日日为谱曲冥想，歌伎们夜夜为客人弹唱，人们生怕跟不上新的风尚。

一股炽热的风席卷了整个大唐，李白不管走到哪里，总能带来彻夜灯火辉煌。

有宴会就必然有酒，有酒的地方就有江湖。有人在杯盏间游刃，有人于灯火中恍惚。

并不是所有人都喜欢喝酒，你可以用100万个理由拒绝喝酒，但你很难拒绝李白，因为这首《将进酒》的慷慨气概极具感染力。

劝酒歌

据记载，《将进酒》是乐府古题，属于《铙歌十八曲》中的第九首，而铙歌本是军乐。

这首《将进酒》创作于一场宴会，当时在场的人不少，气氛正好，酒已经喝了不少，有人想放下酒杯，但李白还没有尽兴。

我本不喜欢有人劝酒的酒局，尤其是那种"道德绑架"的兄弟局或领导局。喝或者不喝，理应根据自己的兴致，而不是出于身不由己的逢迎。

但恐怕没人能顶得住李白的劝酒。他走到其中一个人面前，说道：

君不见，黄河之水天上来，奔流到海不复回。[14]

天上的水流到人间，就成了黄河，它一路奔腾不息，最后流入大海，这就是我们的人生啊！昨日之日不可留，喝吧，今日的快乐错过就不再有。

见想放下酒杯的那个人不为所动，李白紧接着说了第二句：

君不见，高堂明镜悲白发，朝如青丝暮成雪。

早上还好好的，到晚上一照镜子，就有白头发了。逝者如斯，不舍昼夜，时光就这样偷偷地溜走了，没人能拦得住它。喝吧，今宵的快乐错过就不再有。

接着李白把杯子举过头顶，对全场说道：

人生得意须尽欢，莫使金樽空对月。
天生我材必有用，千金散尽还复来。

宴会的气氛被李白的诗句点燃了。

这两句话气势十足,后来成了人们常用的励志金句。人总会有得意的时候,是金子就会发光,只要坚持就能取得成功。

人在什么时候会想喝酒呢?可能是在庆祝的时候、欢愉的时候,当然,也可能是在失意的时候,抱怨的话可以借着酒劲说出来。

为什么人生得意须尽欢?因为得意的时刻总是很短暂。酒过三巡,就有人开始抱怨了:有多年科举未中的,有做官始终无法升迁的,有做生意总被人骗的,有陷入自我怀疑的。酒喝到这里就喝不下去了,因此,李白才站出来说:

天生我材必有用,千金散尽还复来。

今天就别想这些了,喝了这杯酒,一切都会好起来的。

笑着劝人别伤心的人,才是最伤心的。

这是李白被赐金放还的第八年,谁都知道,他才是最失落的那个人。

《将进酒》

关于《将进酒》的创作时间,有多种说法:有的说是 734 年(管士光《李白诗集新注》),有的说是 736 年(郁贤皓《李白集》),也有的说是 752 年(黄锡珪《李太白编年诗集目录》)。

学术界的主流观点认为它是李白在 752 年所作,我个人也倾向

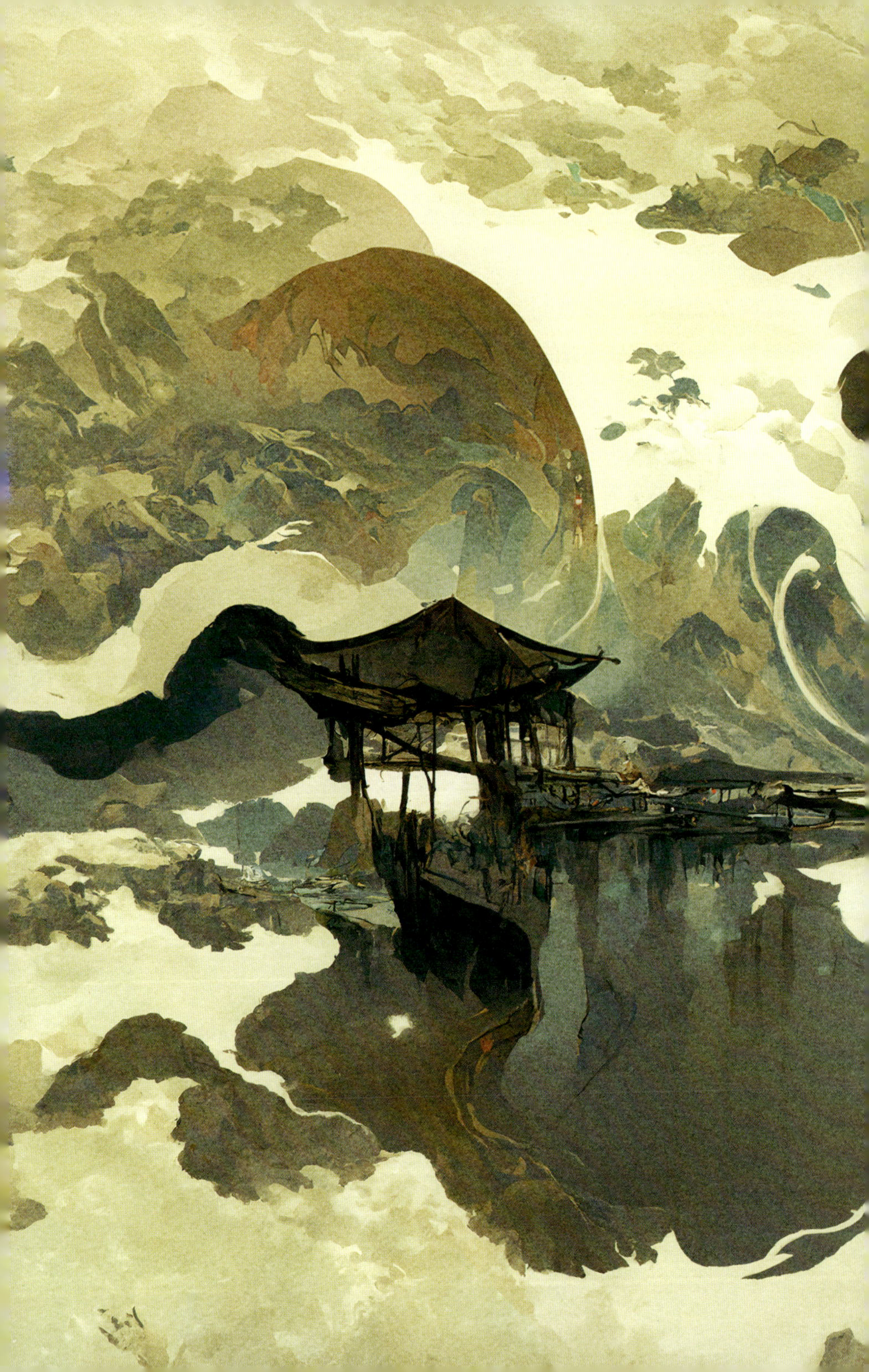

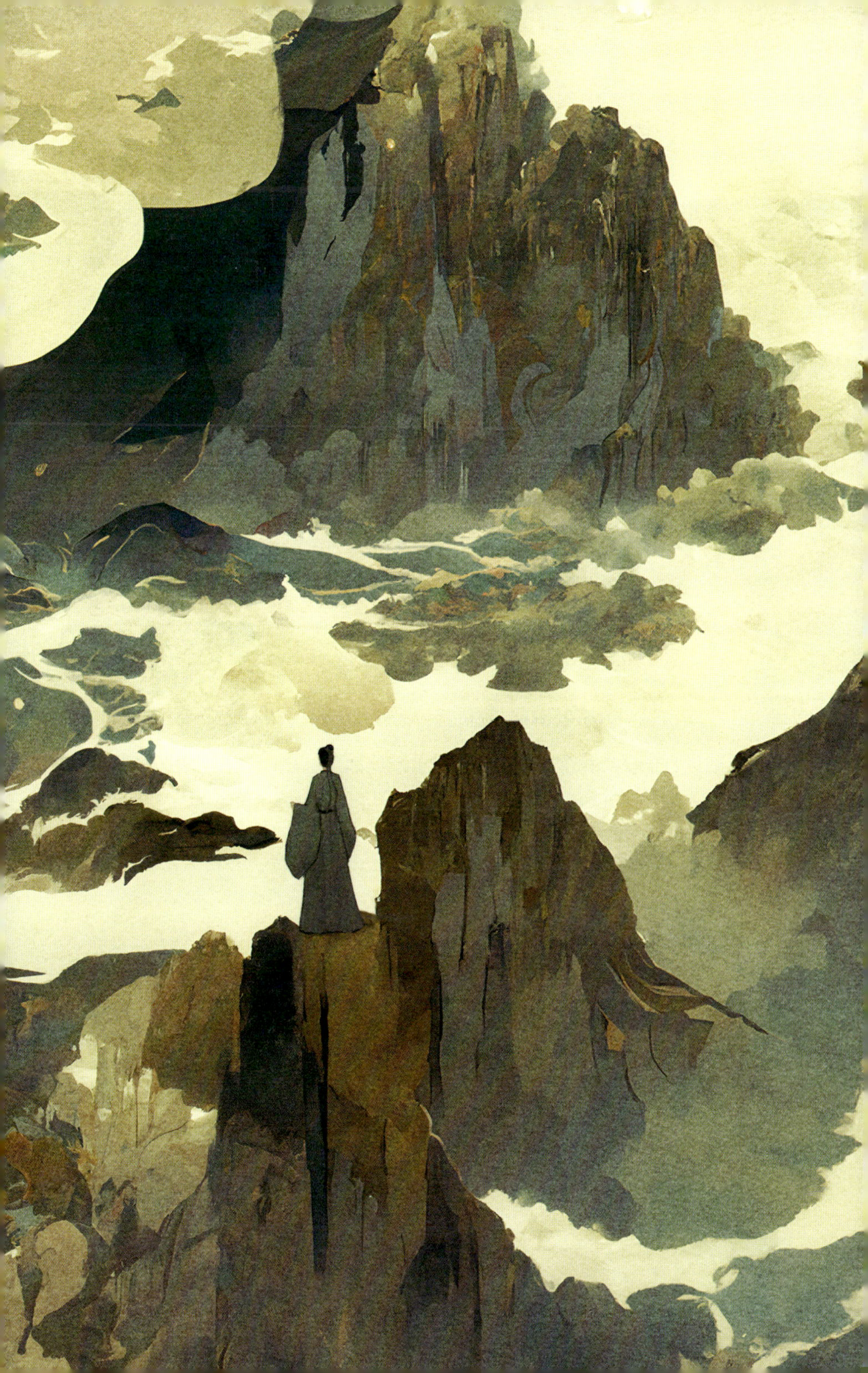

于这个观点，理由是这首《将进酒》表面豪迈豁达，实际却蕴藏着失意和惆怅。

742年，李白被玄宗召入翰林院，这一年他42岁。

和李白同时期的王维21岁考中进士，王昌龄30岁考中，岑参30岁考中，杜甫也"差一点"在35岁考中。

与他们相比，李白的仕途并不顺利。

在唐代要想做官，有两条路可以走：一是科举，二是举荐。

《唐六典》规定：

> 凡官人身及同居大功已上亲自执工商，家专其业，皆不得入仕。[15]

李白是商人家庭出身，因此有人认为他没有资格参加科举，这一点目前仍有争议。我个人认为，更重要的原因是，李白"看不上"科举。

科举作为一种选拔和考试方式，必然有一定的标准。在唐代，科举虽然还不像清代八股这样教条化，但也有不少条条框框。这对喜欢写古体诗的李白来说，无疑是一种桎梏。

更深层次的原因，在于李白的人生理想。他的偶像是姜太公、管仲、鲁仲连这样的人。姜太公和管仲都是被君王请出山的。鲁仲连是战国时候的纵横家，秦国围攻赵国，鲁仲连去魏国搬救兵，解围之后赵国平原君要感谢他，结果他分文不取就走了。齐国要收复聊城，打了很久没攻下来，鲁仲连写了封信绑在箭上射到城内，守城将领看完哭了三天，自杀了。齐王要封鲁仲连爵位，他就连夜逃到海边隐居去了。

李白的人生理想是，来得轰轰烈烈，走得潇潇洒洒。

他不愿意按部就班地参加科举考试，而要成为夜空中最亮的星，让所有人都追逐他的光芒。如此幼稚的梦想，显然不适合只谈利弊的成人社会。因此李白直到43岁，才在道士吴筠和玉真公主的推荐下入了翰林院。

不过仅仅一年，他就被赐金放还了，他没能成为姜太公、管仲，也没能成为鲁仲连。

余光中这样形容李白：

> 酒入豪肠，七分酿成了月光，余下的三分啸成剑气，绣口一吐，就半个盛唐。[16]

宋人严羽说他：

> 一结豪情，使人不能句字赏摘。盖他人作诗用笔想，太白但用胸口一喷即是，此其所长。[17]

李白出口成章，挥洒自如，是因为把那些理想都倒入了酒杯里，然后一饮而尽。

> 烹羊宰牛且为乐，会须一饮三百杯。

是啊，没有三百杯，哪里装得下半个盛唐。

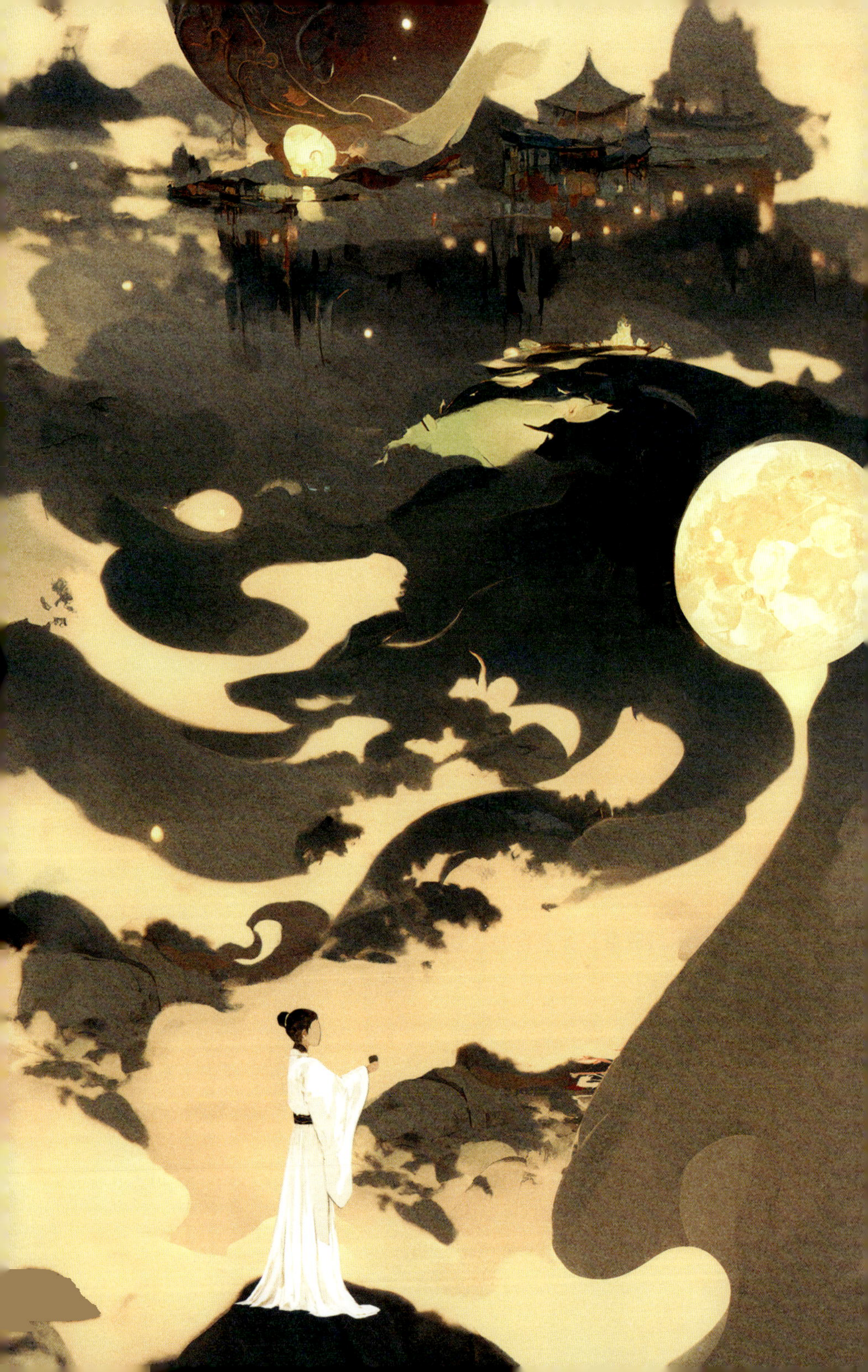

朋友间的真性情

接下来看看酒局上的人。

> 岑夫子,丹丘生,将进酒,杯莫停。
> 与君歌一曲,请君为我倾耳听。

"夫子"和"生"都是对男性的称呼,一个是对长辈,一个是对晚辈,按理都是尊称,但实际上李白和这两个人关系非常好,甚至可以开玩笑地称呼他们为老岑和小元。

老岑,小元,继续喝吧,不要停。

岑夫子名叫岑勋,关于岑勋的记载不多,相传著名的字帖《多宝塔碑》是由他撰写的(由颜真卿书丹),这幅作品是很多人学书法的起点。多宝塔由唐玄宗亲题塔额,因此能为此碑撰文的肯定不是普通的文人。

丹丘生名叫元丹丘,与李白关系匪浅。他少年时就拜入道家上清派,师从上清派宗师胡紫阳,在青城山修行时结识了李白和玄玄道人(玄宗的妹妹玉真公主)。

李白在修道方面的才华一点不亚于在文学领域,上清派宗师司马承祯曾评价李白:

> 有仙风道骨,可与神游八极之表。[18]

同样是道家的后起之秀,加上同样豪爽的性格,元丹丘与李白一见如故,相见恨晚。因此,李白在很多诗里都提到了元丹丘的名字。

> 钟鼓馔玉不足贵,但愿长醉不复醒。

两人都明白李白的梦是什么,也知道它如今已经破碎了。怎么办呢?饮尽此杯吧,千言万语都在酒里。

> 古来圣贤皆寂寞,惟有饮者留其名。
> 陈王昔时宴平乐,斗酒十千恣欢谑。

酒喝到这里,李白开始说起了心里话。

自古以来的圣贤们都饱受寂寞之苦,只有寄情诗酒才能留下美名。

陈王宴平乐这一典故中,陈王是指曹植,而"宴平乐"出自曹植的《名都篇》,其中描述了洛阳少年游乐宴饮的奢华,也表达出"白日西南驰,光景不可攀"[19]的惆怅。

既然惆怅无以消解,那就再饮一杯吧。

> 主人何为言少钱,径须沽取对君酌。
> 五花马,千金裘,呼儿将出换美酒,与尔同销万古愁。

不用担心我们没钱买酒,五花马、千金裘尽可以拿来交换,再多的忧愁也能一饮而尽。

《将进酒》的故事到这里就结束了，有人从中读出了豪迈、浪漫，有人读出了人生苦短、壮志未酬。但让我最为触动的，是朋友间的真性情。

宴席散场，李白在作完这曲《将进酒》之后沉沉地睡去，元丹丘和岑勋架着李白走出酒肆。他们都喝了不少酒，三人歪歪扭扭地倒在路边。

元丹丘说，有多久没有这样喝酒了？

岑勋说，谁知道呢，时间过得真快啊，一转眼我们都已经是老头了。

元丹丘说，还记得嘛，李白第一次和我们喝酒，就说要做圣人的老师。

记得，岑勋说，我们当时都笑话他，光是想想要待在圣人身边，就已经两腿发软了。

元丹丘说，是啊，这就是个梦啊，他根本不是做官的料。

谁说不是呢，刚才喝酒的时候他还说，圣人总有一天会来请他的，都一把年纪了，还那么幼稚，早知如此，当初在皇宫里就应该收敛一点啊，岑勋说。

元丹丘说，这样不是很好嘛，30年过去了，我们都老了，可他还是30年前那个李白。

李白被送回家放到了床上，风从窗外吹来，卷起几页书稿，入了他的梦。李白驾着这阵风，扶摇直上九万里，直到夜郎西。梦境悠长，那里到处是春暖花开，无忧无虑。

终南别业

唐 王维

中岁颇好道,晚家南山陲。
兴来每独往,胜事空自知。
行到水穷处,坐看云起时。
偶然值林叟,谈笑无还期。

山水田园，明心见性

不知道年轻的朋友会不会喜欢王维的山水田园诗，就我自己而言，年纪越大似乎越喜欢王维诗里的意境和感觉，尤其是这首《终南别业》：

> 中岁颇好道，晚家南山陲。
> 兴来每独往，胜事空自知。
> 行到水穷处，坐看云起时。
> 偶然值林叟，谈笑无还期。[20]

假如你喜欢听李宗盛的歌，应该更能理解我所指的意境。

这首诗大多出现在旅行的场景里。有人把旅行称为追求"诗与远方"，当你到达山顶，或立于海边时，很可能会被眼前的画面震撼，甚至生出许多感慨。游山玩水的时候，你也许不禁会想起那句"行到水穷处，坐看云起时"。

然而，在唐代，这样的诗并不受欢迎。人们推崇的是"飞流直下三千尺，疑是银河落九天"这样的诗句。只有这样潇洒、飘逸兼具豪迈气势的诗，才能彰显大唐的盛世气象。

相比李白，王维的山水诗显得安静、慵懒。后世称王维为"诗佛"，或许和他诗里清淡的意境有关系。

这首《终南别业》的内容很简单，就好像一个老人家在唠家常，说自己在终南山有座宅子，得空就去住住，看山、看水、看云，难得遇到人，聊了一下午，很有趣。这样一首诗居然被后人奉为经典，文人们以此作为自己的追求，这里面到底有什么故事呢？

《辋川图》

关于文人们对王维的推崇，要从一幅画说起，那就是《辋川图》。古人梁宝赏写道：

> 终南之秀钟蓝田，茁其英者为辋川。[21]

辋川别业本来是另一位唐朝诗人宋之问的辋川山庄。宋之问是武则天时期的著名诗人，当时和沈佺期合称"沈宋"。他为了前程不择手段，屡次出卖同伴，最后因为投靠武则天的男宠被清算。

王维从宋之问手中购入了这座宅院，之后花了很长时间进行修建。

据说，辋川别业遗址位于今蓝田县城西南方向10余公里处，在终南山余脉自东南向西北方向延展的峡谷地带。自北端闫家村至南端鹿苑寺遗址全长约11公里。辋川别业是一座大园林，被后世誉为"胜冠秦雍，极天下园林之胜"。

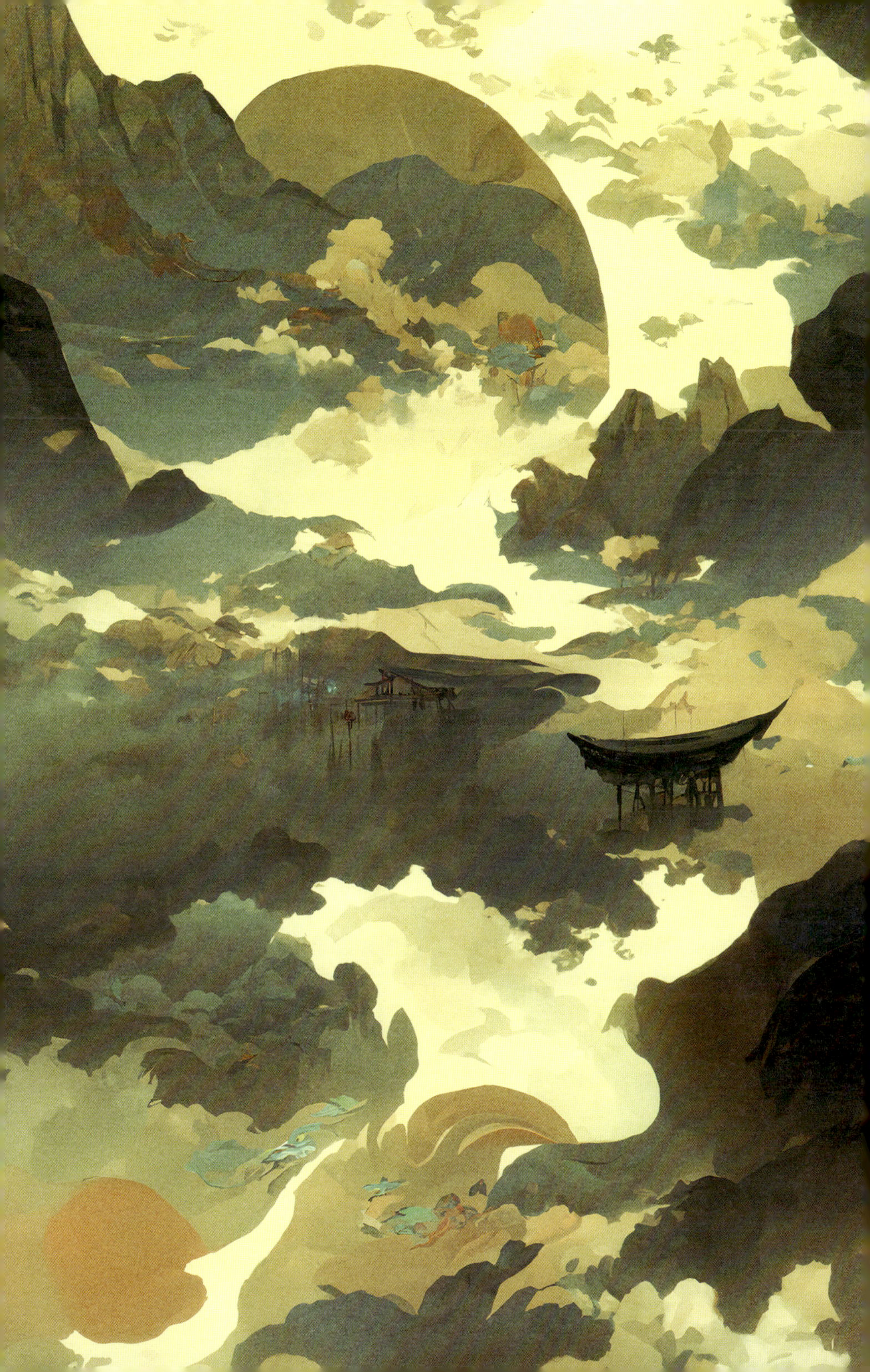

见此美景自然免不了要赋诗几首，于是王维和好友裴迪为这 20 处美景取名并赋诗。

他们的山水诗收录在了《辋川集》中，王维还画出了《辋川图》。

《辋川图》好到什么程度呢？宋代著名词人秦观有一幅名为《摩诘辋川图跋》的书法作品，现藏台北故宫博物院，里面讲了件趣事。

秦观说自己在汝南时患病，一直卧床不起。好友高符仲听说以后，去探望他。看见秦观这副样子，高符说自己这里有一幅画，兴许秦观看完，病就好了。

秦观看完这幅画，说：

今何幸复睹是图，仿佛西域雪山移置眼界。当此盛夏，对之凛凛如立风雪中，觉惠连所赋犹未尽山林景耳。吁，一笔墨间，向得之而愈病。今得之而清暑，善观者宜以神遇，而不徒目视也。[①]

秦观仿佛穿梭于画中一般，果然病都好了。他看的画就是王维的《辋川图》。

可惜的是，王维的《辋川图》，目前已经没有存世版本了。现存的版本都是后代的文人们根据自己的想象描绘出来的。纽约大都会美术馆藏有一幅《辋川图》，是其镇馆之宝之一。这幅画由清代的王原祁画于 1711 年，耗时 9 个月，当时老先生已经年届 70 岁。而大英博物馆藏有一幅元代赵孟頫的《摹王维辋川诸胜图》。

---

① 标点为编者所加。——编者注

因为这类画实在太多,后来演变出了一种绘画的样式:辋川样。正如曹星原老师所说:"《辋川图》都快被后代文人画烂了。"为什么文人们对《辋川图》如此迷恋呢?

仕和隐

一个没被贬过官的画家,绝不是一个好诗人。真实的官场可能比江湖更加血腥。在官场上,像李林甫、杨国忠这样的奸臣,揣摩上意,处处逢迎,置国家利益于不顾,反而获得了财富和升迁;而像陈子昂、柳宗元、刘禹锡这样的忠臣,不顾个人得失,不愿同流合污,坚持说真话,却遭到了贬官和无视。

那些在语文课本里留名的诗人,大多都被贬过官。不过大多数义人都自诩清高,当被贬官的时候,他们往往不甘于将失败归因于自己,而是把陶渊明搬出来,以此表明自己的气节——是自己看不上那五斗米。

王维对此很不屑。如果做不了官,那如何实现自己的政治理想呢?为了达成更远大的目标,是不是可以暂时低下头呢?王维为后代文人们开辟了一条"体面"的出路,后人称之为"半仕半隐"。

当然,王维的做法也引起了很多争议,而最大的问题就聚焦于辋川别业。辋川别业是王维式的田园,和陶渊明的居所相比,前者是乡间"豪华"民宿,后者是普通农家乐。

前面提到辋川别业是大约 11 公里长、有 20 处景观的私家园林。它位于终南山麓,地段很有讲究,我们现在讲的"福如东海长流水,寿比南山不老松"中的南山就是终南山。

最主要的是，这里离长安城不远，并没有远离权力中心。当年刘皇叔得卧龙、凤雏，也是因为恰好身在兵家必争的荆州。摆点姿态可以，但不能真的退隐。这样一说，比起李白和杜甫，王维似乎多了一些狡黠。

对大部分文人来说，李白并不是好榜样。李白晚年在"永王之乱"中被株连，当时杜甫写过一首《不见》：

不见李生久，佯狂真可哀。
世人皆欲杀，吾意独怜才。[22]

这个"杀"字或许有些夸张，但李白的"狂"的确没有得到当时主流社会的认可。

王维和李白的关系非常微妙。据记载，730—733年，742—744年，大概有5年时间，王维和李白同在长安城。两人年纪相仿，名气都很大。可是，在他们的海量诗词中，竟然没有一句谈及对方。更奇怪的是，两人有不少共同的朋友，比如孟浩然和王昌龄。

"故人西辞黄鹤楼，烟花三月下扬州"，这是李白写的《黄鹤楼送孟浩然之广陵》中的一句。孟浩然离世时，王维写下了《哭孟浩然》，可见二人感情之深。王昌龄被贬官时，李白写下了《闻王昌龄左迁龙标遥有此寄》。而王维曾和王昌龄同游青龙寺，王昌龄写下了《同王维集青龙寺昙壁上人兄院五韵》。

如此看来，李白和王维不可能没听说过对方。那么他们没有谈及对方的唯一原因，就是他们都在刻意回避对方。

王维和李白为什么没有成为好友？《集异记》里记载了这么一个故事：王维初到长安时，曾找岐王干谒，这位岐王就是杜甫诗里"岐王宅里寻常见，崔九堂前几度闻"的李范。王维由于琵琶技艺了得，得到了赏识。为给王维铺路，岐王有一次宴请了玉真公主，也就是玄宗的妹妹。席间王维假扮成乐师，弹奏了一曲《郁轮袍》，技惊四座。岐王顺势向玉真公主推荐王维，王维赶紧呈上准备好的诗集。玉真公主一看，正是时下流行的诗句。

《唐才子传》记载，公主当时就说：

> 京兆得此生为解头，荣哉！[23]

由此可以看出玉真公主对王维的赏识。

李白也有一首关于玉真公主的诗，即《玉真公主别馆苦雨赠卫尉张卿二首》：

> 秋坐金张馆，繁阴昼不开。
> 空烟迷雨色，萧飒望中来。
> 翳翳昏垫苦，沉沉忧恨催。
> 清秋何以慰？白酒盈吾杯。
> 吟咏思管乐，此人已成灰。
> 独酌聊自勉，谁贵经纶才？
> 弹剑谢公子，无鱼良可哀。[24]

这首诗字里行间满是失落和低沉。看题目就知道，李白去玉真公主别馆拜见，但没有等到公主，于是送了守卫张卿两首诗，表达自己的落寞。

两位当世奇才和一个女人纠缠到一起，而这个女人还是一位公主。后人由此推测，这是王维和李白互相不待见的原因。但是，真正的原因是，两人的仕途理念大相径庭。

紧箍咒

李白和王维的区就在于，一个始终要摆脱"紧箍咒"的束缚，而另一个则主动戴上了"金箍"。

在"86版"电视剧《西游记》故事发展的后期，孙悟空实际上在享受他的紧箍咒。这样说，恐怕会遭到很多人的反对。孙悟空怎么可能会享受紧箍咒呢？

我们可以回忆一下，在《西游记》故事发展的前期，孙悟空确实一直在反抗紧箍咒，但"三打白骨精"之后，孙悟空逐渐开始接受紧箍咒，并享受紧箍咒带给自己的好处。这些好处主要体现在天庭和佛祖对孙悟空的"认可"，悟空后期频繁往来于天庭和前往西天的途中，导致红孩儿见到观世音菩萨时惊呼："你是猴子请来的救兵吗？"

天庭和佛祖认可孙悟空，正是因为他接受了紧箍咒的束缚，成了自己人。等到西游归来，头上的金箍消失了，悟空终于成佛。

王维领悟出了为官之道，他明白，要想真正在官场获得成功，必须戴上"金箍"。于是，王维学会了把一切"藏"在心里。初到长安，进士落第，他选择了"藏"，他依附岐王，游走于皇亲贵胄之间。妻子离世的时候，他选择"藏"，他没写《锦瑟》，也没写《江城子》，只是从此没有再娶。恩师张九龄被罢相时，他选择了"藏"，只是默默给李林甫、杨国忠排斥的人写送别诗。

或许，只有在辋川别业，他才会偶尔脱下"金镣"，一个人望着斜阳的余晖洒落在河面上。王维本来可以一直过这样的日子，假如没有那场动乱的话。

至德二载（757年）十月，在外登基的皇帝唐肃宗回到了长安。此时叛乱还未被完全平定，唐肃宗面对的第一个问题就是，如何处置投靠过叛军的官员。

罢免的罢免，诛杀的诛杀，新天子必须展示自己的气魄。一股寒气从龙椅下蔓延开来，凉透了整片地面。台阶下跪着一个人，他似乎被寒气包围了，身体微微发抖。他就是王维，在燕军占领长安时期，被迫当了给事中。

这一切始于756年的一个早上，群臣正在殿上焦急地等待，可皇帝迟迟没有出现。有人来报，圣人带着杨贵妃和太子出城了。

朝堂上顿时乱作一团，在众人七嘴八舌地商议时，有人已经奔出了殿外，去追随圣人。宫殿里的脚步声大了起来，急促而杂乱。门外有小吏捡起掉在地上的笏板，正想交还给主人，却迎面挨了一巴掌：圣人都跑了，还要这奏事的笏板有何用？

安禄山的叛军很快进驻了放弃抵抗的长安城，七品以上的官员都没能逃过抓捕。此时王维是给事中，安禄山将其拘于普施寺，在做伪官和掉人头之间，他又一次选择了"藏"。此事成了王维一辈子

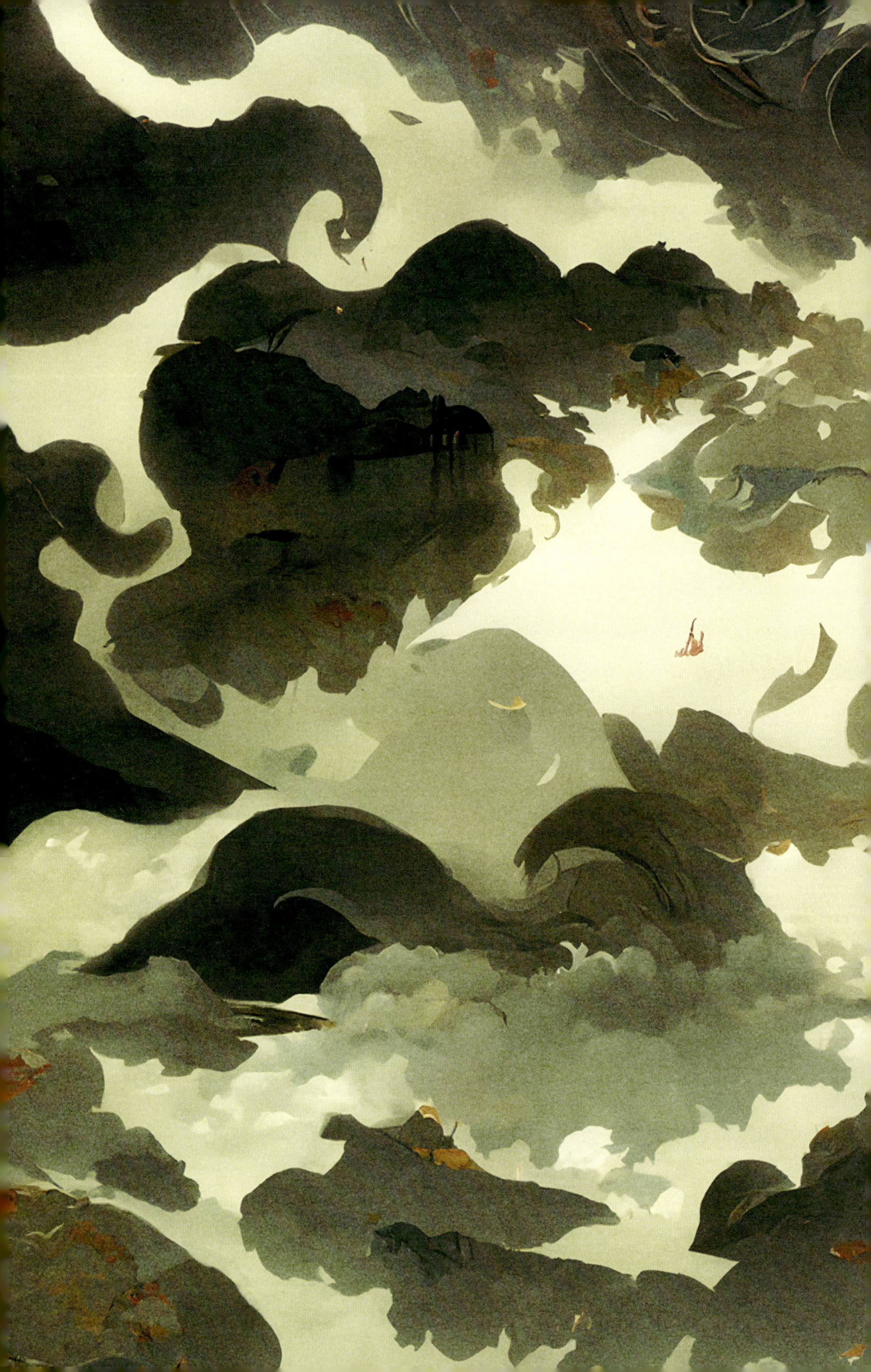

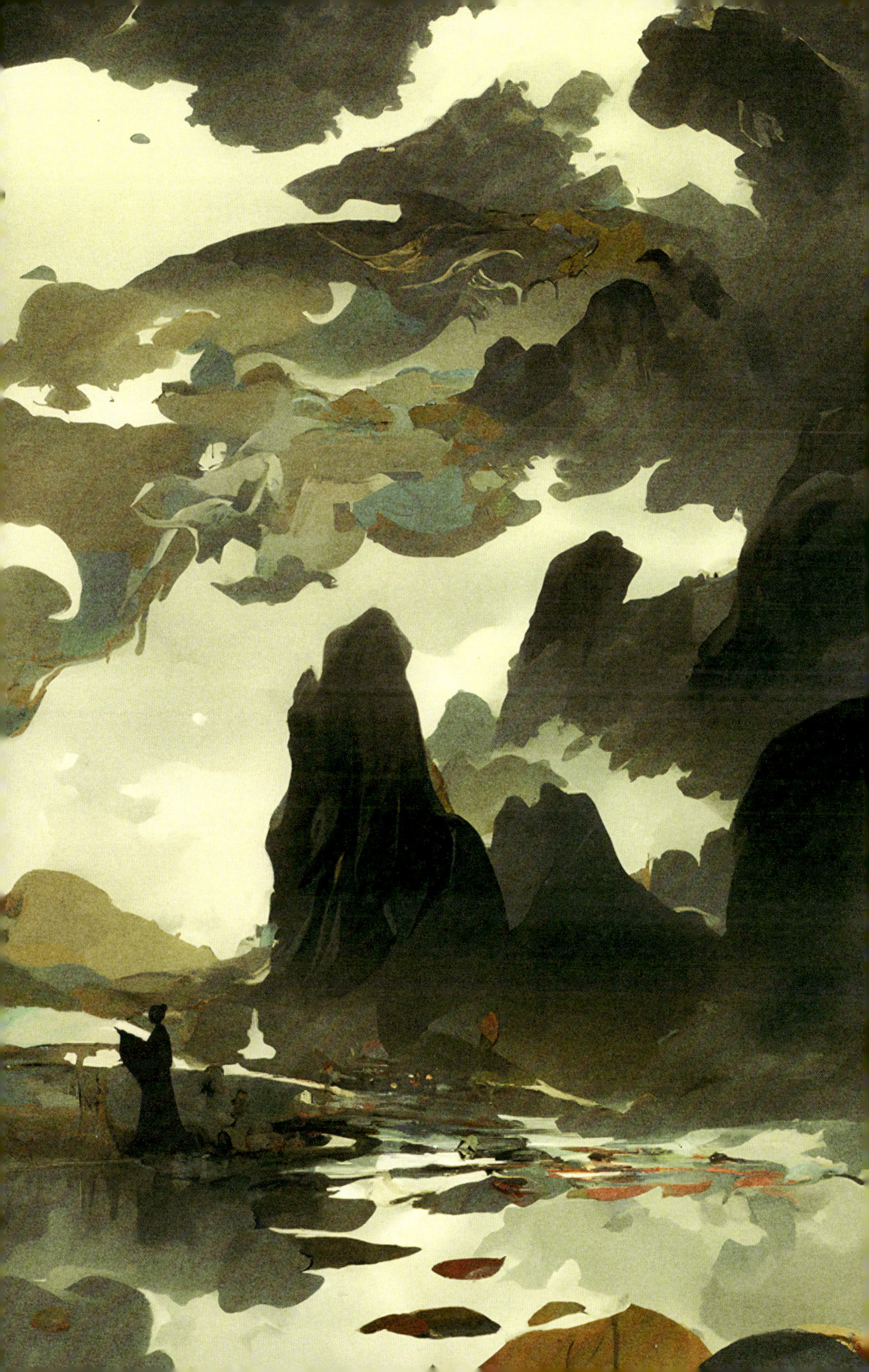

的污点。

他的弟弟王缙以自己的官职和功劳来换取王维的性命，而王维在被俘时写下的那首《菩提寺禁裴迪来相看说逆贼等凝碧池上作音乐供奉人等举声便一时泪下私成口号诵示裴迪》也幸运地成了他自证清白的证据。

> 万户伤心生野烟，百官何日再朝天。
> 秋槐叶落空宫里，凝碧池头奏管弦。[25]

肃宗后来任命王维为太子中允，可王维明白，就算皇帝信任自己，他也已经不属于长安了。

终南别业

王维的山水田园诗多少受到张九龄的影响。感怀山水诗是张九龄首创的，他主张"景中有情，情中有景"。相比张九龄，王维的诗似乎藏得更深。

正如这首《终南别业》，全诗都在写景，但饱含深情。

760年，王维升任尚书右丞，这是他一生担任过的最高官职。此时的王维抬起头发现，未来越来越清晰，理想却越来越模糊。

他走出大殿，眺望远方。曾经举荐过自己的老师张九龄已经故去，好友孟浩然和王昌龄已离去，他厌恶的李林甫和杨国忠已不在，那个讨厌的李白也不知去向了。

王维觉得，人生好像一次登山之旅，越走越孤单。

他本想和妻子一起住在辋川别业，生很多孩子，等他们老了，他们的孩子还会有很多孩子。他们都可以在辋川读书、玩耍，每天看各种景色，甚至不会重样。妻子无法看到这些了，王维决定用自己的眼睛替她去看。

王维深陷寂寞与孤独，但你很难从王维的诗里看到这些，甚至很难看到一丝情绪波动，你只能看到山水田园。

> 中岁颇好道，晚家南山陲。

一个人是不会无缘无故好道的，有时候，信仰不过是备受苦难之人最后的心灵避风港。

> 兴来每独往，胜事空自知。

有兴致的时候，常常一个人在庞大的终南别业闲逛，遇到景色的妙趣，也没人分享。在王维的许多诗里，都可以看见"空"字。"空"是佛家追求的最高境界，王维有没有达到这个境界，我不知道，我猜他当时的感受，就像一首歌里唱的：越过山丘，却发现无人等候。

> 行到水穷处，坐看云起时。

王维曾经与神会禅师研究佛法，或许他问过禅师，自己能不能出家，而神会禅师淡淡地问他能否放下一切。

以前的王维有许多放不下的东西，比如仕途、家庭和理想。

过了大半辈子，王维才发现，前方似乎没有路了。失去了妻子，他不再是丈夫；母亲离世，他不再是儿子；在安史之乱中失节通敌，他不再是臣子。他似乎行到了水穷处。

蒋勋老师说，你到50岁的时候，会发现杜甫就在那里等着你。我认为，王维的诗也是这样。当你读懂了王维的诗时，就意味着你积累的痛苦、寂寞和彷徨足够了。对古代的文人而言，更是如此。

一群迷茫的文人聚集在路的尽头，看着望不到对岸的水面，不远处，一大片乌云向他们涌来，他们把目光都集中在了一位老人身上。

老人在岸边一言不发，细丝般的雨滴飘落在他们身上。眼看雨势愈演愈烈，老人突然用手指向身侧的一片天空，说，看那儿。

众人抬头望去，云层中有一小块地方尚未完全被乌云遮蔽，云层中透出一线阳光，点亮了灰暗的天空。有人说，真美啊。

值林的老头在终南山已经有些年头了，他熟悉这里的山、这里的水，尤其是这里的树，但他第一次听人这样讲终南山的云。那一天，他们在树林里一直聊到天色渐黑，回家以后，妻子问他为何晚归，他笑着说：你喜欢看云吗？

200多年后，黄州。

一位女子提着一坛酒从屋里走出，对丈夫说，就知道他看见好文章要喝酒，这是偷偷藏下的好酒。

男子笑着接过酒说，诗中有画，画中有诗啊。

逢雪宿芙蓉山主人

唐 刘长卿

日暮苍山远,
天寒白屋贫。
柴门闻犬吠,
风雪夜归人。

万里青山送逐臣

陈佩斯这个名字，承载着一代人的记忆。有许多写陈佩斯的文章，但大都浮于表面。在他即将回归春晚的时候，我看到了微信公众号"摩登中产"发布的一篇文章的标题"陈佩斯：风雪夜归"。一句"风雪夜归"将十多年的苦苦等待、徘徊和最终的归来，体现得淋漓尽致。

"风雪夜归"出自刘长卿所作的《逢雪宿芙蓉山主人》一诗。

> 日暮苍山远，天寒白屋贫。
> 柴门闻犬吠，风雪夜归人。[26]

这首诗被收录在初中课本，属于名篇。大多数人读它的时候，觉得很"冷"，诗文中夹杂着一股萧瑟和落寞，透着淡淡的忧伤，仿佛能将人带到远方。

我们大概会说刘长卿的诗"诗中有画"，但除此之外，似乎看不出特别精妙的地方。康震老师曾在电视节目《中华诗词大会》上直言：刘长卿的诗大体都是一种风格，所以后人评价他的五言诗10篇以上大体雷同,他写的意境都是苍山、青山、归远、白屋之类的,描写的是隐居的幽静生活。王维主要写山水诗、田园诗,但他也能写游侠诗。一个杰出的诗人,要做到众体兼备,而刘长卿才情不够高,阅历不够丰富,虽然五言诗写得好,但算不上一流诗人。

刘长卿是不是一流诗人,我不敢评价,但他为什么总是逃不开"山"这个话题,背后的原因倒是值得探究一番。

怀才不遇

773年,武昌监狱里多了一名犯人,是一名官员,罪名是贪污,他叫刘长卿,时任淮南鄂岳转运留后。

看着狱卒送来的饭菜,刘长卿叹了口气,还是这些东西……狱卒留下一个鄙夷的眼神,转身离去,牢房里在约莫两人高的地方有一扇窗,回忆就从那里流淌进来。

755年,刘长卿终于摆脱了"棚头"这个称号。[27] "棚头"是指最有希望考取进士的学子,听上去很有前途,但要是多年被冠以这个名号,就好像最有前途的复读生每次都觉得快要成功了,却总是差一点,终究还是个失败者。

这次,刘长卿终于考中了,多年寒窗算是熬过来了。雁塔题过名,曲江赏过花,路过的小姐们悄悄在远处议论,炽热的目光投到刘长卿的脸上,他心里暖洋洋的。此时正值天宝十四载,谁也不会想到,盛世的帷幕正缓缓落下。

刘长卿以为自己抓住了命运的衣角,可命运反手就给了他一记耳光。这一年，安史之乱爆发了。用程千帆先生的话说，"这是一个从噩梦中醒来却又陷落在空虚的现实里，因而令人不能不忧伤的时代"。

北方成了前线，皇帝带着贵妃仓皇出城。杜甫在尘土中奔波，王维与长安城一起陷落，刘长卿尚不知道自己的下一站在哪里，只知道大运河是唯一的希望，他跟着船驶向了南方。

南渡的旅程混乱而迷茫，人们脸上都带着忧伤。在姑苏城外停泊的夜晚，有个失眠的年轻人听到了钟声，那钟声似乎带来了某种希望，他将这份感受写成了诗，向千年后的人们诉说大唐最后的荣光。

此时的刘长卿还没找到属于自己的"钟声"，却在冥冥之中和"山"结下了某种奇怪的羁绊。

至德元载（756年），太子李亨在灵武即位，是为唐肃宗。原本的朝廷早已分崩离析，为了招揽更多的人才，肃宗派宰相崔涣绕道江南招纳遗才。

至德二载（757年），刘长卿出任长洲县尉，第二年代理海盐县令。三年时间，从九品升到六品，刘长卿的人生似乎迎来了转机。可就在他准备大展拳脚之时，情况却急转直下。

至德三载（758年），刘长卿获罪入狱。事后看来，他多半是因为得罪长官而遭到了诬陷。

因为直言进谏惹怒皇帝、得罪权臣而被贬谪，是官场上常有的事，对文人来说，甚至还是某种荣耀。可被扣上贪污的罪名，就好像失节的寡妇、投降的将军、脸上多出的一块抹不掉的黑斑，成了别人时不时拿来消遣的谈资,令人难以承受。

刘长卿被贬到了岭南南巴(今广东电白)。当时,岭南是蛮夷之地,人称"魑魅之乡"。名相张九龄就来自岭南,他当年进士及第的时候,还被人怀疑考试作弊。一个来自岭南的乡巴佬怎么可能有那么大的学问?这是当时人们的普遍认知。

在流放的路上,刘长卿遇到了李白。李白因永王之乱获罪,被贬到夜郎,在途中被赦免。这是"诗仙"和"五言长城"的一次尴尬会面,两人都曾经是狂人,可现在都学会了低头。

虽说一个被贬,一个遇赦,但身处时代的洪流,李白说不出来日方长的话,刘长卿也深感悲伤。刘长卿把两人相见的情景写进了这首《将赴南巴至余干别李十二》:

江上花催问礼人,鄱阳莺报越乡春。
谁怜此别悲欢异,万里青山送逐臣。[28]

深感怀才不遇的刘长卿来到长沙,路过贾谊的府邸,引发了强烈的共鸣。

假如列一个怀才不遇的排行榜,那么前两名可能就是屈原和贾谊。贾谊甚至比屈原更甚。楚怀王、郑袖、靳尚,昏君、小人,屈原都遇上了,所以自古以来不得志的士人都喜欢以屈原自比,感叹生不逢时。

贾谊是西汉名士,他遇上的君主是汉文帝,汉文帝是开创"文景之治"的明君,一度想任命年轻的贾谊为公卿。当时许多老臣和宗族认为贾谊年纪轻轻就当那么高的官，恐怕会出事。

> 雒阳之人，年少初学，专欲擅权，纷乱诸事。[29]

汉文帝为了安抚人心，只好将贾谊调任长沙。当时鵩鸟被认为是不祥之兆，有一次，一只鵩鸟飞入贾谊屋内，贾谊有感而作《鵩鸟赋》。后来他虽然回到了京城，但始终没有得到重用，最终郁郁寡欢，年仅32岁就与世长辞。

贾谊没有遇上昏君，那些反对他的大臣并非小人，他所处的时代是数得上的盛世。

在所有条件都不错的情况下，他的怀才不遇更让人感叹命运弄人。

刘长卿看到贾谊故宅，有感于自己的境遇，写下了《长沙过贾谊宅》。继屈原、贾谊之后，刘长卿也成了怀才不遇的代表。

> 三年谪宦此栖迟，万古惟留楚客悲。
> 秋草独寻人去后，寒林空见日斜时。
> 汉文有道恩犹薄，湘水无情吊岂知。
> 寂寂江山摇落处，怜君何事到天涯。[30]

当时战乱，政令不通，关于刘长卿的争议持续了好几年，最终不了了之，他被调到了随州，可等着他的是另一座"山"。

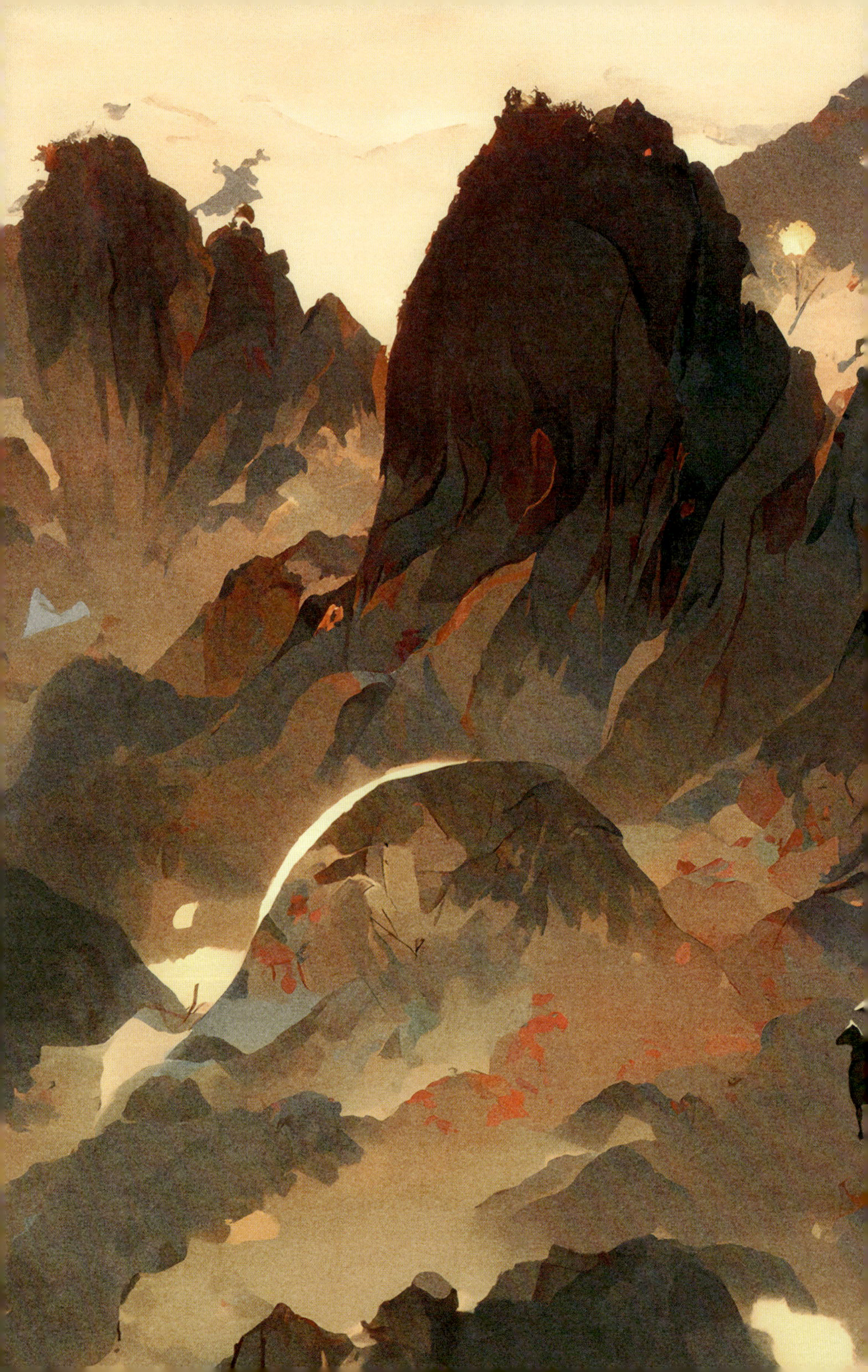

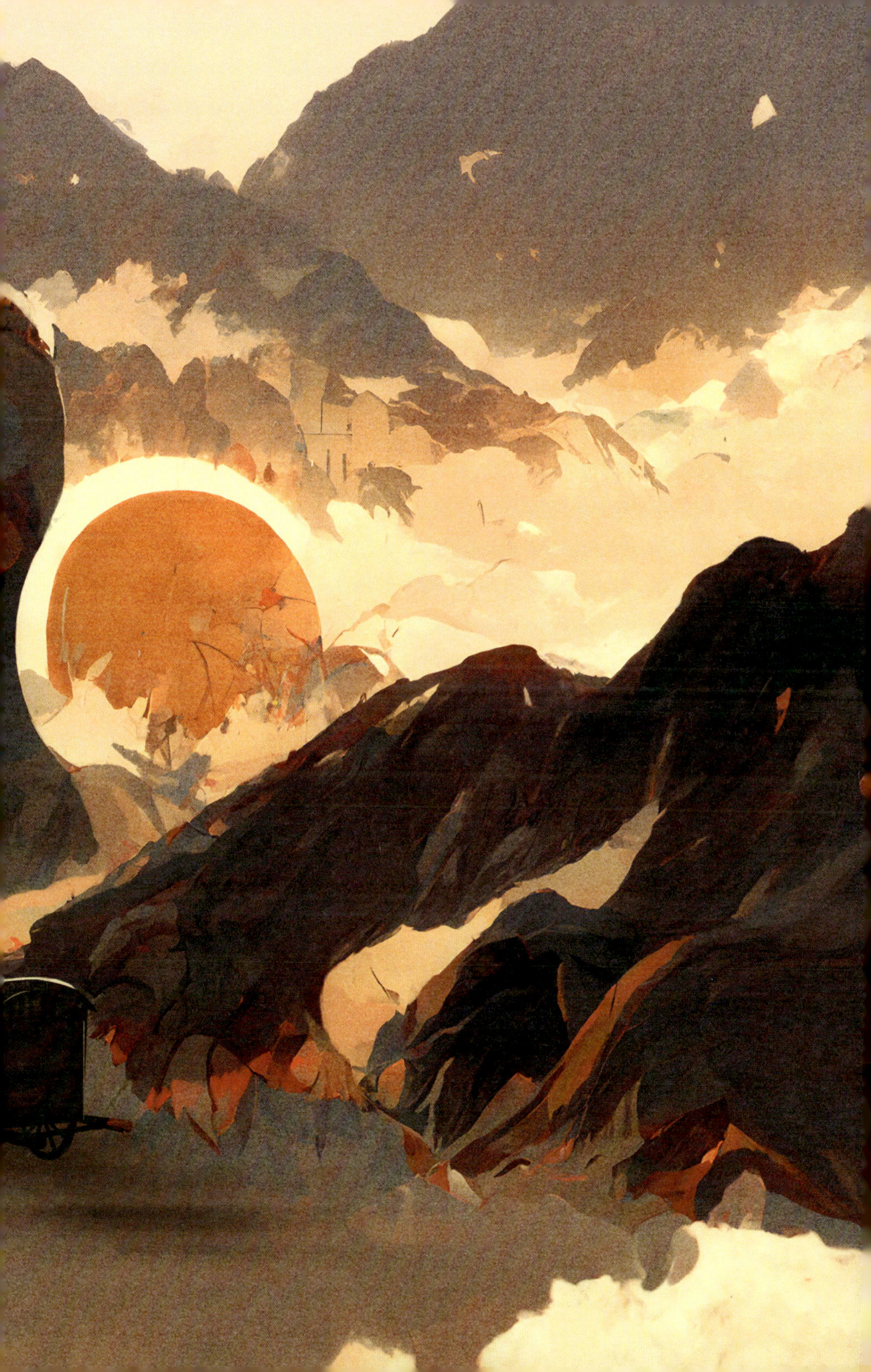

担任盐铁转运留后

安史之乱让北方陷入了战乱,帝国的经济重心转移到了南方,用陈寅恪先生的话说,此时的唐帝国是一个"奉长安文化为中心,仰东南财赋以存立之政治集团"。

南方的财富如何流转到北方,成了帝国的核心问题,为此,"盐铁转运使"这个官职应运而生。盐铁、转运,顾名思义,盐铁负责赚钱,转运负责运钱。当时的盐铁转运使是被誉为"神童"的刘晏,后升任吏部尚书。

刘长卿早年和刘晏交好,认过同宗。但刘晏不是一个任人唯亲的人,刘长卿进入盐铁系统,也是从基层开始做起,担任过推官、判官、留后。

盐铁转运虽然远离京城,但控制着国家财政命脉,逐渐成为尚书省之外的一个独立财政系统。

从玄宗时期到僖宗时期,盐铁转运使兼任宰相的有30人次,升任宰相的有21人次,可见当时盐铁转运使的地位之高。

刘长卿当时担任淮南鄂岳转运留后,掌管一方财政,出任转运使,乃至拜相,指日可待。可这次又出事了。

大历八年(773年),吴仲孺任鄂岳观察使。观察使隶属当地政府机构,转运使隶属中央直属的财政机构,在关于当地税收如何分配问题上,双方难免会出现争议。

冲突很快爆发了。当时有一笔本该上缴中央的钱粮,吴仲孺希望从中截留一部分。根据当时的形势,假如换一个稍微圆滑一些的官员，他应该很快就会妥协。

原因很简单：一来山高皇帝远，而吴仲孺和自己同城办公，是要天天打交道的；二来吴仲孺的背景不一般，他是郭子仪的女婿，当时郭子仪的声望如日中天，皇帝的龙椅起码有一半是郭子仪撑起来的；三来当时朝廷财政吃紧，各地藩镇吃用都靠自己，所以大都擅自截留，这已是官场潜规则。

在知晓这些的前提下，刘长卿依然选择坚持自己的操守，严词拒绝了吴仲孺，结果吴仲孺一纸诉状递上去，状告长卿"犯赃二十万贯"。

20万贯是什么概念呢？唐代宗时期正一品官员的月俸只有12贯，虽然还有职田和禄米等其他收入，但贪污20万贯绝对够得上死罪了。

事关人命，朝廷派了监察御史苗伾来审案，最后的判决是刘长卿被贬为睦州司马。假如刘长卿确有贪腐行为，那肯定不能只是被贬官，但考虑到吴仲孺的身份，也不好说他诬告，只能折中处理。

这个案子在当时影响很大，明眼人都能看出其中的门道。4年后，汴东盐铁使包佶也遇到了和刘长卿一样的局面。当时淮南节度使陈少游要截取包佶手里的800万贯公款，威胁他说，听话给钱，下场顶多和刘长卿一样，不给钱就杀了他。

虽然被贬了官，但毕竟保住了性命，刘长卿出狱后给苗伾赠诗：

地远心难达，天高谤易成。
羊肠留覆辙，虎口脱余生。

直氏偷金枉，于家决狱明。

一言知己重，片议杀身轻。[31]

虎口脱险的刘长卿，带着失望和迷茫，踏上了去往睦州的路。

芙蓉山上的那一夜

故事发展到这里，《逢雪宿芙蓉山主人》终于要出场了。

这首诗只有4句，却存在不少争议。比如：芙蓉山到底是哪座芙蓉山？日暮天黑为什么还能看见苍山？白屋是被雪覆盖了还是普通茅屋？最具争议的是，这个夜归人到底是谁？

根据当时的历史背景和考证，故事可能是下面这样的。

刘长卿在去睦州的路上，也许是想快点赶路，也许是路上没有地方住宿，总之他上了山。山上的空气比平时更加寒冷，薄雾在山谷中环绕，远处的山峰从云海中冒出来，一座接着一座，此起彼伏。

有光从窗外投射进车内，映照出散落在空气中的尘埃，就像流淌的时光。马车在暮色中疾行，太阳缓慢躲进群山背后，刘长卿最终在大山深处找到了一户人家。

屋子的周围有一圈篱笆，扎得并不高，院内情况一览无余。屋顶上的茅草并不厚实，窗户看起来很完整，应该有人居住。刚靠近门口，院里猛地传出几声狗叫，倒也省得叩门了。

开门的是一位妇人，听说要借宿，微露难色，说要回屋和家中老人商量。刘长卿说明来意，亮明身份，总算得以借住一晚。

晚间闲谈中，刘长卿得知这是婆媳二人，妇人的丈夫前些年上了前线，一直未归。年轻男人被招募到军队，家里只留下老弱妇孺，这种情况在当时很常见。

此时那场叛乱已经过去20多年了，虽然叛乱早已被平定，但大唐已经不是原来的大唐了。原来对长安称臣的游牧部落越来越不安分，曾经帮助过大唐的吐蕃成了新的威胁。大唐的权力中心正在瓦解，节度使们逐渐活跃起来，以平叛的理由扩充自己的势力。

有战事就有死伤，府兵制已经崩溃了，各地兵源都很紧缺。老父亲送儿子上战场，新婚妻子和丈夫离别，这样的场景在全国各地都能见到。

太阳落山以后，大片大片的黑色从远处奔袭而来，风和雪咆哮着带走大地的余温。刘长卿在屋内陷入沉思，和大多数学子一样，读书考科举一直是他的人生目标。学而优则仕，出仕就可以辅佐君王，兼济天下。这是他一直以来的信念。

可真正做官以后，他发现官场并不是书上所写的那样。不论是在县令任上，还是做转运留后的时候，他的决定都上对得起君主，下对得起百姓，他问心无愧，结果却经历了两次牢狱之灾和十几年的谪贬生涯。

这一晚，也许是刘长卿人生中最困惑、最迷茫的时候。他已经年近半百了，即使是在太平时期，被重新重用的可能性也很小。即使他没有被罢过官，即使他成为大官，也无法面对这一路上看见的分离场面。

假如一切都将不可挽回地走向堕落，那些立志拯救苍生的誓言到底是为了什么？

一股巨大的压抑感将他包围了，空气渐渐稀薄，他的信念一点点崩塌，身体无力挣扎，慢慢陷入黑暗。

一阵犬吠声打破了黑夜的寂静，也将刘长卿从混乱中拉回现实。这么晚了，会是谁呢？刘长卿推门望出去。

狗叫了一会儿，妇人才出来，门打开的时候，狗却不叫了。妇人呆立了好一会儿，突然匆匆回屋，和老人一起返回，三人在风雪中相拥而泣，狗在他们身边拼命摇着尾巴。

刘长卿回到屋里，百感交集，他突然明白了，支撑起这个国家的，是每一次不舍的离别与度日如年的坚毅等待。

必须把这一刻记下来，于是他提笔写下：

> 日暮苍山远，天寒白屋贫。
> 柴门闻犬吠，风雪夜归人。

这一晚天色很暗，雪也很大，目光所及只有一间小屋，仿佛一束在风中飘摇的火光，为这个时代照亮了方向。

几百年之后，宋代的青原惟信禅师留下了一段参禅感悟：

> 见山是山，见山不是山，见山还是山。

有人说，懂得什么是"山"，才算读懂了人生。

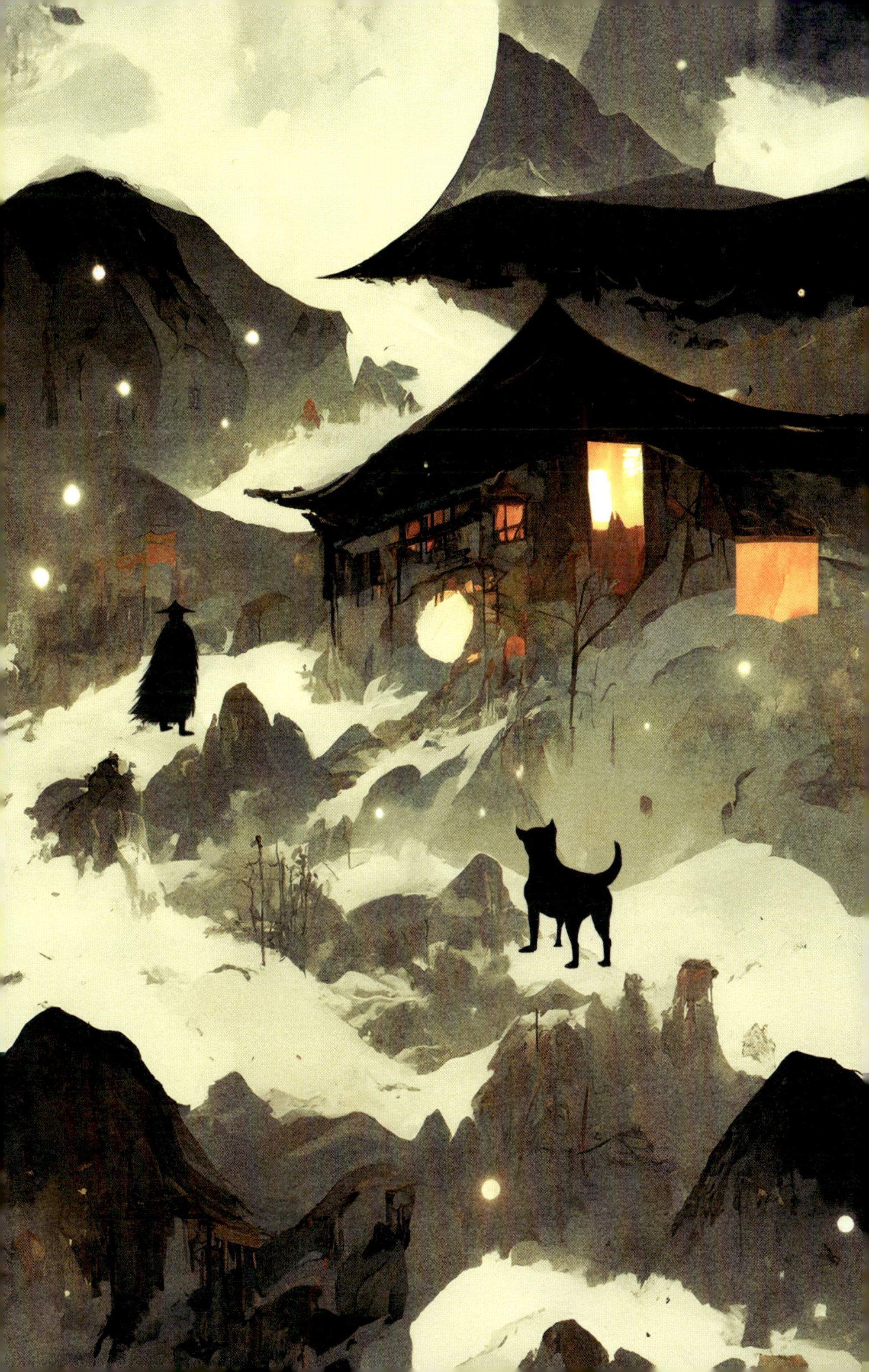

江雪

<small>唐 柳宗元</small>

千山鸟飞绝,
万径人踪灭。
孤舟蓑笠翁,
独钓寒江雪。

永州司马的千万孤独

805 年的初秋,大唐王朝迎来了一位新的皇帝:唐宪宗。

龙椅还没坐热,唐宪宗就颁布了一条命令,将 10 位官员贬到偏远地区当刺史。朝廷上下大呼皇上英明,有人上书认为对这些人的惩罚太轻,于是皇帝又将他们贬为司马。

唐宪宗登基以后大刀阔斧为民除害,惩治了一批"贪官",将他们远贬外乡,史称"二王八司马事件"。

其中一位司马就是本文的主角——柳宗元。

贬官永州

每个初到长安的人,从踏入城门的那一刻,就会为长安的气魄所震撼。面前是一条纵贯长安城的宏伟御道——朱雀大街,它长约 5 020 米,宽约 150 米,街道的尽头就是大唐的皇宫。当太阳升起,给宫殿镶上一层金边时,无限的光芒从四面八方涌来,仿佛能看到权力和仕途正在向你招手。可如果从皇城往下看,就会看到一些落寞的背影,他们背向绚丽的宫殿,正在远离权力中心。

柳宗元离开的时候，想起了他的父亲柳镇。柳家曾经是豪门世族，唐高宗时期，柳家有22人在尚书省任职，柳奭官至宰相。到了武则天时期，由于政见不同，柳家被籍没全家，自此一蹶不振。

在柳宗元的印象里，父亲是个在逆境中也能保持乐观的人。战乱期间，父亲带着一家人到王屋山隐居，当时没东西吃，他一个人骑着毛驴四处乞食。

即便如此，柳镇仍会带着微笑，给子侄和柳宗元讲《春秋左氏传》等经典。柳宗元听得最多的道理大概就是，要做个正直的人。

柳镇是这样说的，也是这样做的，或许正因为如此，他的官一直做不大。

793年，柳宗元考中进士，当时朝廷审查是否有官员子弟舞弊。柳镇是侍御史，所以柳宗元也在调查名单上。然而当唐德宗听说柳宗元是柳镇的儿子时，说谁都可能作弊，但柳镇这个人绝对不会。

这一年是柳镇生命中的最后一年。儿子有出息，21岁就考中进士，柳家也许有希望了，柳镇走的时候应该很欣慰。

可是现在，柳宗元要离开长安了，离开这个能实现理想的地方，离开自己的故乡，奔赴从未踏足过的永州。

柳宗元不知道自己当初的选择到底是对还是错。

写墓志铭还是改变这个国家？

26岁那年，柳宗元通过吏部考试，被授予集贤殿正字，这是一个校正官方典籍的从九品上的小官，但毕竟是步入仕途的第一步。

之后柳宗元在京兆尹韦夏卿手下做文书，因文采出众，经常被人委托写墓志铭。在成为监察御史之前，他写了至少5次墓志铭，也为自己的发妻杨氏写过。

监察御史的级别是正八品上，不算高。不过它就像现在的纪委一样，官位不高，但权力很大，因此柳宗元有机会步入上层官场。

在御史台，他遇到了另外两个才华横溢的人，一位是他的上司韩愈，另一位是与他同期的进士刘禹锡。

如果柳宗元始终跟随韩愈的脚步，那也许他的未来会更加美好，然而柳宗元和刘禹锡都选择了另一条荆棘丛生的道路。

柳宗元遇到了改变他一生的男人——王叔文。他问柳宗元是想一辈子给人写墓志铭，还是想和自己一起改变这个国家。

大唐科举其实也有"鄙视链"，中进士的看不起考明经的，考明经的看不起陪读。王叔文就是个陪读，负责陪太子读书，更准确地说，是陪太子下棋。

也许是因为和围棋打了一辈子交道，他想下一盘关于政治的棋。在和太子下棋时，他经常会向太子诉说民间疾苦，也会为太子出谋划策。

据说有一次，太子和侍读们说起民众受"宫市"之苦很久了，自己要向皇帝反映此事。大家都很兴奋，只有王叔文沉默不语，散场后，太子问王叔文为何不说话。

王叔文回答，太子去见皇帝应该多请安，不应多说外事，假如陛下疑心太子在收买人心，就不好解释了。

太子吓出了一身冷汗，庆幸没冲动去见皇帝，从此以后对王叔文愈加信任。

善于谋划的王叔文一直在为太子物色帮手。当时的大唐,藩镇割据,宦官专权,内部党争不断。这些问题都是王叔文想要解决的,可他实际上能拉拢的人并不多。

改革还是保守?

王叔文的话让柳宗元心中久久不能平静。他在长安城里漫无目的地徘徊,试图看清自己所处的这个时代。

他看到远处几个"白望"正在敲诈一家商户。

和大唐的许多皇帝一样,晚年的唐德宗也开始变得昏庸,不但姑息藩镇,还给了宦官很大的权力,最荒诞的是,他拼命攒自己的小金库。

德宗为了敛财开设了"宫市",宫市替皇帝买东西,多由宦官专任。然而宦官仰仗皇权,经常强买强卖。开始的时候,几千钱的货物,他们用几百钱就买走了。后来宦官还找了一群人去采购,这群人到处望风,看中什么甚至连钱都不付,所以这些人被称为"白望"。

白居易的《卖炭翁》讲的就是宫市的宦官仅用半匹红绡和一丈绫强买卖炭翁的千斤炭。

和白望一样不好惹的,还有"五坊小儿"。"五坊"是指皇宫内的雕坊、鹘坊、鹞坊、鹰坊和狗坊,五坊小儿就是给皇家养宠物的人,也负责网罗珍奇鸟兽。

这些人如果在某家门口布网，这户人家就只能翻墙回家了。如果他们在井上布网的话，大家就没办法喝水了。除非给他们钱，否则他们有的是办法让你不得安宁。

韩愈也看不下去了，把这件事记录在了《顺宗实录》上。

这还是那个让万国来朝的长安吗？

此时的柳宗元不过30岁出头，才华横溢，是官场上冉冉升起的新星，仰慕者众多。他应该有美好的前程，只要和其他官员一样，说皇帝爱听的话，做皇帝想做的事，结交一些宦官，和藩镇搞好关系，没人会讨厌一个懂事又有才华的年轻人。

历史上没有记载王叔文是如何说服柳宗元的，但结果就是，包括柳宗元和刘禹锡在内的10人加入了王叔文的改革集团。

805年1月，唐德宗驾崩，太子即位，是为唐顺宗。

这一年是永贞元年，一场名为"永贞革新"的运动轰轰烈烈地开始了。

如果说有什么事情比阻挡历史潮流更困难，就只有推动历史前进这件事了。

永贞之变

这是一场过山车式的改革，顺宗刚上台，王叔文便开始了大刀阔斧的改革。

柳宗元被提升为礼部员外郎，专管诏书和奏章一类重要事务。

《旧唐书·柳宗元传》中记载：

> 顺宗即位，王叔文、韦执谊用事，尤奇待宗元……叔文欲大用之。[32]

王叔文有事会专门找柳宗元和刘禹锡商议，当时他们风光无两，与王伾一起时称"二王、刘、柳"。

但王叔文的改革打击面太大了，清代翰林院编修王鸣盛曾评价说：

> 叔文行政，上利于国，下利于民，独不利于弄权之阉臣，跋扈之强藩。

宦官和藩镇是好几代皇帝都没能解决的问题，哪是几条政令就能解决的？

王叔文的改革让宦官和藩镇联合了起来，他们拥立李纯为太子。在太子的册立仪式上，百官大喜，唯独王叔文面露忧色，自言杜甫的诗句：

> 出师未捷身先死，长使英雄泪满襟。[33]

这场改革仅仅持续了6个月。所有改革派官员都未能幸免于难，甚至连皇帝都被赶下了台。

1 000多年后，一场我们更熟悉的变法，即康有为、梁启超、谭嗣同发起的戊戌变法，以同样的形式更迅速地失败了。

唯一比谭嗣同稍好一些的是，柳宗元活了下来，被贬为永州司马。

永州江雪

805年8月，唐宪宗正式登基。11月，柳宗元被贬永州。次年，唐宪宗改年号为"元和"，大赦天下。

实际上，唐朝官员一般被贬3~5年，就有机会被召回，遇到大赦也可能官复原职。唐宪宗即位后，尊顺宗为太上皇，册封皇太后，三次大赦都没有给"八司马"任何机会。806年8月，宪宗还特别下诏，八司马等人"纵逢恩赦，不在量移之限"。[34]

于是柳宗元在永州开始了自己的下半生。在永州生活了10年，他发现这辈子似乎逃不开写墓志铭这件事。来永州的第一年，母亲卢氏卒于零陵佛寺，享年68岁。第四年，年仅6岁的小侄女柳雅离开了人世。同年，同为八司马之一的凌准被恩准灵柩返回故里，柳宗元为他写了墓志铭。第五年，柳宗元续妾生的女儿和娘在出生不久后就因病夭折。同年，好友衡州刺史吕温去世，柳宗元写文哀悼。

814年的一天，天气转冷，一个刚过40岁的中年人独自来到了永州郊外。他放眼望去，四周除了山还是山，山峰像海浪一样连绵奔腾，这些险峻的山就像牢笼一样将人关在其中，让人无处可逃。

山上有很多条路，但没有一条是回家的路。在这个地方，他看着身边的亲人、朋友一个个去世，他亲自为他们撰写墓志铭，每次都要回忆过去的点点滴滴。

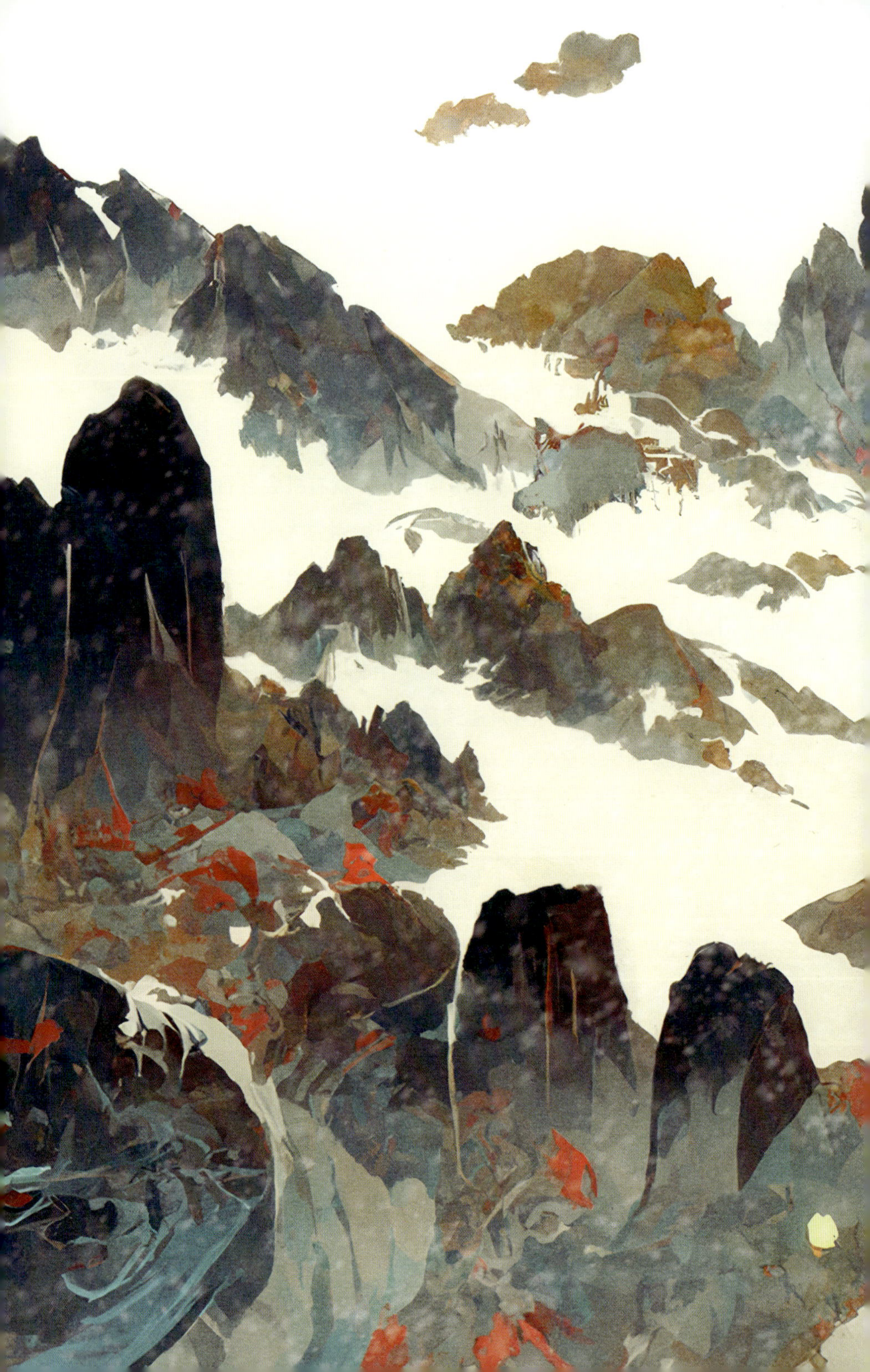

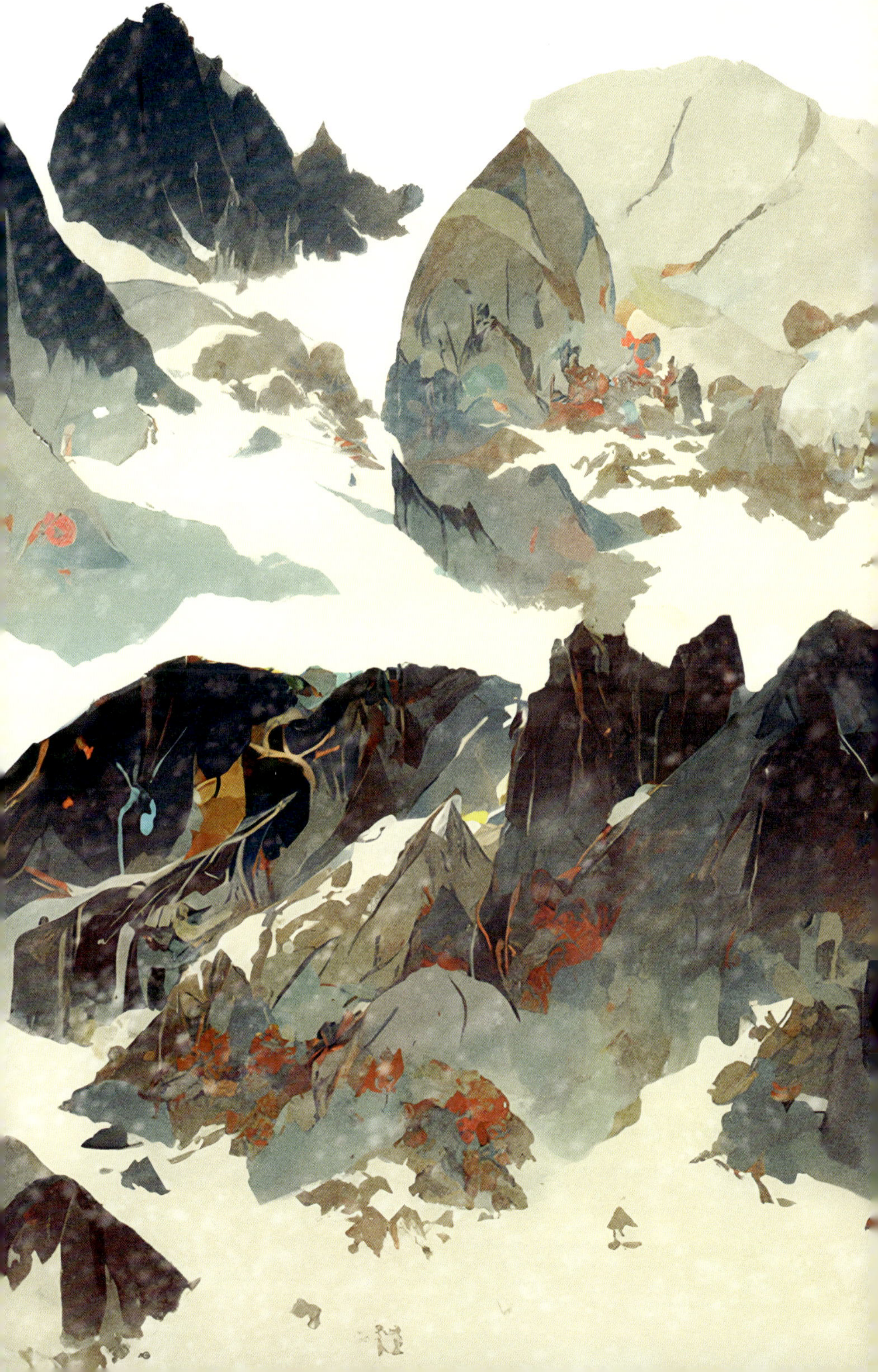

别长安

　　他们跟着柳宗元从繁华的长安来到了偏僻的永州，没有住处，只能住在寺庙里。住处多次失火，他们逃出来的时候连鞋都来不及穿。

　　是什么导致了这一切？是当年那个才华横溢，想要出将入相、改变国家的年轻人。

　　这一切都错了吗？

　　那一刻，这位中年人闭上眼，念出了一首诗：

> 千山鸟飞绝，万径人踪灭。
> 孤舟蓑笠翁，独钓寒江雪。[35]

　　你很难从唐诗里找出一首比《江雪》更孤独的诗了。

　　在永州的"山海"里，连一只鸟都没有，它们不是暂时离开，而是永远地飞走了。山间有无数条小路，却看不到一个人，甚至连人走过的踪迹都没有。

　　他仿佛进入了另一个世界，在那里，整个宇宙不过是为关住一个人而设的牢笼。

> 千山鸟飞绝，万径人踪灭。

　　可是，在这样一个连声音都被隔绝的环境里，却有一个身披蓑衣的老翁驾着一叶小舟，孤零零地驶到了江中央。他从船上拿出了钓竿，这天气像是在和他作对，四周的温度越来越低，江面开始结冰。他想做的所有事情，都在被这个世界拒绝。

老翁皱起了眉头，他眼前好像浮现出了什么，是父亲柳镇和母亲卢氏。柳镇对他说，自己这辈子不是被贬官就是在被贬的路上，做个正直的人是很不容易的。卢氏对他说，他们之所以跟着柳宗元到永州来，是因为相信他什么都没做错。那些出现在墓志铭上的人，像走马灯一样闪过，仿佛都在鼓励他坚持下去。

四周的水面正在快速凝结，只有一片飘落在江上的雪花尚未被冰冻。在钓竿接触雪花的那一刻，老翁的背后升起万丈光芒，这光芒扫过之处，寒冷的世界逐渐消融、破碎、崩塌。

孤舟蓑笠翁，独钓寒江雪。

侍妾走进来，看到苏东坡微微发抖的背影，问他怎么了。苏东坡说，没事，只是在读一首诗。她继续问，读的是什么诗。苏东坡说，是柳宗元的《江雪》。[36]

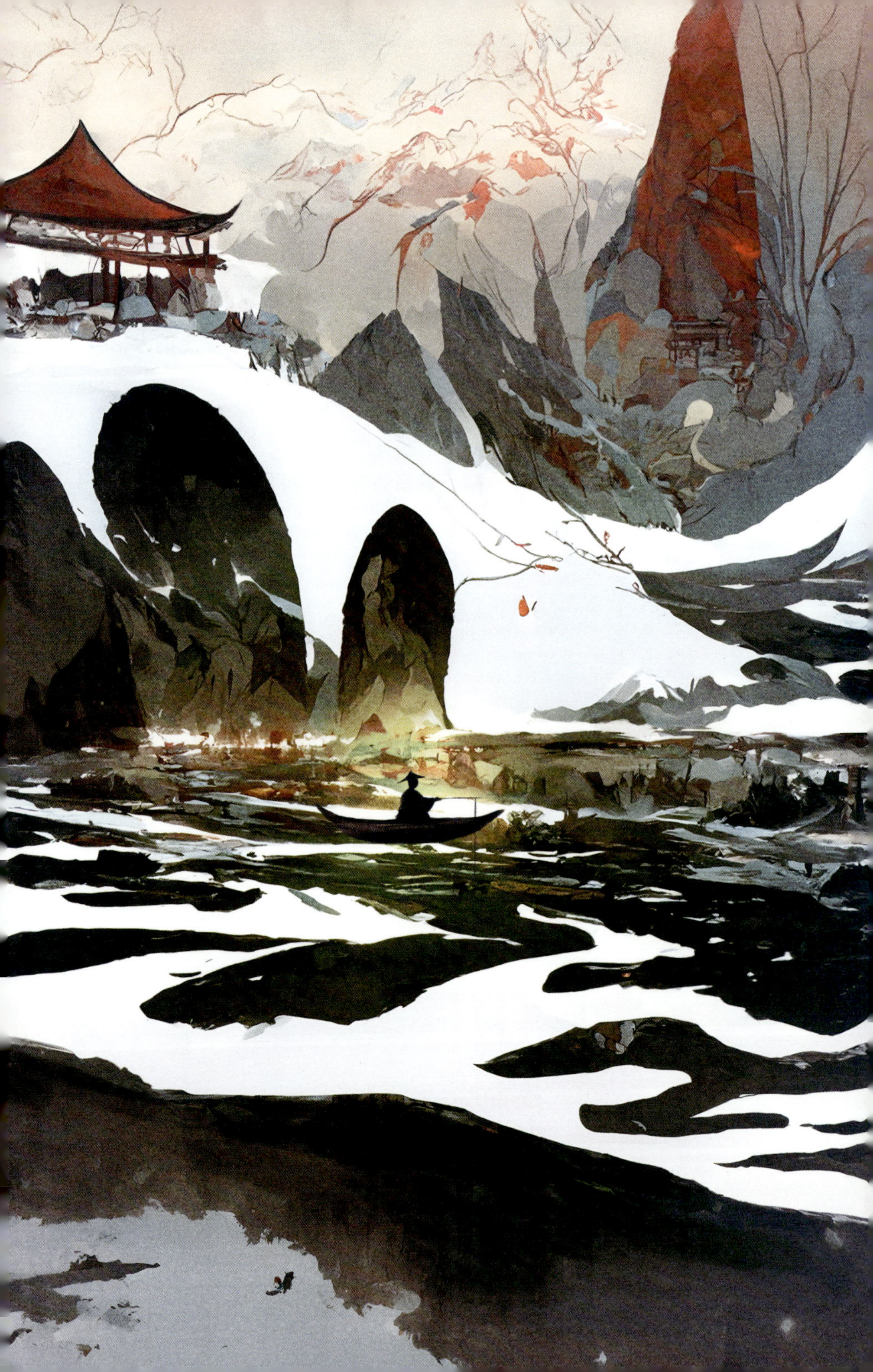

第三篇
夜半钟声到客船

言愁

少年不识愁滋味，为赋新词强说愁。路走得太顺的人，是难写愁情的。愁是悲欢离合、喜怒哀乐，是无可奈何之下，对命运一种温柔的反抗。长安歌舞升平的贵胄，不知边塞春风难度的征人愁；盛世安居乐业的民众，也难感受沦落异乡的客愁。问君能有几多愁？国泰君安的年代，感受不到亡国之痛。李煜失去一切，方知万事皆空，至此遂成士大夫之词，然而报国有心，回天无力。朝代更迭，曲折婉转的宋词取代了对仗工整的唐诗，诉说着一段颠沛流离、令人愁肠百结的历史。蓦然回首，万千愁思，在一个又一个良夜，点滴凄清到天明。

凉州词

唐 王之涣

黄河远上白云间，
一片孤城万仞山。
羌笛何须怨杨柳，
春风不度玉门关。

盛唐的边塞

什么类型的诗最能代表盛唐呢？很多人会想起李白的山水诗、王维的田园诗、杜甫的咏史诗，不过，这些类型的诗在大唐各个时期都有佳作涌现，而边塞诗就像一年只开一季的花，唯有盛唐的土壤才能让它怒放。

很多诗人都写过边塞诗，李白、岑参、王维、高适的边塞诗有不少流传千古，而站在边塞诗顶峰的，另有其人。他传世的诗仅有6首，其中一首七言绝句被章太炎先生称为"绝句之最"。

他叫王之涣，字季凌，并州晋阳人。这首"绝句之最"就是名震天下的《凉州词》：

> 黄河远上白云间，一片孤城万仞山。
> 羌笛何须怨杨柳，春风不度玉门关。[1]

熟悉唐诗的朋友肯定知道，《凉州词》不止一首，除了王之涣，王翰、孟浩然、张籍乃至宋代的陆游都写过《凉州词》。

很多人觉得王翰的"葡萄美酒夜光杯"要更胜一筹。假如单论

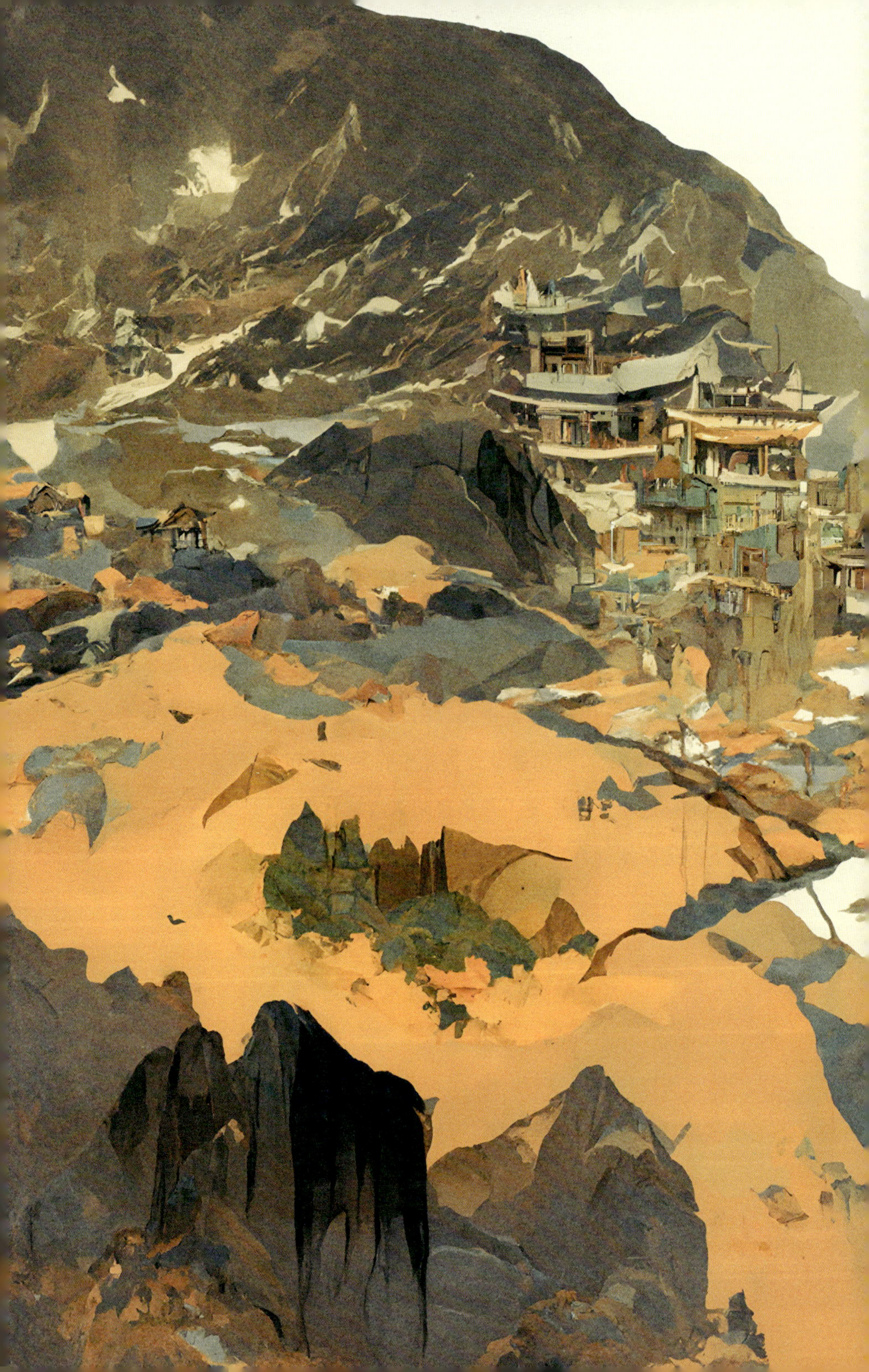

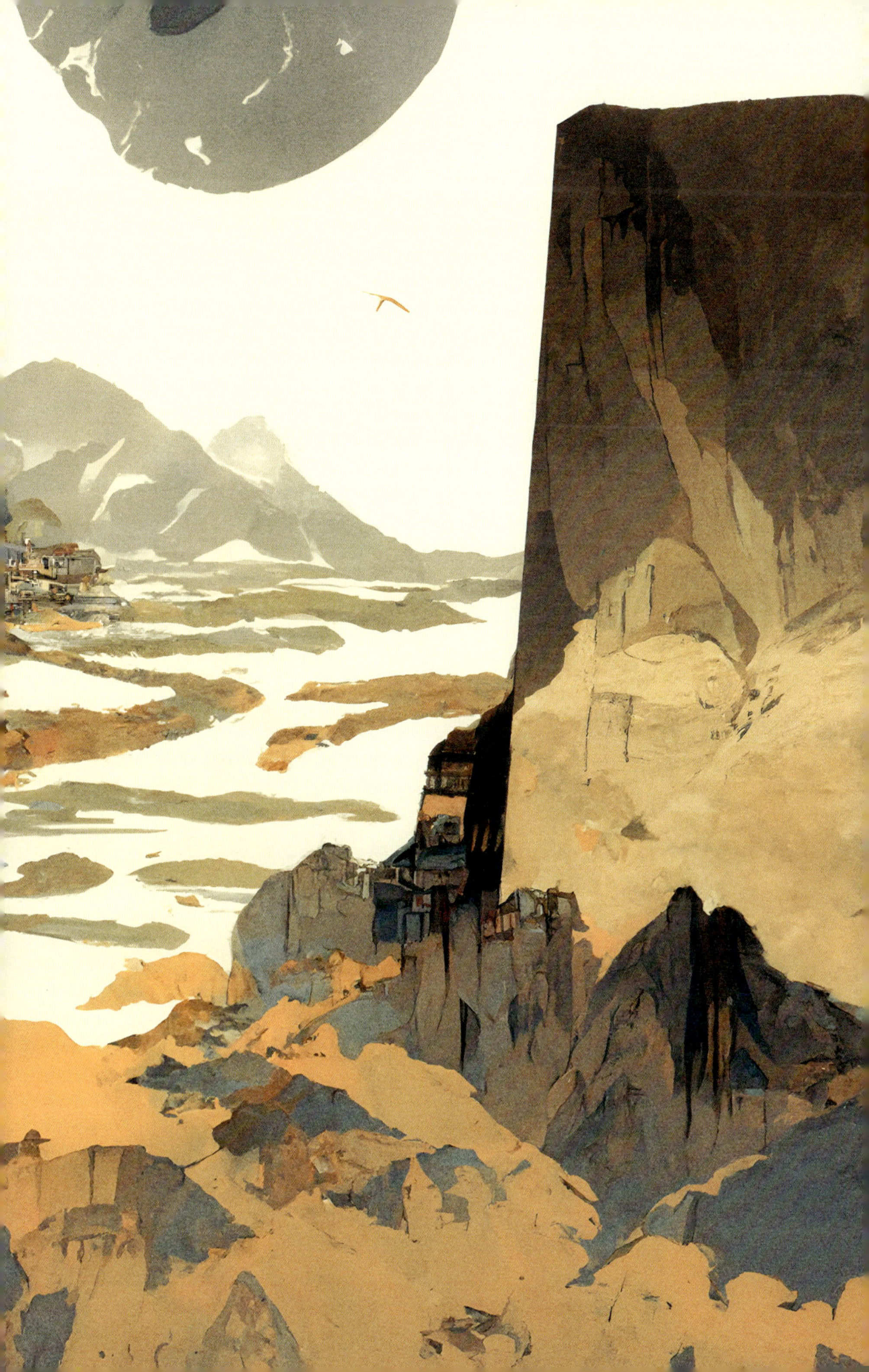

诗，恐怕难分伯仲，但如果去探究诗背后的故事，王之涣的《凉州词》显然有更大的格局和意义。

凉州曲

在聊《凉州词》之前，要先讲讲凉州曲。

中国自古就有音乐和舞蹈，但在古代主要用于祭祀和宴享活动，魏晋南北朝时期，西域音乐大量传入，民间俗乐蓬勃发展，甚至出现供平民娱乐的"歌场"。

凉州（今甘肃武威）位于河西走廊东端，是丝绸之路的要冲，也是中原和西域的交通枢纽，自然也成了西域音乐进入中原的第一站。

相传，唐朝皇帝有胡人血统，十分热爱音乐，在初唐，你甚至能看到李世民跳舞、李渊弹琵琶伴奏的场景。换到中国历史上的其他任何朝代，这都是不可想象的。

到了开元年间（713—741年），陇右经略使郭知运搜集凉州当地曲谱进献给玄宗，玄宗命教坊填词，于是凉州曲开始流行起来。为凉州曲填词迅速点燃了诗人们的热情，毕竟，谁填的词最好，就能获得最多的传唱，为世人所知。这也是《凉州词》数量众多的原因。

而获得掌声最多的人，就是王之涣。关于王之涣的《凉州词》，有个著名的故事，就是旗亭画壁。唐人薛用弱在《集异记》卷二讲了这样一个故事：

有一天，高适、王昌龄和王之涣在旗亭喝酒。旗亭就是酒馆，唐代酒馆在门口挂一面旗子，上面写一个"酒"字，类似现在的店招，远远一看就知道哪里能喝酒。

三人正喝着酒，从外面来了一众梨园子弟和四位歌伎，他们很快演奏起了当时流行的乐曲。三人当时已经有些名气，于是就打了一个赌，看歌伎唱谁的诗最多。

第一个歌伎唱道：

> 寒雨连江夜入吴，平明送客楚山孤。
> 洛阳亲友如相问，一片冰心在玉壶。[2]

这是王昌龄的《芙蓉楼送辛渐》。

接着第二个歌伎唱道：

> 开箧泪沾臆，见君前日书。
> 夜台何寂寞，犹是子云居。[3]

这是高适的《哭单父梁九少府》。

第三位歌伎唱道：

> 奉帚平明金殿开，强将团扇共徘徊。
> 玉颜不及寒鸦色，犹带昭阳日影来。[4]

这是王昌龄的《长信秋词》。

假如按三局两胜决定胜负，王昌龄已经赢了。然而王之涣说，那位还未开口的歌伎是几人中最漂亮的，最好的总是在最后，如果她唱的不是他的诗，那以后他绝不和他们叫板了。

只听这位歌伎唱道：

> 黄河远上白云间，一片孤城万仞山。
> 羌笛何须怨杨柳，春风不度玉门关。

三人的笑声引起了几位歌伎的注意，她们询问过后得知居然碰见了填词的诗人，于是同桌共饮，传为一时佳话。

这个故事的真假有待商榷，但可以明确的是，王之涣的这首《凉州词》当时已经到了家喻户晓的程度。

这首《凉州词》气势磅礴，故事里的王之涣意气风发，那么真实的王之涣是怎样的呢？

仕途

去边塞的诗人要么是为求取功名，要么是仕途不顺，这是个令人悲哀的事实，王之涣属于后者。

王之涣祖上官至刺史，五世祖王隆之是后魏绛州刺史，曾祖王信曾任隋朝请大夫、著作佐郎，入唐为安邑县令。

王之涣虽说出身官宦人家，但祖上都是在前朝担任大官，年代已经比较久远了。其父王昱做过鸿胪主簿、雍州司士和汴州浚仪县令。总之,自唐朝以来,王家人的官职基本在县令一级,太原王氏中王之涣这一支算是家道中落。

王之涣年少时就展露出很高的才华,据史料记载:

> 幼而聪明,秀发颖悟。不盈弱冠,则究文章之精;未及壮年,已穷经籍之奥。[5]

但聪明是一回事,仕途又是另一回事。

王之涣出生于垂拱四年(688年),之后的唐王朝顶层发生了一系列变化,比如神龙政变、景龙之变。皇子、公主和皇后各自结党,围绕着龙椅的控制权,各方势力搅在一起,展开了一场厮杀。直到712年,一位叫李隆基的皇子杀出重围,结束了武则天后期的混乱政局,登上了历史的舞台。

按理说,王之涣应该在这个时期参加科举考试。上层变化对他的仕途是否有影响,我们不得而知。或许,王之涣根本没想过参加科举考试。毕竟,他们家还有"祖传的县令"。王之涣继承的是主簿职位,成了衡水县令的秘书官,负责文书工作。

然而,才华就像漆黑中的萤火虫,是很难掩盖的。王之涣的上司——衡水县令李涤发现手下这名主簿有些不寻常,认为他将来前途不可限量,决定将自己年仅18岁的三女儿嫁给他,尽管此时王之涣已经年过30岁,而且有一个孩子。

婚后的王之涣仕途仍然没有起色,不知道什么原因,他遭到了同僚陷害，于是愤然弃官。这一年，王之涣40岁，这个中年男人回望自己的前半生，总结出四个字：一事无成。身边有不少人曾说他是天才，也有不少人觉得他才华横溢，可怎么就走到了这步田地，他有些不明白，一个中年男人从此宅在家里。

也许是妻子怕他想不开，也许是王之涣不好意思一直赋闲在家，他选择了出去走一走。可是去哪里呢？就去西边吧，正如那位高僧一样，也许那里会有答案。

于是王之涣来到了凉州。

被忘却的人

初到凉州的时候，王之涣只觉得凉州的云很大、很低，好像飘在自己头顶上，一伸手就能够到。

魏晋时竹林七贤之一的刘伶酷爱喝酒，有一次在家喝醉了，脱得一丝不挂，朋友笑他，他还反笑朋友说，天地是他的家，房子是他的衣裤，他们是钻到他衣裤里来了。这种天地为家、海阔天空的感觉，王之涣仿佛也感觉到了。

在河西，凉州曾经是首屈一指的大都会，因为这里是从西域到长安的必经之地，也是丝绸之路东段的交通枢纽。这里汇聚了各地的商人，尤其是粟特人。据说唐王朝建立时，身为粟特人的凉州安氏推翻了当地领袖李轨，将河西之地献给了唐朝，因此获得了功臣的身份。商人在此聚集，随之出现的是满足其需求的场所，除了绝对的权力，这里并不亚于长安。

当然，这一切都是有代价的。从凉州到玉门关一带都有大唐的军队驻扎，唐军的旗帜在城头飘扬，王之涣看到后心中顿觉踏实。

他在这里遇到了高适，另一个不算成功的诗人。文人总是很容易走到一起，尤其是有同样失败经历的文人。当时高适在陇右参军，通过高适，王之涣发现，那些保家卫国的唐军和想象中的有些不一样。

自汉代以来，河西走廊始终是中原王朝和西域势力争夺的地盘。贞观十四年（640年），唐太宗为对付西突厥，设立安西都护府，管辖于阗、疏勒、焉耆、龟兹安西四镇。武则天时期，崛起的吐蕃反复与大唐争夺河西的控制权。

当时大唐实行的是府兵制，兵源由府兵和兵募组成。大唐各地设立军府，名为折冲府，国家给府兵分配田地，军府里的成年男子农时农耕，农闲时训练，战时出征。打仗的时候，府兵不够，就要向全国征兵，这些士兵就是兵募，也叫征人。

这套制度逐渐出了问题，随着土地兼并越来越频繁，均田制开始崩溃，导致府兵越来越少，原来的府兵服役时间变长，没人愿意当兵。

白居易曾写过一篇《新丰折臂翁》，讲的就是一位老翁回忆自己当年为了逃避兵役，用石头砸断了自己的胳膊，换了一条命。

凉州是大唐将士的起点。为了保持朝贡贸易的畅通，也为了维持大唐皇帝"天可汗"的地位，一代代府兵从长安出发，经过凉州，不断西行，走出玉门关。

许多诗人在边塞看到，大唐的军队即使面对数量几倍于自己的

敌人,也视死如归,毫不畏惧。王翰写了一首《凉州词》:

> 葡萄美酒夜光杯,欲饮琵琶马上催。
> 醉卧沙场君莫笑,古来征战几人回。[6]

这是何等的激昂气概,仿佛在说,只要有一个大唐士兵在,这里就是大唐的土地。

王之涣也看到了雄壮威武的军队,可他明白,在这些士兵往日的荣耀和自豪背后,似乎都有一个"新丰折臂翁"的故事。于是他写出了另一首《凉州词》:

> 黄河远上白云间,一片孤城万仞山。
> 羌笛何须怨杨柳,春风不度玉门关。

如果说有人比李白更有气势,那么非王之涣莫属。他会一下子把你拉到一个广阔的空间,你看到一条奔涌的大河,水流速度之快,仿佛一卷进去就要被吞噬,无路可逃。河流两侧是高耸入云的山,连绵起伏。顺着河流奔腾的方向望过去,是地平线的尽头,那里涌出一朵朵硕大的云。这时一阵强风迎面袭来,你不由得转身,再睁开眼睛,在山的中间,竟然是一座巨大的城门,仿佛城门的后面是另一个世界。

边关缺很多东西,但是不缺血与沙。这是一幅悲壮的景象,按理说,接下去应该写将士们英勇无畏,看破生死,彰显国威。但是

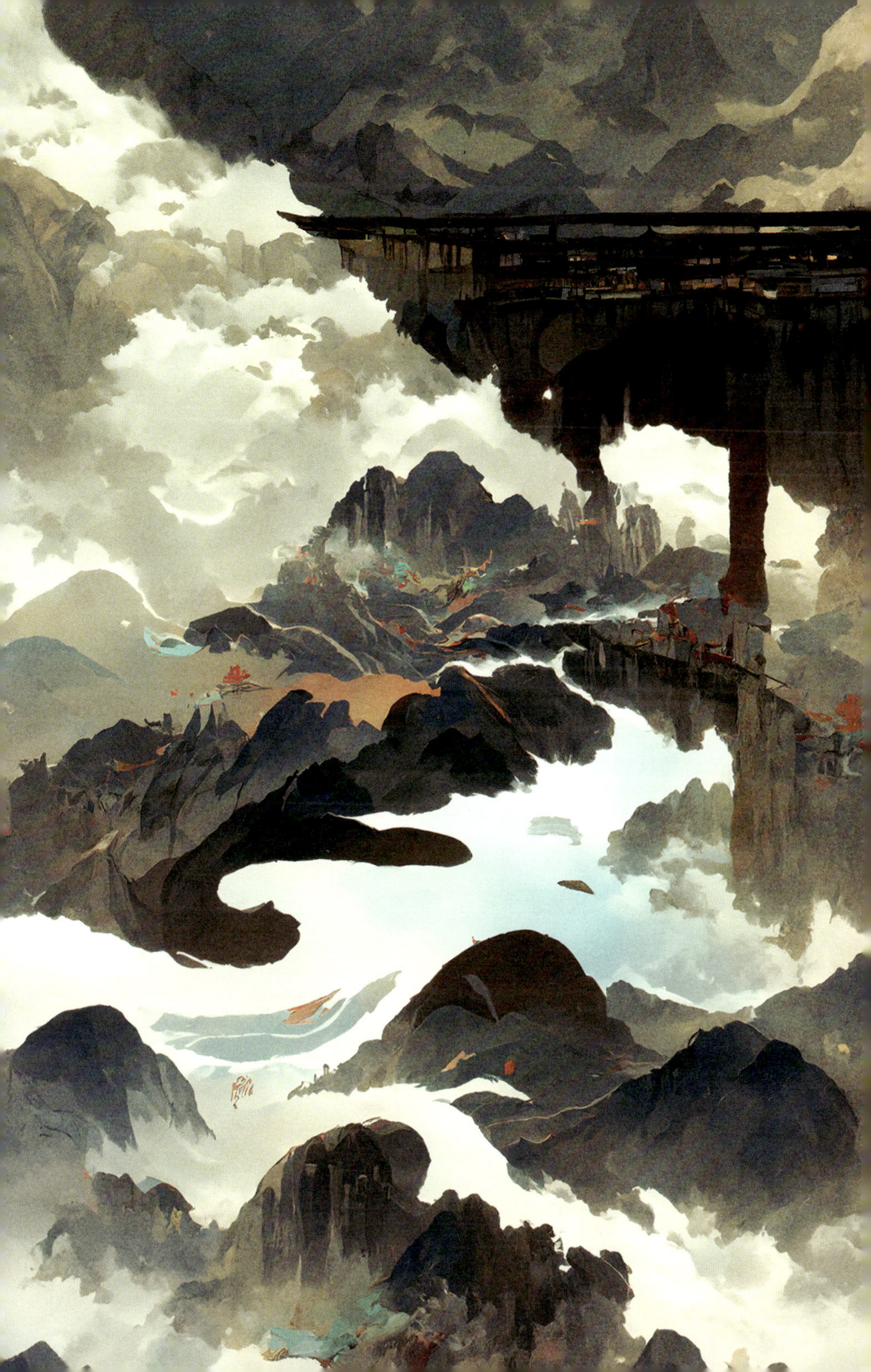

王之涣没有这样做，他突然把气势全部放下，写起了折杨柳。

古人有折柳送别的习俗，丈夫要去参军，妻子会折柳，好兄弟要去远游，朋友会折柳。嘴上说着再见，但不知何时能再见。去远游还能回来，上了战场就难说了。

贞观十三年（639年），全国户数大约是304万。到唐玄宗天宝十三载（754年），全国户数大约达到了918万。人人有饭吃，人人有衣穿，这才是一个盛世的大唐。

全国人民都沐浴在盛唐的春风里，可有一群人却感受不到繁华，他们只能看到漫天飞舞的黄沙。王之涣是在为这些被忘却的人写诗。这首诗后来红遍了大江南北，但对王之涣的仕途没有什么帮助，整首诗没有一个字在写这些军人，可明眼人都知道，这是一首不合时宜的诗。

人们把它归为众多《凉州词》里的一首，但几乎没人关心王之涣的诗句反映出的问题。

天宝八载（749年），府兵制崩溃，唐朝正式实行募兵制。为应对各方战事，各地节度使的权力空前膨胀。755年，一位节度使用一场战争给盛唐画上了句号，他姓安，据说是凉州安氏的后代。

枫桥夜泊

唐 张继

月落乌啼霜满天,
江枫渔火对愁眠。
姑苏城外寒山寺,
夜半钟声到客船。

忽如远行客

天宝十二载（753年），李林甫去世了，他曾说全国人才都已入朝为官，于是把杜甫那一届考生全部淘汰了。接替李林甫出任宰相的，是杨贵妃的族兄杨国忠。

这一年，杨国忠的儿子杨暄参加明经考试，成绩很差。主考官去向杨国忠请示如何处理，不料杨国忠大怒，说自己的儿子何愁不富贵，用不着他们这些鼠辈来卖好。

同年，刚刚吞并突厥阿布思部落的安禄山被告知，一向和自己不和的哥舒翰成了西平郡王兼河西节度使，而杨国忠向玄宗上奏说自己要造反。

对大唐百姓来说，这不过是盛世中普通的一年，而对大唐帝国来说，却是暴风雨的前夜。

在这个多事之秋，张继金榜题名了。张继字懿孙，来自襄州（今湖北襄阳）。

大运河上的船

坐在船尾的张继回头望向码头,伴着船桨拍打河水的声音,长安城逐渐缩小、模糊,直至消失在视线的尽头。

相比张继,码头上的其他人似乎更加忙乱,有拖家带口的,有扶老携幼的,大包小包,忙来忙去。他们要去南方,至于具体去什么地方,能不能适应那里的生活,谁也不太清楚。

755 年,一场被后世称为唐朝转折点的叛乱爆发了。范阳、平卢、河东三镇节度使安禄山以"忧国之危",奉密诏讨伐杨国忠为由在范阳起兵。

叛军仅一个月就攻破了洛阳,潼关成了唯一的屏障,可老百姓等来的消息是,据守潼关的名将封常清和高仙芝被斩首了。谁都看得出,接下来的形势很不乐观。

他们要沿着隋唐大运河从广济渠驶向通济渠,再从通济渠到山阳渎,最终抵达江南。这条全长 2 700 千米的大运河见证了大唐帝国财富的流转,日后它还要见证几个帝国的兴衰。可眼下,大运河承载的却是数以万计的难民。

船舱很小,人很多,非常拥挤,有时候连脚都伸不直。这样的光景,让张继想起刚到长安的时候。虽说条条大路通长安,但人和人还是不一样。初到长安,张继就听人说,要想在长安出人头地,投靠杨家人是最快的途径。

云想衣裳花想容,春风拂槛露华浓。

> 若非群玉山头见，会向瑶台月下逢。7

杨贵妃的美，尽人皆知。俗话说，一人得道，鸡犬升天。杨贵妃的大姐被封为韩国夫人，三姐被封为虢国夫人，八姐被封为秦国夫人，堂兄杨钊后被玄宗赐名为杨国忠，在一年之内连升数级，兼任15个职位。

只要攀上这些人，荣华富贵就在转眼之间。张继身上有傲气，看不上这些。初到长安时，他写了一首《感怀》：

> 调与时人背，心将静者论。
> 终年帝城里，不识五侯门。

"五侯"说的是，西汉汉成帝一天之内给5个舅舅封侯：封王谭为平阿侯，王商为成都侯，王立为红阳侯，王根为曲阳侯，王逢时为高平侯。王氏外戚专权，最后王莽篡夺了刘氏江山。

张继不屑于攀附权贵，自然也无法得到这些人的引荐。幸运的是，考场上还算公平，他考中了进士，只是没想到赶上了"安史之乱"。

《枫桥夜泊》

《资治通鉴》卷一百八十一记载，大业六年（610 年）十二月：

> 敕穿江南河，自京口至余杭，八百余里，广十余丈，使可

通龙舟，并置驿宫、草顿，欲东巡会稽。

610 年，隋炀帝终于完成了大运河这项伟大的工程，他本想效仿夏禹和秦始皇，乘着龙舟，登上会稽山，以望东海。隋炀帝没能走完的路，张继差不多走完了，不知不觉，船已经到了苏州。

当时江南最繁华的城市无疑是扬州，也许是去的人太多，也许是扬州和长安有某种相似性，总之张继选择了去苏州。

借了大运河的光，苏州在唐代也成了江南段运河的枢纽。唐初时苏州户数不过 1.1 万，到玄宗开元年间（713—741 年）已达到 6.8 万，天宝年间（742—756 年）更是增加到 7.6 万。

沿大运河行驶的船进苏州城之前，一般都会在一个叫枫桥的地方停泊休整。

和大多数人一样，这一天，张继的船也停在了枫桥。他绝不会想到，1 000 多年后，因为他写的一首诗，中国乃至世界各地的很多人都涌向了这里。

秋天的夜晚有一些特别，仿佛有人在不断地给天空泼墨，一层又一层，混沌而朦胧。整片的黑暗从天上落下来，吞噬了光明，带来了寒意。天上只剩下一轮月亮，而它常常引人联想。

有人会想到远方的朋友，比如：

海上生明月，天涯共此时。

有人会想到故乡，比如：

> 床前明月光，疑是地上霜。
> 举头望明月，低头思故乡。[8]

这一夜，张继有些睡不着，坐在船头，远远望去，水面上有一轮月亮，随着水波摇摇晃晃，仿佛刚从天上落下来，挣扎着想要回去。

空中飞过几只乌鸦，发出一阵叫声，在寂寥的夜晚，显得更加刺耳。它似乎在嘲笑掉在水里的月亮，也像是在嘲弄像张继这样的北方漂泊客。

抬头望去，天空被枝叶遮挡，从树叶的间隙处，漏下微弱的月光，仿佛给天空涂上了一层霜。岸边的枫树一棵接着一棵，白天的枫叶透着阳光，看上去是火红色的，可到了晚上，只能看到黑漆漆的一片。

在这片黑色的底部，隐约能看见深红的一团，那是靠近地面的枫叶，似乎被江边的渔火给点燃了。在渔火的边缘，有几个像张继一样睡不着的人，惘然若失。

他们中的大部分人，不是来自长安，就是来自洛阳，这场战乱打乱了他们的生活，也改变了他们的人生。

战争什么时候才会结束？自己还能不能回家？未来还能不能做官？一想到这些无解的问题，顿时有一股忧愁涌上心头，张继连忙把它们都吐露出来：

> 月落乌啼霜满天，江枫渔火对愁眠。[9]

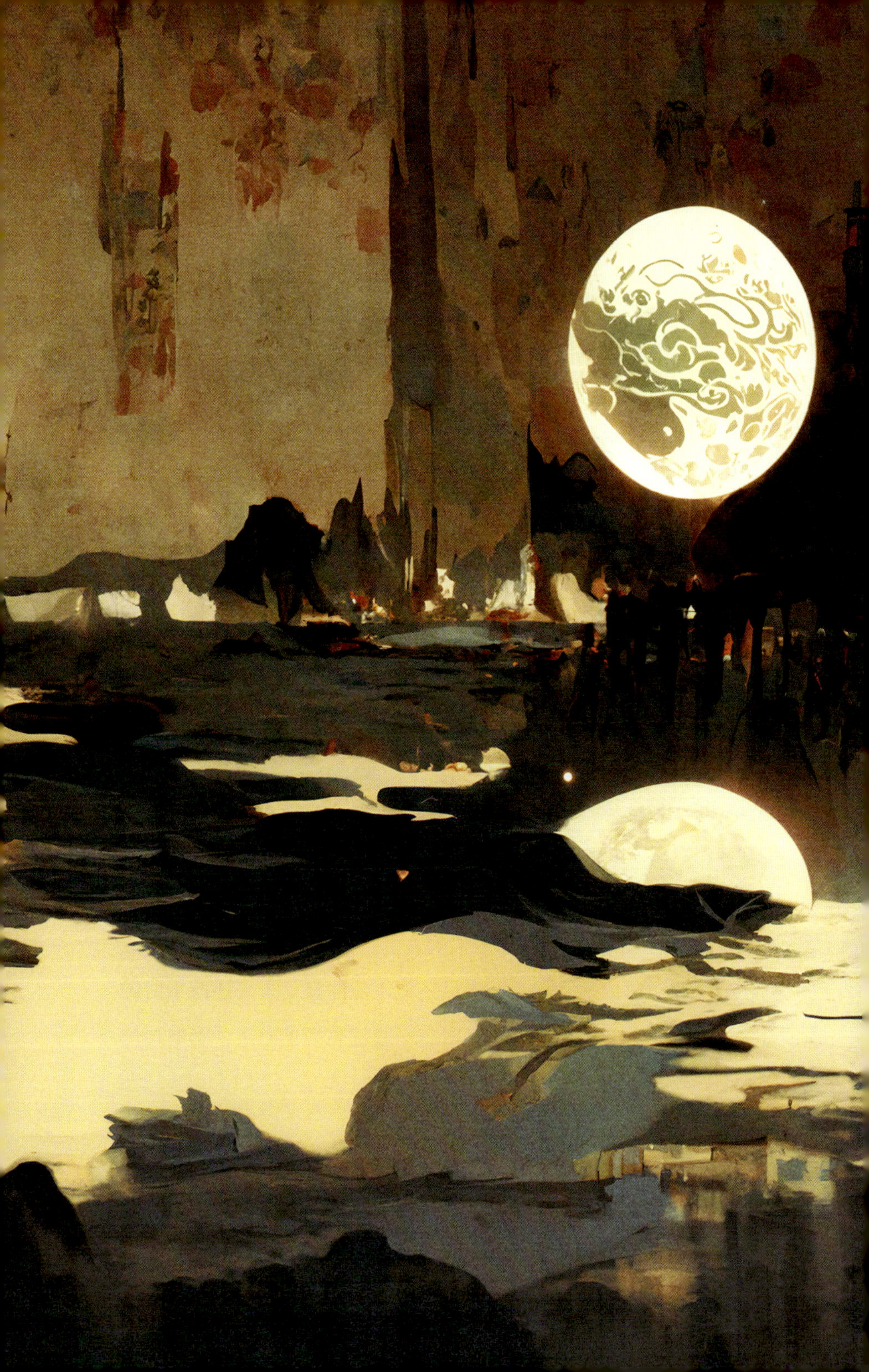

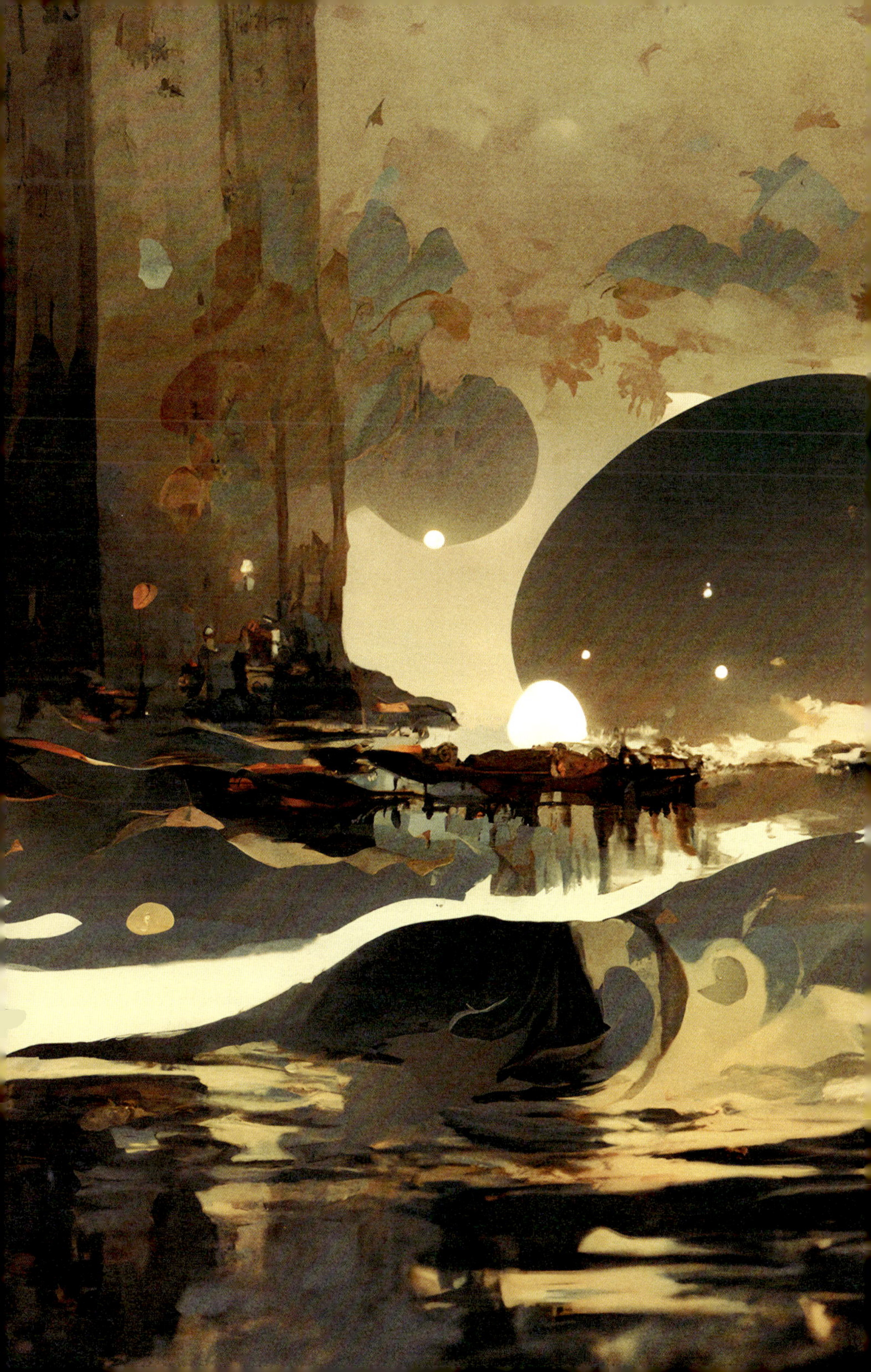

别长安

一阵阵钟声从远处传来，瞬间打破了黑暗中的沉默。不少人从船舱里钻出来，那么晚了，是谁在敲钟呢？是白天看到的那座寺院吗？也许是，也许不是。钟声仍在继续，穿透河边的过客，奔向远方的群山。

从长安到江南，是一段漫长的告别，也许是与家乡告别，也许是与过去的自己告别。人有时候很难适应改变，尤其是被动的、迫于无奈的改变。千头万绪，都归到一个"愁"字。

钟声像一股无形的风，吹散了笼罩在人们头上的愁云惨雾。越来越多的人从船舱里走出来，妻子抱着熟睡中的孩子，依偎着丈夫，老父亲拍了拍儿子的肩膀。

张继抬起头，看到一轮明月正挂在空中，枫叶从树上掉下来，旋转、起舞、飘落到他的脚下。他捡起一片枫叶，放在了手心。每一次告别，都是另一次新生的开始。

> 姑苏城外寒山寺，夜半钟声到客船。

钟声停止的时候，张继完成了这首《枫桥夜泊》。

《枫桥夜泊》的内容非常直白，没用高深的典故，没有华丽的辞藻，也没有一飞冲天的气势。但它跨越千年历史，被代代传颂，经久不衰，甚至有人不远千里赶到苏州，只为一睹诗中风采，是因为什么呢？

据说"上有天堂，下有苏杭"是从唐代流传下来的说法，可实际上，在很长一段时间内，苏杭都远离权力中心。无论是张继，还是韦应物、白居易、苏东坡，他们来到南方，多少有些迫于无奈。可当他们看到张继的这首诗时，仿佛开启了一场跨越时空的交谈。

有人问：人生总是那么痛苦吗，还是只有现在？张继沉默了一会儿，然后说，一直都是这样，习惯了就好。

1 000多年以后，一个叫罗曼·罗兰的法国人说了一句类似的话："世界上只有一种真正的英雄主义，就是认清了生活的真相后依然热爱它。"不管你手里是好牌还是烂牌，当钟声响起的时候，牌局都将继续。

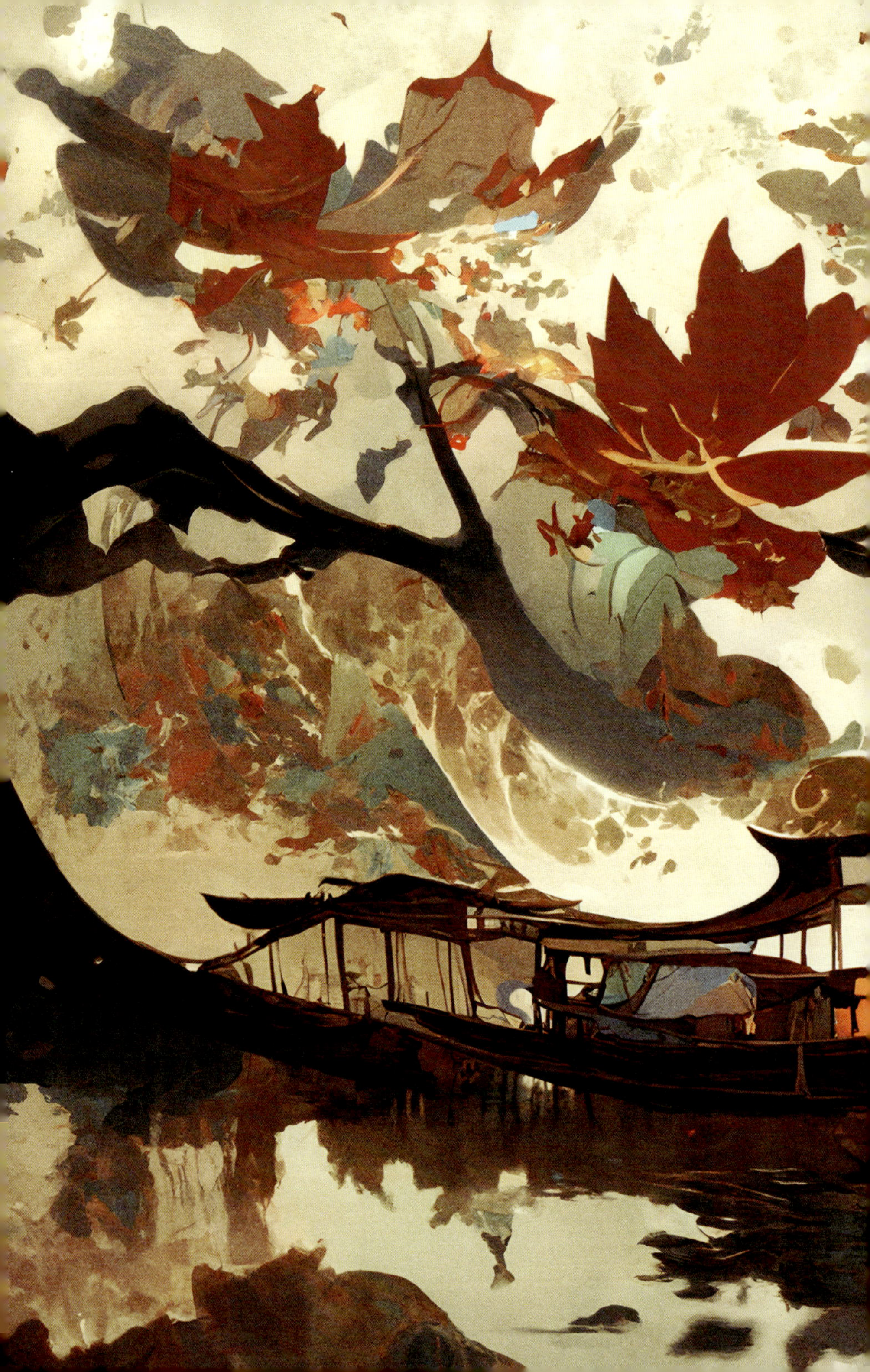

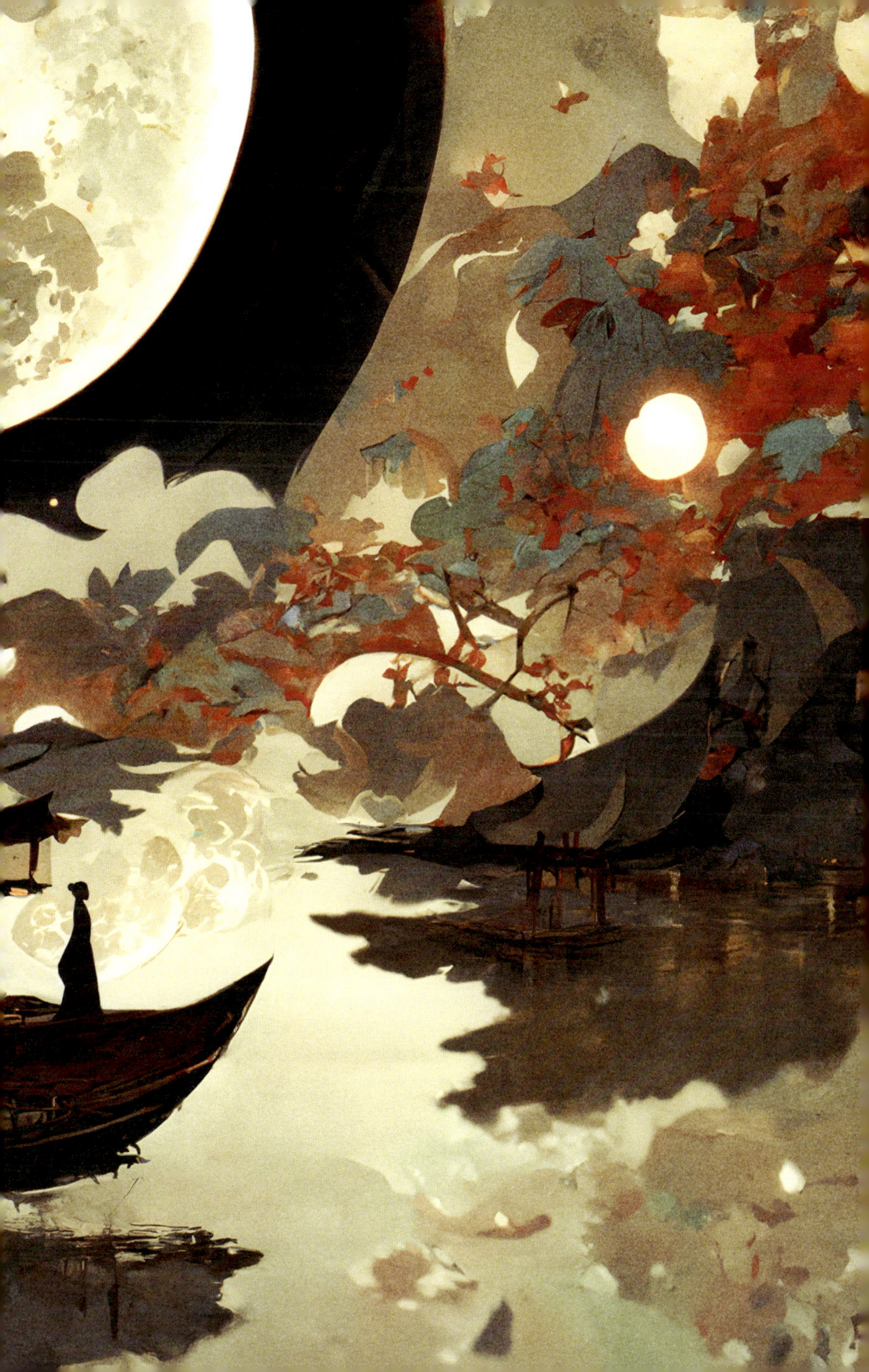

泊秦淮

唐 杜牧

烟笼寒水月笼沙,
夜泊秦淮近酒家。
商女不知亡国恨,
隔江犹唱后庭花。

秦淮河上的遗韵

金陵城,也叫建业、建康,曾是六朝古都,属大唐江南道管辖,是南来北往的水路要道。

杜牧对秦淮码头并不陌生,虽然没有在金陵当过官,但考上进士之后,他在南方已经待了近10年。

杜牧年少成名,风流倜傥,然而十几年官场生涯,让他越活越郁闷。政治抱负难以施展固然令人烦恼,生活的压力也颇为现实,但最根本的郁闷在于,他逐渐认识到了这个时代的悲哀,却无法逃离。

秦淮河边的非议

小春是一名歌女,她的工作是唱曲,每晚奔波于秦淮河边的各家酒馆,忙的时候一晚要跑好几家。从事这一行难免惹人非议,小春对此早就习以为常,可最近因为一首诗,她和姐妹们被推到了舆论的风口浪尖。

文人墨客为青楼女子提笔,本来算一件好事。原本默默无闻的歌女，因为某位文人的一首诗词而身价倍增，成为远近闻名的人物，这样的事情并不少见。

可最近这首诗让秦淮河饱受争议，它的作者说：《玉树后庭花》这种曲子是亡国之音，难道这些歌女不知道吗？是诅咒我大唐要完了吗？

歌词是诗人写的，曲调是乐人编的，曲目是客人点的，被口诛笔伐的却是她们这些女子，小春觉得很委屈，甚至为此掉过几滴眼泪。

写诗批判这些歌女的人就是杜牧，字牧之，唐京兆万年（今陕西西安）人。

杜牧没有想到，这首听了无数遍的曲子，会让他生出新的感怀。虽然没有在金陵当过官，但作为京官到地方，再从地方回京，往来的次数不少，走水路往返，金陵是必经之地，秦淮河码头对他来说不算陌生。

有码头就有船只，有船只就有人，有人就有生意，秦淮河渐渐热闹了起来。不知道是哪家店首先想到用歌女来招揽生意，这招出奇地好使，于是所有店家纷纷效仿，请来的歌女美艳妖娆、歌声动人。

许多年轻的官员在第一次来秦淮河时，见到这样的场面，可能会有些放不开。但对杜牧来说，这不是问题，因为他曾经在扬州当过几年官。

扬州是南方少有的可以比肩长安的大都市，因远离天子，少了几分拘谨，多了几分自在。在这里只要肯花钱，就可以享受绝佳的体验。

杜牧年轻时曾经流连于扬州的欢场，他离开的时候，不少姑娘流泪挽留，最终他还是走了。许多年以后，江湖上还流传着关于杜牧的传说。

> 十年一觉扬州梦，赢得青楼薄幸名。[10]

"杜司勋的用意怎么可能是针对你们这些姑娘，不过是感叹时局罢了。"一位不愿透露姓名的书生如是说。

金陵是六朝古都，三国时期孙吴定都建业，最终被司马家终结。晋朝发生动乱，东晋定都建康。东晋末年，大将刘裕发动武装政变，建立刘宋。刘宋末年，大将萧道成发动政变，建立萧齐。南齐末年，大将萧衍发动武装政变，建立萧梁。梁朝末年，大将陈霸先发动武装政变，建立南陈。

哪个皇帝都不希望成为末代皇帝，然而历史潮流不可阻挡。这6个朝代的亡国之君，挨骂最多的是陈后主——陈叔宝。

陈后主纵情声色犬马，敌军当前，还在后宫醉生梦死。他有些艺术造诣，能填词作曲，相传《玉树后庭花》《春江花月夜》都是他的作品。

人们一边骂着陈后主，一边觉得曲子还不错，虽然格调不高，但用在青楼里正好。于是这首《玉树后庭花》成了青楼里的必点曲目，每位青楼女子都要学着弹唱它。

同一首曲子，在不同的时候、不同的地方听，会有不同的感受。

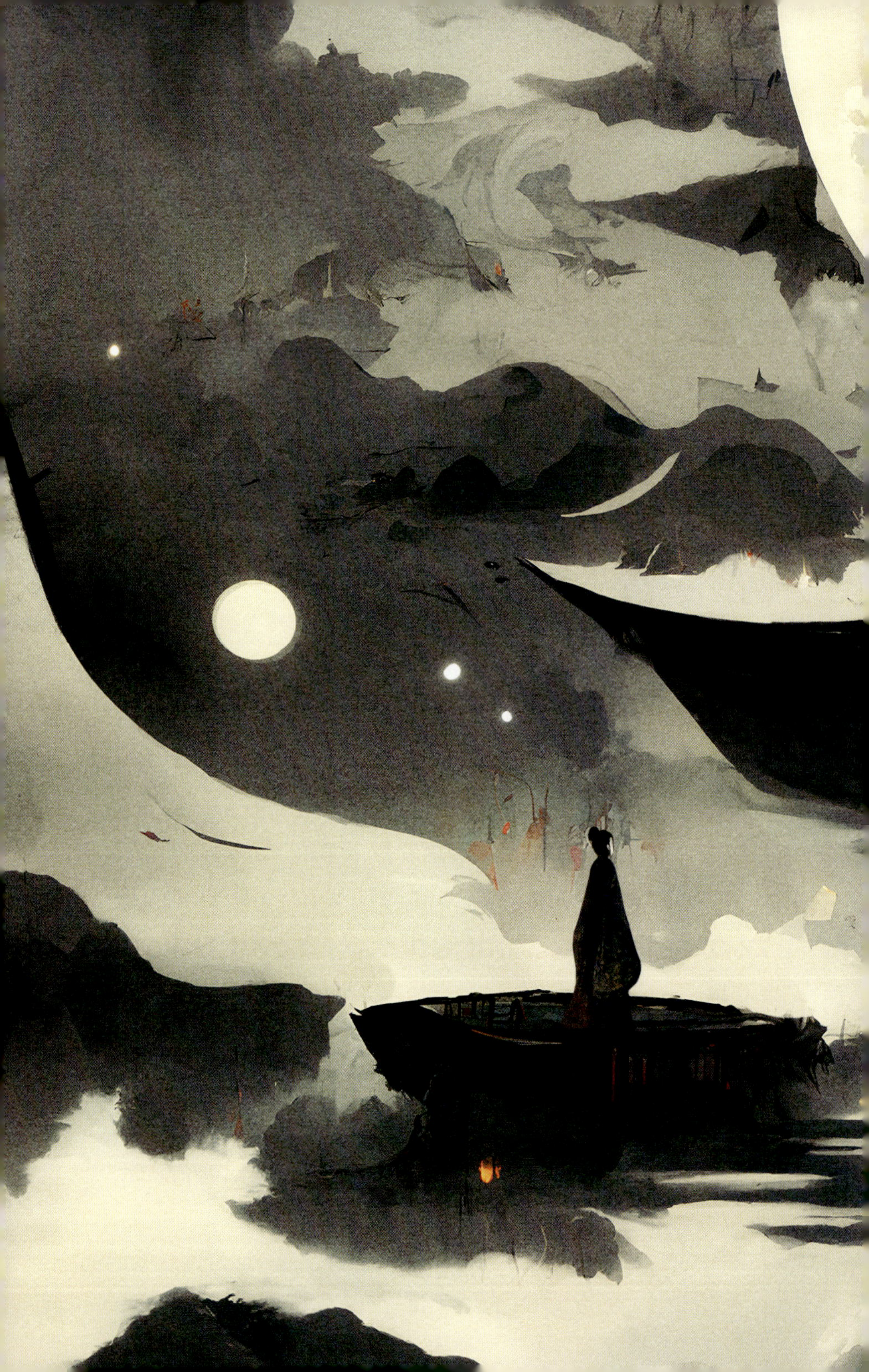

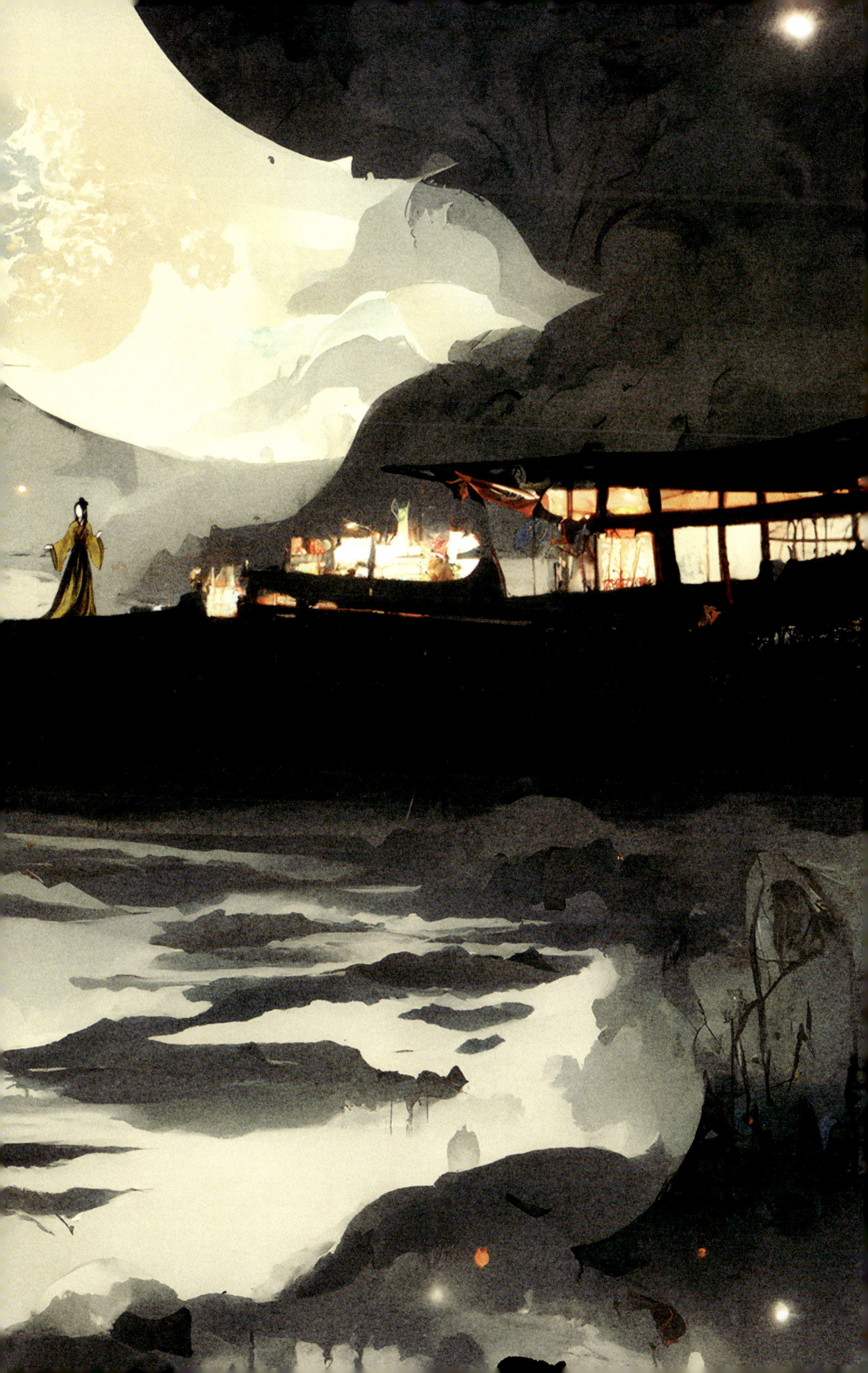

这个道理，杜牧也是后来才知道的。

春风与得意

在一个平常的晚上，船只停靠在码头上，人们像涨潮一样冲往岸边，涌进四处的酒楼，消失在寂静的夜色中。

如果说长安平康坊有一种"天下范儿"，那么秦淮河就是"小家碧玉范儿"，更加纤细婀娜，透着一种精致的温柔，令人倍感舒适。

杜牧出生于803年，已是晚唐。沾上一个"晚"字，难免生出些惆怅，就好像自己来迟了一步，菜已经上完，点心也被吃了大半，只剩下一大碗白饭，能填饱肚子，但总觉得不是滋味。

可生在哪个时代没得选择，人们只能选择接受。

考上进士就能做官，光宗耀祖。哪个年代都有困难，但要想办法把自己的小事业搞好，就这一点来说，杜牧做得相当不错。

828年，杜牧26岁，这一年他考中了进士，被授弘文馆校书郎、试左武卫兵曹参军，开始拿朝廷俸禄，前途一片大好。

可相比长安的九品官，此时藩镇的待遇更好，于是杜牧去了江西，跟着世交江西观察使沈传师做了5年江西团练巡官。

后来，杜牧去了扬州，加入淮南节度使牛僧孺的幕府，成为淮南节度掌书记。任职期间，杜牧颇受牛僧孺的器重和照顾。

大和九年（835年），杜牧被召回长安，升任监察御史。离开扬州时，他和一位年方13岁的歌伎依依不舍，临别赠诗：

娉娉袅袅十三余，豆蔻梢头二月初。
春风十里扬州路，卷上珠帘总不如。[11]

言下之意，在酒楼遍布的十里长街，所有歌伎的美貌都不如她。即便这只是逢场作戏，只是曾经拥有也令人动容，毕竟哪个女人不想要一段轰轰烈烈的爱情呢？

"春风十里"见证了文人和歌伎们的一段段情缘，"春风十里不如你"的说法就出自这里。

牛僧孺欣赏杜牧的才华，但有些担心他的个性。

杜牧回长安前来和牛僧孺辞行，牛僧孺勉励了他几句，最后不忘叮嘱，到了京城可别再贪玩了。起先杜牧不肯承认，牛僧孺笑着让人拿出一沓卷宗，上面记录着：某年某月，杜书记在某青楼过夜，平安。原来牛僧孺怕杜牧出事，一直让人暗中保护他。这让杜牧暗自惭愧，也心生感激。

实际上，举荐杜牧当监察御史的人，也是牛僧孺。朝中有人赏识，本是利于仕途的，可杜牧的命运也因此被改变了。

不管他自己是怎么想的，都难免要被卷入那场影响巨大的"牛李党争"之中。

失望的根源

人在经历了一些事之后，总会生出一些感慨，这些感慨会在登上山顶之时突然被放大，或是在踏足古迹之时突然从心底涌出。前者是登高诗的由来，后者则是怀古诗的源头。

这一夜，在听到对岸歌女唱《玉树后庭花》的时候，杜牧生出了一些莫名的感慨。

不管时代如何变化，生活在其中的人起初都是满怀希望的，直到后来希望慢慢破灭。

虽然安史之乱被平定了，但唐王朝还面临着三个巨大的隐患：藩镇割据、宦官专权、权臣党争。

杜牧中进士的时候，在位的大唐皇帝是唐文宗，才20岁，比杜牧还要小6岁，肩上却扛着整个帝国的重担。

唐文宗的祖父唐宪宗立志削藩，并成功击败李师道、吴元济等主要抗命的藩镇势力，大唐出现了短暂中兴的局面。但这些藩镇只是表面服从，实际并未臣服。

唐宪宗晚年追求长生不老之术，沉迷丹药，最后为宦官和宫女所杀。

他的儿子唐穆宗是由宦官扶持上位的。穆宗是优秀的宫廷设计师，喜欢打马球和狩猎，对所有与"戏"有关的事物均有浓厚兴趣。他认为藩镇已平，于是裁撤军队，最终导致河朔三镇复叛。

唐穆宗有一次对给事中丁公著说，听说百官公卿在外面也经常欢宴，说明国家富强、天下太平、五谷丰登，他感觉很欣慰。

穆宗没有为宦官所杀，他最终死于丹药中毒，年仅30岁。

他的儿子唐敬宗也是由宦官扶持上位的。敬宗是优秀的马球选手，爱好是半夜捉狐狸，由于昼伏夜出，大臣们很难发现他的踪迹。

唐敬宗也继承了父辈的爱好、炼制丹药、设计宫殿、欣赏美女歌舞。一篇篇劝诫他的文章纷纷问世，年仅23岁的杜牧以一篇《阿房宫赋》拔得头筹。人们感叹文章之精妙，却忽略了它根本没有达成劝诫的目的。

在一次马球比赛中，整个大唐帝国地位最神圣的大明宫被100名工匠攻破，唐敬宗仓皇出逃，而事情的起因是带头的工匠被算命的告知，自己能在皇宫里吃饭。

唐敬宗没有因此大开杀戒，他既没有株连工匠们的家人，也没有责罚失职的宫人们。他的"宽宏大量"最终导致大明宫又一次被宦官攻破，这一次，年仅18岁的唐敬宗没能逃出来。

父辈们或因藩镇割据不安，或被宦官阴影笼罩，或因宰相党争烦忧，而唐文宗要同时面对这些难题。

和他的前任们相比，唐文宗堪称励精图治的典范。他继位后就放出宫女3 000余人，释放五坊鹰犬，对宦官和藩镇采取行动。所有人都感受到了一股新气象，好像长时间在水里憋气，终于能露出水面长吸一口空气。

一切似乎都在向着好的方向发展，直到那场震惊帝国的"甘露之变"发生。

回到京城的杜牧本打算大展拳脚，却发现情况有些不对。侍御史李甘因得罪权臣郑注被贬为封州司马，最后死在了当地。不少仗义执言的官员遭到罢免，朝中局面混乱已经到了让人惶惶不安的地步。

或许是已经有了预感，或许是心灰意冷，杜牧称病去了洛阳。不久之后，郑注和李训发动了诛杀宦官的行动，最终失败，遭到宦官的反扑，大量朝廷官员遭到诛杀，史称甘露之变。

此后，宦官彻底掌握了军政大权。唐文宗曾问当值学士周墀，自己和周赧王、汉献帝相比如何。周墀说这些都是亡国之君，而文宗是尧、舜之主。唐文宗感叹，自己现在受制于家奴，还不如那些君主呢。

刚刚浮上水面的人们再次被按回了水中，希望随着空气一起消逝，被黑暗吞没，消散在无尽的水底。

走向解脱

河边的落叶被风刮起，像是在岸边散步，不小心跌入了水中。河面上弥漫着雾气，使人心里的凉意又多了几分。

不远处有一群人正向这边走来，在准备进入一家青楼的时候，其中一位年轻人略显局促，想转头离开，但在其他几人的怂恿下，还是迈开了步伐。

杜牧好像看到了曾经的自己，他曾怀着一腔热血，为劝诫君王而写下《阿房宫赋》。他熟读《孙子兵法》，希望能在藩镇问题上做出一些贡献。

然而，当他真的进入官场，目睹了大唐帝国最高决策层的所作所为时，却发现自己根本无力改变什么，甚至作为监察御史，连真话都不敢讲。

金陵城见证了6个王朝的覆灭，但秦淮河越来越繁华。有的人一开始厌恶它，接下来习惯它，直到最后离不开它，秦淮河接纳了每个迷失在人生路上的人。

从某种意义上来说，秦淮河就是一种解脱。

就如同曾经的杜牧，在酒楼里把酒言欢的每一个人都曾怀抱希望，梦想成为英雄，开创一番事业，至少要为这个世道带来一些美好的东西。

然而，在被官场毒打之后，有些人开始明白，自己不过是时代潮流里的一颗小石子，既不能掀起惊涛骇浪，也不能阻挡历史洪流，只能被生活裹挟着，不由自主地奔向远方，一刻不歇。最终，他们都汇入了秦淮河。

有的人在痛苦中死亡，有的人在欢愉中沉沦，一切都注定要走向失败。

杜牧决定写点什么，时代无法改变，但歌声会流传很久，他要把这一切都写进诗里，让世人传唱。这首穿越历史长河的歌将响彻寰宇，指引每个时代中的失败者的亡灵，奔向远方的彼岸。

于是，杜牧写下了这首《泊秦淮》：

> 烟笼寒水月笼沙，夜泊秦淮近酒家。
> 商女不知亡国恨，隔江犹唱后庭花。[12]

太阳从河的远端探出头来，点点亮光在水面上蔓延开来，逐渐驱散了黑夜的黯淡。所有失去的东西，正在以另一种方式归来。

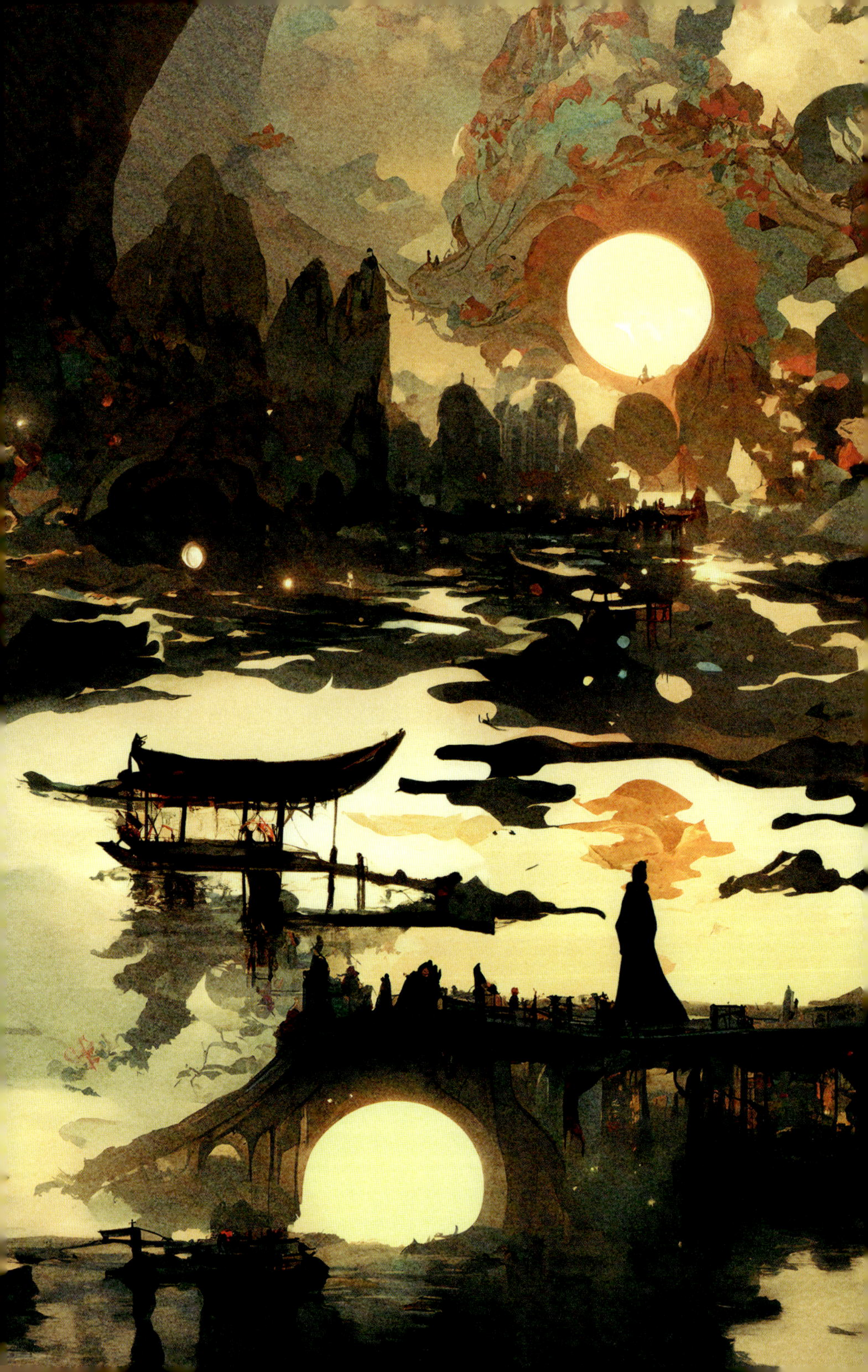

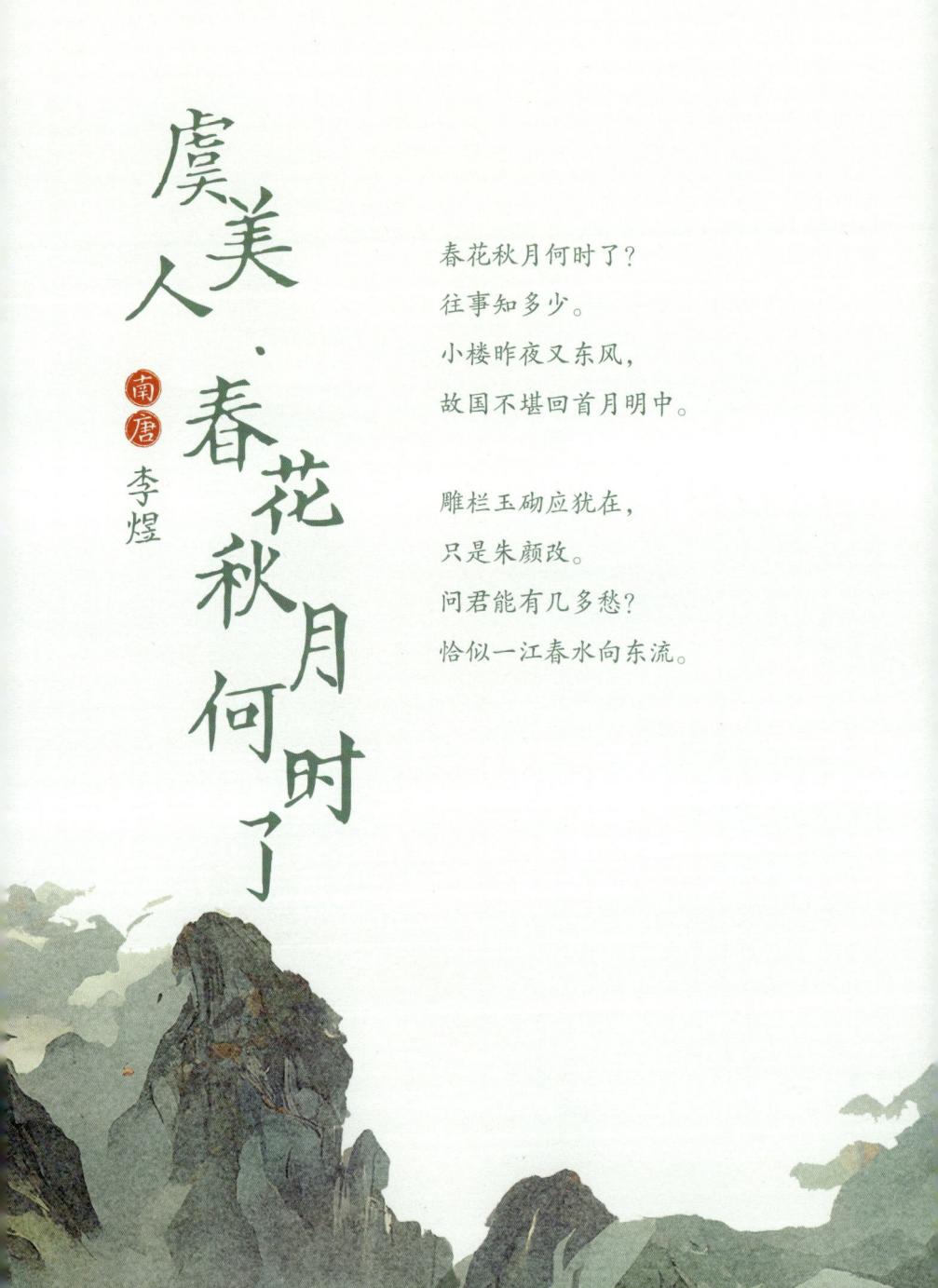

虞美人·春花秋月何时了

南唐 李煜

春花秋月何时了?
往事知多少。
小楼昨夜又东风,
故国不堪回首月明中。

雕栏玉砌应犹在,
只是朱颜改。
问君能有几多愁?
恰似一江春水向东流。

千古词人绝命书

孙李唐村位于开封市西北部，距大梁门 1.5 公里，北邻东京大道，东邻开封市国家森林公园。这是一个再普通不过的北方农村。站在村里，往东南方向望去，就是北宋汴京（今河南开封）的古城墙，从那里可以看到村里发生的一切。

那时，这里叫净慧院，院里住着从南方来的"客人"。后来它成了净慧寺，被骑兵踩坏了，不知道是金兵还是元兵，总之大宋就没了。等到朱元璋把蒙古人打跑了，此地重新建村时因这里住过的客人，便得名叫"逊李唐村"，可能村民嫌名字不太吉利，就改名叫"孙李唐村"了。

在村里住过的客人中有一位君王，名叫李煜，是南唐后主，死于 978 年七月初七。李煜和冬天的雪一起来到汴梁，又乘着夏天的风离去，除了那首词，他在孙李唐村没有留下什么。

那是一个被称为"五代十国"的时代，作为一段被忽略的乱世，被夹在唐宋历史的缝隙里。和李煜同时代的君王大都不为人所知，而李煜则广为人知，这多少与《虞美人·春花秋月何时了》有关。

当谈起李煜的时候，我们总是会想到不少八卦标签，比如"我和姐妹花皇后不得不说的故事""三寸金莲始作俑者""《韩熙载夜宴图》背后的推手""顶级毒药牵机药的食用体验"。

而王国维在《人间词话》中是这样评价李煜的：

> 词至李后主而眼界始大，感慨遂深，遂变伶工之词而为士大夫之词。[13]

李煜把"词"的地位从伶人阶层抬高到了士大夫阶层，但他同时是一位昏君兼亡国之君，人们经常把李煜和"道君皇帝"宋徽宗相提并论。

可王国维对两人的评价大相径庭，《人间词话》记载：

> 后主之词，真所谓"以血书者"也。宋道君皇帝《燕山亭》词亦略似之。然道君不过自道身世之戚，后主则俨有释迦、基督担荷人类罪恶之意，其大小固不同矣。[14]

这段话惹出了不少争议，在王国维看来，李煜居然能和释迦牟尼、基督相提并论，这听起来有些奇怪。

李煜既是"极品昏君"，也是"千古词帝"，身负两种极端评价，他背后的故事必然值得挖掘。

继承皇位

建隆二年（961年）六月，李从嘉改名为"李煜"，登上了帝位。

那一年，李煜25岁，正处在一生最美好的年纪，他喜好书法、填词，想成为一朵自由自在的云，想在诗歌的天空中翱翔。

可这一切都被打乱了，因为他成了皇帝。李煜并不想当皇帝，因为在他所处的时代，大多数皇帝都没有好下场。

"五代十国"是后世对这段历史的总结，所谓"五代"和"十国"实际代表南北两股势力。"五代"是后梁、后唐、后晋、后汉和后周的合称，它们是唐以后中原正统王朝的延续，而"十国"则指南吴、南唐、吴越、南楚、前蜀、后蜀、南汉、南平（荆南）、闽国和北汉。

李煜登基的时候，所有"五代"国家都已经退出了历史舞台，其间不过短短53年。这53年间，登上过皇位的有14人，龙椅平均不到4年就易主，假如病逝能算"正常死亡"，那么仅有5位皇帝是正常死亡的。

而"十国"的情况也好不到哪里去，除了北边的北汉，南边九国也已经亡了4个。"十国"历代皇帝中，任期超过10年的不足一半。

造成这种局面的，除了外患，还有内忧。围绕龙椅的明争暗斗十分激烈，李煜是南唐中主李璟的第六个儿子，按照长幼有序的传统，本来他和皇位没什么关系。可是，他的5个哥哥中有4位过早离世了，这让李煜的继承顺位快速上升，也让他对太子李弘冀的潜

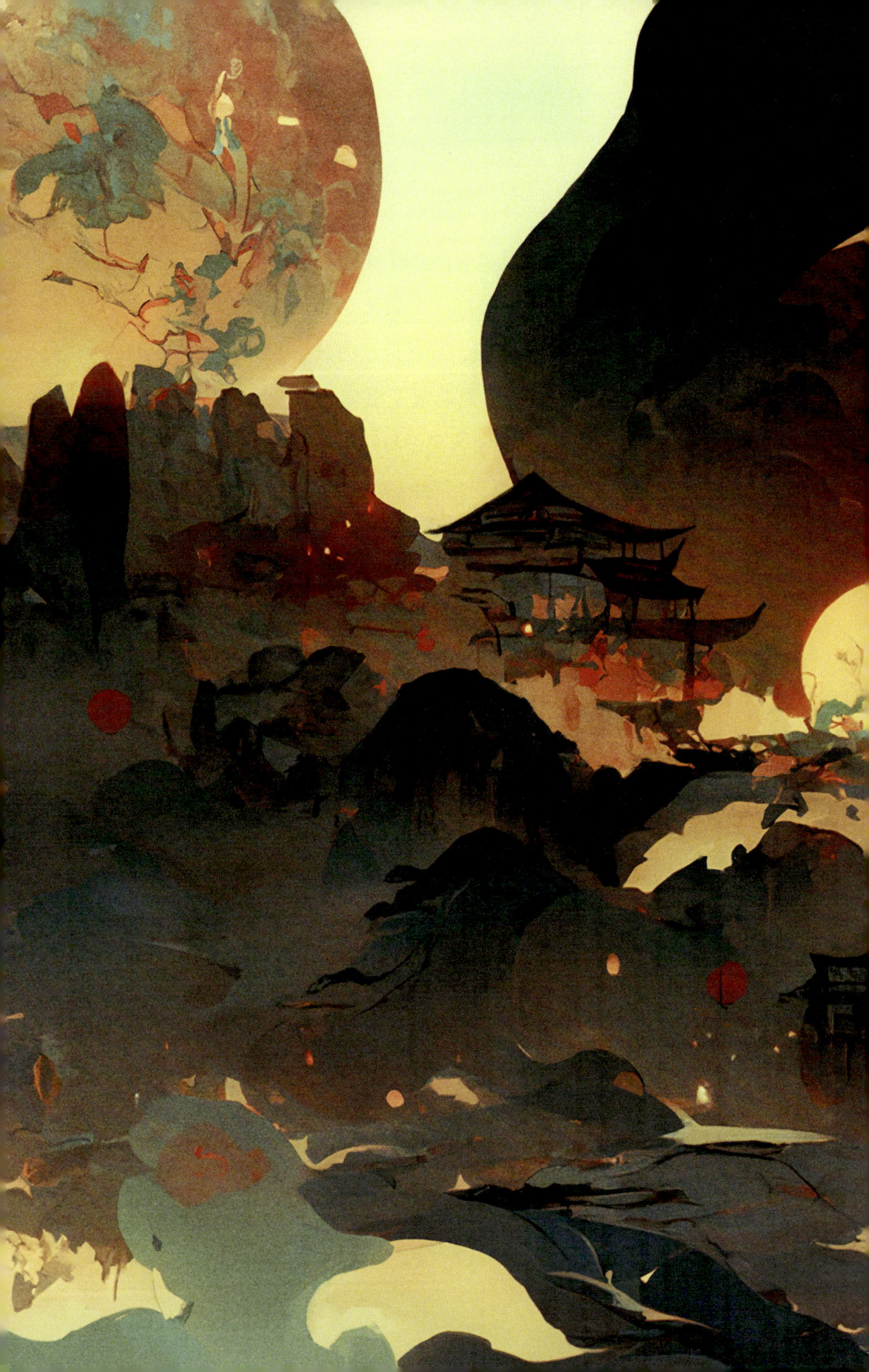

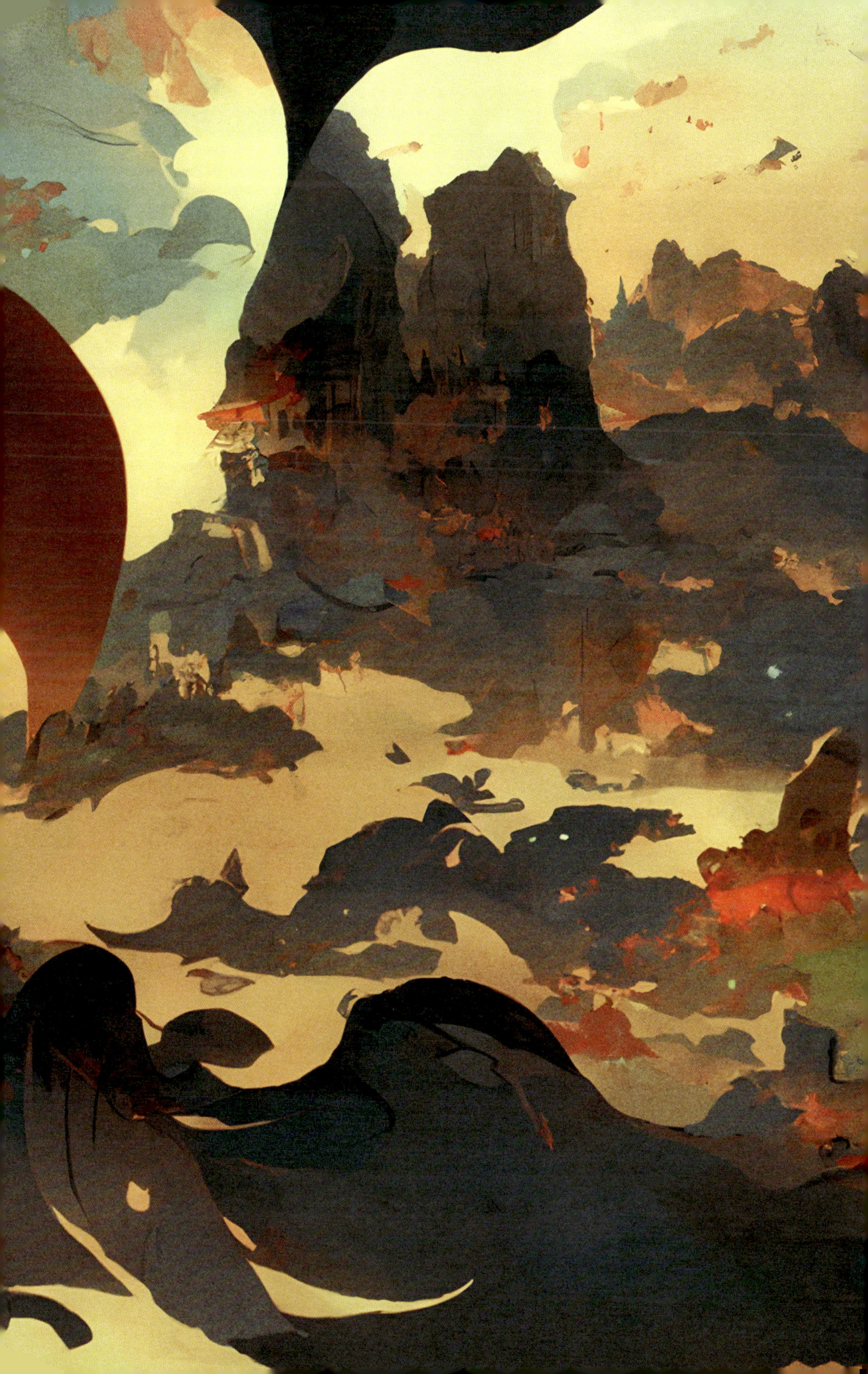

在威胁与日俱增。

李弘冀比李煜年长不少，据说他出生的时候，有一个真人在冀州现身，开口张弓向左边，所以李璟给他起名为"弘冀"。

李弘冀长大以后勇武过人，屡屡在战场上立功。943年，后周军队攻占广陵（今江苏扬州），吴越国也趁机入侵常州，对南唐形成夹攻之势。此时李弘冀驻守润州（今江苏镇江），李璟怕他有失，想将他调回，但他身为主将，坚持和诸将士同生共死，全军士气大振，大破吴越军。此战李弘冀俘虏万人，全部斩杀，毫不犹疑。

论年龄、威望、胆识和手段，李煜都处于绝对下风，这一点他自己也看得很明白，所以尽可能避免接触国事。但老天爷似乎嫌李煜的麻烦不够多，硬是送给他一副"异相"。

史书记载，李煜"丰额骈齿，一目重瞳子"。

丰额就是天庭饱满，这听起来还行，骈齿就是比较整齐的龅牙，而重瞳则是指有两个瞳孔，现在看来这是早期白内障的症状。骈齿重瞳实际上并不美观，在古代却是帝王圣贤之相。中国史书上记载，生有骈齿的有帝喾、姬发、孔子，他们不是圣主就是圣人；而生有重瞳的有仓颉、重耳、舜、项羽、吕光、高洋、鱼俱罗，他们不是文字始祖、三皇五帝之一、开国国君，就是一方霸主、一代名将。

李煜天生一副圣人兼帝王相，这招来了很多猜忌，而他从小就专注于诗词歌赋，长大后纵情于歌舞，还笃信佛教，并自号"钟隐居士"，想尽一切办法远离国事，只是命运弄人，人的一生或许终归是一出悲剧，可过程总是穿插着一出出喜剧。

958年，李弘冀暗杀了他的亲叔叔晋王李景遂，扫清了继承王位的最大障碍，但第二年，他便惊恐而亡。961年，不想当皇帝的李煜无奈地成了皇帝。

权力与责任

李煜原本并不想当皇帝，可坐上龙椅后，他突然有了一个看待世界的新视角：他再也不用看别人的脸色，所有人都对他恭恭敬敬。他逐渐理解了，祖辈和兄长们终其一生在追求的那个叫权力的东西。

可没过多久，李煜便意识到，自己接手的江山是个烂摊子。

南唐最盛的时候拥有35州，地跨今江西全省，以及安徽、江苏、福建、湖北和湖南等省的一部分，面积约76万平方公里，人口达500万之多。

955—958年，北方后周政权二度攻打南唐，后周柴世宗御驾亲征，南唐大败，中主李璟被迫割让淮南14州，并对后周称臣，去国号，改称"江南国主"，南唐从此只能偏安一隅。

所以，确切地说，李煜继承的是"江南国主"这个称号。更要命的是，960年，后周大将赵匡胤发动"陈桥兵变"，建立了北宋。李煜要面对的，是一个更强大、更有野心、立志于征服天下的北方新政权，而此时的南唐已经失去了江北的重要军事屏障。

军事上的威胁可以通过进贡来延缓，昔日越王勾践"卧薪尝胆"，韩信受"胯下之辱"，最终等到东山再起的机会。可除了外敌环伺，南唐朝廷内部也党争不断。

南唐朝中有两股大势力，一股是江南和淮南本地士族，一股是北方投奔来的士人。这其实很像三国末期的蜀汉政权，各派系之间暗流涌动，只不过蜀汉刘禅有诸葛亮坐镇，李煜身边却没有这样的人物。

历史上任何一个新皇帝在继位的时候，或多或少都要面对内忧外患，所以他们从小就要熟读史书。我们现在把历史当作故事来听，但对过去的帝王们来说，史书就是他们的"生存指南"。

李煜也读过史书，但他没什么野心，对权谋制衡之术不感兴趣。唯有诗词和佛法能让他找到慰藉，这让他的性格里多了分宽仁平和，但处于乱世中的南唐需要的不是一位与世无争的君王。

从一件事可以看出李煜的困境。这件事与著名的《韩熙载夜宴图》有关。韩熙载是北方人，出自昌黎韩氏，早年逃亡到了南方。韩熙载很有才华，也十分自负，和朋友李谷分别时曾说，吴国若用他为宰相，他必将长驱以定中原。

虽然没能长驱中原，但是他确实成了南唐的三朝元老。李煜在位时多次暗示希望重用韩熙载，可韩熙载却夜夜歌舞升平，让李煜颇为犹豫。有一种说法是，李煜让画师顾闳中把韩熙载夜宴的场景都画下来给他看。

中国传统画作大部分是写意的，而《韩熙载夜宴图》像是一部电影，内容非常具体，画中人物都在扮演自己的角色，仿佛在诉说各自的故事。李煜为什么要让顾闳中画这幅画呢？至今仍是众说纷纭。

有人说这是李煜要刺探韩熙载的态度，但他只要派人去暗访就行了，何必找个画师画出来呢？也有人说这是李煜在"敲打"韩熙载，韩熙载在演戏，因为他不想出山。

不论这幅画背后的含义如何，它都传递了一个重要事实，那就是李煜成了孤家寡人。他也想过励精图治，也渴望做出改变，可时代变了，韩熙载不过是当时整个南唐朝廷的缩影，很多人已经放弃了中兴的希望。李煜所能做的，不过是延缓王朝的终结。

后人评判历代君王，大致会用两组反义词：暴君和仁君、昏君和明君。虽然这是一褒一贬，但很多时候，暴君治下的国家不一定弱小，仁君治下的国家不一定强大，昏君不一定受臣子唾弃，明君也不一定受臣子爱戴。

李煜算不上明君，但他贯彻了自己的仁义，对于反对或不服从他的官员，他从不追究。可仁义无法挽狂澜于既倒，最终李煜等来的是宋朝的大军。

李煜之死

曾经拥有的东西，只有失去的时候才会令人格外怀念。李煜的忧愁是很多人无法体会的，毕竟他失去的是一个国家。

978年，李煜被软禁在了汴梁。三年前，赵匡胤的军队兵临城下，李煜选择"肉袒出降"。约定投降的那天，李煜脱去上衣，双手反绑，大臣们身着丧服，在两旁列队，目视他们的君主在敌将的马前下跪，这意味着南唐在这一天灭亡了。

李煜选择肉袒出降，意味着选择苟活下去。据说有80多位女尼在国破后自焚，慨然赴死。他不是没想过奋战到最后，以死殉国，可最终他又一次选择了逃避,他逃避做皇帝,逃避复兴,逃避党争,逃避责任,也逃避死亡。

在汴梁的每个夜晚,这些往事总是趁着夜色溜进他的梦里,日夜折磨他,最终他把自己的悔恨写进了《破阵子》:

四十年来家国,三千里地山河;凤阙龙楼连霄汉,玉树琼枝作烟萝。几曾识干戈?

一旦归为臣虏,沈腰潘鬓消磨。最是仓皇辞庙日,教坊犹奏别离歌,垂泪对宫娥。

在汴梁的短短三年里,李煜这辈子逃避的所有东西犹如钱塘江涨潮,一浪高过一浪地拍打着他的心。后人将这个时期看作李煜词风剧变的分水岭。假如没有亡国的经历,那么李煜不过是一个普通的文学才子,他或许会像他的父亲李璟那样,留下"细雨梦回鸡塞远,小楼吹彻玉笙寒"这样的佳句,但绝达不到"千古词帝"的境界。

李煜的词后来感动了无数人,王国维在《人间词话》里说:"天以百凶成就一词人。"文人的经历确实会对其作品产生深远的影响,但这不足以解释李煜的词为何如此出色。北宋平定天下这段时期,亡国之君不止李煜一个,亡国之臣更是成千上万,为什么只有李煜的词被历史记住了呢?仅仅是因为他的才华出众吗?

要解释这个问题,就绕不开李煜的《虞美人·春花秋月何时了》。

熟悉历史的人可能知道,这首《虞美人·春花秋月何时了》是李

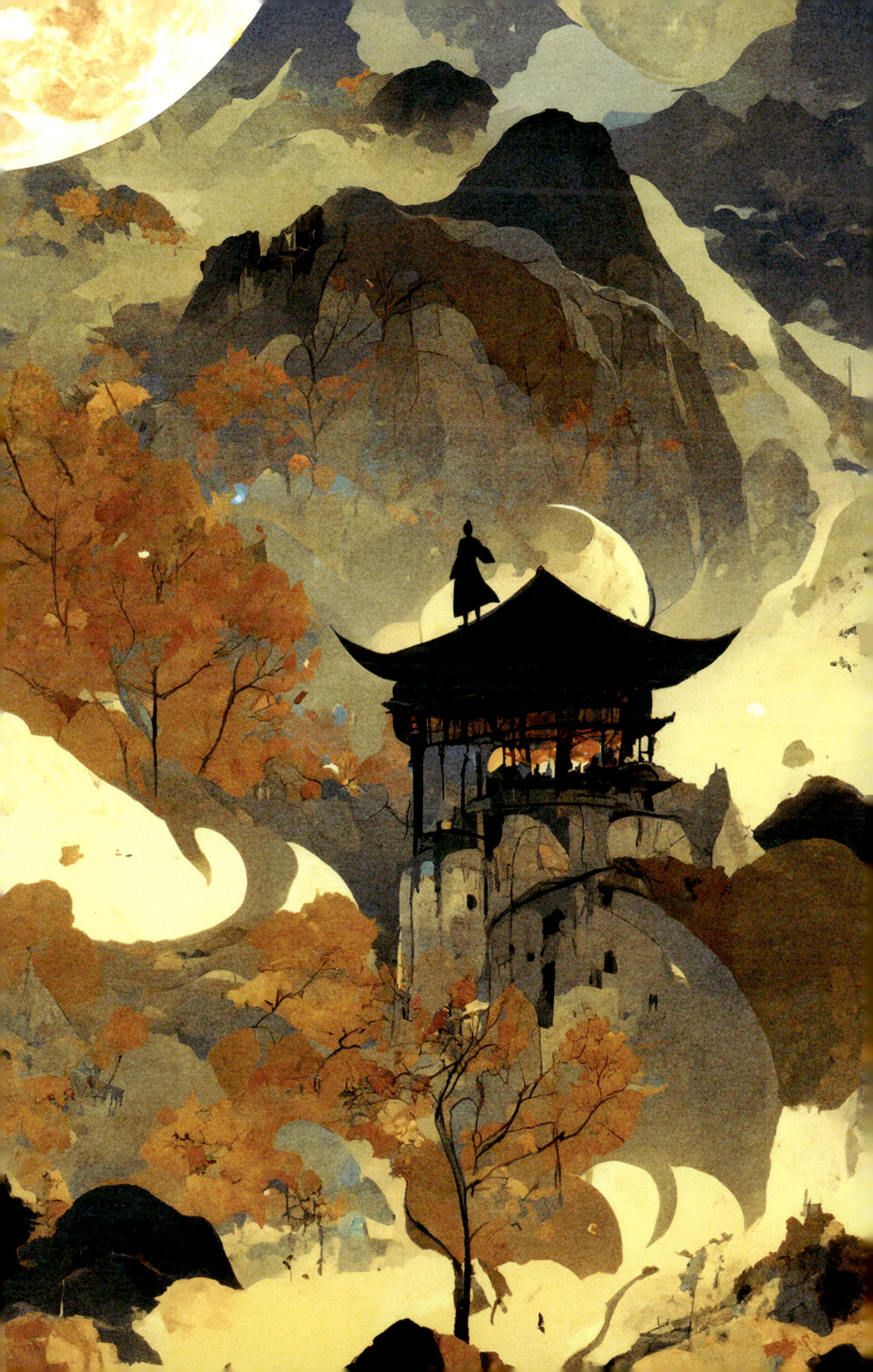

煜的绝命词，有不少人说李煜是因为这首词而死。

南宋王铚的《默记》记录了李煜之死。书中记载，南唐投降后，不少朝臣和李煜一起成了俘虏。或许是爱才，或许是为了收服人心，宋太宗让不少南唐官员入朝为官，南唐著名文学家、书法家徐铉就是其中一员，而且官至给事中。

有一次宋太宗问徐铉可曾见过李煜，徐铉说自己不敢私自见李煜，宋太宗让他去探望一下李煜。徐铉去拜见了李煜，往日君臣重逢，李煜说了一些掏心窝的话，二人谈至夜深后泪别。第二天宋太宗召见徐铉，问李煜说了什么，徐铉不敢隐瞒，提到李煜说悔杀了潘佑、李平。

到了七夕，李煜创作了这首《虞美人·春花秋月何时了》，江南旧臣听到后，偶有落泪。宋太宗感到李煜复国之心未死，于是用牵机药毒杀了他，将其葬于洛阳北邙山。

关于宋太宗是否毒杀了李煜，学界有不少争议，但《虞美人·春花秋月何时了》确实是李煜的绝命词。很多分析说李煜处事不精，在政治上无知，但我觉得这是李煜有意为之。

宋朝即将完成统一大业的时候，汴梁前后聚集了不少像李煜一样的亡国之君，包括前南汉国主刘鋹、前吴越王钱俶、前福建漳泉二州割据首领陈洪进。关于亡国之君该如何做俘虏，刘禅给出了标准答案，不管是无知还是有意，只有做到"乐不思蜀"才能活命。

汴梁新建的崇文馆里藏有8万卷书，其中相当一部分来自南唐。宋太宗有一次在崇文馆看书，把李煜召来，问他，这里有不少书原来归他所有，他来朝廷后是否还经常读书。有心机的国主很可能会说，汴梁那么繁华，玩都玩不过来，何必再看书呢，可话到嘴边李煜却说不出口，只是不停地叩头谢罪。

宋太宗准备攻打北汉，出师宴上前南汉国主刘鋹说，如今朝廷威武，四方割据首领都已在座，过几天平定太原，刘继元又要来了，自己是第一个归顺朝廷的，到时候应该拿根仪仗当各国降主的领班，惹得宋太宗哈哈大笑。

身边有如此多的榜样，李煜不会不知道怎么做一个合格的降主，可他并没有这样做，逃避了一辈子的李煜终于决定直面自己的命运。

978年的一个夏夜，往事又一次伴着地上的月光随风而至，这40年的岁月如走马灯一般在李煜面前闪现，于是他写道：

春花秋月何时了？往事知多少。小楼昨夜又东风，故国不堪回首月明中。[15]

曾经从城楼上眺望的江山依然在那里，只是不再属于他了。李煜一直在逃避责任和使命，以换取眼前的苟且，可逃避的终点是失去，活着的终点是死亡。

李煜是在悔恨自己的无能和懦弱吗？是的，所以他写下了：

雕栏玉砌应犹在，只是朱颜改。问君能有几多愁？恰似一江春水向东流。

忧愁和悔恨的背后，是李煜第一次也是最后一次对命运的反抗。

他不是在写一首只有帝王、士大夫才能懂的词，他是在写一首让所有人都明白的词，这是李煜最后的呐喊，也是李煜对所有人的告诫：不要去逃避那些会留下遗憾的选择，没有什么比因此后悔更令人痛苦。

一鲸落，万物生，李煜被"分解"得很好。

978年的七夕，南唐后主李煜在满城的欢歌笑语中死去了，没有惊动汴梁城里的任何人。慢慢地，一切喧嚣开始沉寂下来，霞光消散在地平线的尽头，黑夜和白昼在那一刻交替，仿佛转瞬即逝的人生一般。

声声慢·寻寻觅觅

宋 李清照

寻寻觅觅,冷冷清清,凄凄惨惨戚戚。
乍暖还寒时候,最难将息。
三杯两盏淡酒,怎敌他、晚来风急!
雁过也,正伤心,却是旧时相识。

满地黄花堆积,憔悴损,如今有谁堪摘?
守着窗儿,独自怎生得黑!
梧桐更兼细雨,到黄昏、点点滴滴。
这次第,怎一个愁字了得!

秋风秋雨愁煞人

生于乱世，并非最凄惨的事情，时代已然如此，唯有尽力前行。最痛苦的是，生在盛世末尾，长在崩塌之时，就好像上了一辆名贵华丽的车，上去以后才发现没有刹车。

汴京，又名东京、汴梁，是北宋都城，由外城、内城、皇城组成，外城周长50多里。200步宽的御街虽不如长安城的朱雀大街雄伟，但也有其独特之处。

随着最后一道阳光消失在远山的尽头，整个世界似乎陷入了黑暗之中，然后点点亮光闪现，很快整条御街都亮了，汴京再次"活"了过来。

北宋时，商家可在御街两侧开店，北宋中期取消了宵禁，整座城市沉浸在歌声中，人们彻夜狂欢，就像做着一个不想醒来的梦。

繁华的汴京城产生了巨大的文化娱乐需求，这不仅带动了雕版印刷术的大力发展，也使词曲的传播速度比以往更快、传播范围比以往更广。

1099年，有一首新词开始流行起来，并且深受官家女子的喜爱，它就是《如梦令》：

昨夜雨疏风骤。浓睡不消残酒。试问卷帘人，却道海棠依旧。知否，知否？应是绿肥红瘦。[16]

词人名叫李清照，当时年仅16岁，正是人生最好的年华。

过分完美的人生

在大多数人眼里，李清照的人生似乎完美得过分，让人不禁怀疑上天对她有所偏爱。

1084年，李清照出生在济南章丘明水。李家是书香门第，父亲李格非官至礼部员外郎，是苏轼的学生，母亲是王珪的长女。当时许多官宦之家并不反对女子读书写作，多读书能知书达礼，也是媒人说媒时的资本，但女性如果要踏足文学领域，就会遭受巨大的非议。

李家非常开明，不但给了李清照极大的创作自由，还教导她："文不可以苟作，诚不著焉，则不能工。"

李清照天赋过人，18岁时已经在汴京城小有名气了。

她的婚姻更让人羡慕。李清照18岁那年和赵明诚结婚，赵明诚和李清照是山东同乡，他的父亲赵挺之曾官至尚书右仆射，两家可谓门当户对，更难得的是，两人有共同的爱好。

婚后，李清照将夫妻感情写进了她的作品。赵明诚要去太学院报到，新婚夫妻要分隔两地，李清照在给赵明诚的手帕上绣上了她创作的一首词。

红藕香残玉簟秋，轻解罗裳，独上兰舟。云中谁寄锦书来？雁字回时，月满西楼。

花自飘零水自流，一种相思，两处闲愁。此情无计可消除，才下眉头，却上心头。[17]

这首《一剪梅·红藕香残玉簟秋》让整个汴京城的人既赞叹他们的爱情，又称赞李清照的才情。

有颜有才有闲，婚姻美满，家庭和睦，创作自由，假如李清照按这个剧本走下去，她可能不过是位普通而幸福的才女。可命运在冥冥之中已经有了安排。父亲给她取名"清照"，寓意"留下清明照千秋"，那时的李清照还不懂这句话的分量。

靖康之难

北宋的"新旧党争"犹如一个巨大的旋涡，不断将官员卷入其中。

先是李格非被贬官，之后身为宰相的赵挺之被罢了官，赵明诚也受到了牵连，夫妻俩决定离开繁华的汴京，回青州老家。在青州隐居的10年，也许是李清照人生中最快乐的日子。夫妻俩将青州老家的书房命名为"归来堂"。从这一时期开始，李清照以"易安居士"自称。

赵明诚是金石收藏家。所谓金石，就是青铜器、铭刻等古物，这些文物都极具历史价值。贬官之后的赵明诚将全部精力放在了《金石录》的编写上，李清照也非常明白丈夫"金石证史"的志向。收藏金石字画、协助整理校勘古籍，虽然辛苦，但李清照觉得，这

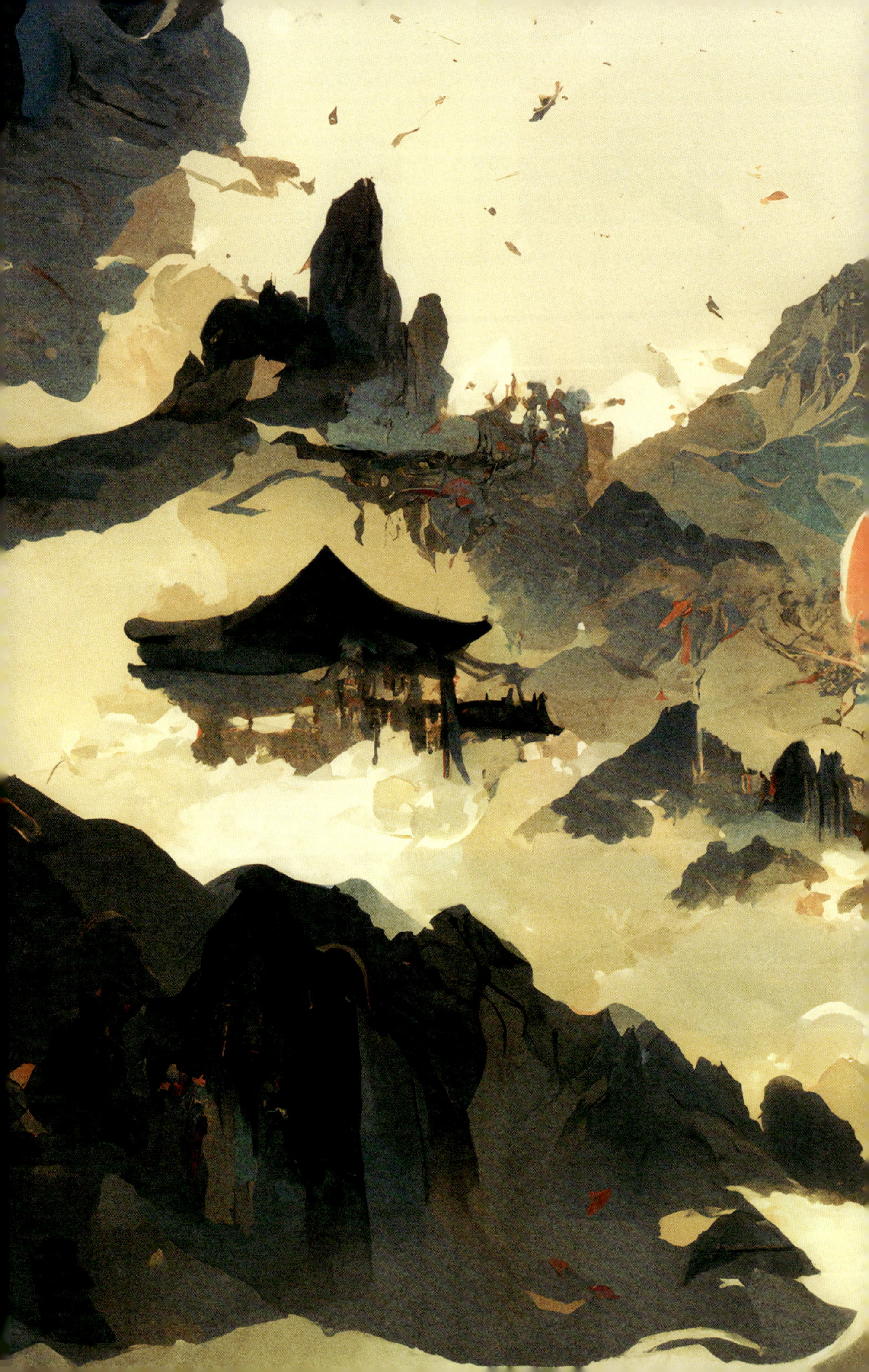

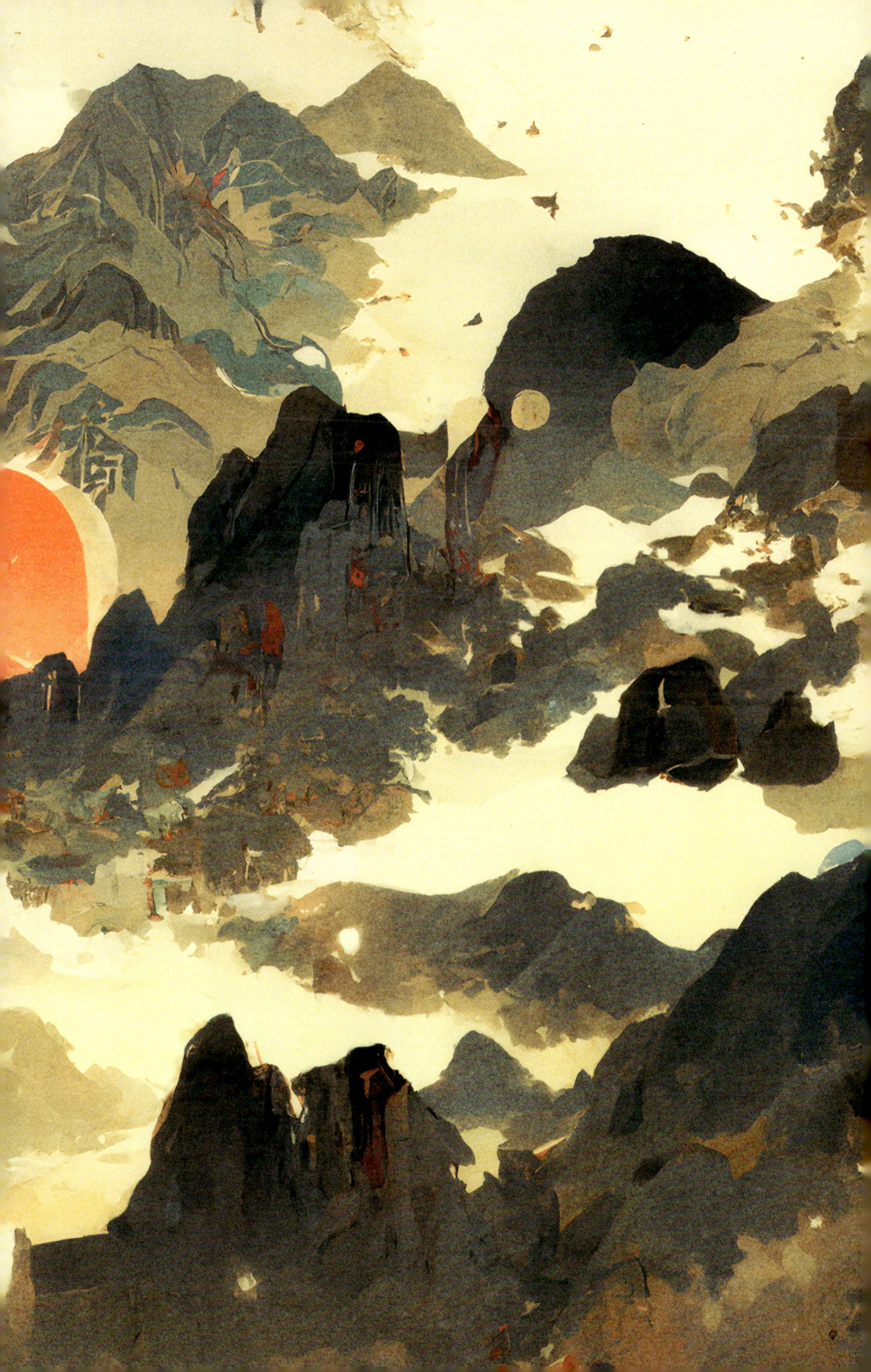

里是她的世外桃源。

然而，一场剧变打破了所有人的平静。

靖康元年（1126年），金兵以7万大军第二次包围东京汴梁。此时有一名叫郭京的妖人，自称可用六家之法撒豆成兵，只要7 777人便可生擒金军主将。宰相何㮚、次相枢密使孙傅对此深信不疑。郭京挑选了一批市井无赖，大开城门出击，被金兵杀得大败，他趁乱逃走了，而汴京再次陷落。

城破后，金兵索要黄金1 000万锭、白银2 000万锭、帛1 000万匹。这数量实在太大了，直到第二年春天，金银还未凑齐，金兵担心各路勤王兵马到来，于是将徽、钦二宗，连带皇后、太子、嫔妃、公主、驸马等皇亲贵族共3 000余人全部掳走了，史称"靖康之难"。

东京城破，金兵即将南下的消息传来，青州已经不安全了，李清照和赵明诚只好南渡。此时，赵明诚收到了母亲在江宁去世的消息，于是先行去江宁筹办丧事，李清照则在青州整理南下的行李。

他们的行李主要是多年来收藏的文物，已经堆满了十几个房间，兵荒马乱之际，怎么可能全部带走？最后，李清照装了15车的收藏品，独自南下。

1128年春，她和丈夫在江宁会合。同年9月，赵明诚被任命为江宁知府，但在1129年3月被罢免了，原因是他在一次暴乱前弃城而逃，夫妻俩只能乘船沿长江去江西。

金军退出汴京后，赵构命宗泽为东京留守，宗泽联络各路抗金武装，顽强抵抗金兵，当时年轻的岳飞也在宗泽帐中。随着各路兵力集结，宗泽前后上书20余次，建议赵构还都汴京，收复中原。可赵构与主和派早已如惊弓之鸟，说什么也不肯北上。1128年，宗泽病逝，临终前大呼三声："渡河！渡河！渡河！"

失败并不可怕，可怕的是连向敌人亮剑的勇气都没有了。

1129年，南渡的李清照一路上看到了逃难的百姓、不断溃败的宋军，还有比他们跑得更快的朝廷。路过乌江时，李清照将心中的愤懑一泄而出，写下了《夏日绝句》：

> 生当作人杰，死亦为鬼雄。
> 至今思项羽，不肯过江东。[18]

同年5月，正在夫妻俩迷茫之际，朝廷突然任命赵明诚为湖州知府，两人再次分别。赵明诚要先去见宋高宗，分别之时，李清照问了一句：假如遇到危险，这些收藏品该怎么办？

赵明诚回答：

> 必不得已，先弃辎重，次衣被，次书册卷轴，次古器；独所谓宗器者，可自负抱，与身俱存亡，勿忘。[19]

国家都没了，一个弱女子，要与什么"共存亡"呢？

收藏品之祸

1132年，北宋朝廷"衣冠南渡"已经三年，此时的杭州已改名为临安。

临安朝廷已经失去了在汴京时的气魄，但朝廷毕竟是朝廷，皇帝依然要上朝。

吏部侍郎綦崇礼上了道折子，为一位在牢里的妇人求情，希望能赦免她状告丈夫的罪。按大宋律法，不管出于什么原因，不管丈夫有没有罪，只要妻子状告丈夫，就要坐两年牢。

眼下这时局，金兵在北边虎视眈眈，南边的匪盗犹如雨后春笋，朝廷大员竟然还有心思为一个妇人求情？宋高宗正要发作的时候，看见了这妇人的名字：李清照。

三年前，赵明诚在赶赴湖州的路上重病，李清照坐船日行300里，只见到了他最后一面。

杜甫曾经在长安陷落时说：

国破山河在，城春草木深。[20]

可李清照当时面临的是国破、家亡、夫死，他们没有子嗣，她要独自面对一切未知，伴随她的只有赵明诚的15车收藏品和一句"共存亡"的承诺。

南渡途中，还流传出赵明诚曾用金石贿赂金兵的传闻，李清照为表明心迹，决定将所有收藏品都交给朝廷。

可问题是，朝廷在哪里呢？此时的高宗正被金兵追得四处逃窜，从临安到越州（今浙江绍兴），从越州到明州（今浙江宁波），在明州沦陷前一天，高宗甚至乘船逃到了海上。在整个中国历史上，被逼得出海逃难的皇帝，宋高宗是第一个。

李清照被夹在高宗和金兵中间，这一路上觊觎收藏品的，有金兵、军阀，还有地方豪强。甚至，在赵明诚去世后一个月，和安大夫、开州团练使王继先就提出了收购藏品中的古玩，此事因时任兵部尚书谢克家（赵明诚的表亲）反对才作罢。

1132年，战事稍缓，李清照终于抵达了临安，此时的收藏品已经所剩无几。

赵明诚去世两年半后，有一位名叫张汝舟的小官向李清照求婚。虽说当时没规定寡妇不可以改嫁，但"饿死事小，失节事大"的观念仍然根深蒂固，况且李清照是命妇，年纪还比张汝舟大。李清照竟同意了这门亲事。

婚后仅仅5个月，李清照就发现张汝舟的真实目的是得到那些收藏品。在明知告发丈夫要坐两年牢的情况下，李清照毅然提出了离婚。

在綦崇礼的求情下，李清照只在牢里待了9天就被释放了，她也重新恢复了"诰命夫人"的身份，可这件事却成了李清照永远的"污点"。

凄凄惨惨戚戚

在1147年秋天的一个傍晚，李清照坐在屋檐下，看着天慢慢地黑下去，仿佛岁月正在溜走，落寞而凄凉。这本应是寻常人家围桌吃饭的时间，可李清照看了看周围，一个人也没有。

不经意的风从四面八方涌过来，她重新回到屋内，倒上一杯淡酒，试图驱散秋天的寒意。明明只需要一个杯子，桌上却有好几个空杯，白白占了地方。一个人的温度如何敌得过整个秋天的寒意？

天上有大雁飞过，这正是北方的大雁来南方过冬的时节。李清照想起曾经在汴京的日子，那时春天也会看见大雁，秋日南飞，春来北归，大雁依旧按季节迁徙，可她再也无法回到"归来堂"了。

同样无法回去的，还有无数像李清照这样南渡的北方客。

有一年的重阳节，丈夫赵明诚没在身边，她独自过节，独自饮酒，写下了这首《醉花阴·薄雾浓云愁永昼》：

薄雾浓云愁永昼。瑞脑销金兽。佳节又重阳，玉枕纱厨，半夜凉初透。

东篱把酒黄昏后，有暗香盈袖。莫道不销魂。帘卷西风，人比黄花瘦。[21]

那时丈夫还会归来，为她摘花，现如今，这黄花只能无奈地落满一地。

在李清照追忆之际，天空渐渐暗了下来，细雨滴滴答答地落下，像一根根针扎在人心上。

那是1129年，李清照已经年近半百，隔壁人家有一位姓孙的小女孩，天资聪慧，惹人喜爱。李清照曾想将自己一生所学倾囊相授，

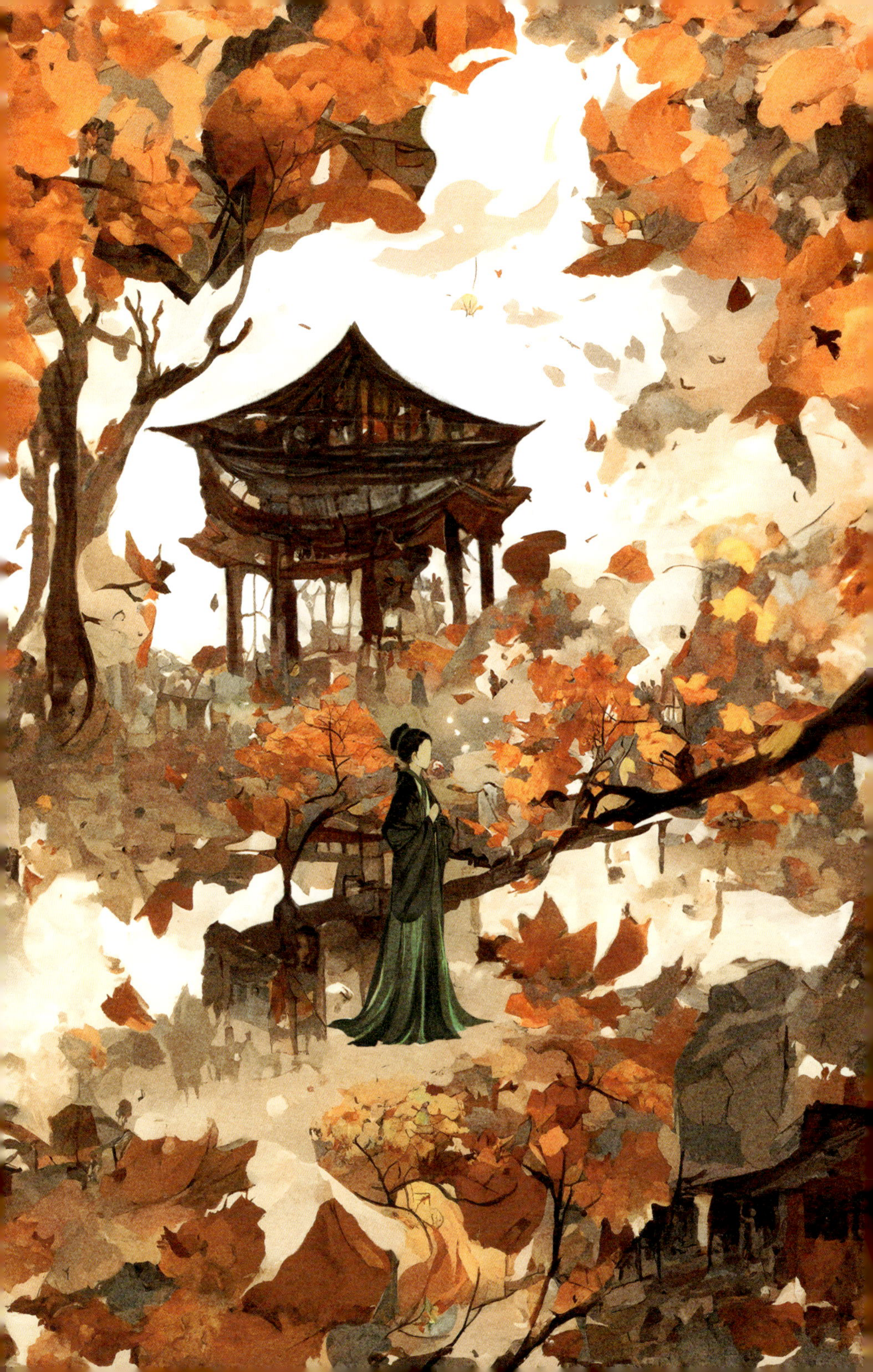

可小女孩却说:"才藻非女子事也。"

女子有才,也是错吗?李清照闭上眼睛,任由思绪飞舞,汴京的繁华如梦如幻,官场的纷争亦实亦虚,南逃的伤痛苦涩异常,人生的寂寞却真真切切。

往日的岁月、经历,犹如奔腾的海浪向她袭来,一浪高过一浪,无法阻挡。那些人,那些事该如何说出口,千言万语,岂是一个"愁"字所能概括的。

于是李清照挥笔写下了这首《声声慢·寻寻觅觅》:

寻寻觅觅,冷冷清清,凄凄惨惨戚戚。乍暖还寒时候,最难将息。三杯两盏淡酒,怎敌他、晚来风急!雁过也,正伤心,却是旧时相识。

满地黄花堆积,憔悴损,如今有谁堪摘?守着窗儿,独自怎生得黑!梧桐更兼细雨,到黄昏、点点滴滴。这次第,怎一个愁字了得![22]

几十年后,也是这样的一个秋天,满地落叶和黄花,一股不经意的风吹过。

有一名男子轻轻念道:

而今识尽愁滋味,欲说还休。欲说还休,却道"天凉好个秋"!

青玉案·元夕

宋 辛弃疾

东风夜放花千树,
更吹落,星如雨。
宝马雕车香满路。
凤箫声动,玉壶光转,
一夜鱼龙舞。

蛾儿雪柳黄金缕,
笑语盈盈暗香去。
众里寻他千百度,
蓦然回首,那人却在,
灯火阑珊处。

蓦然回首，逆旅行人

"众里寻他千百度，蓦然回首，那人却在，灯火阑珊处。"[23]这两句诗流传甚广。有家头部互联网公司的名字就出自这里。即使不知道这首词用到的典故，读到最后一句时，你也能感受到某种意境，仿佛置身其中，无法忘怀。

这首词的内容是，在一个元宵节的夜晚，场面十分热闹，有一位女子显得格格不入。有人说，辛弃疾是在写他自己，壮志难酬，孤掌难鸣。有人认为，这不过是辛弃疾在人群中多看了美人一眼，为了追寻她的踪迹，多番寻找，最终在灯火阑珊处觅得佳人。甚至有知名学者认为，辛弃疾的词经常莫名其妙地提到女子，格调不高。

但王国维先生在《人间词话》里说，辛弃疾的词写出了人生的最高境界：

> 古今之成大事业、大学问者，必经过三种之境界："昨夜西风凋碧树。独上高楼，望尽天涯路。"此第一境也。"衣带渐宽终不悔，为伊消得人憔悴。"此第二境也。"众里寻他千百度，蓦然回首，那人却在，灯火阑珊处。"此第三境也。[24]

这首《青玉案·元夕》到底写了什么？好在哪里呢？故事要从一次"生死时速"讲起。

一见三叹息

正月十五的晚上，辛弃疾在宣德门见到了比城楼还高的巨大灯山。皇帝在城楼上出现，享受臣民的欢呼。辛弃疾转身看到身后奔涌的人群，往事像潮水般将他淹没。

绍兴三十二年（1162年）闰二月，建康城。京东招讨使旗下统制官王世隆，急匆匆进宫向宋高宗报告，辛弃疾回来了。宋高宗赵构亲自接见了辛弃疾，赵构有些意外地看着眼前的这个年轻人，听他诉说这段日子的经历，边听边发出感叹。赵构在感叹什么呢？

1161年，金主完颜亮南侵。完颜亮曾写过一首诗：

> 万里车书一混同，江南岂有别疆封？
> 提兵百万西湖侧，立马吴山第一峰。[25]

打仗需要军费，完颜亮以预借民间5年税钱的名义大肆搜刮民脂民膏，这极大地激起了民愤，各地民众纷纷起义反抗。

当时在济南有一支起义军，为首的人叫耿京，起兵时只有6个人，后来发展到了25万人。辛弃疾也在起义之列，他在山东历城组建了一支2 000人的队伍，加入了耿京的起义军。辛弃疾参加过金朝的会试，被耿京任命为掌书记。

1161年12月，金廷内部发生政变，完颜亮为部下所杀，金兵北归。虽然南下的侵略停止了，但北方各路起义军的形势日益艰难，出于长远考虑，辛弃疾建议耿京联络大宋。

耿京采纳了辛弃疾的建议，让副手贾瑞带领10人去南宋朝廷接洽。贾瑞担心自己无法应对南宋士大夫的问询，希望带一位文人同往，《三朝北盟会编》记载：

> 瑞曰：如到朝廷，宰相以下有所诘问，恐不能对，请一文人同往。京然之，乃遣进士辛弃疾行，凡一十一人。[26]

辛弃疾跟着贾瑞一起到建康面圣，此时他只是陪同前往的文人，主要负责文字工作。

宋高宗很高兴，有一支很大的队伍从天而降，虽说并不是正规军队，但这证明北方沦陷地区的子民还心系大宋，政治象征意义巨大。

耿京被封为天平军节度使，贾瑞被封为敦武郎合门祗候，辛弃疾也得了个右承务郎的官职，其他200余人都有官位。接受完朝廷任命，辛弃疾一行人准备回去复命。可他们还没到山东，前方就传来消息，主帅耿京为叛徒张安国所杀，张安国已经领兵向金国投降了。

这样的变化让所有人始料未及，此时摆在这些人面前的，有几条路：直接北归，但回去也是死路一条；投靠南宋朝廷可保性命，可这样过去并不受欢迎；回去为主帅报仇，但就凭他们这几个人，很难实现；大家各自散了，找个山头落草为寇。

英雄之所以是英雄，就是因为从不走命运安排的道路。在众人都拿不定主意的时候，辛弃疾提出了一个疯狂的想法。他要生擒张安国，并将他交给南宋朝廷发落。历史上没有记载辛弃疾是如何说服众人的，最终一共有50人跟辛弃疾一起行动。其中包括贾瑞等10人，还有南宋朝廷京东招讨使旗下统制官王世隆护送辛弃疾等人中的十数人，以及"忠义人"马全福带来的一批人。

这些人彼此可能认识，也可能是第一次相见，他们都是默默无闻的小人物，也许昨天还在盘算买哪家店的米更便宜，可今天，他们毅然选择了跟随辛弃疾。明天，他们也许能回来，也许再也回不来了。

这一晚，他们骑马一路向北，在风雨中逆行。

回到山东后，辛弃疾他们打听到，张安国已经在金兵营帐中了。此时驻扎的金军规模大约是5万人，50骑对阵5万金军，辛弃疾有勇气，也不缺谋略。经过仔细侦察，他们摸清了张安国的作息安排，并打探到他将参加金兵的宴会。当天晚上，辛弃疾假扮成金兵潜入营帐，在所有人都没反应过来时，将张安国击倒，并迅速捆绑上马，飞奔出营。

在场的金兵刚开始以为是自己人打闹，后来才发现事情不对，赶紧去追。史书记载：

赤手领五十骑，缚取于五万众中，如挟麑兔，束马衔枚，间关西奏淮，至能昼夜不粒食。[27]

这段万人营中擒敌将的情节,就像是说书人口中的传奇故事。在赵构刚刚登基的那段时间,逃命是朝廷唯一的主题。中国历史上被迫逃走的帝王不少,但被人追得逃到海上的皇帝,赵构恐怕是唯一一个。宋代洪迈在《稼轩记》里记载:

> 壮声英概,懦士为之兴起,圣天子一见三叹息,用是简深知。[28]

对于如何安置辛弃疾,朝廷内部存在分歧。辛弃疾初来乍到,并不知道这些,他的志向很简单:收复国土,打回老家。

在等待朝廷任命的时候,他写了一首《汉宫春》:

> 春已归来,看美人头上,袅袅春幡。无端风雨,未肯收尽余寒。年时燕子,料今宵梦到西园。浑未办黄柑荐酒,更传青韭堆盘?
> 却笑东风从此,便熏梅染柳,更没些闲。闲时又来镜里,转变朱颜。清愁不断,问何人会解连环?生怕见花开花落,朝来塞雁先还。[29]

此时的辛弃疾还想和塞雁争谁先北归。

朝廷最终任命辛弃疾为江阴签判。签判是个文官闲职,说没有失落是假的,但他想了想,自己毕竟才23岁,就在前不久刚以一种令人称奇的方式登场,现在已经投身于大宋朝廷,北归不过是时间问题，一切都在走向美好。

但他想错了。

美芹十论与九议

辛弃疾 26 岁那年和范如玉结了婚。范家和辛弃疾一样，都是"南归人"，范如玉的父亲范邦彦是宋徽宗时期的太学生，靖康之难后流落北方，被迫成了金朝的一位县令。辛弃疾起义的时候，范邦彦开门投诚，将辖地交由宋军，举家迁移到了南方。

虽然到了南方，也成了家，但范如玉时常有一种漂泊感。婚后数年，夫妻俩始终是租房度日，经济因素倒是其次，问题在于辛弃疾无法在一个地方长久待下去。1164 年，辛弃疾改任广德军通判，1168 年任建康府通判。

"什么时候能拥有属于自己的家呢？"范如玉也曾流露出这样的念头。他们的家乡在北方，但已经无法回去了。

虽然辛弃疾始终在漂泊，但他的官职在逐步提升。在建康府任上，辛弃疾得到主战派叶衡的推荐，进京面见宋孝宗，阐述对金策略。

辛弃疾获得了升迁，可离收复中原的目标却越来越远。他成了京官，职位是司农寺主簿，分管粮食。辛弃疾后来号"稼轩"，和这段经历也不无关系。

朝廷并非毫无作为，孝宗素有恢复中原之志，1163 年，他命枢密使、江淮宣抚使张浚为都督，发动北伐。战事初期非常顺利，宋军一度攻破宿州城，宋孝宗亲自发出嘉奖令：

> 近日边报，中外鼓舞，十年来无此克捷。[30]

可最终前方将帅因奖赏不厚失和，导致官兵不满，输掉了战争，史称"符离之战"。

此时主和派又占了上风，要与金军议和，最后达成协议，宋对金称侄皇帝，不再称臣，每年向金贡献银二十万两、绢二十万匹。这一年是宋孝宗隆兴二年（1164年），史称"隆兴和议"。

这是一次耻辱的议和，本来孝宗皇帝打算养精蓄锐，再打一仗，但身边主和派的声音越来越高，辛弃疾决定做点什么。他白天处理案牍，晚上构思复国之策，一共写下10篇奏章，分别是《审势》《察情》《观衅》《自治》《守淮》《屯田》《致勇》《防微》《久任》《详战》。

从如何制定战略、刺探敌情到战争准备、后勤补给，再到具体如何打仗，如何接应北方的军民，奏章都有十分详细的阐述，不仅有理论基础，而且有很强的实操性。

辛弃疾给这10篇奏章取名为《美芹十论》，"美芹"一词出自嵇康的《与山巨源绝交书》：

> 野人有快炙背而美芹子者，欲献之至尊，虽有区区之意，亦已疏矣。[31]

嵇康反对司马氏，不愿意出仕为官，司马氏逼迫嵇康的朋友山巨源去劝他，嵇康不想为官，也不想让朋友为难，于是写下了这篇绝交书。

这篇文章是说，以前有人以为芹菜是最好吃的食物，于是拿去献给君主，但对君主来说，芹菜是无用之物。你山巨源觉得我嵇康是芹菜，可对司马家实在没什么用。

这就是"美芹献君"典故的由来。辛弃疾以"美芹"为标题，是自谦。可这些文章的命运似乎也暗合典故，奏章呈上去以后就如石沉大海，杳无音信了。

又过了几年，主战派虞允文拜相，辛弃疾觉得又有了希望。可叶衡认为虞允文年事已高，已经没有当年的进取心了，于是辛弃疾决定再给虞允文提几条建议。他又一连写了9篇文章，合称《九议》，前三篇论述敌我形势以及北伐的战略任务，中三篇指出抗金的详细战术，后三篇则是关于后勤保障工作如何实施的。

辛弃疾去拜见虞允文，得到的回复是：词写得不错，未来能在文坛有一番作为。

《十论》和《九议》都落了空，辛弃疾不明白自己这些年到底做错了什么。

元夕节的那天

《青玉案·元夕》的准确创作时间存在争议，但很有可能作于辛弃疾在临安期间的一次元夕节。

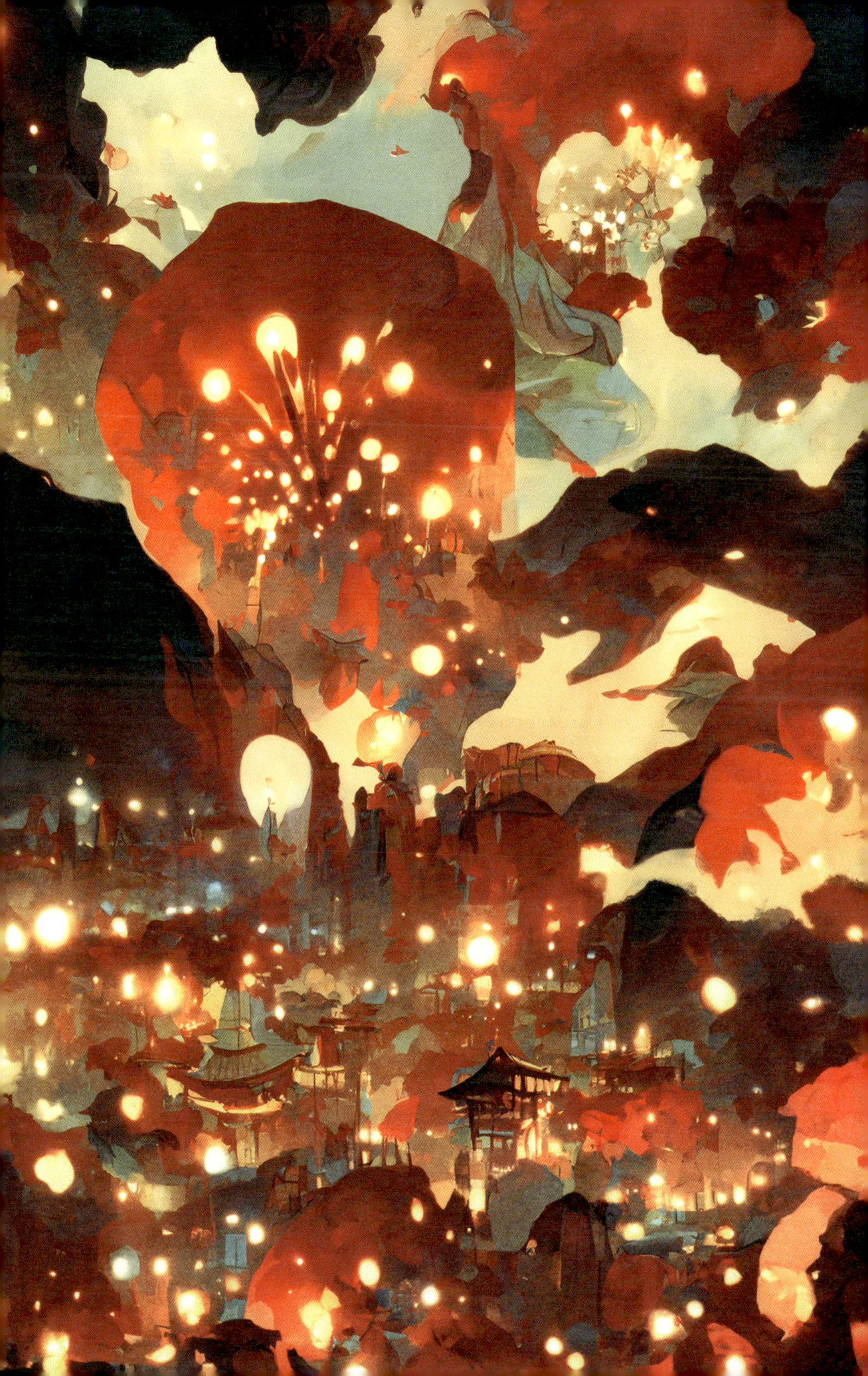

元夕节就是元宵节，和现在不同，元宵节在唐宋时期可以说是最重要的节日之一。南宋吴自牧在《梦粱录》里记载：

> 元夕之时，自十四为始，对支所犒钱酒。十五夜，帅臣出街弹压，遇舞队照例特犒。街坊买卖之人，并行支钱散给。此岁岁州府科额支行，庶几体朝廷与民同乐之意。[32]

元宵节从正月十四持续到正月十六，节日期间有游行表演的队伍，官府的人遇到舞队，要给赏钱。过节时出来做买卖的商户，制作烟火的花火商人，也能拿到赏钱。有些富庶的人家，那天也会在家里挂上风格各异的灯笼，在门口摆上各色茶水点心，来往的人都可以驻足停留，免费品尝。

在电视剧《长安十二时辰》里，上元节（元宵节）时，唐玄宗甚至造了一个巨大的灯笼，和百姓一起赏灯。

这个传统延续到了南宋，每逢元宵节，皇帝都会在宣德门造一座巨大的灯山，当天二鼓时分驾临宣德门，乘小轿出来赏花灯，然后登上城楼，让百姓一睹龙颜。

这是临安最辉煌绚丽的一面，正如辛弃疾所写的那样：

> 东风夜放花千树，更吹落，星如雨。宝马雕车香满路。凤箫声动，玉壶光转，一夜鱼龙舞。

所有的烟火、宝马、香车都是陪衬，因为美人即将出场。《梦粱录》中记载：

> 公子王孙，五陵年少，更以纱笼喝道，将带佳人美女，遍地游赏。[33]

正月十五的晚上，贵公子们携带的佳人彰显了他们的品位、财力和影响力。佳人们的发饰体现了金银首饰匠的手艺，服饰关乎衣裳铺来年的生意，香粉反映了制香人的水平。

最艳丽的花将在这一夜绽放，美人们的神采让临安城熠熠生辉，仿佛所有人都在等待这一刻的到来，整座城市热闹非凡。绚烂的烟火在临安上空绽放，巨大的灯山将黑夜点亮，无处不在的灯笼点缀着一座不夜城。

冬日的寒冷被人潮驱散，辛弃疾被这浪潮裹挟着，在临安城的街道游荡。他想起南归的那一天，被万人簇拥着进城，本以为即将开启自己的传奇，可没想到那不过是谢幕后的返场。

南归已经12年了，和他一起回来的那些人正在融入南方的喧嚣和繁华，关于北方的记忆逐渐消失。只有他一个人被困在往日的时光里，落寞而迷茫。

人潮在向灯山聚集，有一位女子从人群中离开，似乎有意让辛弃疾去寻找她。更多的人从四处涌来，阻挡住前进的方向，只能辨认出女子头上的闹蛾和雪柳，它们都镶着金丝。那缕金丝在夜色中划出一道光的残影，于是，辛弃疾开始奔跑。

穿过汹涌的人群，顺着那道光的痕迹，辛弃疾眼见女子消失在

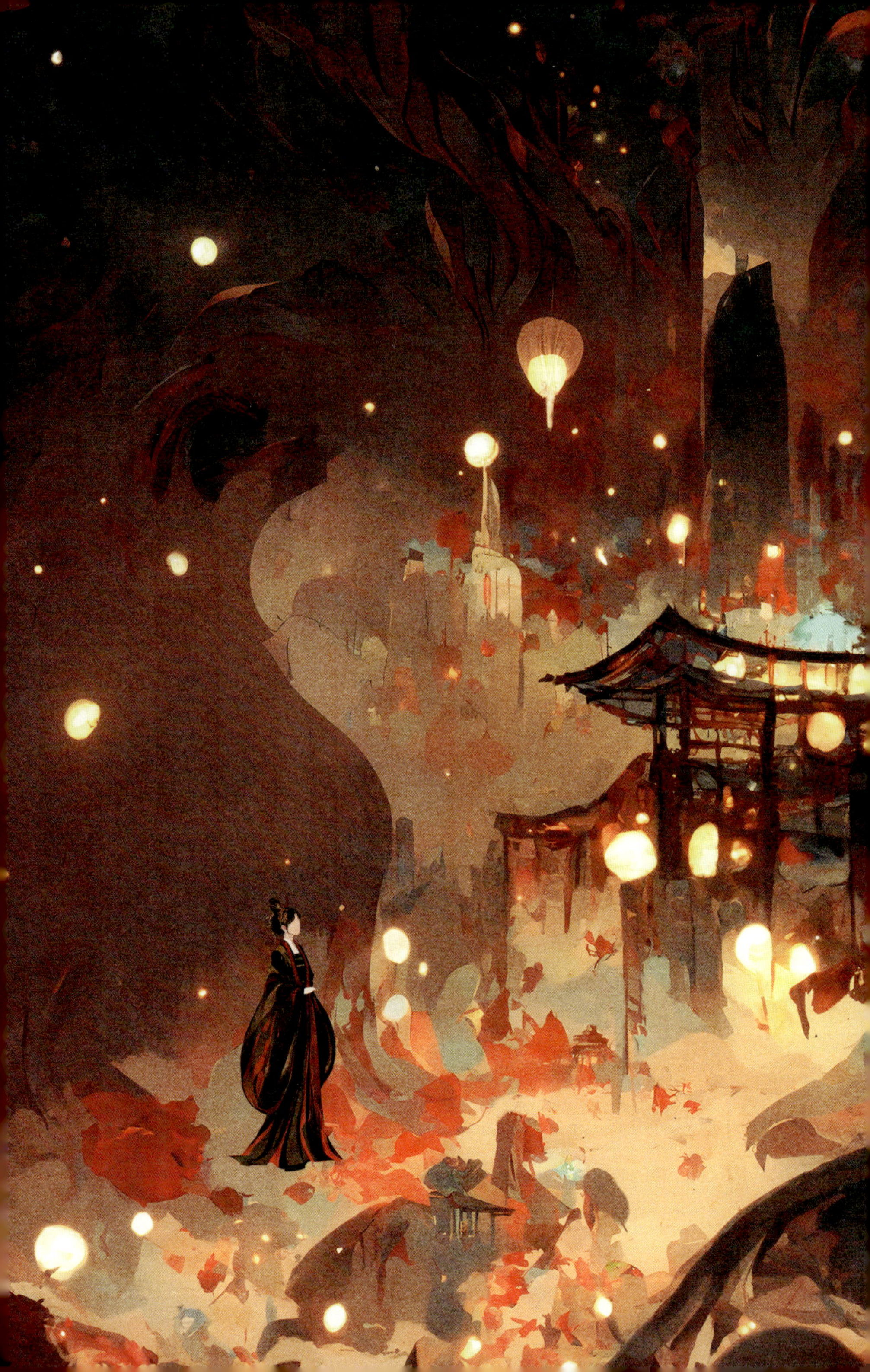

巷口的拐角，巷子的尽头是一团阴郁的黑暗，看不清脚下的路，唯有香气氤氲。辛弃疾追了过去，穿过黑暗的一瞬间，出现一片刺眼的光芒。这是一条山路，他跑上山顶，看到了一老一少，老人指着眼前一望无际的土地，向小孩念叨着，这都是大宋的江山。

他刚想上前，脚下的土地开始崩塌，他突然落到了飞驰的马背上。有一骑迅速从他身边掠过，接着又是一骑，在路的前方，是一位将军模样的人在仰天长叹。

奔跑的道路从大道变成密林，前方有两骑人马在上演追逐与逃亡。跑在前方的是个和尚，在后面追赶的则是一位白衣少年，少年纵马向前，手起刀落，与和尚一起滚下马的，是一方符印。

辛弃疾忽然明白，老者、少年以及失败的将军，都是他过去的经历和念想。他不断奔跑，从少年奔向中年，身边的人逐渐掉队。在倒下的一刹那，他们好像将什么东西交到了辛弃疾手里，口中喊着什么，最后消散在风中。

辛弃疾就这样一路跑着，跑向深邃的黑夜，寻找光明的路，身后扬起了历史的尘埃。

深夜，人群逐渐散去，辛弃疾站在大街中央，仿佛刚从梦中醒来。空中亮起最后的烟火，将城市短暂地点亮了。在抬头的一瞬间，辛弃疾瞥见了金色的闹蛾和雪柳。

蛾儿雪柳黄金缕，笑语盈盈暗香去。众里寻他千百度，蓦然回首，那人却在，灯火阑珊处。

第四篇 道別

十年生死兩茫茫

如果要选一个题材为唐宋诗文来压卷，我会选赠别诗。告别有很多种，有人别好友，慨言"莫愁前路无知己"；有人送知音，潭水三千，歌之不足，舞之蹈之；有人纪念最后的相逢，长歌当哭，悲叹年华易逝，物是人非；更有人生离死别，涕泗横流、难话凄凉。有人壮思飞扬，写天山的峰回路转、满途风雪；有人清隽婉约，写沧海的水，写巫山的云。在这文采风流的600多年里，送别是贯穿始末的主题。最后的最后，盛世终会落幕，歌舞终会散去，秋月春风、时光飞逝，我们也要与曾经的自己道别。

别董大

[唐] 高适

千里黄云白日曛,
北风吹雁雪纷纷。
莫愁前路无知己,
天下谁人不识君。

前路漫漫觅知音

764 年[1]冬,北风呼啸,夹杂着细密的雪花。

酒馆里的人不多,正当老板感叹今天生意不好的时候,从外面进来了一位客人。

老板急忙迎了上去,请客人上楼。

这位客人走到楼梯口时,突然停住了脚步,走向了一位老者,试探性地问他是不是董大。

老者转过头来,神情复杂。对面的客人则显得有些兴奋。

董大是谁

这位老者名叫董庭兰[2],在家里排行老大,所以朋友们称他为"董大"。客人名叫高适,他可不喜欢别人用行次来称呼他,因为"高三十五"听起来有些别扭。

见到董大的那一刻,高适想起了 17 年前的洛阳。当时的境况,对高适和董大来说,都很难忘。毕竟落魄往往比欢愉更令人印象深刻。

高适认识董大的时候，董大已经是小有名气的音乐人了，他的成名曲是《胡笳十八拍》。这是一首古琴曲，相传是根据东汉蔡文姬的长诗谱写而成的，讲的是蔡文姬因父亲蔡邕获罪而流落匈奴，后与匈奴左贤王结为夫妻，育有一双儿女。后来曹操平定中原，和匈奴修好，得知蔡邕的女儿被困于匈奴，于是花重金赎回。那时蔡文姬已经在塞外生活了12年，虽然她回到了故土，但匈奴不准她的子女归汉，从此母子只能天各一方。经历过两次生离死别后，她写下了这首《胡笳十八拍》。

这不仅是蔡文姬一个人的悲剧，也是东汉末年的时代烙印。董庭兰弹奏《胡笳十八拍》的时候，闻者动容，听者落泪，人们能感受到蔡文姬当年的经历，而董庭兰凭借《胡笳十八拍》一曲成名。

那时的董大过得并不如意，虽然有些名气，但没有得到什么贵人的赏识。他觉得自己不比李龟年差，可人家深得唐玄宗赏识。

高适和董大的第一次告别

747年，两个失意的人相遇了。

高适和董大是在房琯的宴会上认识的，彼时董大是房琯的门客，而高适则是一个上门干谒的考生。如果说董大那时的状态是失落的话，那么高适简直就是落魄。

高适20岁来长安的时候，才华横溢，意气风发，觉得考进士犹如探囊取物，所以从不去干谒，不去巴结权贵，更不屑于考明经。

可长安城总会残酷地毒打那些看不清现实的学子。经过两次科考失败，高适终于认清了现实，他后来参过军、种过地，甚至还讨过饭。他从一开始的不屑于应酬到后来四处交朋友，从一开始的不去巴结权贵到后来四处干谒。

他和王昌龄、王之涣在旗亭赌唱，和李白、杜甫结伴游梁园。多个朋友多条路，话是这样说没错，但看着年轻的朋友们一个个不是考中进士，就是被推荐去做官，高适有时会在深夜怀疑人生。

一晃他已经40岁出头了，在长安待不下去，只能跑到物价更低的宋城（今河南商丘）。在这里，他遇到了董大。独在异乡为异客，两个多年未见的异客在异乡相逢，难免心生感怀。高适想起，上一次在长安相见已经是十几年前的事情了。

那时候他们都是有雄心壮志的人，可直到今日，仍然没有找到自己的出路。

高适念出了这样两句诗：

> 六翮飘飖私自怜，一离京洛十余年。[3]

六翮，出自《韩诗外传》：

> 夫鸿鹄一举千里，所恃者六翮耳。[4]

鸿鹄能飞越千里，靠的是它的翅膀。高适觉得自己就像一只小鸟，想飞却怎么也飞不高。两个人长吁短叹了一番，店小二来催结账，他们摸了摸口袋，却囊中羞涩。

高适感叹：

丈夫贫贱应未足，今日相逢无酒钱。

此番"别董大"，记录了高适人生中最落魄的一刻。

高适和董大的第二次告别

高适和董大都没想到，在经历了那场动乱后，他们还会再相逢。

昔日相逢无酒钱的两位在后来的日子里都迎来了翻天覆地的变化，尤其是在 756 年。

董大后来得到了房琯的赏识，因为琴艺高超，经常在宴席上演奏。

这就是李颀那首《听董大弹胡笳声兼寄语弄房给事》[5] 的由来。

当时房琯的官职是给事中，756 年，房琯得知玄宗出逃，不顾危险去追寻，终于在普安郡追上了。危难中的玄宗看到还有大臣愿意追随自己，非常感动，当天就封房琯为文部（即吏部）尚书、同中书门下平章事，后来还封他为宰相。

在成都安顿好以后，董庭兰成了宰相眼前的红人。出入房琯府里的人越来越多，每场宴会都有董大演奏的身影。那段时间，董大走上了人生巅峰。

757 年，房琯被罢相，原因之一是门客董庭兰收受贿赂。

其实房琯被罢相是早晚的事，一是因为此时肃宗刚登基，而房琯是玄宗派过来的人；二是因为房琯自视甚高，觉得治国、平天下轻而易举，结果上前线打了一仗差点把命赔上，被人视为纸上谈兵之辈。

事情因董大而起，于是，他又一次流落江湖。

756年，对高适而言，是过山车式的一年。他原本是哥舒翰帐下的一位掌书记。叛军攻到洛阳后，封常清和高仙芝坚守潼关，可玄宗却认为他们畏战，下令斩首。

高适跟着哥舒翰去了潼关，可出战根本没有胜算，最后哥舒翰战败被俘，高适逃回长安，和玄宗一起逃到了成都。

而后，玄宗让各皇子分镇天下，高适反复劝阻，说这样会出事。再后来，永王李璘在江南招募军队，这大大挑战了刚继位的肃宗的权力，于是高适被派去平叛。

在那里，高适打败了永王，永王帐下的李白则成了附逆作乱的罪人。在收到李白的求救信后，高适没有做出任何回应。在前程和友情之间，他选择了前者。

在高适南下平乱的同时，睢阳，一个高适无比熟悉的地方，正在经历战争最残酷的时刻。守将张巡以不到万人的兵力，面对燕军十几万军队，死守睢阳两年。

《旧唐书》上记载：

> 城中粮尽，易子而食。[6]

不忍心吃自己的孩子，只能交换了吃，即便如此，也要死守城池。张巡甚至把自己的妻妾杀了，给手下将士吃，这是怎样一幅惨烈的画面。

高适在平定江南后，收到了驰援睢阳的命令，可当他赶到时，那里已经是一座死城了。高适不是睢阳人，但他的家就在睢阳。

他曾经在远游的时候写过一首《除夜作》：

旅馆寒灯独不眠，客心何事转凄然？
故乡今夜思千里，霜鬓明朝又一年。[7]

如今，连个念想都没了。

756年，高适从一个从八品的掌书记变成了侍御史，又升为正四品的谏议大夫，后成了权倾一方的淮南节度使。放眼整个唐代，高适是官阶最高的诗人之一。

这一年，他的仕途走到了巅峰，也经历了国破家亡、妻离子散、好友反目。

命运似乎在和他开玩笑，他得到了所有，也失去了所有。在高适61岁这年，他遇到了比他年纪更大的董大。两位老人坐到了一起，想要聊点什么，却开不了口。他们曾经想出人头地，可在实现这些后，却失去了更多东西。

大唐的繁华曾让他们觉得高不可攀，现如今，盛世一去不复返，赏识高适的玄宗、肃宗都已经不在了。

窗外的风雪依然很大，高适和董大是冒着这样的风雪赶来的，

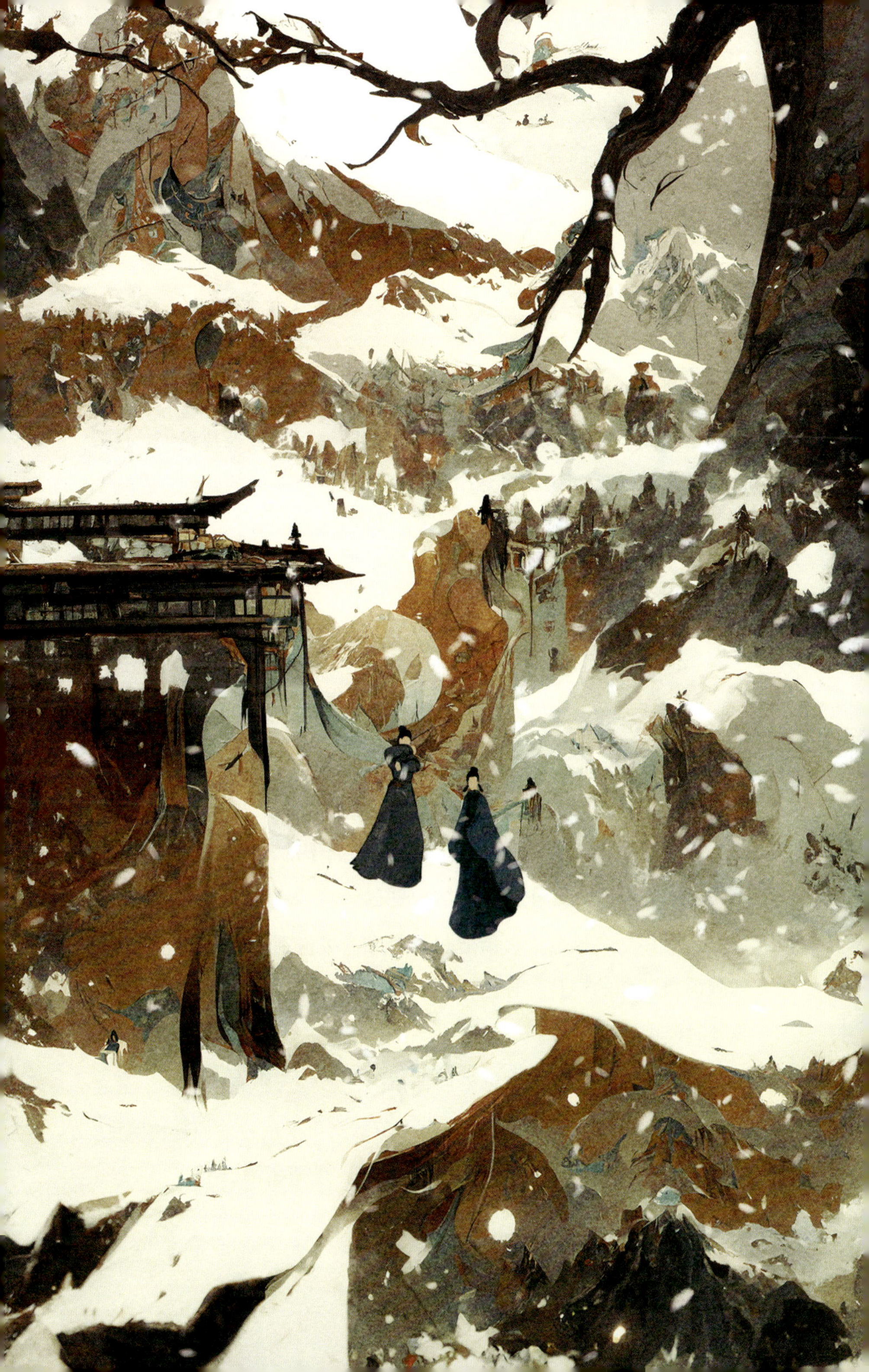

別长安

甚至可以说,他们一生都行走在这样恶劣的天气中。

高适念出了这样两句诗:

> 千里黄云白日曛,北风吹雁雪纷纷。

刚见面就又要分别了,因为高适即将离开成都,返回长安。

本来已经尘封的记忆,在看到董大的那一刻又被开启了。往后的路要怎么走?到了如今这个年纪,还有没有往后的路呢?在临别的时候,总要把这首诗作完,高适是这样结尾的:

> 莫愁前路无知己,天下谁人不识君。

这首《别董大》与其说是高适送给董大的,不如说是他送给曾经的自己的。高适心中突然想到,不知道那些旧相识如今过得怎么样。

按照叶嘉莹先生对天才的分类,高适属于前一种:"能忍世人所不能忍之羁束,而足于现世中完成其拯拔世人之大业者。"

在这样一个风雪天,高适和董大又一次告别。他们走出门,看到眼前白茫茫的一片。风把什么东西吹进了高适的眼睛,前方的景色顿时模糊起来。

他仿佛看到一些人在远处向他招手,那些人中有王昌龄、王之涣。还有一些儿童在打闹嬉戏,有一位妇女出来招呼他们赶快回家。更远处似乎还有一位白衣男子,背对着他,眺望树梢。

高适揉了揉眼睛,再睁开的时候,这些人都消失不见了。顺着白衣男子最后的目光,高适看到了树梢上的小鸟,它的翅膀上披着一层白雪,想飞但怎么也飞不起来。

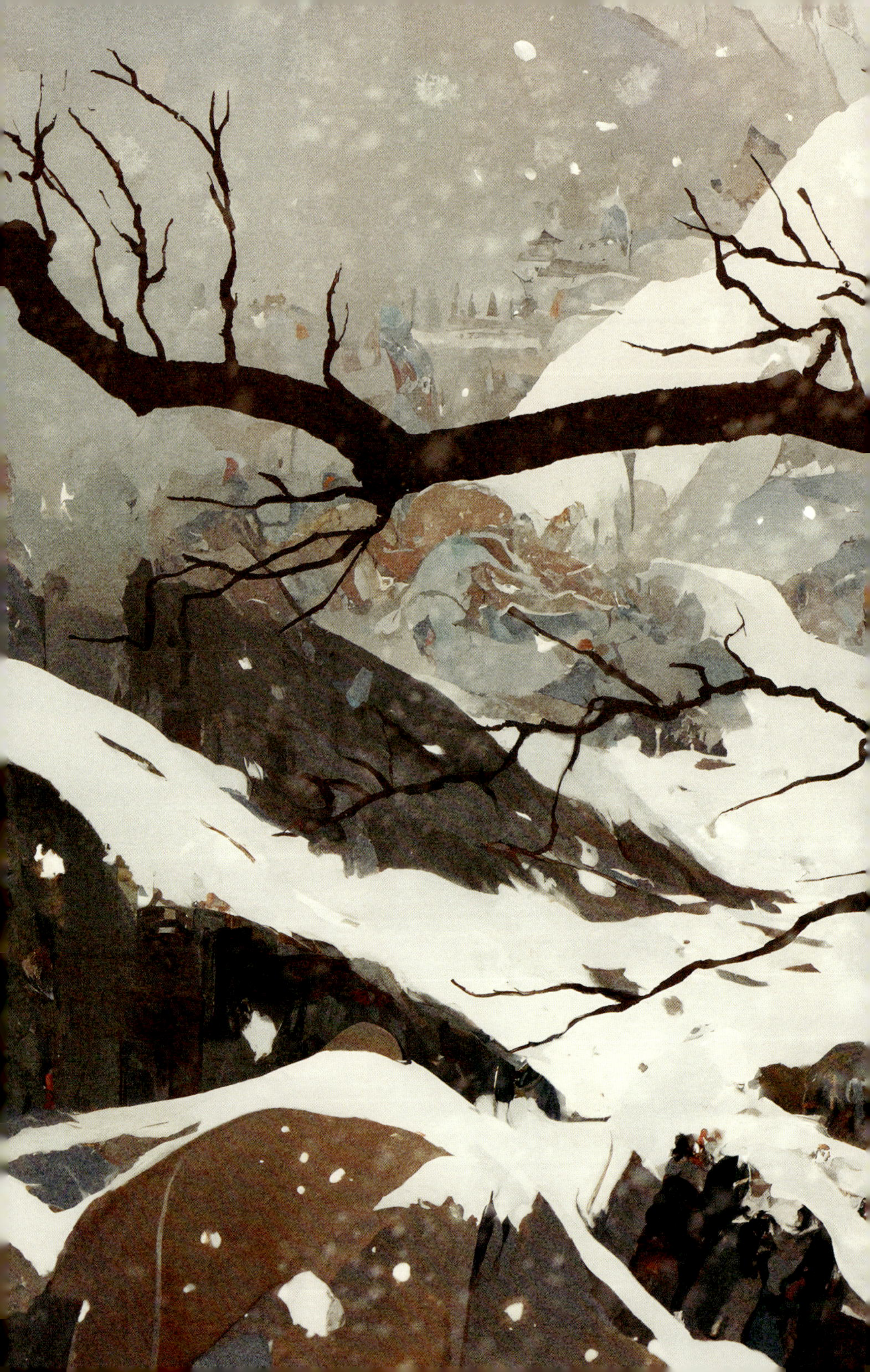

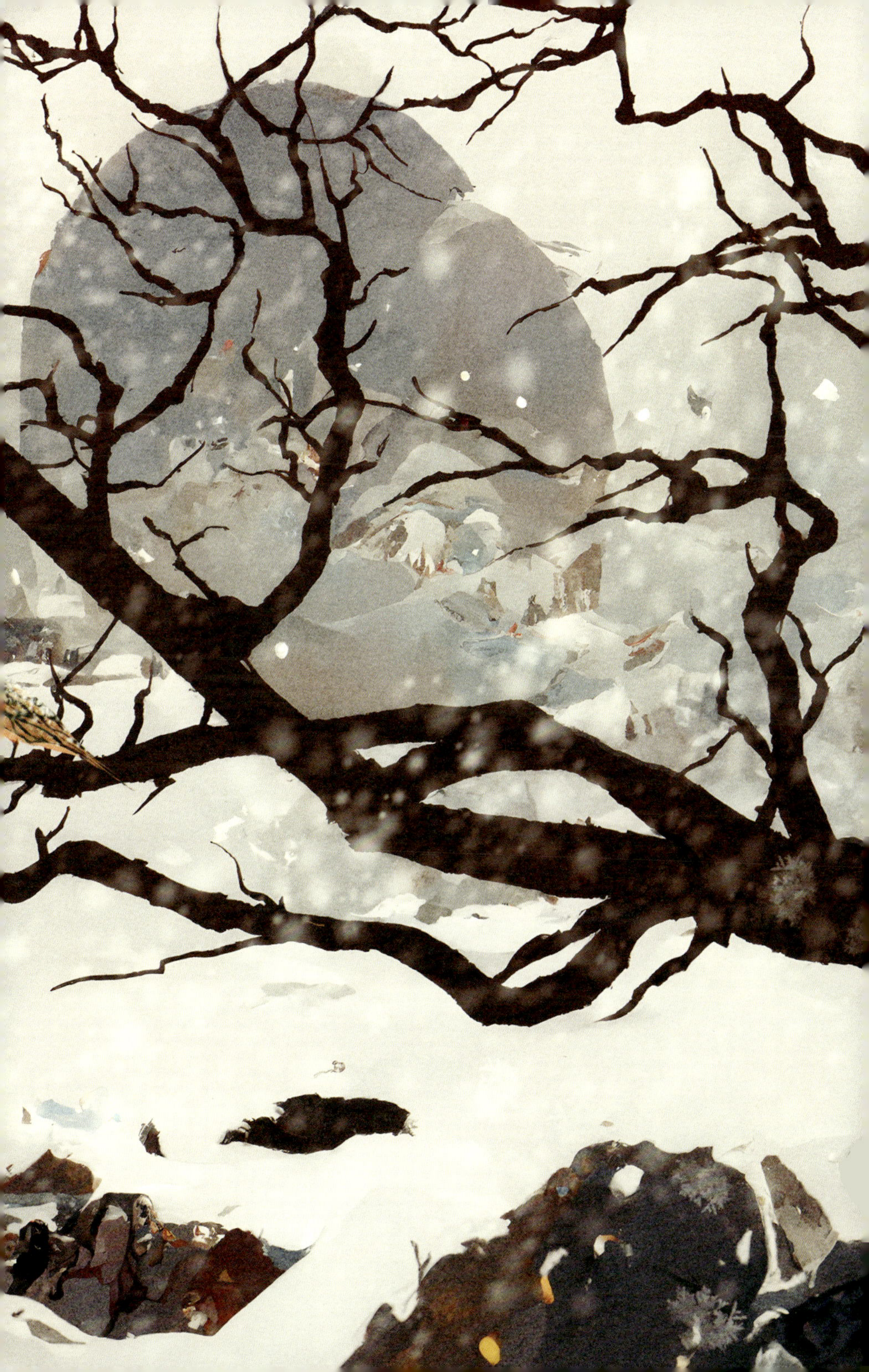

赠汪伦

唐 李白

李白乘舟将欲行,
忽闻岸上踏歌声。
桃花潭水深千尺,
不及汪伦送我情。

一次独特的告别

说起李白的送别诗,你第一个想到的是哪句?是不是"桃花潭水深千尺,不及汪伦送我情"?

小学生大概都会背这首诗,可见其普及度之高。但除了这首诗,汪伦这个人在历史上留下的痕迹寥寥无几。要知道,李白可是连五花马和千金裘都不放在眼里的人,他为什么要给一个不知名的小人物写诗呢?

故事要从一个"骗局"说起。

相识

清代袁枚的《随园诗话·补遗卷六》里记载了这样一个故事:

> 修书迎之,诡云:"先生好游乎?此地有十里桃花。先生好饮乎?此地有万家酒店。"李欣然至。乃告云:"'桃花'者,潭水名也,并无桃花。'万家'者,店主人姓万也,并无万家酒店。"[8]

大意是汪伦写信邀请李白到他家乡去做客,信里写道:"先生喜欢游览吗?我们这里有十里桃花。先生喜欢饮酒吗?我们这里有万家酒馆。"等李白到了汪伦的家乡,却没有看到十里桃花和万家酒店,汪伦解释说,桃花是潭水的名字,万家是指酒店的老板姓万。

有人说,《赠汪伦》是李白写得最差的诗,因为完全是敷衍之作。这样说的理由是什么呢?第一,李白是被骗到汪伦家乡的。第二,李白当时想,既然来了,可以先在村里吃点东西,但是不能久留,所以他没告辞就走了。第三,他走的时候被汪伦发现了,汪伦带着一群村民用踏歌给李白送行。招架不住村民的热情,李白勉为其难地写下这首《赠汪伦》。

这种说法靠不靠谱呢?我觉得很不靠谱。很多人以为汪伦只是当地的一位农民,但实际上并非如此。

汪伦其人

最早关于汪伦是村民的说法,出自宋代杨齐贤所作的注解:

> 白游泾县桃花潭,村人汪伦常酝美酒以待白。伦之裔孙至今宝其诗。[9]

但后来关于汪伦的身份有了新的解释,1982 年发现的泾县《汪氏宗谱》中记载:

> 汪伦，又名凤林，仁素公之次子也，为唐时知名士，与李青莲、王辋川诸公相友善，数以诗文往来赠答。青莲居士尤为莫逆交。开元天宝间，公为泾县令，青莲往候之，款洽不忍别。公解组后，居泾邑之桃花潭。[10]

按照这段表述，汪伦实际上也是名士，不但和李白关系好，和王维等诗人关系也不错，而且当时还是泾县县令。据李子龙先生考证，汪伦是唐代歙州刺史、越国公汪华的五世孙，所以汪伦不但是县令，还出身望族。

此外，袁枚在《随园诗话》里的表述也表明汪伦不是普通农民：

> 唐时汪伦者，泾川豪士也，闻李白将至，修书迎之。[11]

那么汪伦和李白见面时到底是怎样的场景呢？

根据《李太白全集·年谱》天宝十一载（752年）的记载：

> 公之行踪，由梁园而曹南，由曹南旋反，遂往宣城，然后游历江南各处。[12]

也就是说，天宝十一载，李白从商丘梁园，往南去往宣城，然后游历江南。这一路上他游玩了不少地方，也留下了不少名作，比如《自梁园至敬亭山见会公，谈陵阳山水兼期同游，因有此赠》，阐发了一路所见所感。

李白一路顺着青弋江而下,到达了宣城。

汪伦十分仰慕李白的才华,知道李白到了宣城,就写信邀请他来桃花潭一聚。李白闲来无事,而且顺路,加上他应该对汪伦也略有耳闻,于是欣然赴约。

那么汪伦是怎么招待李白的呢?

汪伦是如何打动李白的

汪伦用很高的规格盛情招待了李白,这一点可以参考李白后来所作《过汪氏别业》二首的记载:

其一:

> 游山谁可游?子明与浮丘。
> 叠岭碍河汉,连峰横斗牛。
> 汪生面北阜,池馆清且幽。
> 我来感意气,捶炰列珍羞。
> 扫石待归月,开池涨寒流。
> 酒酣益爽气,为乐不知秋。[13]

其二:

> 畴昔未识君,知君好贤才。
> 随山起馆宇,凿石营池台。

> 星火五月中，景风从南来。
> 数枝石榴发，一丈荷花开。
> 恨不当此时，相过醉金罍。
> 我行值木落，月苦清猿哀。
> 永夜达五更，吴歈送琼杯。
> 酒酣欲起舞，四座歌相催。
> 日出远海明，轩车且徘徊。
> 更游龙潭去，枕石拂莓苔。[14]

也就是说，写下《赠汪伦》以后，李白后来还与汪伦见过面。这两首诗足以说明，李白没有敷衍汪伦。

显然，并不是汪伦的钱财打动了李白。要知道，五花马和千金裘，李白都不放在眼里，无数达官显贵想要结交李白，但他也没给他们赠过诗。

汪伦具体是怎么打动李白的呢？可能是两人意气相投，可能是官场都不得意，但可能最重要的是，汪伦第一次让李白感受到了被理解。汪伦对李白无所求，既不想巴结他，也不想靠他出名，他们只是互相欣赏。

交朋友容易，但知己难求。这就是为什么俞伯牙在钟子期死后砸坏了自己的琴，因为再也没有人能欣赏他了。

对李白来说也一样。他的才华让他拥有了一切，也让他失去了一切，他成了天下的李白。但是在天宝十四载（755年），眼前这个叫汪伦的人让他感到无比放松、惬意，他俩就像村里的两个野小子，满眼看到的不过是有趣。

《赠汪伦》究竟好在哪里？

交代完故事背景，再来看这首诗：

> 李白乘舟将欲行，忽闻岸上踏歌声。[15]

在经历了一夜畅谈后，李白从拂晓中醒来，他想起汪伦陪了自己一天一夜，如果自己不主动离开，只怕汪伦还要留他多待些时日，再打扰下去不好。

正当李白乘上船，想默默离开的时候，汪伦来了。两个人一个在岸边，一个在江上，隔了一段距离，他们都没有说话，也许隔得远说话听不清，也不知道该说什么。但是在下一刻，李白的眼眶就开始湿润了。

他看到，汪伦在岸边一个人跳起了踏歌，他唱着，跳着，动作有些笨拙，有些滑稽。但李白明白，那是对他的送别和祝福，只有汪伦会用这样一种有趣的方式来告别。

需要注意的是，踏歌包括"踏地""歌唱""连臂"，主要见于祭祀、娱乐、送行、庆典等场合，一般是多人一起跳的。所以很多人觉得汪伦是带着村里人一起来给李白送行的，但这解释不通，因为汪伦身为泾县县令，虽然有这个权限，但这是假公济私。况且踏歌是需要提前排练的，如果没有排练，那么一群村民肯定跳得乱七八糟。

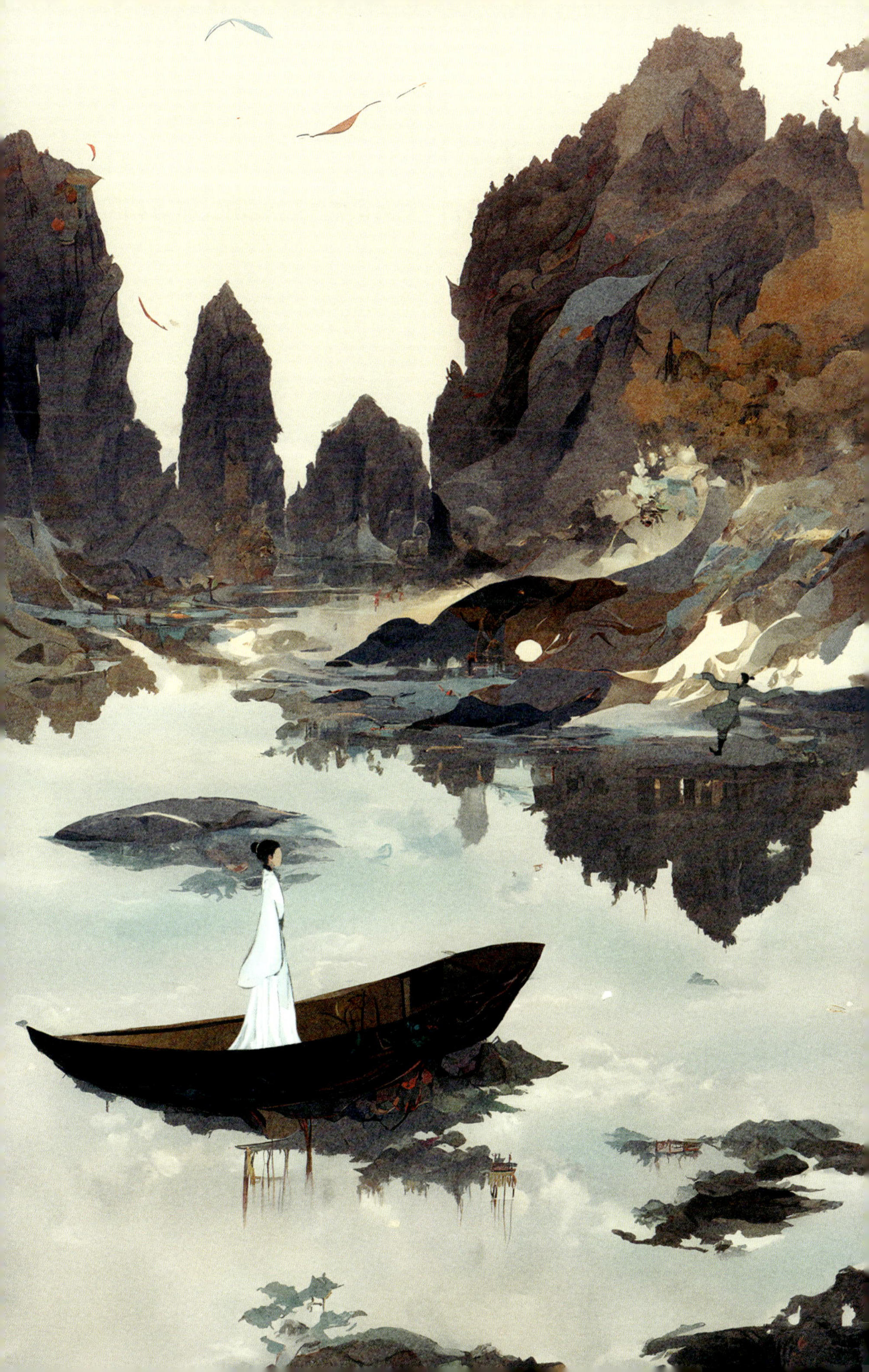

所以我认为，汪伦是一个人跳的，用一种只有他们两个人能懂的方式，进行了一次独特的告别，以至让李白无法忘怀，感动不已。

桃花潭水深千尺，不及汪伦送我情。

这就是《赠汪伦》的真正意义。

这个世界上有很多种告别，有时心里万般不舍，却一个字都说不出口。一个在等对方主动说留下，另一个却在等对方开口挽留。汪伦为李白跳的踏歌，包含千言万语。

就像电影《大话西游之大圣娶亲》结尾的那句"他好像条狗啊"，看似不着边际，却勾起了观众心中的无限惋惜。

年少不懂《赠汪伦》，读懂已是中年人。

白雪歌送武判官归京

唐 岑参

北风卷地白草折,胡天八月即飞雪。
忽如一夜春风来,千树万树梨花开。
散入珠帘湿罗幕,狐裘不暖锦衾薄。
将军角弓不得控,都护铁衣冷难着。
瀚海阑干百丈冰,愁云惨淡万里凝。
中军置酒饮归客,胡琴琵琶与羌笛。
纷纷暮雪下辕门,风掣红旗冻不翻。
轮台东门送君去,去时雪满天山路。
山回路转不见君,雪上空留马行处。

征人送归

要用关中的羊，把肉切成大块，放入砂锅，除了葱和花椒，还要放几颗敲碎的真杏仁（又称甜杏仁），一起用活水（天山雪水更好）焖煮，这样可以把骨头也煮得酥烂。在岑参向新兵介绍水盆羊肉做法的时候，帐外正漫天飞雪。

谁是电视剧《长安十二时辰》里最重要的配角呢？是林九郎（原型为李林甫）、郭利仕（原型为高力士），还是元载？他们的角色都很重要，但如果缺少了程参（原型为岑参），整部剧就会失衡。

戏剧和人生一样，讲究张弛有度。正如《天龙八部》不能缺少鸠摩智，程参以一己之力，为《长安十二时辰》紧张的剧情平添了一抹轻松诙谐的色彩。

除了搞笑，程参对推动剧情发展也起到了重要作用。他甚至在李必（原型为李泌）和张小敬之前，推理出"阙勒霍多"的真相，获得了"神探"称号。

我不知道真实的岑参究竟是个怎样的人，但他一定具有惊人的洞察力。

假如唐朝有战地记者，那么岑参一定是最有名的那一位。

为什么这样说呢？因为他的诗句中藏着"安史之乱"爆发的原因。

是的，就是那首《白雪歌送武判官归京》。

忽如一夜春风来，千树万树梨花开。

这首诗背后的故事，要从一场雪开始讲起。

雪

天宝十三载（754年）的第一场雪，来得比以往要早一些。

那时不过阴历八月，大部分地区还飘着桂花香，即使在轮台（位于今乌鲁木齐市附近），这场雪来得也有些匆忙。

岑参曾经在高仙芝手下做过一段时间判官，在军中小有名气，恰逢西北战事又开，岑参响应北庭都护封常清的号召，再次来到了轮台。

岑参刚到北庭不久，他的同事武判官便要回长安任职。朋友要回长安高升了，送别诗自然是少不了的。这就是《白雪歌送武判官归京》的创作背景。

现在对这首诗的解读大多类似，例如：

以诗人的敏锐观察力和浪漫奔放的笔调，描绘了祖国西北边塞的壮丽景色，以及边塞军营送别归京使臣的热烈场面，

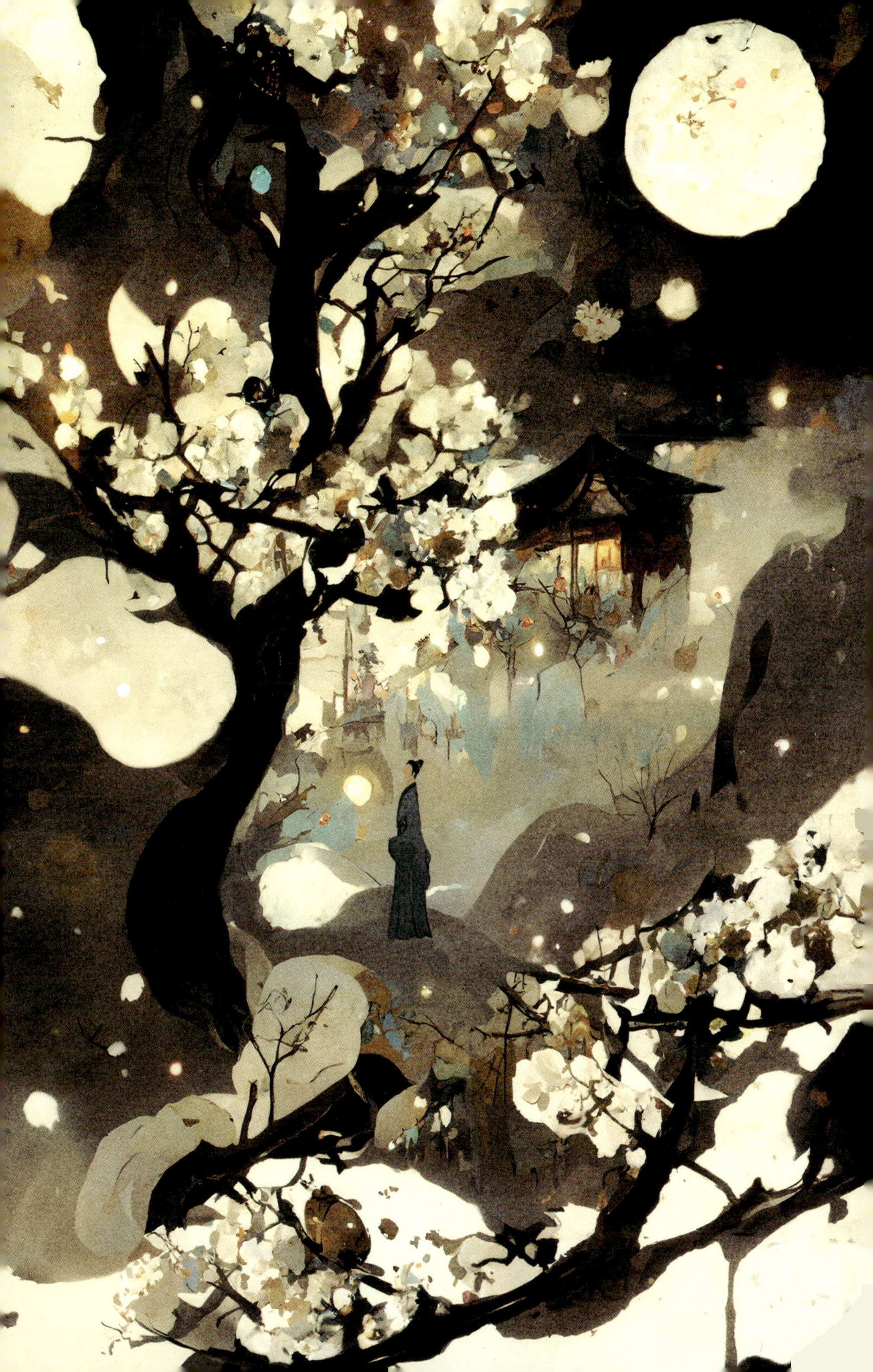

表现了诗人和边防将士的爱国热情,以及他们对战友的真挚感情。[16]

我想这只是冰山露出水面的那一小部分。

清代思想家方东树在《昭昧詹言》中这样评价这首诗:

> 岑嘉州《白雪歌送武判官归京》奇峭。起飒爽。"忽如"六句,奇才奇气,奇情逸发,令人心神一快。[17]

"奇峭"这个词我觉得很贴切,细细体会这首诗,你就会被岑参带着"上天入地",心绪跌宕起伏,宛如驾着游龙于山峦间翱翔,忽而直入云层,忽而急下谷底。

> 北风卷地白草折,胡天八月即飞雪。
> 忽如一夜春风来,千树万树梨花开。[18]

最初你以为他写的是雪,实际上他描绘的却是满眼的春天。

> 散入珠帘湿罗幕,狐裘不暖锦衾薄。
> 将军角弓不得控,都护铁衣冷难着。

当你以为他在描绘春天的时候,接下来的字句却让你浑身发抖。

> 瀚海阑干百丈冰，愁云惨淡万里凝。
> 中军置酒饮归客，胡琴琵琶与羌笛。

你以为他写的是边塞的苦寒，实际上他写的是热闹的宴会。

> 纷纷暮雪下辕门，风掣红旗冻不翻。
> 轮台东门送君去，去时雪满天山路。
> 山回路转不见君，雪上空留马行处。

你以为他写的是豪迈的送别，可他却只留给读者一行寂寞的脚印。

诗里处处透着一股令人出乎意料的感觉。

送别诗至少要说点祝福的话吧，比如王勃所说的：

> 海内存知己，天涯若比邻。[19]

比如李白所说的：

> 我寄愁心与明月，随君直到夜郎西。

不管你走多远，我的心都与你同在，送别诗的格调大致如此。可岑参却仿佛在说，轻轻地你走了，正如你轻轻地来，挥一挥手，只留下一行脚印，这怎么看都不像送朋友高升的样子。

看起来热闹的聚会，也带有一些愁云惨淡的氛围，让人痛快不起来。

岑参为什么要这样写呢？为什么这样的送别诗会成为经典呢？

其实这恰恰体现了岑参细致的洞察。

这首诗因雪景而出名，甚至有人说它是唐朝边塞诗的压卷之作，从某种程度上说，后来确实没有出现过更好的边塞诗。

不是因为没有比岑参更好的诗人了，而是因为没有岑参所看到的边塞了。

去边塞

轮台位于天山南麓、塔里木盆地北缘，是丝绸之路北线的重要关隘，也是唐朝向各地胡商收税的所在，《新唐书·西域传》记载：

开元盛时，税西域商胡以供四镇，出北道者纳赋轮台。[20]

如果说"西出阳关无故人"，那么比阳关更西的轮台则是大唐真正的边塞。在维吾尔语里，轮台是"雕鹰"的意思。这只"鹰"在汉代是西域都护府的所在，到唐代是安西都护府的前哨。

从长安到轮台有2 400多公里，这段路岑参起码走了4次，不知道他有没有读过万卷书，但他肯定行过了万里路。

天宝三载（744年），30岁的岑参进士及第，获右内率府兵曹参军一职。参军是个闲职，手下无人可管，上头也懒得管他。就算他待在山里半个月，太阳也照常升起，长安也照常运转。

岑参的职场生涯，从一开始就提前进入了半官半隐的半退休模式。

可能是政治背景不够深厚，他的仕途始终难有起色。不过闲有闲的好处，他可以听王昌龄和李白讲边塞，听王维讲修道，看颜真卿写书法，找颜允臧喝酒。

琅琊颜家是名门，颜氏兄弟和岑参志趣相投。颜真卿书法技艺极高，先学褚遂良，后师从张旭，书法讲究"一笔一画"，和做人一样。对颜氏兄弟的人品，岑参十分佩服。

天宝七载（748年），颜真卿出使河陇，岑参特书一曲胡笳歌：

> 君不闻胡笳声最悲，紫髯绿眼胡人吹。
> 吹之一曲犹未了，愁杀楼兰征戍儿。
> 凉秋八月萧关道，北风吹断天山草。
> 昆仑山南月欲斜，胡人向月吹胡笳。
> 胡笳怨兮将送君，秦山遥望陇山云。
> 边城夜夜多愁梦，向月胡笳谁喜闻。[21]

这首《胡笳歌送颜真卿使赴河陇》寄托了岑参对颜真卿的祝福和挂念。送别之后，岑参冒出了一个想法：去边塞。

在唐朝，做官的路径有两条：一是科举和干谒，这条路岑参已经尝试过了，效果一般；二是去边塞建立功勋。大唐向来有"出将入相"的传统，但这条路正在被右相李林甫逐渐锁死。和所有想去以及身在边关的人一样，岑参并不知道希望正在一点点破灭。

离开长安前，岑参特地去吃了一碗水盆羊肉。据说水盆羊肉是长安特产，随着越来越多的长安人去往西域，在敦煌、武威甚至轮台也能吃到长安特产了。

水盆羊肉随着大唐的疆域往四面八方扩张。据说大唐的疆域在高宗时期达到巅峰，东至朝鲜半岛，西达中亚咸海，南到越南顺化一带，北包贝加尔湖。武周时期给弄丢了不少，玄宗即位后，励精图治，威震四海，终于恢复了大半疆域。

疆域越大，为保住疆域所需的付出也越大。

天宝八载（749年），岑参到安西担任判官，这是他第一次踏上去西域的道路。初到安西，岑参便积极和各路判官打好关系，在为高仙芝写公文期间，熟悉西域部署和边患问题。

他不但看到了：

明月出天山，苍茫云海间。[22]

也看到了：

大漠孤烟直，长河落日圆。[23]

还看到了：

戍客望边色，思归多苦颜。[24]

相比长安,这里的条件要艰苦得多。从大唐各地赶赴边塞的将士都很思念家乡,但大家知道来这里的目的是什么,只要跟着高都护打胜仗,加官晋爵是早晚的事。这也是岑参的想法。

经过酒泉时,岑参碰巧遇到了一位回长安的故人,他好久没有给家里传递消息了,有许多话想要诉说,可两人身上都没有纸笔,只能托故人带个口信。

于是有了这首《逢入京使》,千言万语都浓缩在了字里行间。

> 故园东望路漫漫,双袖龙钟泪不干。
> 马上相逢无纸笔,凭君传语报平安。[25]

伤心的人啊,你不要太伤心,我一切安好,请别为我担心。

岑参的口信最终传到了长安,然而,有些人却永远不能向家人报平安了。

怛罗斯之战

天宝十载(751年)春,岑参离开安西,途经武威,在那里待到了夏天,阴历六月返京。

在武威,岑参写下了三首送别诗,分别是《武威送刘单判官赴安西行营便呈高开府》《武威送刘判官赴碛西行军》《送李副使赴碛西官军》。

这三首诗和《白雪歌送武判官归京》一样,是写给同僚的送别诗，但名气远没有后者大。它们和一段人们不愿提起的历史有关。

刘判官和李副使都要赶赴高仙芝所在的碛西（安西）都护府，因为这一年，大唐要在西域打一场仗。

《新唐书》卷一百三十五《高仙芝传》中记载：

> 九载，讨石国，其王车鼻施约降，仙芝为俘献阙下，斩之，由是西域不服。其王子走大食，乞兵攻仙芝于怛逻（罗）斯城，以直其冤。[26]

天宝九载（750年），高仙芝在西域征讨一个叫石国的小国。石国很快投了降，但高仙芝以"有违藩臣之礼"的名义把石国国王押回长安斩首。石国王子看情况不妙，于是向阿拉伯阿拔斯王朝（大唐称之为"黑衣大食"）求助。

得到黑衣大食即将出兵的消息，高仙芝决定主动出击。当时正值阴历六月，岑参看到军队集结不由得心潮澎湃，于是在《送李副使赴碛西官军》中这样写道：

> 火山六月应更热，赤亭道口行人绝。
> 知君惯度祁连城，岂能愁见轮台月。
> 脱鞍暂入酒家垆，送君万里西击胡。
> 功名只向马上取，真是英雄一丈夫。[27]

即便隔着千年岁月，我们也能感受到文字中的灼热。老领导和老同事们将要大干一场，这正是大丈夫建功立业、报效国家的时候啊，自己虽然不能同去，但要为同僚鼓劲。

然而，岑参在武威看到的大部分前往战场的人，都没能活着回到长安。

《旧唐书》卷一百零九《李嗣业传》记载：

> 其子逃难奔走，告于诸胡国。群胡忿之，与大食连谋，将欲攻四镇。仙芝惧，领兵二万深入胡地，与大食战，仙芝大败。会夜，两军解，仙芝众为大食所杀，存者不过数千。[28]

《资治通鉴》卷二百一十六"天宝十载四月"条后记：

> 诸胡皆怒，潜引大食欲共攻四镇。仙芝闻之，将蕃、汉三万众击大食，深入七百余里，至恒（怛）罗斯城，与大食遇。相持五日，葛罗（逻）禄部众叛，与大食夹攻唐军，仙芝大败，士卒死亡略尽，所余才数千人。右威卫将军李嗣业劝仙芝宵遁。道路阻隘，拔汗那部众在前，人畜塞路；嗣业前驱，奋大梃击之，人马俱毙，仙芝乃得过。[29]

高仙芝率3万左右藩汉联军，深入700余里，而大食和诸胡部队达10万之众。尽管双方兵力悬殊，但安西军凭借骁勇，与对方打得有来有回。可交战中途，唐军葛逻禄部叛变，导致高仙芝率领的军队大败，最终只有数千人存活。

这就是历史上著名的"怛罗斯之战"。

怛罗斯之战的规模其实并不大，根本不能和唐朝早期动辄出兵数十万的战役相比，这是大唐和阿拉伯两大帝国的首次碰撞，双方都只是试探性地行动。大食虽然赢得了胜利，但对唐军的战斗力也有所忌惮，第二年便遣使者入京求和。唐军并未失去对西域的控制，两年后封常清就夺回了被吐蕃控制的大勃律国，唐军再次掌控西域。

在这场战争中，唐军损失数万人，其中大部分是西域各部的胡人。

一个人的死亡所带来的悲伤是非常具体的，但几万人、几十万人的死亡所带来的悲伤则会变得抽象。

杜甫的"三吏三别"、白居易的《新丰折臂翁》呈现出十分具体的悲伤，可岑参该如何叙述这成千上万倍的悲伤呢？

这次战败没有产生太大的影响，唐朝仍然强大，天宝十载（751年）似乎不过是一个普通的年份，但旋涡正在不断酝酿。

同年四月，剑南节度使鲜于仲通率兵攻打南诏，大败于泸南，8万大军中有6万人战死。同年八月，安禄山统幽州、平卢、河东三道兵共6万攻契丹，结果几乎全军覆没。

杜牧的祖父杜佑在《通典》中提出：

> 我国家开元、天宝之际，宇内谧如，边将邀宠，竞图勋伐。西陲青海之戍，东北天门之师，碛西怛逻（罗）之战，云南渡泸之役，没于异域数十万人。[30]

天宝九载（750年），大唐的整个边境似乎都出了问题，杜佑道出了其中的真相：

> 边将邀宠，竞图勋伐。

自天宝八载（749年），玄宗改府兵制为募兵制，镇守边关这件事就发生了变化。边关将领无仗可打，这本是太平盛世的象征，但对节度使来说，无事也就意味着无功。无功也就算了，只是原本兵都是朝廷征的，养兵花的也是朝廷的钱，现在兵和钱都要自己想办法。

说起来，推行募兵制是李林甫提出的方案，这对财政有很大好处。此外，李林甫提议重用胡人边将，因为这些人在朝中没有根基，不会与人内外勾结。

李林甫想通过弱化"出将入相"的途径来保住自己的位子，大唐也确实涌现了一批有能力的胡人将领，包括高仙芝、哥舒翰和安禄山。可这些没有背景的胡人要想平步青云，就只能不断积累战功。

在后来的记载中，不论是石国、契丹，还是南诏，虽然有异心，但都不是铁了心反唐。可对某些胡人将领来说，领兵攻打这些地方是建立功勋的大好时机。

"一将功成万骨枯"，功勋的背后是一条条鲜活的生命，自古如是。

别长安

一夜春风

天宝十三载（754年），岑参第二次来到北庭，他看到了许多新面孔。

相比岑参，武判官在北庭的时间要长得多，在军中的地位也更高。现在他即将离开，将士们为他摆下了酒宴，有人提议为他写一首送别诗，众人讨论过后，认为应由进士出身的岑判官来写。

推辞无果，岑参看了一眼帐外，提笔写下了《白雪歌送武判官归京》：

> 北风卷地白草折，胡天八月即飞雪。
> 忽如一夜春风来，千树万树梨花开。
> 散入珠帘湿罗幕，狐裘不暖锦衾薄。
> 将军角弓不得控，都护铁衣冷难着。
> 瀚海阑干百丈冰，愁云惨淡万里凝。
> 中军置酒饮归客，胡琴琵琶与羌笛。
> 纷纷暮雪下辕门，风掣红旗冻不翻。
> 轮台东门送君去，去时雪满天山路。
> 山回路转不见君，雪上空留马行处。

武判官走后，有个年轻人来问岑参：这首诗不乏豪迈、慷慨，为什么总觉得哪里不对劲呢？岑参问：哪里不对呢？那人说：你我不远万里共赴北庭，不说开疆拓土，也是为国镇守一方，理应阵前杀敌，建立功勋，而你的诗里似乎没有写出这样的气势和决心……

年轻人的话还没说完，岑参便打断了他，问他有没有吃过长安的水盆羊肉。

那人摇头说没吃过。

岑参说：吃水盆羊肉，不能光吃肉喝汤，还要配上两个大荔特色月牙烧饼——一个烧饼夹肉，另一个烧饼用来做泡馍，佐以鲜大蒜或糖蒜，调味的油泼辣子要用羊油泼就，只有这样，才能做到肉烂汤清、肥而不腻、清醇可口、满嘴回香。

年轻人拂袖而去，岑参望着他的背影，笑着摇了摇头。

岑参原本也不知道水盆羊肉的吃法有那么多讲究，这都是老兵们告诉他的。这些老兵做事老练、圆滑，从不老老实实地执行岑参的命令，总是以各种刁钻诡异的方式完成任务。岑参曾晓之以理，动之以情，但收效甚微，一番说教过后，他们总是拉着岑参喝酒吃肉，并跟他讲水盆羊肉的吃法。

那些人说，道理他们都懂，但他们不像岑参，祖上是宰相，胸中有大志，日后前途无量。他们只求挣点功勋，活着回长安。

言犹在耳，可那些人现在都不在了，那一战夺去了很多人的生命。他们的名字岑参大多已经记不清了，但他记住了水盆羊肉的做法。

阴历八月已经开始下雪了，帐外的风刮得格外猛烈，岑参觉得湿冷难耐，似乎暴雨就下在了营帐里。

岑参记得，也是这样一个夜晚，大家都睡不着，在帐外围火而坐。有一位老兵指着远处说，看到那片胡杨林了吗？岑参说：黑漆漆一片，什么都看不见。老兵说：天亮以后会很美。

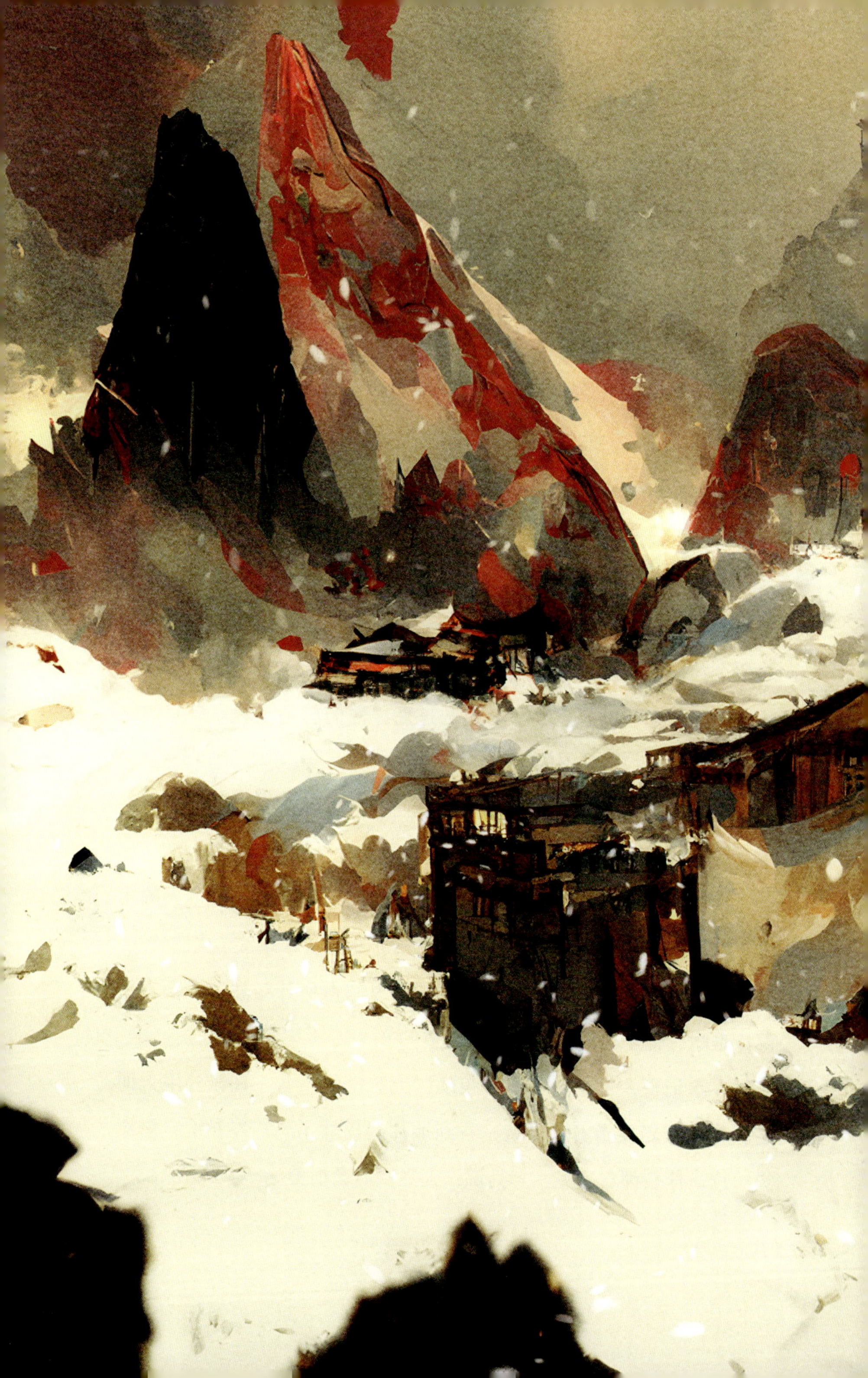

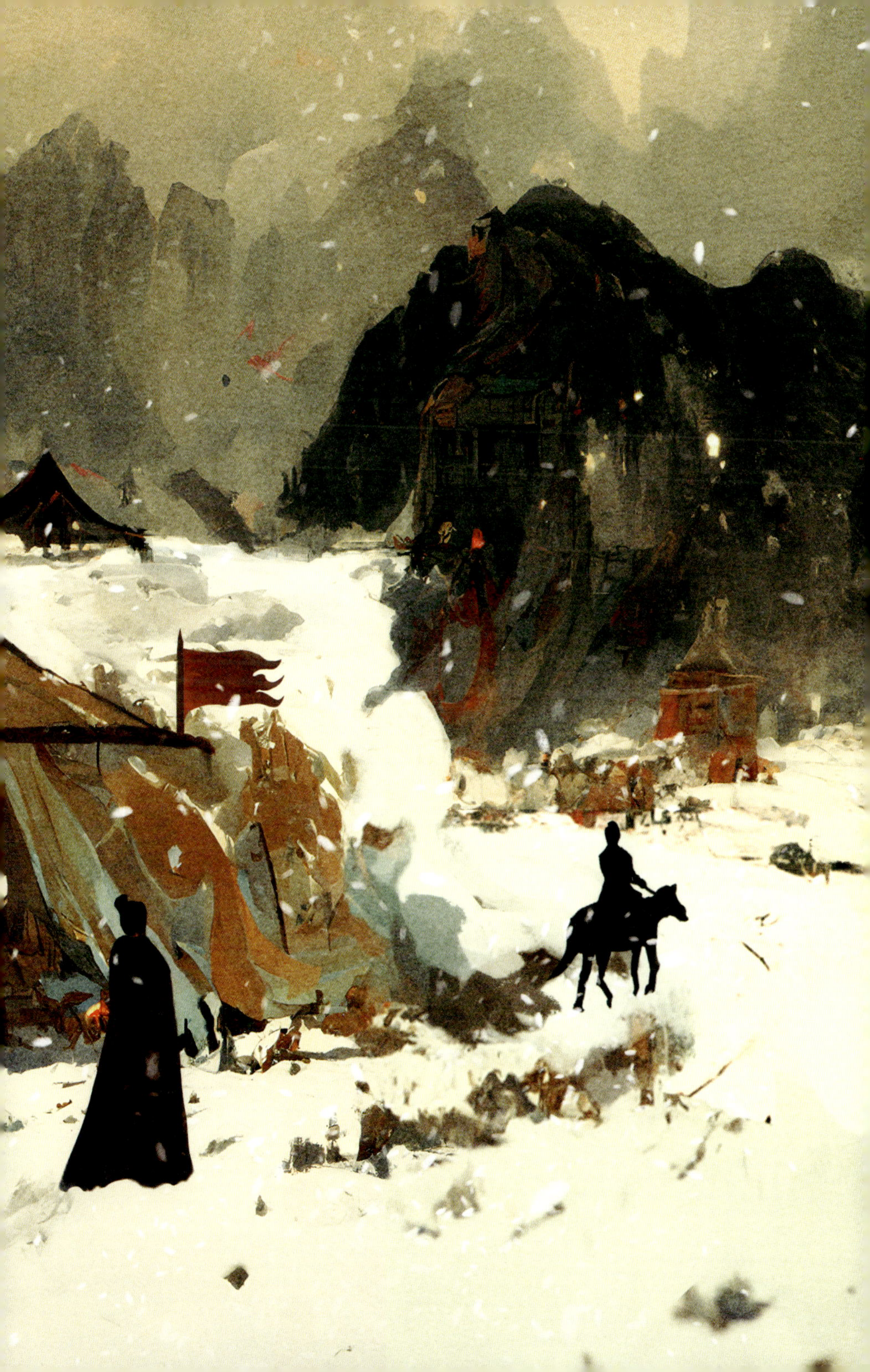

离思

元稹

曾经沧海难为水,
除却巫山不是云。
取次花丛懒回顾,
半缘修道半缘君。

唐 元稹《离思》

曾经沧海

在现代，爱情似乎是电影、电视剧与其他文艺作品的常见主题，而在古代诗词世界里则完全相反。或许是因为含蓄，或许是有更宏大的追求，文人们总是热衷于自己的交游，而忽略了身边人。

但有时候真感情是压抑不住的，所以一旦有人写出那些藏在心中的思念，往往会引起轰动，比如元稹的这首《离思》。

用现在的话来说，这是一首"出圈"的诗，就算你不知道诗名，不知道元稹，也一定对其中的两句诗耳熟能详。

我记得20世纪90年代流行香港武侠片，有一部叫《新天龙八部之天山童姥》，片中主演都是当时的顶流女星，比如林青霞、巩俐。电影改编自金庸先生的《天龙八部》。金庸先生的原著里没有交代天山童姥的姓名，但电影团队给天山童姥取名"巫行云"，给李秋水的妹妹取名"李沧海"。巫行云、李秋水、李沧海这三个名字里就有《离思》的影子。

> 曾经沧海难为水，除却巫山不是云。
> 取次花丛懒回顾，半缘修道半缘君。[31]

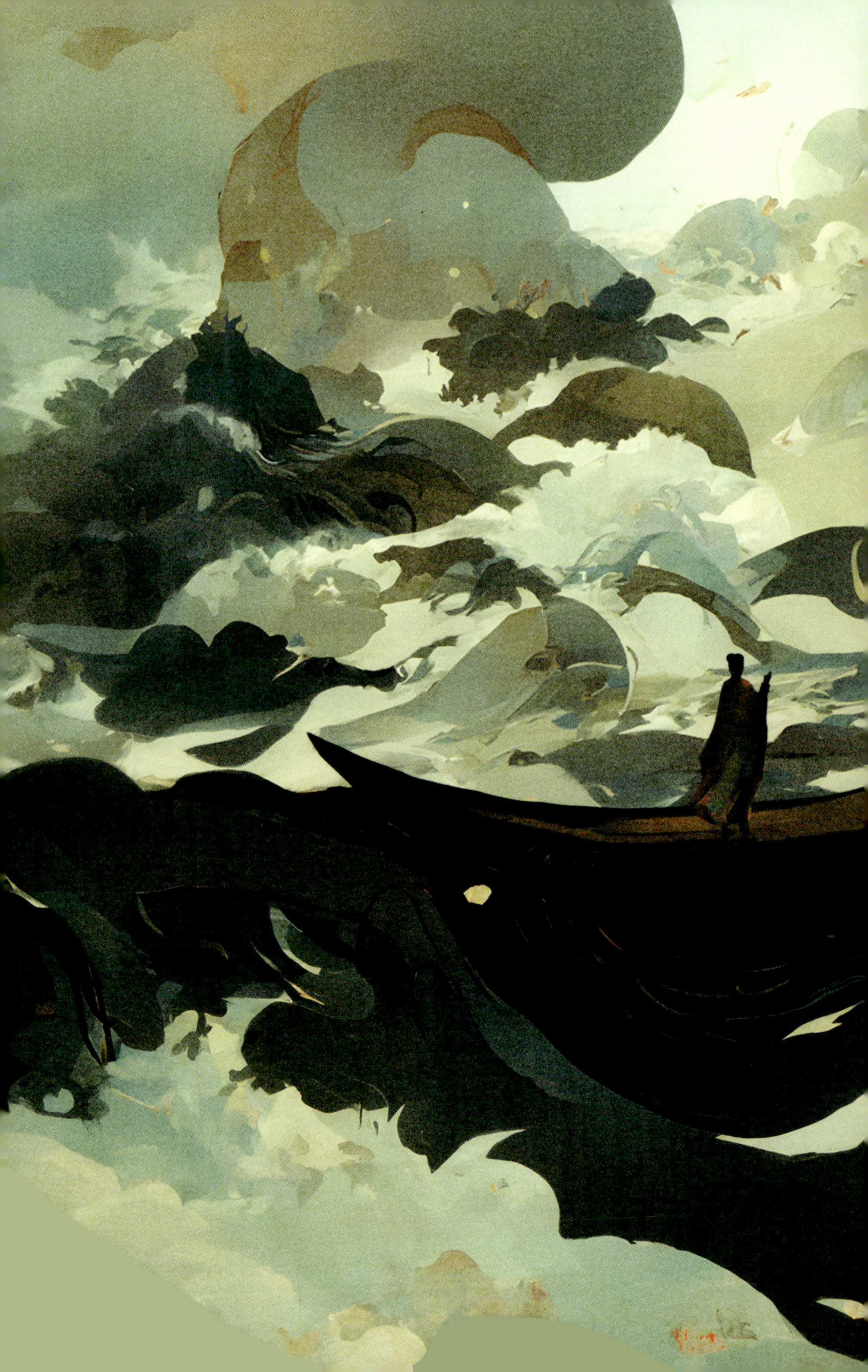

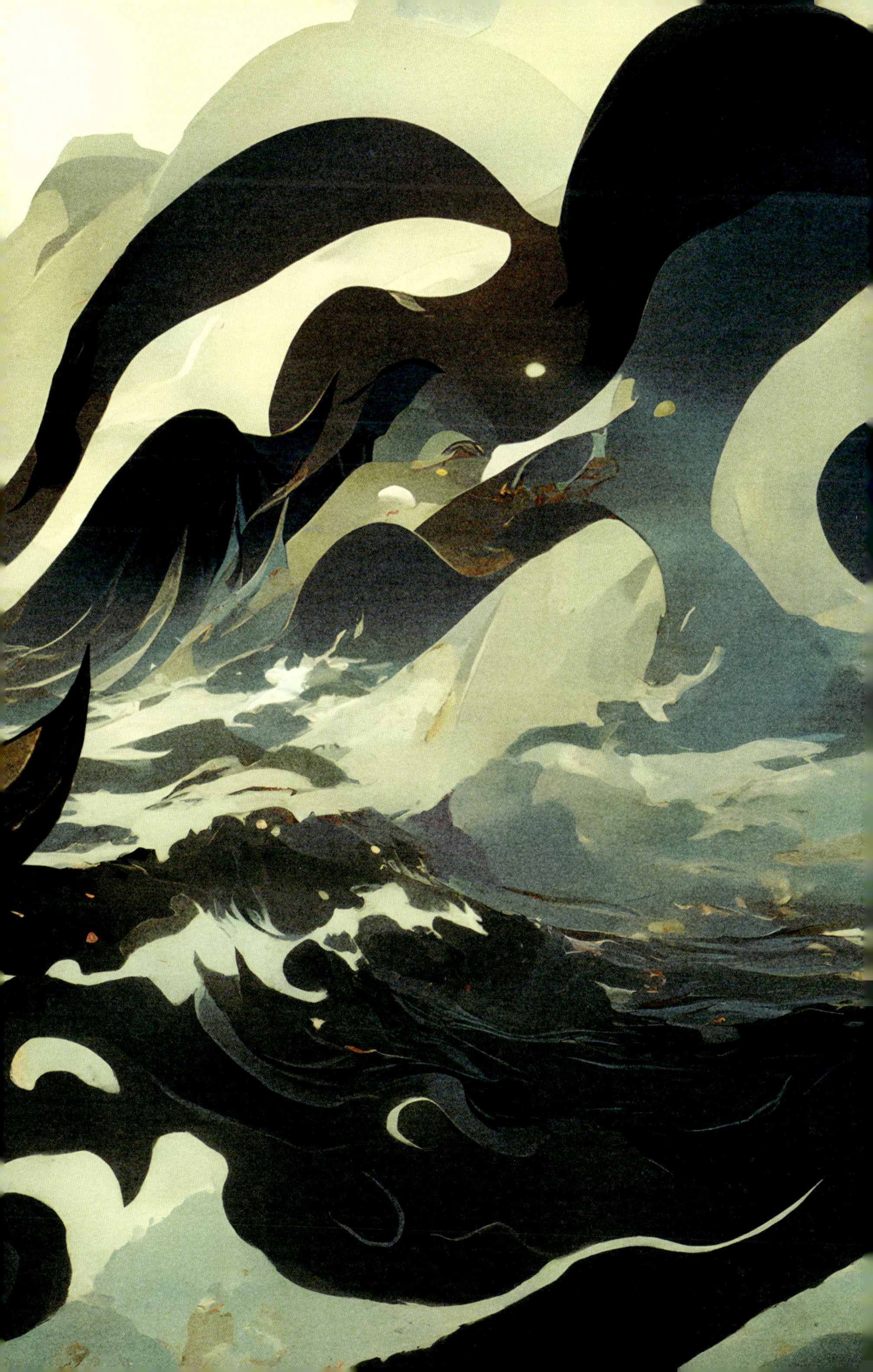

别长安

见过辽阔的海以后，别处的水不值一提；见过巫山的云之后，别地的云相形见绌。经过再美的花丛也懒得回头相望，一半是因为修道，一半是因为想你。有多少人能经得住这样的情话呢？

更让人动容的是，这是元稹写给发妻韦丛的悼亡诗。

痴情是许多人对元稹的第一印象，但假如你再深入挖掘一下，就会因为他的行为大跌眼镜，用现在的话说就是"人设崩塌"。

你可以看到许多斥责元稹的文章，说他流连于欢场，就连写这首诗的时候，还在跟蜀地名伎薛涛谈情说爱。他年轻的时候曾答应表妹崔双文，等考中进士就回来和她成亲，结果却当了名门韦家的上门女婿，在陈世美之前就当了一回"陈世美"。

元稹把这段往事写成了一段唐代传奇《莺莺传》，这部传奇后来演变成中国戏剧名作《西厢记》。

原本敬佩的人物设定突然崩塌所带来的冲击，可能比你本就讨厌一个人要强烈10倍。

可以说，元稹的悼亡诗写得有多好，他就有多"渣"。

即使在唐朝这样开放的时代，元稹的所作所为也令人不齿，以至后世都认为元稹的私德很差，并将其归入小人的行列。

但我一直有个疑问，一个人要假到什么程度，才能写出《离思》这样看似饱含真情的诗？这样一个虚伪的小人，为什么能和白居易、刘禹锡、柳宗元这样的人成为朋友呢？

除了五首《离思》，元稹还写过三首《遣悲怀》，其中有一句诗非常著名：

诚知此恨人人有，贫贱夫妻百事哀。[32]

这些对妻子的思念，难道都是表演出来的吗？

让我们重新走入历史的海洋，从中寻找答案。

元稹和薛涛

元稹和薛涛的故事最早见于唐人范摅的《云溪友议》。

在唐末五代到宋初，市面上流行起一批谈诗的作品，除了范摅的《云溪友议》，还有孟启的《本事诗》和五代后蜀何光远的《鉴诫录》。这些书以谈诗、品诗为主，中间夹杂着一些诗人逸事。

名人趣事，向来能吸引人们的眼球。以诗人逸事为主的《云溪友议》就这样火了。后世对此书的评价是，当小说看可以，但当历史看，是要闹笑话的。《四库全书》对它的评价是，"与史不符"，"失于考证"，"毁誉不免失当"，"侮谑古圣，尤小人无忌之谈，皆不足取"。[33]

余嘉锡《四库提要辨证》提到：

> 摅生于晚唐，以处士放浪山水，仰屋著书，不能常与中朝士大夫相接，故其所记如安禄山、严武、于頔、李绅之类，不免草野传闻，近于街谈巷议，提要驳之是也。[34]

《云溪友议》实中带虚，虚中带实，但这并不能说明其中讲述元穑的部分一定是假的。它是这样描述元稹和薛涛的：

> 安人元相国，应制科之选，历天禄畿尉，则闻西蜀乐籍有薛涛者，能篇咏，饶词辩，常悄悒于怀抱也。及为监察，求使剑门，以御史推鞫，难得见焉。及就除拾遗，府公严司空绶，知微之之欲，每遣薛氏往焉。临途诀别，不敢挈行。[35]

唐代王建写过一首《寄蜀中薛涛校书》：

> 万里桥边女校书，枇杷花里闭门居。[36]

薛涛是唐代有名的才女，此后，世人便称有才的伎女为女校书。才子佳人的故事总是博人眼球，书中说当地长官严绶知道元稹的喜好，每次找元稹来都让薛涛作陪。

但这件事疑点颇多。首先，文中提到元稹于元和四年（809年）出使东川，而薛涛在成都，属于西川。绝对距离不是太远，但根据古代的交通条件，两个人如果要常常见面的话，除非上一年班，休半年假。

实际上，元稹在东川颇有作为，为当地平反了许多冤假错案，所以白居易写诗给元稹：

> 其心如肺石，动必达穷民。
> 东川八十家，冤愤一言伸。[37]

其次，关于书中提到的严绶，《新唐书》《旧唐书》和《严绶墓志》都没有记载他曾到成都任职的经历。当时有位剑南东川节度使名叫严砺，假设书中是误把严砺写成了严绶，可严砺在元稹去东川之前已经病故，也无法设局让薛涛作陪。

最后，809 年，元稹 31 岁，薛涛大概 42 岁。薛涛确有文采，也与当时文人有唱和，但歌伎终究是吃青春饭的，很难想象此时的两人"常悄悒于怀抱也"。

因此我认为，元稹和薛涛或许偶有唱和，毕竟唐代蓄伎之风盛行，但很多文章中说的薛涛和元稹以夫妻之名同居，应该谈不上。

《西厢记》

关于元稹的另一个传闻就是他始乱终弃，抛弃初恋，另攀高枝。

这个故事我们得从《西厢记》说起。《西厢记》是说张生在普救寺偶遇崔莺莺，对她一见钟情。恰逢叛将孙飞虎包围普救寺要强抢崔莺莺，崔母许诺，谁能为崔莺莺解围，就将女儿许配给谁，最后张生成功借兵化解了困局。虽然遭到了崔母的百般刁难，但两人不屈不挠，张生努力考中了进士，崔莺莺坚持等待张生，加上婢女红娘的撮合，有情人终成眷属。

实际上，这是元代的王实甫改编的版本。在元稹的版本中，两人虽然有了肌肤之亲，但在张生赶考前夕，张生没有表态，崔莺莺也没有坚持。后来张生留在了京城，写信和崔莺莺分手，别人问起时，他用怕像周幽王一样招致祸端来解释自己分手的原因。戏曲如果这样演,台下的观众不掀桌子才怪,难怪王实甫要改成大团圆结局。

鲁迅先生在《中国小说史略》中说:

> 元稹以张生自寓,述其亲历之境。[38]

陈寅恪先生也认为,《莺莺传》里的张生就是元稹自己,故而提出"微之自叙说",坐实了元稹始乱终弃的罪名。时至今日,关于《莺莺传》是否为元稹个人经历,仍颇具争议。正反双方都能从各个角度证实各自的观点。

这个问题似乎陷入了僵局,但我有时候觉得,即便元稹就是张生,他应该也算不上渣男。这话从何说起呢?当代有多少人和自己的初恋走到了一起?有多少人一辈子只谈过一次恋爱呢?曾经的那些海誓山盟,是虚情假意吗?

有人可能会说,人们批评元稹不是因为他抛弃初恋,而是因为他为了名利,不择手段利用别人。如果元稹可以为了前程抛弃崔莺莺,那么韦丛也只是他的另一架梯子而已,所谓的深情不过是装装样子罢了。

关于这一点,我想我们有必要来了解一下元稹和韦丛的故事。

贫贱夫妻

802年,元稹任秘书省校书郎。太子少保韦夏卿看中了他,将最小的女儿韦丛许配给他。

古代婚嫁凭的是父母之命、媒妁之言,很少有自由恋爱,"门当户对"是最高效、风险最低的选择。

韦家看中的是元稹这个人。元稹是南北朝时期彭城王拓跋力真的后代,到了隋朝,拓跋氏的这个分支改姓元。虽是名门之后,但到了元稹这一代,家道中落。元稹8岁的时候,父亲元宽就去世了,他只能跟着母亲郑氏投奔舅舅。

在中进士的10年前,15岁的元稹先去考了明经。当时流行的说法是"三十老明经,五十少进士",元稹要去考明经,是因为早点考上,能早点做官,拿工资。可见当时他生活之艰难。

一个是名门的掌上明珠,一个是典型的落魄书生,这样的婚姻很难让人不怀疑元稹别有用心。以致后来他写的《遣悲怀》也引发了质疑:韦家是名门,怎么会让韦丛和元稹做贫贱夫妻?元稹是不是夸大了自己的贫穷来卖惨,博取同情?

802—806年,元稹一直担任秘书省校书郎,从九品上,年俸30石。806年,他升任右拾遗,从八品,年俸也就50石。

比元稹年纪稍小的杜牧官至司勋员外郎,是从六品上的官职,年俸在95石左右,可他因养不起家而要求外放,因为当时京官只能靠俸禄,而地方上还有其他收入。

婚后3年,元稹夫妻靠微薄的俸禄过日子。806年,元稹母亲过世,按例他要丁忧3年,而丁忧期间,除非开特例,一般官员是没有俸禄的。雪上加霜的是,韦夏卿也在这年去世了,如果之前还有韦家接济,那么从元和元年(806年)开始,元稹和韦丛就真的是贫贱夫妻了。

这段时期，元稹是靠白居易的资助生活的。白居易的生活并不宽裕，元和六年（811年），他丁忧的时候也揭不开锅，是靠元稹接济的。"元白"两人，不只是诗歌唱和的好友，更是共患难的好兄弟。

元稹经历了外放、贬谪，以及各种世态炎凉后，走上了权力巅峰。822年，他成了一人之下、万人之上的大唐宰相，权倾朝野。可这一切，韦丛都看不到了。

曾经沧海

元和四年（809年），因家中无钱看病，韦丛病故于长安，年仅27岁。

这是他们结婚的第八个年头。从嫁给元稹的第一天起，韦丛就告别了锦衣玉食，直到人生的终点，也没能重新过上她原本习以为常的生活。

然而，韦丛似乎从结婚的那一刻就切换了角色，她以惊人的速度适应着一切：狭小的宅邸，粗糙的饭菜，不再被人服侍而要伺候丈夫。

元稹一度以为，像韦丛这样的大小姐不好相处，可他慢慢发现，假如这世上真有仙女报恩的故事，那他上辈子大概拯救过天庭。

面对贫困的生活，韦丛没有抱怨过一句，她变卖了自己的金钗，给元稹买酒。穷到只能吃野菜的时候，她说野蔬味道也很甘美。那时元稹暗暗发誓，一定要出人头地，赚很多钱，让她过上好日子。

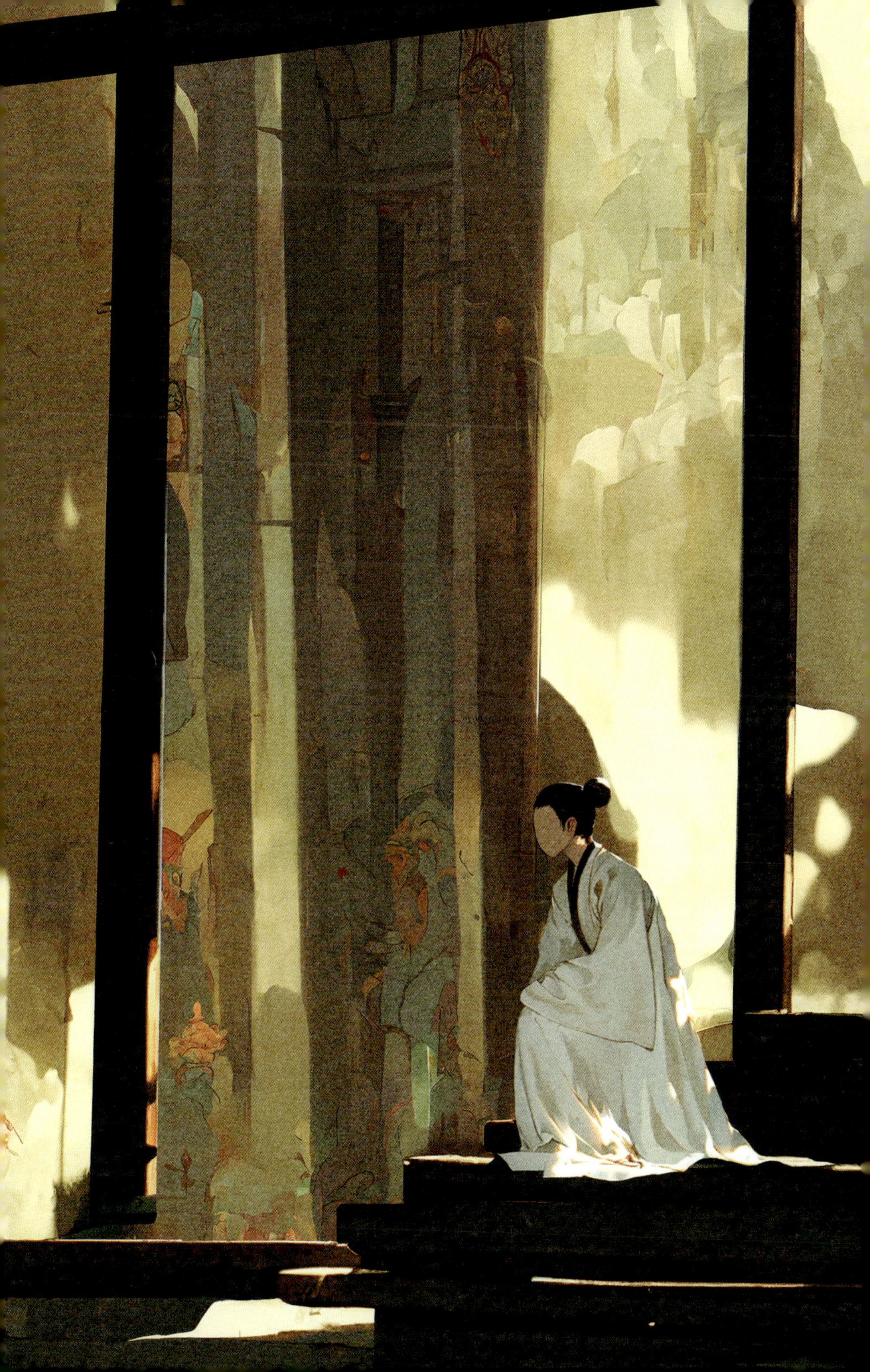

元和六年（811年）的寒食节，元稹在家里的灵堂祭奠亡妻。小女儿还不懂事，在灵堂里玩耍，把绣球花仗都弄乱了。元稹对着韦丛的牌位说，女儿很好，健健康康的，不用牵挂。

阳光从屋外斜照进来，爬上灵前的帷帐，元稹背靠着斜阳坐在台阶上，默默陪着妻子。朋友来找他喝酒，他们是怕他伤心，他又何尝不想借酒消愁。好不容易把自己灌醉，醒来后见朋友都在抹泪，问起缘由，原来是自己醉酒后一直在呼唤韦丛的名字。

我不知道故事讲到这里，你能否重新认识元稹和韦丛，重新认识他们的爱情。

还有一个关于元稹的质疑，说他后来拜相是靠巴结宦官和勾结藩镇，后世以此称元稹"变节"。在我看来，元稹确实"变节"了。真实的元稹早在809年就和韦丛一起"死"了。留下的元稹不过是一团执念，拼死也要完成当年的诺言。

官场上正在发生的事，不断让人失去希望。往日的大唐已经远去，这个世界充斥着虚假的幻象。当最好的朋友远走他乡时，元稹终于戴上了一副笑脸面具，没有人知道，面具底下有多少忧伤。

于是元稹成了自己曾经最讨厌的人，他开始平步青云，变得富有。只是，他偶尔会梦到自己正在漂洋过海，在海的那一边，有一个若隐若现的身影。他希望自己永远不要醒来。

琵琶行

唐 白居易

浔阳江头夜送客，枫叶荻花秋瑟瑟。
主人下马客在船，举酒欲饮无管弦。
醉不成欢惨将别，别时茫茫江浸月。
忽闻水上琵琶声，主人忘归客不发。
寻声暗问弹者谁，琵琶声停欲语迟。
移船相近邀相见，添酒回灯重开宴。
千呼万唤始出来，犹抱琵琶半遮面。
转轴拨弦三两声，未成曲调先有情。
弦弦掩抑声声思，似诉平生不得志。
低眉信手续续弹，说尽心中无限事。
轻拢慢捻抹复挑，初为霓裳后六幺。
大弦嘈嘈如急雨，小弦切切如私语。
嘈嘈切切错杂弹，大珠小珠落玉盘。
间关莺语花底滑，幽咽泉流冰下难。
冰泉冷涩弦凝绝，凝绝不通声暂歇。
别有幽愁暗恨生，此时无声胜有声。
银瓶乍破水浆迸，铁骑突出刀枪鸣。
曲终收拨当心画，四弦一声如裂帛。
东船西舫悄无言，唯见江心秋月白。
沉吟放拨插弦中，整顿衣裳起敛容。
自言本是京城女，家在虾蟆陵下住。
十三学得琵琶成，名属教坊第一部。

曲罢曾教善才伏，妆成每被秋娘妒。
五陵年少争缠头，一曲红绡不知数。
钿头银篦击节碎，血色罗裙翻酒污。
今年欢笑复明年，秋月春风等闲度。
弟走从军阿姨死，暮去朝来颜色故。
门前冷落鞍马稀，老大嫁作商人妇。
商人重利轻别离，前月浮梁买茶去。
去来江口守空船，绕船月明江水寒。
夜深忽梦少年事，梦啼妆泪红阑干。
我闻琵琶已叹息，又闻此语重唧唧。
同是天涯沦落人，相逢何必曾相识。
我从去年辞帝京，谪居卧病浔阳城。
浔阳地僻无音乐，终岁不闻丝竹声。
住近湓江地低湿，黄芦苦竹绕宅生。
其间旦暮闻何物，杜鹃啼血猿哀鸣。
春江花朝秋月夜，往往取酒还独倾。
岂无山歌与村笛，呕哑嘲哳难为听。
今夜闻君琵琶语，如听仙乐耳暂明。
莫辞更坐弹一曲，为君翻作琵琶行。
感我此言良久立，却坐促弦弦转急。
凄凄不似向前声，满座重闻皆掩泣。
座中泣下谁最多，江州司马青衫湿。

别长安

别时茫茫江浸月

日本平安时代（794—1192年）有一部诗歌集锦叫《和汉朗咏集》，书里收录诗文佳句588首及日本和歌216首，其中中国诗文佳句234首，而白居易独占139首[39]，其受欢迎程度可见一斑。

理由其实很简单，就是四个字，通俗易懂。

古人写诗喜欢用典，现在别说日本人了，就连我们也常因不知道典故和出处读不懂诗词。而白居易的诗就是在讲故事，尤其是长诗，比如《琵琶行》。

如果说王维的诗是"诗中有画，画中有诗"，那么白居易的诗就像一部电影。让我们跟着白居易的"镜头"，进入《琵琶行》的世界。

江州客

浔阳江头夜送客，枫叶荻花秋瑟瑟。
主人下马客在船，举酒欲饮无管弦。
醉不成欢惨将别，别时茫茫江浸月。[40]

江州（今江西九江），位于长江中下游南岸，也称"浔阳"，距离长安1 000多公里。

夜幕中的浔阳江边，有一个人正骑马靠近码头。

远道而来的朋友即将离开，这一晚，他们约定举杯共饮。

一场宴会的欢乐程度，往往取决于最不欢乐的那个人。不管白居易如何掩饰，他的情绪都决定了这场离别的氛围。

本应该潇洒碰杯的场面，却因为没有音乐而略显突兀，从窗口溜进来的风让人感到瑟瑟凉意，顺着风来的方向，能看到浮在水面的月光。

众人看着白居易的脸，上面分明写着一个"惨"字。

这样的月色让他想起一年前的那个夜晚。

元和十年（815年）阴历六月初二的晚上，长安城里的大多数人已经进入了梦乡，有一个人却睡不着，他就是宰相武元衡。

这是武元衡被召回长安的第二年，他明白，皇帝重用他的原因只有一个，那就是削藩。

而眼前，朝廷和藩镇之间仿佛有一把弓，越拉越紧，谁都不知道，下一秒是箭先射出去，还是弦先被崩断。

这一晚，睡不着的武元衡写了一首名为《夏夜作》的诗。

> 夜久喧暂息，池台惟月明。
> 无因驻清景，日出事还生。[41]

第二天，在靖安坊东门，武元衡在上朝途中遇刺身亡。

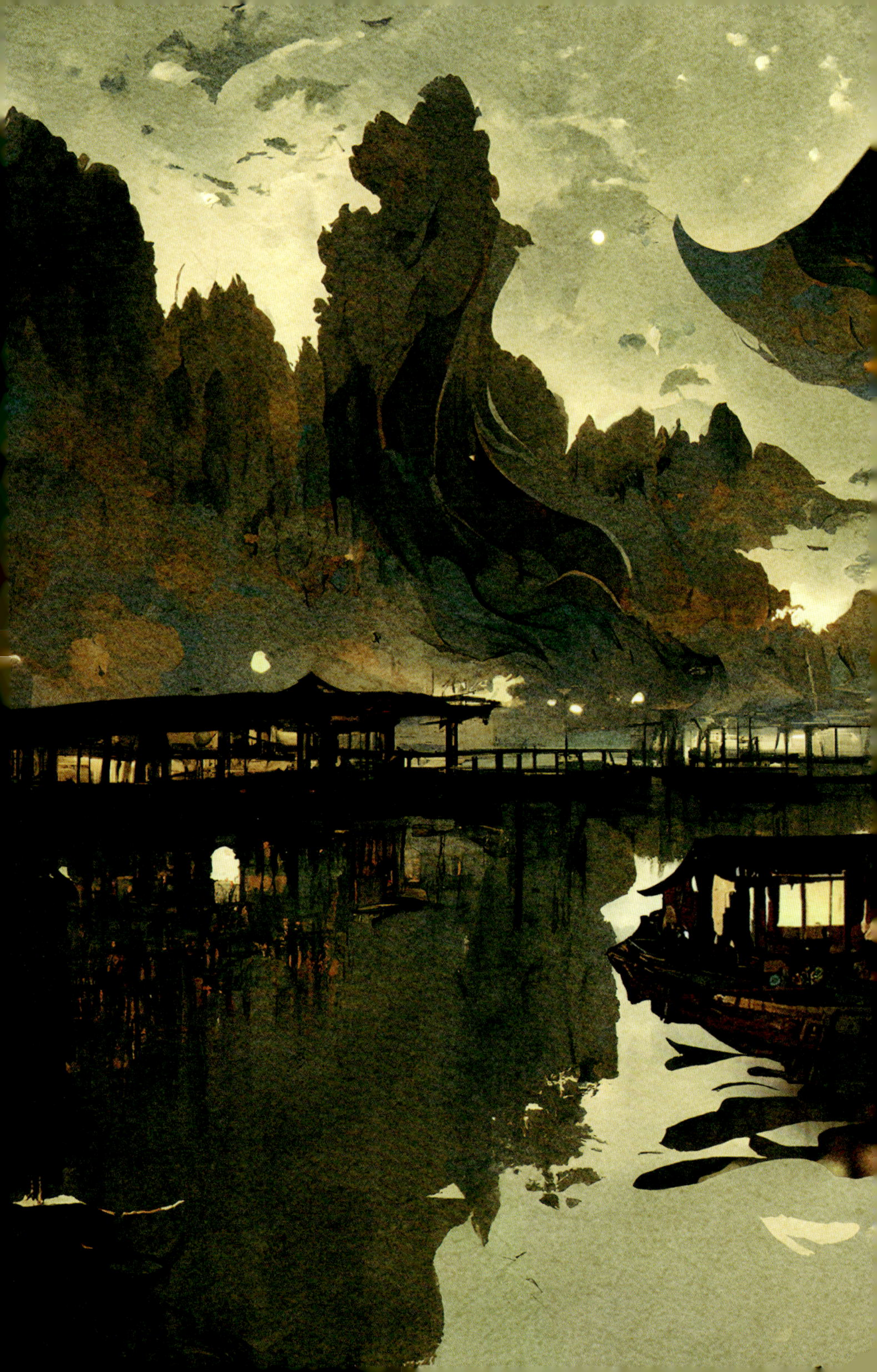

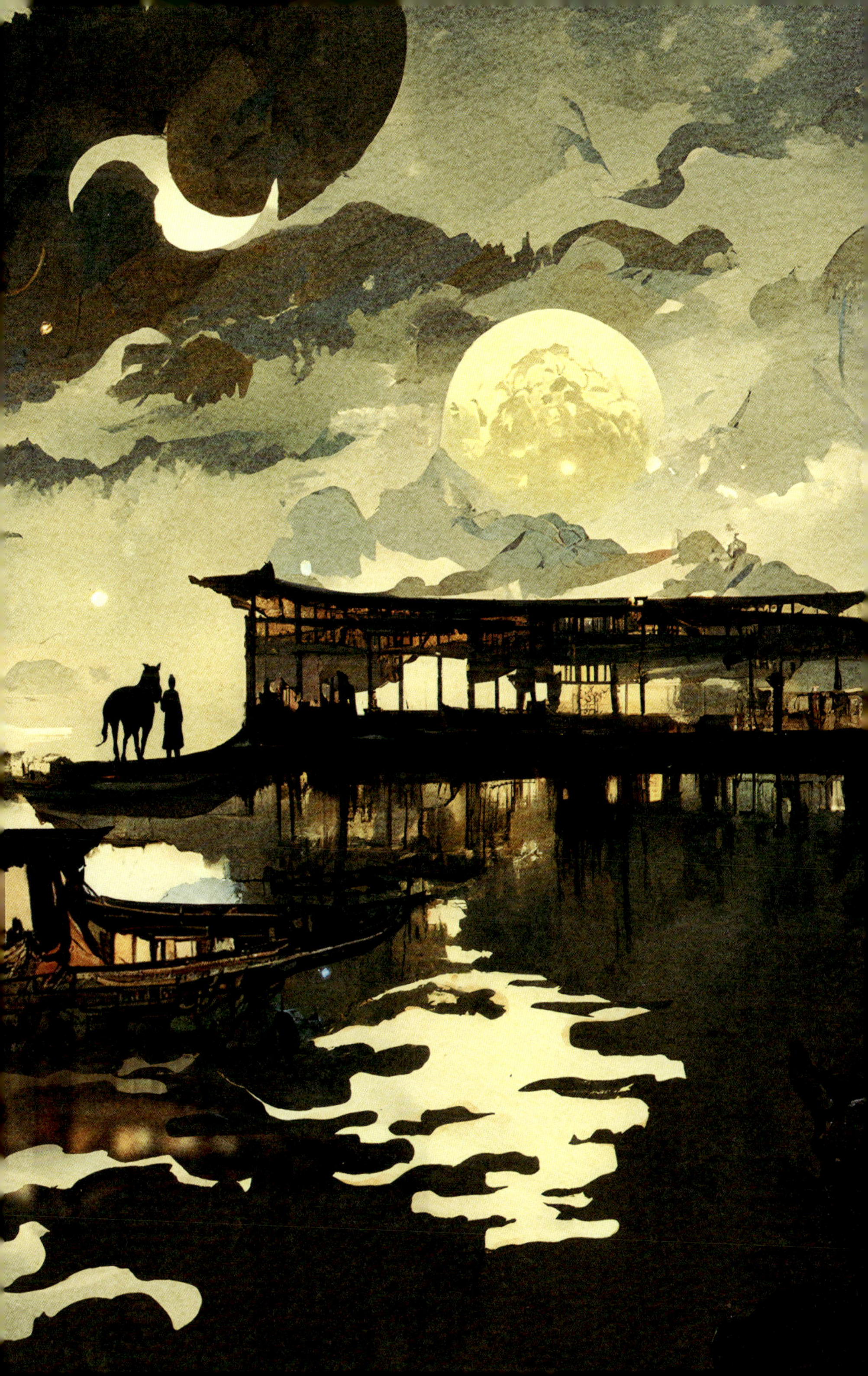

时代的更迭，往往离不开鲜血的献祭。

在天子脚下，当朝宰相在上朝途中被刺杀，这种事情简直闻所未闻，却真的发生了。

消息传到朝廷，满朝哗然，龙颜震怒，唐宪宗责令严办，抓了不少人，但始终没抓到元凶。

所谓元凶并不是指刺客，而是刺客背后的节度使们，至于要不要继续追查下去，所有大臣都陷入了沉默。

这些久经官场的老臣明白，这是藩镇在和皇帝较劲。一来，谁都不想成为下一个武元衡；二来，整个朝廷里，私底下收过藩镇好处的人不在少数。

此时，有一个人却毅然上奏，要求追查到底，严惩凶手。这个人就是时任赞善大夫白居易，他的命运由此改变。

这份奏疏导致他因越级奏事被贬为江州司马，从此远离长安城。

这是白居易事业上第一次遭遇重大挫折。

虽然无法在朝廷里做一番事业，但到了地方，也许会有新的机会吧，白居易在赴任的路上这样想。

在即将到达江州时，白居易写下了《望江州》。

> 江回望见双华表，知是浔阳西郭门。
> 犹去孤舟三四里，水烟沙雨欲黄昏。[42]

看着眼前的江州，白居易心中充满了未知。天灰蒙蒙的，夹杂着淅淅沥沥的雨，水面上泛起一阵雾气，沙滩被细雨浸润，明明是白天，看起来却像是黄昏。

在这个谁都不愿意出门的阴雨天，白居易来到了江州。

整个江州，只有一个人是多余的，那就是江州司马。

琵琶女

前文说过，白居易的诗就像一部电影，下面，就请跟着白居易的镜头，继续看看《琵琶行》的故事。

> 忽闻水上琵琶声，主人忘归客不发。
> 寻声暗问弹者谁，琵琶声停欲语迟。
> 移船相近邀相见，添酒回灯重开宴。

打破尴尬局面的是一阵琵琶声。江州不像长安，作为宴会标配的琵琶并不常见。

于是白居易和众人都起身寻找声音的来源，有人问是谁在弹琵琶。

就像翩翩起舞的仙女突然被人发现而躲开一样，听到有人询问，琵琶声戛然而止。可是，众人的好奇心已经被激发出来了。

白居易等人让船夫把船摇近，邀请弹奏者一起来参加宴会。

弹琵琶的是一位女子，可是，她为什么会在夜晚来江边弹琵琶呢？为什么在江州这个地方会有人弹琵琶呢？

对这个女子来说，则有更多的顾虑。

在这样的夜晚，孤身参加一场男人的聚会，即使是在开放的唐朝，传出去也难免会有风言风语。

她的第一反应当然是拒绝，但这些人亮明了身份，即使遭到了拒绝，仍然热切地邀请她，就像众星拱月一般，等待一位大明星的出场。这样的场面，似曾相识。

于是，这位女子终于抱起她的琵琶走出船舱。她小心翼翼，有意无意地用琵琶遮住半边面容，似乎想要躲避众人的目光。

但这个瞬间深深地烙在了白居易的心中，这种若隐若现的美丽，似乎给女子蒙上了一层细纱，梦幻而朦胧。

这些场景汇聚成了一句话：

千呼万唤始出来，犹抱琵琶半遮面。

女子当然明白，众人期待她演奏琵琶，可是她并没有马上开始弹奏，而是先开始"热身"。

转轴拨弦三两声，未成曲调先有情。
弦弦掩抑声声思，似诉平生不得志。
低眉信手续续弹，说尽心中无限事。

这位女子弹拨了几声，明明只是简单的调子，却饱含情感。

当然，这是因为有一批内行观众在。一出戏也好，一场音乐会也好，假如让不懂行的人来看、来听，不懂就算了，他们还可能因为看不懂、听不懂而觉得很无趣。

对表演者来说，这是最大的悲哀。

这些人陶醉和欣赏的眼神，让女子感受到了某种久违的氛围，于是她开始展示自己真正的才艺。

如今大多数人在描述一场音乐会的时候，多半只能用"好听""感动""值回票价"来形容，如果你追问到底怎么好听，得到的回答一般是"无法用语言来形容"。

用文字描述声音或音乐，本就是一件难事。

首先，你必须懂音乐。所谓懂，不仅仅要能分辨好听还是难听，更要明白艺人是如何将所弹奏的曲子完美地呈现出来的。

其次，你必须有高超的表达能力，用普通人能听明白的方式，说明这场表演到底好在哪里。

恰好，这两点对白居易来说都不是问题。

> 轻拢慢捻抹复挑，初为霓裳后六幺。
> 大弦嘈嘈如急雨，小弦切切如私语。
> 嘈嘈切切错杂弹，大珠小珠落玉盘。
> 间关莺语花底滑，幽咽泉流冰下难。

女子用一连串动作的华丽开场，即使和长安城里的歌伎相比，也毫不逊色。

她弹奏的曲子，让在座的人想到了长安。

白居易在《长恨歌》里曾写过这样的句子：

渔阳鼙鼓动地来，惊破霓裳羽衣曲。[43]

　　《霓裳羽衣曲》是唐玄宗亲自作的曲，它一度代表了大唐的繁华。

　　而《六幺》又叫《绿腰》，原是西域胡乐，其特点就是节奏非常丰富，有"花十八"（前后十八拍）之称。

　　这两首曲子都曾是宫廷才有的曲子，后流传于民间。今天他们听到的丝毫不亚于长安的水平，甚至可以说，这就是宫廷级别的演奏。

　　琵琶声仿佛大小不一的珠子掉落到盘里，时而急促，时而轻柔，交织而出，把众人的思绪带到了那个盛世中的大唐。

　　可是，正当人们在想象中遨游之时，曲调又似乎流进冰面的缝隙中，温度骤降，似乎要把琴弦也冻结起来，四周犹如暴风雨前般宁静。

　　　　冰泉冷涩弦凝绝，凝绝不通声暂歇。
　　　　别有幽愁暗恨生，此时无声胜有声。

　　众人似乎置身于那场动乱发生的前夜，一切都和往日没有什么区别，宫廷宴会照常举行，《霓裳羽衣曲》和《六幺》依序演奏，场面盛大而热烈。

　　人们只能做命运的旁观者，看着历史发生无法改变，宴会的场面越来越热闹，周围的声音却越来越低沉，曲调也越来越缓慢，直至有什么隔绝了所有的声音。

> 银瓶乍破水浆迸,铁骑突出刀枪鸣。
> 曲终收拨当心画,四弦一声如裂帛。
> 东船西舫悄无言,唯见江心秋月白。

平静突然被打破,琵琶紧接着奏出一阵刀光剑影,飞沙走石,宛如战场上的千军万马,喊杀不断。

终于,随着一声划破天际的高音,一切归于平静。

在场的人如梦初醒,看见江上的月亮倒影,才发现这原来只是一个梦。众人心有余悸,谁都说不出话来。

> 沉吟放拨插弦中,整顿衣裳起敛容。
> 自言本是京城女,家在虾蟆陵下住。
> 十三学得琵琶成,名属教坊第一部。
> 曲罢曾教善才伏,妆成每被秋娘妒。
> 五陵年少争缠头,一曲红绡不知数。
> 钿头银篦击节碎,血色罗裙翻酒污。

当众人不知所措之时,女子已经熟练地收起了她的琵琶,安静地等待。

这高超的技艺、婉转的曲调、优雅的姿态,与江州格格不入。在众人疑惑和期待的目光中,女子开始讲述她的故事。

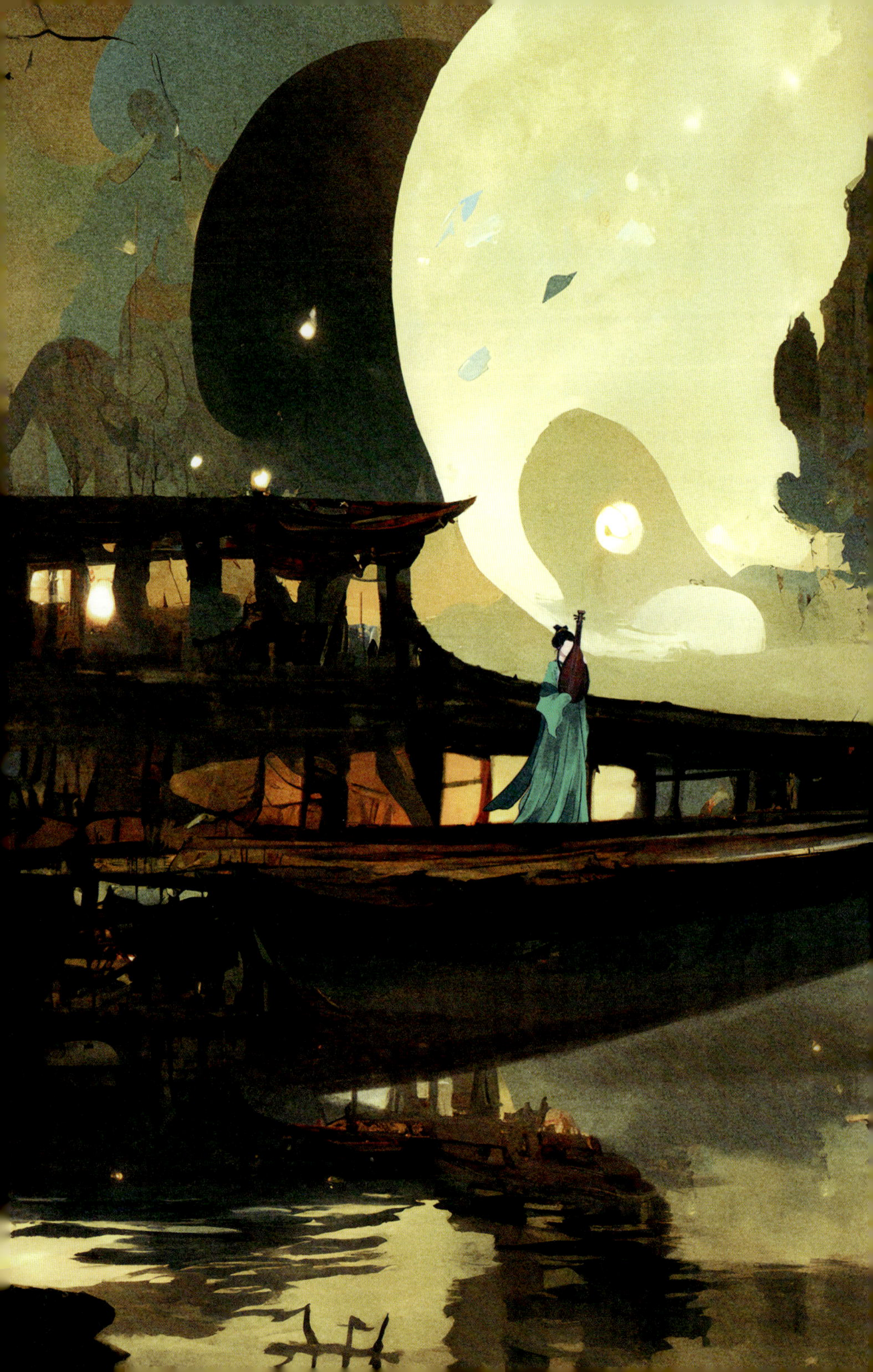

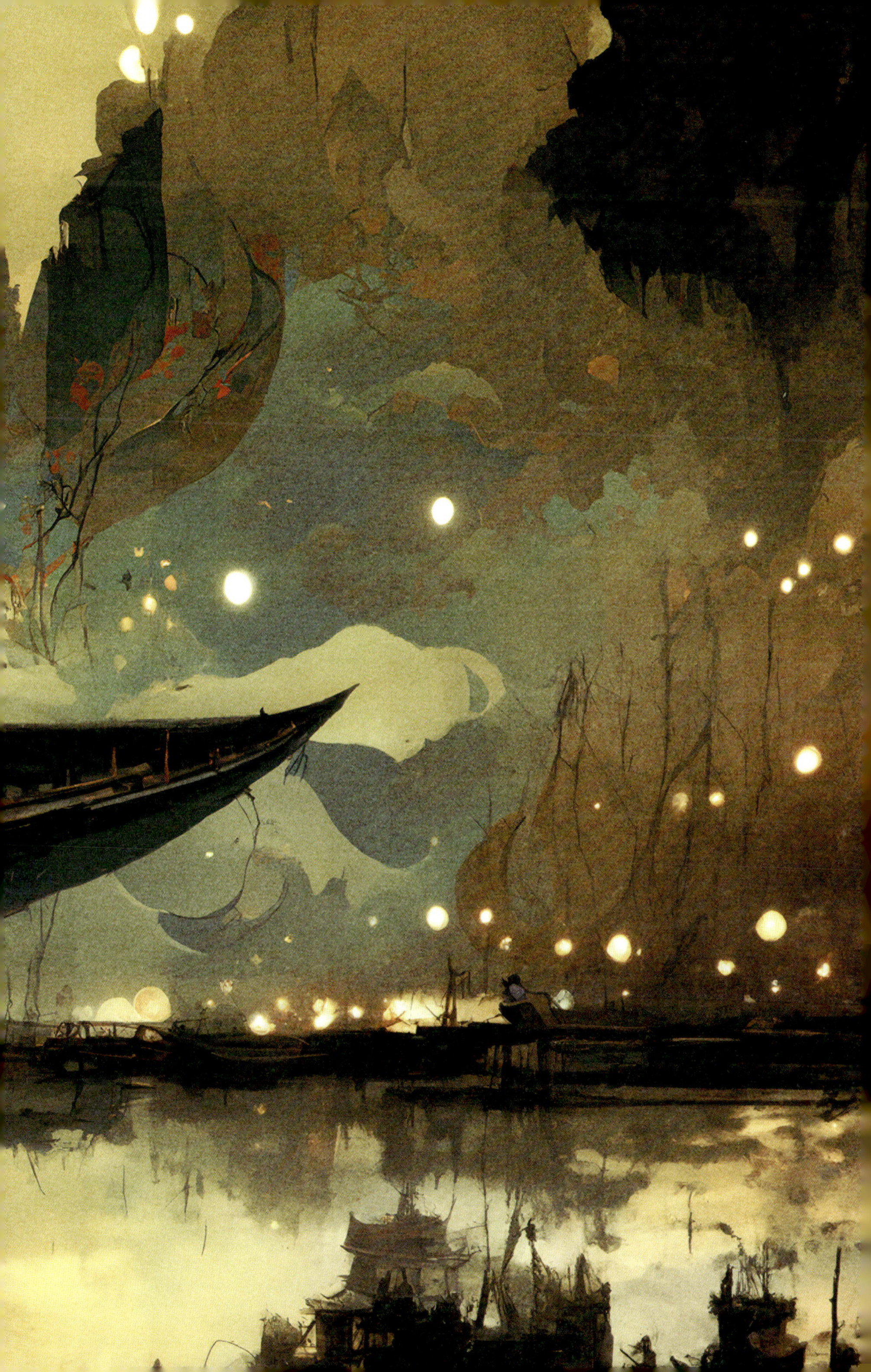

正如白居易所猜测的，女子本是长安人士，她家在虾蟆陵，13岁就已经位列教坊第一部。

说到教坊，白居易的思绪又飘向了遥远的长安。

开元二年（714年），玄宗亲自设立教坊，分为左、右教坊和宜春院三部分。

教坊是皇家音乐机构，当时玄宗甚至亲自在教坊传授音乐，被选拔进教坊是每个乐人的梦想。

玄宗时，著名乐师董庭兰曾羡慕同为乐师的李龟年因进入教坊而名扬天下。

从某种意义上讲，歌舞就是皇帝的排场，彰显着盛世的风光。

可是，那场动乱打破了和谐的曲调，掀翻了热闹的酒席。

自那之后，教坊被认为误国误民，日渐衰落。

原来的教坊中人流落民间，皇帝享有的排场成了民间的稀罕物。

歌伎们汇聚的地方，就是虾蟆陵。

虾蟆陵位于长安常乐坊内，以盛产美酒著称，有酒自然有酒楼，有酒楼就有歌伎和娼女，所以那里又被称作"胭脂坡"。

贞元年间（785—805年），僧人皎然在《长安少年行》中写道：

> 翠楼春酒虾蟆陵，长安少年皆共矜。
> 纷纷半醉绿槐道，蹀躞花骢骄不胜。[44]

这首诗讲的就是长安贵公子在虾蟆陵花天酒地、寻欢作乐的场景。

到了白居易的时代，宪宗为准备和藩镇开战，宣布禁乐，以表示自己励精图治的决心，直到元和五年（810年）才告结束。

对于禁乐的决定，白居易是满怀赞赏的，可回头想想，当时的歌伎们却因此流落虾蟆陵。

一个正确的决定，能否对所有人产生好的影响呢？白居易陷入了沉思。

女子说起她在青楼里的往事，长安的贵公子们争抢着一睹她的容颜，她从容地出场，一曲终了，赏赐像下雨般落到舞台上，人群陷入躁动，酒杯都被碰翻，葡萄酒在空中飞舞。

女子在一片喧闹中转身离去，人们只看到一个若隐若现的背影走到舞台边缘，停住脚步，回头一瞥，便翩然离开。那没有被琵琶挡住的另一面侧脸，迷离又梦幻，它留在人们的脑海中，久久无法消散。

说起这些时，女子的眼中满是光芒，可这些光芒转瞬即逝。

> 今年欢笑复明年，秋月春风等闲度。
> 弟走从军阿姨死，暮去朝来颜色故。
> 门前冷落鞍马稀，老大嫁作商人妇。
> 商人重利轻别离，前月浮梁买茶去。
> 去来江口守空船，绕船月明江水寒。
> 夜深忽梦少年事，梦啼妆泪红阑干。

再美的容颜也有老去的一天，女子的依靠在一点点变少，好姐

别长安

妹去军营做了歌伎，经营教坊的养母去世了。过去的常客有了新欢，那些海誓山盟早已烟消云散。

如今她已是一位茶商的妻子，茶商每年都要去浮梁进货，她则在等待丈夫的归来。只是她也不知为什么，今夜忽然想起了这些往事。

野草

听完女子的故事，白居易不禁想到了曾经的自己。

贞元三年（787年），16岁的白居易离开家乡，到长安参加科举考试。

初到长安，白居易去找当时的著作郎兼大诗人顾况行卷[①]，希望能得到赏识。

顾况听到白居易的名字，不无调侃地说，长安米贵，想要在这里居住并不容易。

可是，他在读了白居易的一首诗后，态度立马大变。

这首诗就是《赋得古原草送别》。

> 离离原上草，一岁一枯荣。
> 野火烧不尽，春风吹又生。
> 远芳侵古道，晴翠接荒城。
> 又送王孙去，萋萋满别情。[45]

[①] 应试举人为增加及第的可能，争取好名次，将自己平日的诗文加以编辑，写成卷轴，在科举考试前送呈有地位的人，以求推荐，这就是"行卷"。——编者注

这棵野草不负众望，贞元十四年（798年），白居易进士及第。新科进士都要到曲江边雁塔题名，年轻的白居易意气风发，写下了：

> 慈恩塔下题名处，十七人中最少年。[46]

元和元年（806年），白居易出任盩厔（今陕西周至）县尉、集贤校理。年轻的诗人从此踏入了仕途，在被贬江州之前，顺风顺水。

命运这艘船有时说掉头就掉头，从不给人准备的时间。

女子的经历何尝不是白居易自己的写照，而被命运抛弃的人，又何止他们两个？

> 我闻琵琶已叹息，又闻此语重唧唧。
> 同是天涯沦落人，相逢何必曾相识。

浔阳地处偏僻，白居易不适应这里的气候，更不适应挥散不去的孤独。

春去秋来，朝来暮往，日出日落，再美的景色，也无人分享。想喝点酒，得自己去取，取来了也只能独饮，喝下去的全是寂寞，夹杂着苦涩，难以消化。

> 我从去年辞帝京，谪居卧病浔阳城。
> 浔阳地僻无音乐，终岁不闻丝竹声。
> 住近湓江地低湿，黄芦苦竹绕宅生。

别长安

> 其间旦暮闻何物,杜鹃啼血猿哀鸣。
> 春江花朝秋月夜,往往取酒还独倾。
> 岂无山歌与村笛,呕哑嘲哳难为听。

终于,在这样一个夜晚,白居易听到了长安的乐曲,回想起了往日时光。

可是,美好的时光总是短暂的。白居易请求女子再弹一曲,也许是有感于白居易的坦诚,也许是感慨重拾知音,女子坐了下来,又弹了一曲。

> 今夜闻君琵琶语,如听仙乐耳暂明。
> 莫辞更坐弹一曲,为君翻作琵琶行。
> 感我此言良久立,却坐促弦弦转急。

一曲终了,满座的人眼里都泛着泪光。白居易哭成了一个泪人,他哭得非常忘情,以至衣服都被泪水打湿了。

没人知道为什么,也没人去问为什么。

> 凄凄不似向前声,满座重闻皆掩泣。
> 座中泣下谁最多,江州司马青衫湿。

英雄

后来许多人解读，白居易从琵琶女的故事里看到了自己，因为被贬而受到触动，于是写下了《琵琶行》。

可我总觉得缺少了点什么，直到我读到吴军老师的一句话：

> 人成长的过程，其实就是逐渐杀死心目中的孙悟空的过程。

人在年少的时候，往往都憧憬成为像孙悟空一样的英雄，法力高强，充满正义，无所畏惧。

可是，随着我们日益长大，我们遇到的挫折越来越多，要做的事情难度也越来越高。

有一天，你终于意识到，自己其实并不是无所不能的孙悟空，而只是芸芸众生中的一员，那个时刻就叫作：认命。

琵琶女的最后一曲把白居易带入了另一个时空，在那里，他看到了许多个自己。

其中有那个初到长安赶考的白居易，他无所畏惧，充满自信，即使面对失败，也像野草一样，野火烧不尽，春风吹又生。

还有那个在朝堂上仗义执言的白居易，即使面对阻挠，依然秉持儒家官员的信念。

他从琵琶女的身上看到了自己的过去和现在，如果不做出改变，那么未来只会更加惨淡。

许多事情，他都无法改变，一己之力无法抗衡整个时代。在那一刻，白居易终于"杀死"了自己心目中的英雄。

整个空间开始崩塌，仿佛有一位白衣男子站在他面前，那是另一个他。

白衣男子说，他要走了。

白居易点了点头。

白衣男子转身离开，突然又停下脚步，回头对白居易说了句"一直以来，辛苦了"，然后就大踏步地离开了。

窗外下起了雨，雨丝洒在水中倒映的月痕上又漾开去，就像是一个人的脚印，一直走向天边，不知去往何处。

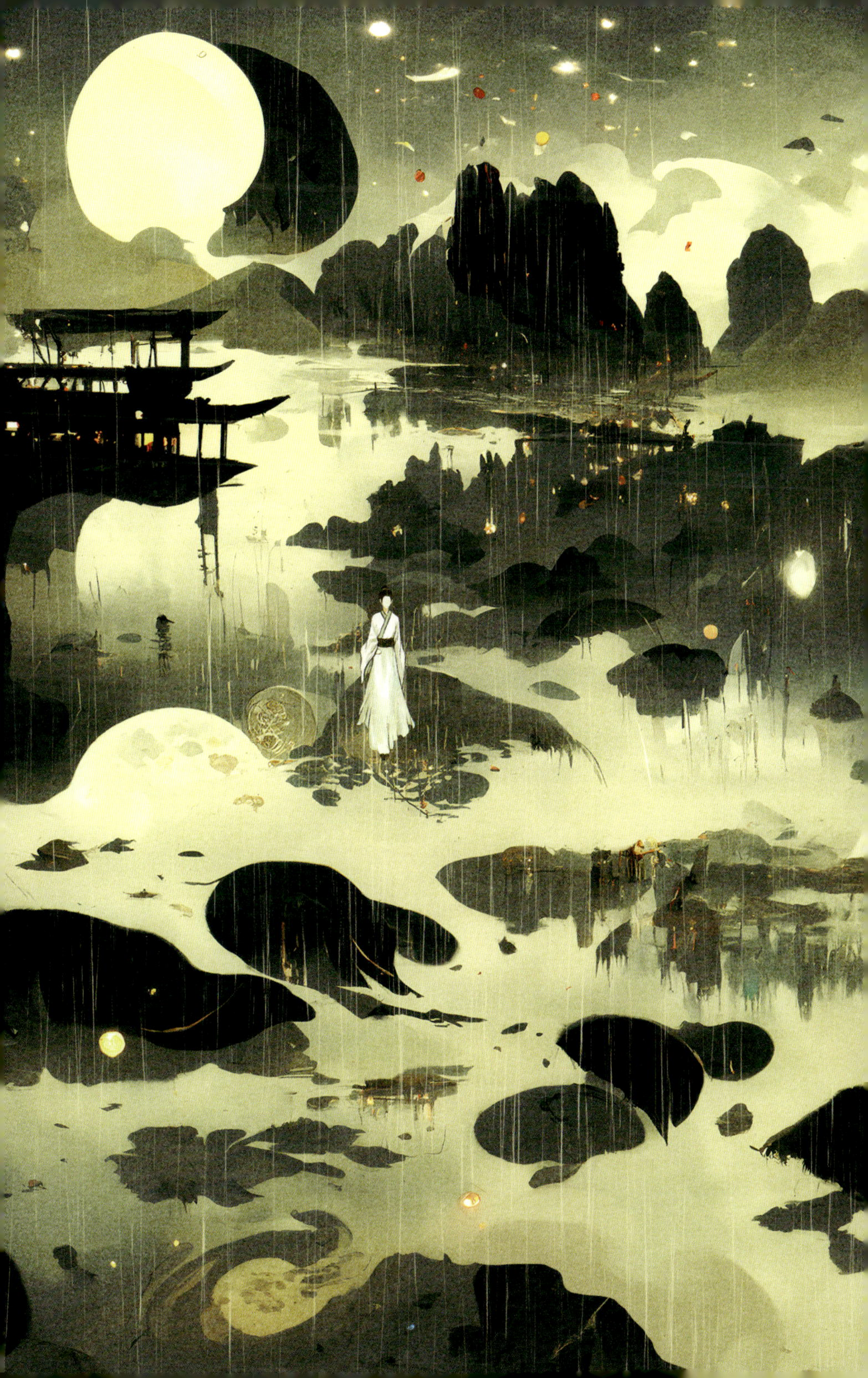

张好好诗

唐 杜牧

君为豫章姝，十三才有余。
翠茁凤生尾，丹叶莲含跗。
高阁倚天半，章江联碧虚。
此地试君唱，特使华筵铺。
主公顾四座，始讶来踟蹰。
吴娃起引赞，低徊映长裾。
双鬟可高下，才过青罗襦。
盼盼乍垂袖，一声离凤呼。
繁弦迸关纽，塞管裂圆芦。
众音不能逐，袅袅穿云衢。
主公再三叹，谓言天下殊。
赠之天马锦，副以水犀梳。
龙沙看秋浪，明月游东湖。
自此每相见，三日已为疏。
玉质随月满，艳态逐春舒。
绛唇渐轻巧，云步转虚徐。
旌旆忽东下，笙歌随舳舻。

霜凋谢楼树，沙暖句溪蒲。
身外任尘土，樽前极欢娱。
飘然集仙客，讽赋欺相如。
聘之碧瑶佩，载以紫云车。
洞闭水声远，月高蟾影孤。
尔来未几岁，散尽高阳徒。
洛城重相见，婥婥为当垆。
怪我苦何事，少年垂白须？
朋游今在否，落拓更能无？
门馆恸哭后，水云秋景初。
斜日挂衰柳，凉风生座隅。
洒尽满衿泪，短歌聊一书。

最后一次相逢

艺术史上有两大永恒的主题：爱情与死亡。在西方文学作品中，这两大题材经久不衰。与外国人相比，中国人表达爱情的方式要含蓄得多，这导致以爱情为主题的古诗数量不多。

在流传下来的爱情诗中，苏轼和王弗的深情感动了很多人。

> 十年生死两茫茫，不思量，自难忘。

李商隐的《锦瑟》，让无数人哭湿了枕头。

> 此情可待成追忆，只是当时已惘然。[47]

元稹的《离思》也感人至深。

> 曾经沧海难为水，除却巫山不是云。

爱情不因死亡而休止，这份浪漫催人泪下。可问题是，这些都是为悼亡所作的诗歌。我们总是把最浓烈的感情留给回忆和来世，这固然令人刻骨铭心，可未免来得太晚。

相比之下，岁月静好、你侬我侬时所说的话，往往不够深刻，难以传世。

有没有描绘现世感情的传世作品呢？

当然有，比如杜牧的《张好好诗》。

故宫至宝

这首诗的名字听起来可能有点陌生，它没有被收录到我们的教科书里，但在收藏界和书法界的名气很大。

天下有三大行书，分别是东晋王羲之的《兰亭序》、唐代颜真卿的《祭侄文稿》和宋代苏东坡的《寒食帖》。其中，《兰亭序》真迹已经散佚，而一些历史原因使得《祭侄文稿》和《寒食帖》的真迹都收藏于台北故宫博物院。

北京故宫博物院也藏有一幅行书真迹，纵28.2厘米，横162厘米，46行，总322字，以行书写就，气格雄健，是镇院之宝之一。

这幅书法作品就是《张好好诗》，出自大诗人杜牧之手。要不是收藏家张伯驹先生花重金购回，这幅作品恐怕已经流落海外了。

杜牧写出了许多脍炙人口的诗篇，一首《泊秦淮》风靡金陵城，一曲《赠别》让十里扬州名满天下，那《张好好诗》写的是什么呢？

张好好是一位歌伎，这是她的艺名。说起来，《张好好诗》和白居易的《琵琶行》写的都是歌伎，只不过白居易是借着歌伎的遭遇追忆自己的过往，杜牧则是单纯在写歌伎。《张好好诗》里既没有家国天下，也没有人生感悟，按理说，这样的诗，格调和意境都不会太高。

这幅书法作品上盖满了历代王侯将相的印章，其中包括宋徽宗、乾隆和溥仪的，难道后人争相收藏仅仅因为它是杜牧的真迹？

当然不是。中国古代的诗、书和画都讲求言外之意。比如：《兰亭序》讲的是王羲之和友人的一次游玩，却写出了有限的人生和无限的宇宙；《祭侄文稿》是颜真卿给侄子写的祭文，却写出了颜家不屈的忠义；《寒食帖》写的是苏轼被贬黄州的境遇，却写出了他遭遇挫折后的达观。

宋代的《宣和书谱》这样形容《张好好诗》的真迹：

> 气格雄健，与其文章相表里。[48]

清人叶奕苞在《金石录补》中说：

> 予观小杜流连旖旎，放浪低徊，读其诗歌，使千载下有情人，惊魂动魄，何况云烟满纸，笔致绝尘乃尔耶！[49]

《张好好诗》到底讲了什么，以至让后人觉得"惊魂动魄"？

张好好其人

828 年，杜牧决定离开长安。他是新科进士，被授予了弘文馆校书郎、试左武卫兵曹参军职位。校书郎是从九品上的官，兵曹参军是正八品下的官，对进士来说，这是不错的起点，但杜牧仍决定出去走走。

这个决定多少和沈传师有关。当时的尚书右丞沈传师外放做江西观察使，沈传师的父亲沈既济和杜牧的爷爷杜佑关系密切，后来沈既济娶了杜佑的一位表外甥女，两家成了世交。因为父亲早亡，到杜牧这一代时，杜家的经济状况和社会地位都不如从前了，而沈传师作为长辈特别关照杜牧，力邀他去做幕僚。

杜牧的官场生涯是从江西开始的，和他一起开启这段生涯的人是张好好。

按唐代乐籍制度，五品以上可用女乐三人，三品以上可享用女乐一部。沈传师作为观察使至少是三品官，因此家中有不少官伎。张好好就是其中之一，那时她不过 13 岁，还是个新人。

829 年，张好好和杜牧在滕王阁第一次见面。

> 君为豫章姝，十三才有余。
> 翠茁凤生尾，丹叶莲含跗。
> 高阁倚天半，章江联碧虚。
> 此地试君唱，特使华筵铺。
> 主公顾四座，始讶来踟蹰。[50]

别长安

那天的宴会设在滕王阁,据杜牧后来回忆,它的规格很高。

杜牧踏着王勃当年走过的足迹,登上了滕王阁,阁外的景色正如当年所述:

落霞与孤鹜齐飞,秋水共长天一色。

优美的景色和到场的宾客,杜牧都没有记住,他只记住了一位初次登场的歌伎。

为宴会演奏的歌伎带着乐器徐徐而入,走在最后的是一位稚气未消的少女,这是她第一次试唱。看到四座那么多人,她有些腼腆,不知道该怎么办。在杜牧眼中,她就像羽翼刚刚丰满的凤凰,又好像一朵含苞待放的莲花,令人顿生怜爱。即使是见多识广的沈传师,也因初见张好好的容颜而略微失态。

吴娃起引赞,低徊映长裾。
双鬟可高下,才过青罗襦。
盼盼乍垂袖,一声离凤呼。
繁弦迸关纽,塞管裂圆芦。
众音不能逐,袅袅穿云衢。
主公再三叹,谓言天下殊。
赠之天马锦,副以水犀梳。

就在张好好踌躇时,有一个人站了出来,为在座的众人介绍今

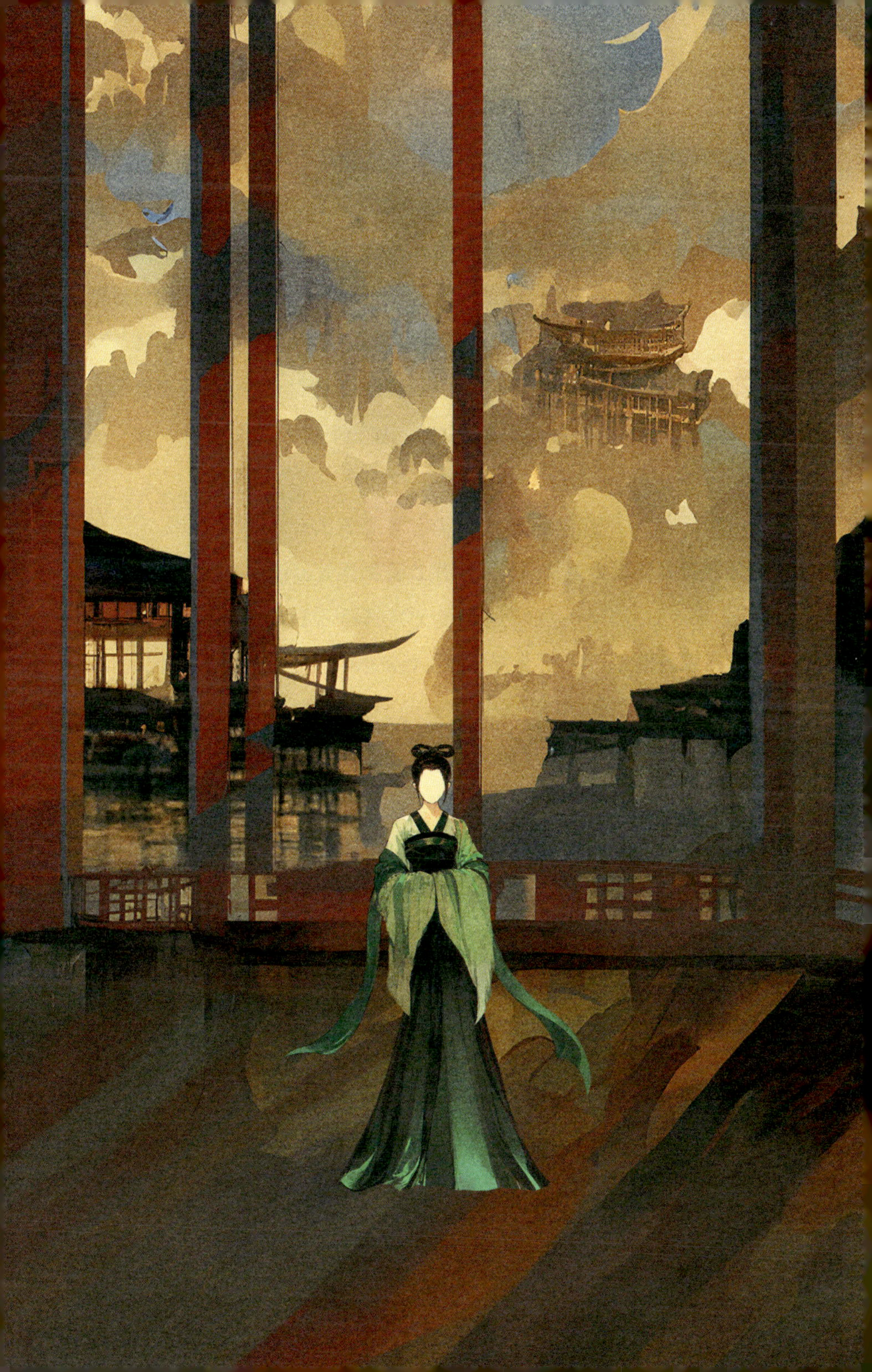

晚的主角。张好好这才缓步入内,她头上梳了双发髻,身穿青色短衫,垂袖的样子像极了名伎关盼盼。正当众人沉醉于张好好的仪态时,一声清脆悦耳的高音压过伴奏的丝竹管弦,闯入了众人的耳朵。歌声在阁内环绕,又从窗外徐徐而出,飘入夜空,久久不能散去。

众人回过神来,仍然不敢相信,她小小的身躯竟能发出如此高亢的音色。张好好的试唱无疑是成功的,沈传师再三夸奖了她的歌声,称天下少有,并当即赏赐了天马锦和水犀梳。

> 龙沙看秋浪,明月游东湖。
> 自此每相见,三日已为疏。
> 玉质随月满,艳态逐春舒。
> 绛唇渐轻巧,云步转虚徐。

自那以后,张好好几乎成了乐团的首席,沈传师的宴会成了她的舞台。白居易有一次在沈家喝酒,席间听到张好好的歌声,写下了《醉题沈子明壁》:

> 不爱君池东十丛菊,不爱君池南万竿竹。
> 爱君帘下唱歌人,色似芙蓉声似玉。
> 我有阳关君未闻,若闻亦应愁煞君。

白居易是音乐行家,家里有两位歌伎,也就是著名的"樱桃樊素口,杨柳小蛮腰"[51]。一位叫小蛮,舞技出众,"小蛮腰"的说法就是出自这里；另一位名叫樊素，歌喉无双，以一曲《阳关》出名。这也造就了成语"素口蛮腰"。白居易说这话，虽有炫耀自家歌伎之嫌，但也间接认可了张好好的水准。

有了白居易的背书，张好好的名气自不必说，其追求者不在少数，其中就有年轻的杜牧。近水楼台先得月，此后杜牧频频和张好好约会，去龙沙观秋浪，游东湖赏月，要是三天不见面，就会觉得感情有所生疏。

> 旌旆忽东下，笙歌随舳舻。
> 霜凋谢楼树，沙暖句溪蒲。
> 身外任尘土，樽前极欢娱。

830 年，沈传师调任宣歙观察使。按理说，张好好的乐籍在当地，官员离任是不能带走的。然而沈传师动用了自己的特权，将张好好的乐籍转到了宣州。

从此，宣州的景点也留下了杜牧和张好好的身影，谢朓楼上看霜凋，句溪河边见沙暖。这或许是杜牧人生中最快乐的时光，只要能和张好好在一起，管他身外尘和土，他开始理解历代君王为什么不爱江山爱美人了。

> 飘然集仙客，讽赋欺相如。
> 聘之碧瑶佩，载以紫云车。

> 洞闭水声远,月高蟾影孤。

可是,有多少初恋能修成正果呢?迎娶张好好的人,不是杜牧,而是沈传师的弟弟,集贤院士沈述师。婚礼十分隆重,对任何一个歌伎来说,没有比脱籍并嫁给官员更好的结果了。

张好好入了乐籍,就是"贱民",按规定,身在乐籍的人没有婚姻自由,而贵族官僚严禁良贱通婚。张好好没有选择的余地,与其说杜牧被沈述师抢先了一步,倒不如说沈述师比杜牧更敢于迈出那一步。

爱人要嫁人了,但新郎不是自己。此刻的杜牧或许更能体会李白在谢朓楼的忧愁。

> 抽刀断水水更流,举杯销愁愁更愁。[52]

据说,婚后的张好好为断杜牧的念想,给他写过一首诗:

> 孤灯残月伴闲愁,几度凄然几度秋。
> 哪得哀情酬旧约,从今而后谢风流。

故事如果到这里就结束,那这首诗也不过是一首普通的哀怨诗。

当昔日恋人重逢

有人说，要想忘记一段感情，最好的方法是开启一段新感情，爱的人多了，感情就会变淡。

杜牧从宣州来到了扬州，他的上司是牛僧孺。牛僧孺看中杜牧的才学，但他很快发现，杜牧对青楼的兴趣远胜于仕途。扬州几乎所有的歌伎都跟杜牧喝过几杯酒，唱过几首歌，他为她们写诗，诗里充满了醉生梦死的离愁。

整个扬州只有杜牧一个人觉得自己已经放下了这段感情，连牛僧孺都看得出他笑意下的愁楚，于是嘱咐下属看好杜牧，以免其走入歧途。

离开扬州的时候，杜牧已经有了很多段感情，有的深，有的浅，他确信对感情已能应对自如，直到他来到了洛阳，才发现自己错得一塌糊涂。

834年，在洛阳河桥酒肆，他再次见到了张好好。

> 尔来未几岁，散尽高阳徒。
> 洛城重相见，婥婥为当垆。

洛阳有几百家酒肆，为了招揽生意，酒肆老板让女子在存酒的地方招呼客人。卓文君当年和司马相如私奔，以千金之躯当垆卖酒，让卓家颜面扫地，体面尽失。可当时，他们至少是夫妻齐心，身累心甜。

然而张好好不一样。她当年备受追捧，一曲难求，赏赐丰厚，正如白居易在《琵琶行》中所写的：

五陵年少争缠头，一曲红绡不知数。

而如今在洛阳酒肆，张好好独自一人当垆叫卖，忍受着南来北往的人对她的挑剔。她要和那些招摇的女子争抢生意，在杜牧看来，这糟透了。

那年张好好不过18岁，已全然没有了往日的光彩，原先的稚气也被干练取代，她端茶倒酒的样子，熟练到让人心碎。

杜牧想走上前去，又停住了，千言万语涌到心间，还夹杂着当初的无奈。

当年婚礼的热闹场面还历历在目，如今她却在洛阳当垆卖酒，她已经被沈述师休了吗？为什么没有重新入籍？是不想，还是不能？事已至此，问这些已经没有意义了，这全都要怪当初的自己。

这样的重逢，该说些什么呢？杜牧回京后担任监察御史，官阶虽只有正八品下，但监察百官，权力不小。他算小有成就，可曾经仰慕的女神却好像沉入了湖底。

接下来故事会如何发展呢？

杜牧和当年一样，仍在犹豫，他当年不能娶一个歌伎，现在也不能娶一个当垆女，这有损他的门第、名声和仕途。

此时，张好好也发现了杜牧，虽然有一些尴尬，但她仍然大方地邀请杜牧坐下一叙。杜牧也只好坐下，他们聊到了从前，聊到了南昌和宣州。杜牧很怕她提起未来，提起当年那些海誓山盟。

但张好好一句也没有提。

两人聊着聊着陷入了沉默，透过窗外的柳枝，一道夕阳斜射进屋内，秋天和夜晚将一起到来，微风吹过街面，带走了最后一丝温柔。杜牧和张好好都明白，这是久违的重逢，也是永远的离别。

喝完最后一杯酒，杜牧站起身要走。

他正转身离开，张好好让他等一下。

杜牧回身站定，张好好走到他的身边，摸了摸杜牧的头，为他拔去一根白发，说：别太累了，你看，都有白头发了。

那一天，他们都没有说再见，因为他们知道，以后都不会再见了。

坊门即将关闭，杜牧走出酒肆，迎着回坊的人潮逆流而上。他的视线逐渐模糊，他仿佛正一步一步迈入水中，冰冷的水没过他的脚踝、膝盖乃至发梢。模糊中他看到一艘船，孤独地亮着火光，船尾有一人向他挥手，他拼命挣扎着想浮出水面，然而火光消失在了视线的尽头。这艘船要驶向远方，从此告别一切过往。

> 怪我苦何事，少年垂白须？
> 朋游今在否，落拓更能无？
> 门馆恸哭后，水云秋景初。
> 斜日挂衰柳，凉风生座隅。
> 洒尽满襟泪，短歌聊一书。

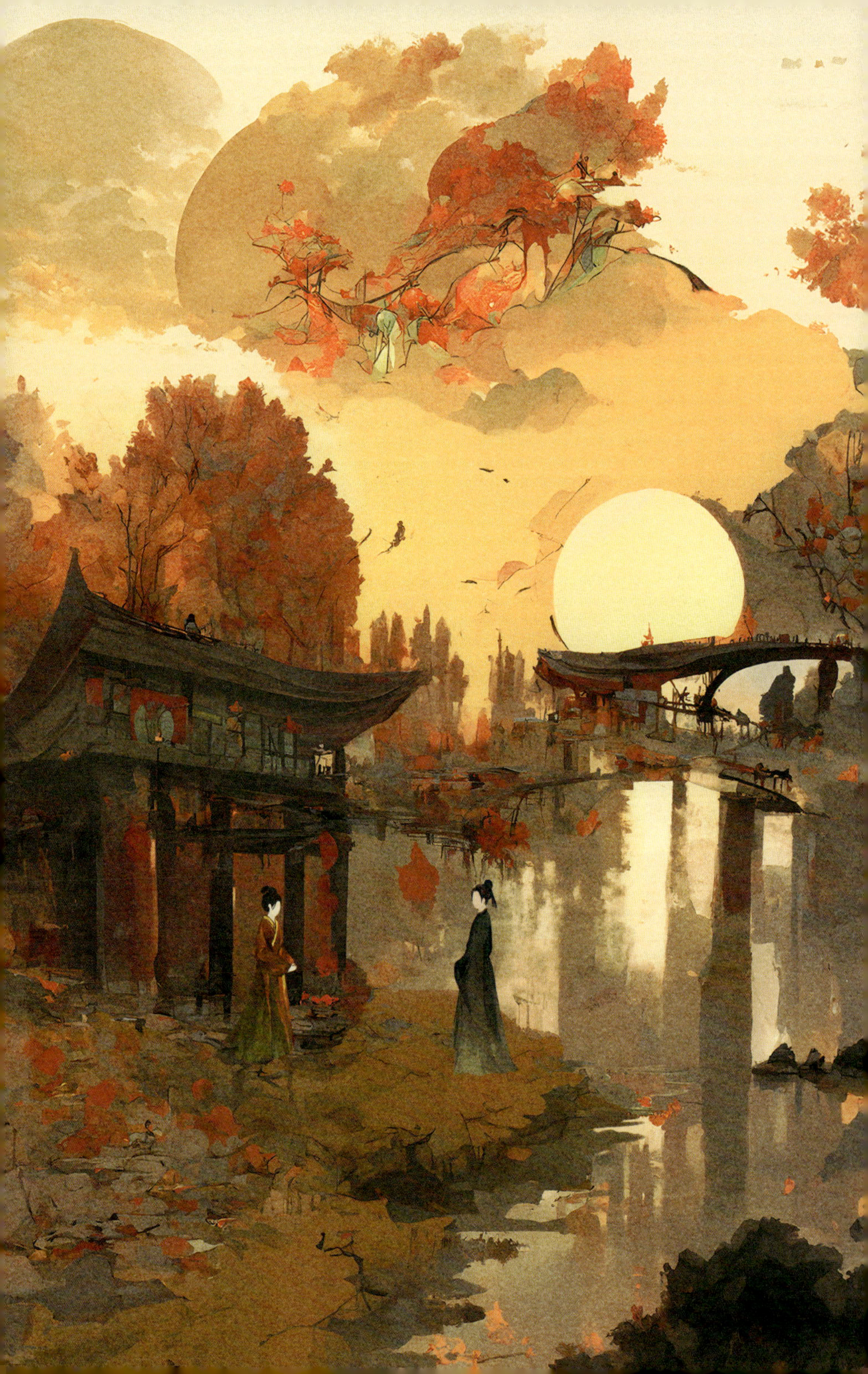

江城子·乙卯正月二十日夜记梦

宋 苏轼

十年生死两茫茫,
不思量,自难忘。
千里孤坟,无处话凄凉。
纵使相逢应不识,
尘满面,鬓如霜。

夜来幽梦忽还乡,
小轩窗,正梳妆。
相顾无言,惟有泪千行。
料得年年肠断处,
明月夜,短松冈。

十年生死两茫茫

在讲苏轼的这首词之前,先讲个关于爱情的故事。

1037年1月8日,四川眉州眉山县,大地笼罩在寒冬之中,人们都慵懒地待在家里,有一家人正在忙活着。随着一声婴儿的啼哭,一个男孩降生到了这个大家庭。

男孩的父亲姓苏,是个读书人,人们想知道他会给孩子取个怎样的名字。他凝望着门外的一辆车,在众人疑惑的目光中,慢慢转过身来,说了一个"轼"字。

那一天,没人知道,苏轼这个名字将会在中国文化史上留下怎样浓墨重彩的一笔。

苏轼其名

苏洵考科举的能力不行,但是在看人方面有一定的天赋,可以说,如果他去当算命的,历史上就会多一位苏半仙。

后来有人问苏洵,为什么给孩子取这么奇怪的名字。"轼"的意思是车把手,"辙"的意思是车轱辘印,不知道的还以为他家世代做车夫呢。苏洵写了一篇《名二子说》来解释这个问题。

> 轮、辐、盖、轸,皆有职乎车,而轼独若无所为者。虽然,去轼,则吾未见其为完车也。轼乎,吾惧汝之不外饰也。天下之车莫不由辙,而言车之功者,辙不与焉。虽然,车仆马毙,而患亦不及辙。是辙者,善处乎祸福之间也。辙乎,吾知免矣。[53]

意思是,车轮、车辐条、车顶、车厢是一辆车的重要组成部分。轼是车子前面的扶手,大多数时候用不到,但要是缺了轼,一辆车就不完整了。车子行走的方向由车辙把控,论功劳的话,却和车辙没关系。不过,要是哪天车子出事了,也怪不着车辙。

苏轼性格锋芒毕露,以后到社会上恐怕要出事,苏洵给他取名为"轼",是希望他能低调一点。苏辙踏踏实实做事,懂得低调,为人本分,苏洵不用太担心他。

苏洵写这篇文章的时候,苏轼11岁,苏辙8岁。有人说,苏洵在两兄弟这么小的时候就看透了他们的一生,真厉害。但名字是在两兄弟刚出生时取的,所以苏洵担得起"苏半仙"这个称号。

苏洵想给苏轼找一位沉稳的妻子。以苏轼的性格,如果他自己找妻子,那很可能会出事。

为什么这么说呢?主要是因为有前车之鉴。苏轼在眉州有个放荡不羁的好朋友,叫陈季常。他的父亲是北宋名臣陈希亮,家财万贯,他是家里最小的儿子,过得很随性。

苏轼后来写过一篇《方山子传》（方山子就是陈季常），说他年轻时"使酒好剑，用财如粪土"[54]。这样一个豪侠人物，日子自然过得极为潇洒。《小窗幽记》中记载：

> 陈慥家蓄数姬，每日晚藏花一枝，使诸姬射覆，中者留宿，时号"花媒"。[55]

这样一位风流倜傥的人物，娶了一位什么样的妻子呢？苏轼的《寄吴德仁兼简陈季常》写到了陈季常和他妻子：

> 龙邱居士亦可怜，谈空说有夜不眠。
> 忽闻河东狮子吼，拄杖落手心茫然。[56]

"河东狮吼"这个成语就是由此而来。

唤鱼池

当地有个中岩书院，那里的先生叫王方，进士出身，是苏洵的好友。苏洵就把苏轼送到中岩书院去读书。

那里有座中岩寺，寺中慈姥岩下有一泓碧潭，苏轼经常到这里观鱼。这些鱼平时都在岩石底下，苏轼每次去投喂都击掌三声，久而久之，这些鱼形成了条件反射。

有一次苏轼向王方提议，美景当有美名。王方觉得有道理，于

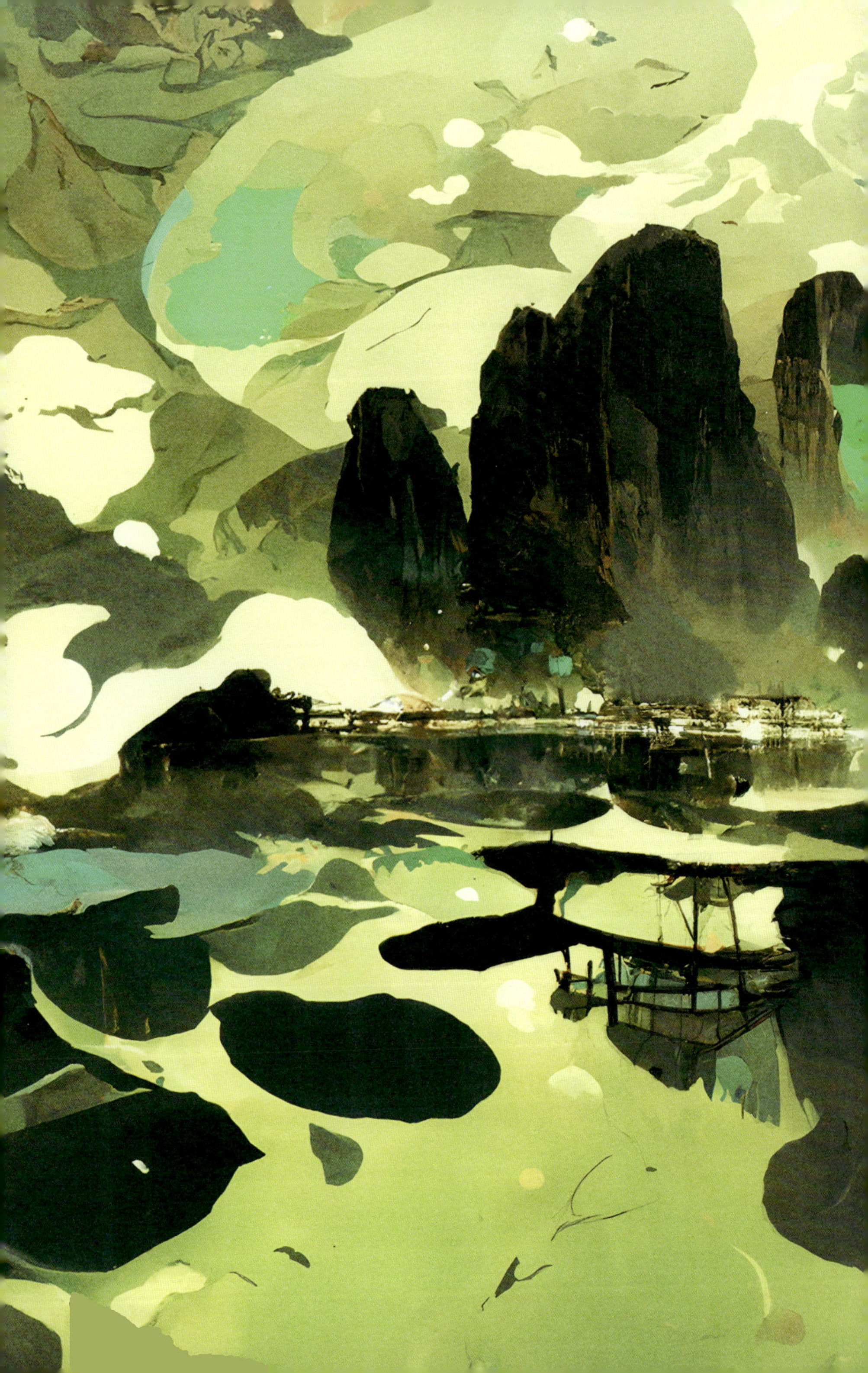

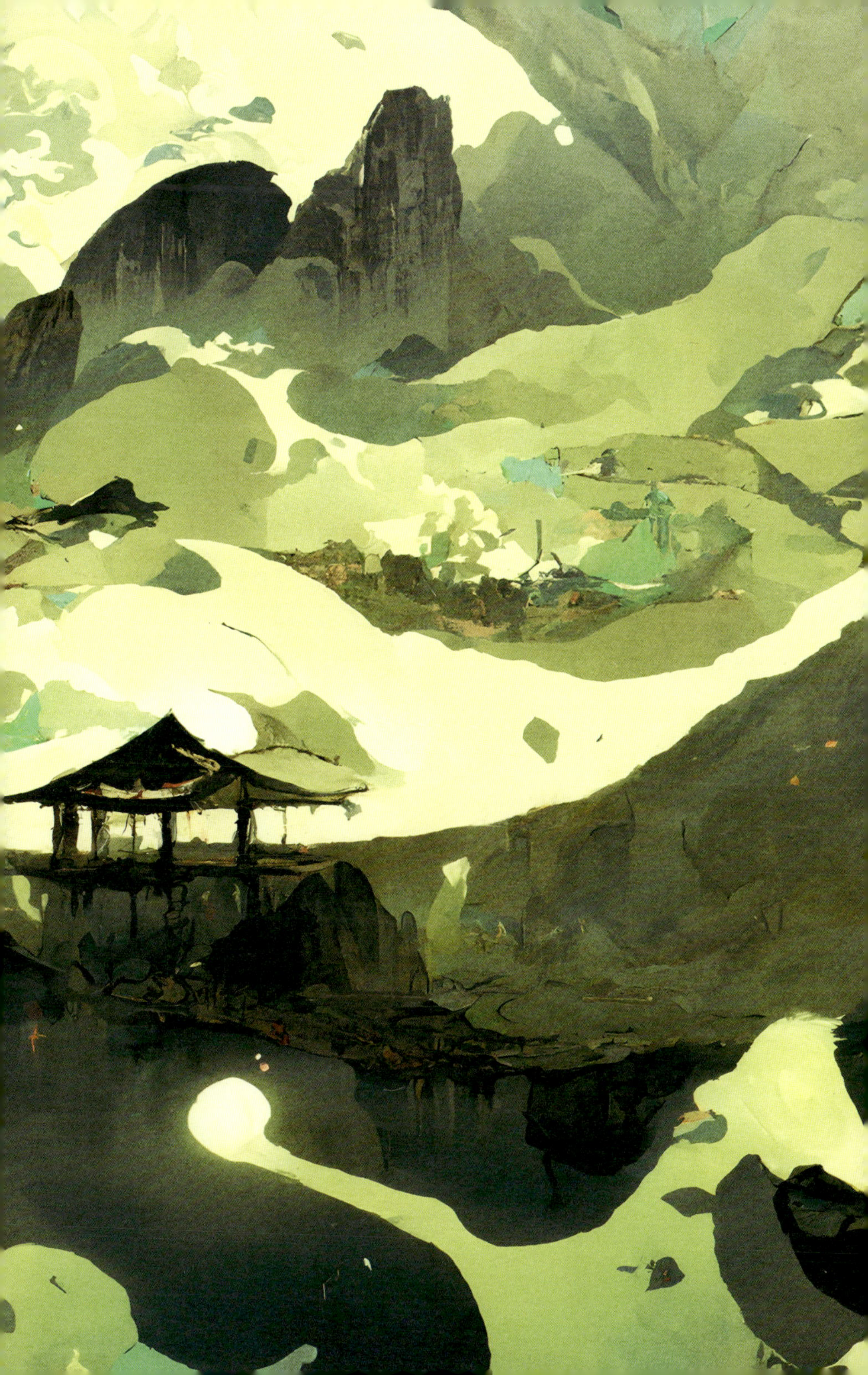

是举办了一场征名活动,各路秀才文人都来投稿,但他对这些名字都不满意。这时候苏轼慢悠悠地拿出了自己的题名。

王方看了一眼,觉得名字非常别致。正当苏轼得意的时候,王方家里的丫鬟拿来一帖,说小姐也题了一个名字。

王方拆开一看,哈哈大笑,拿给苏轼看。苏轼大吃一惊,原来王小姐的题名和他的一模一样,都是"唤鱼池"。

缘分来的时候,挡都挡不住。

王家小姐名叫王弗,那一年,苏轼19岁,王弗16岁。

王弗嫁进苏家的第二年,苏洵带苏轼和苏辙上京赶考。当年的主考官是梅尧臣和欧阳修,梅尧臣看了苏轼的文章觉得非常好,推荐给了欧阳修。欧阳修看完这篇文章,觉得应该给苏轼第一名,但怀疑是自己的学生曾巩写的,为了避嫌,就给了苏轼第二名。

苏轼和苏辙都中了进士。苏洵考了一辈子没考上,两个儿子考一次就中了。

实际上,王弗对苏轼的影响被大大低估了。古时候人们都认为,妻子只要温柔贤惠,把家里打理得井井有条就可以了。苏轼一开始也觉得妻子只要管好家,照顾好自己的起居就行了。但他写文章时偶尔会忘词,要去查典故的时候,王弗总能适时地提醒他应该用什么词。苏轼拿了几本书来考王弗,没想到她对答如流,一下子让苏轼刮目相看。

温柔贤淑,知书达理,能和苏轼进行思想碰撞,这些还不是王弗对苏轼最大的帮助。

苏轼曾经对弟弟自夸说:

吾上可陪玉皇大帝，下可以陪卑田院乞儿。眼前见天下无一个不好人。[57]

苏轼的才情、知识和不拘小节，确实能让他和很多人高谈阔论，但也可能招来祸端。苏轼当官后，交往的人多了，他习惯热情地招待每一位客人。

有一次送走客人后，王弗对苏轼说："某人也，言辄持两端，惟子意之所向，子何用与是人言。"[58] 意思是，这人说话两头倒，你说什么，他附和什么，要小心他。

有个人想与苏轼拉近关系，王弗事后说："恐不能久。其与人锐，其去人必速。"[59] 事后那个人果然翻脸比翻书还快。

不得不说苏洵给苏轼找了一位贤内助。苏轼是藏不住心思的人，王弗的性格和苏轼正好相反，她低调、谦卑、稳重、不张扬，又懂得人情世故，正好弥补了苏轼的不足。假如王弗一直陪着苏轼，苏轼这辈子的成就，恐怕不止于诗词歌赋。可是历史没有假如。

十年生死两茫茫

讲到这里，终于要讲这首《江城子·乙卯正月二十日夜记梦》了。

我以前问一个不懂诗词的朋友，说到宋词能想起哪首。朋友说一首也背不出，只知道一句"十年生死两茫茫"。那么，这首词到底讲了什么呢？

王弗 27 岁因病离世，那是他们结婚的第十个年头。苏轼的命运仿佛从王弗离开的那一刻急转直下。

王弗去世的第二年，苏洵也离世了，他临终前叮嘱苏轼，要把王弗葬在苏家祖坟。

这一年，苏轼和苏辙带着父亲和王弗的灵柩乘船归蜀，把王弗葬在父母墓地西北方八步的地方。苏轼写下了《亡妻王氏墓志铭》。

1075 年正月二十日，在王弗死后的第十年，苏轼梦到了王弗，写下了这首《江城子·乙卯正月二十日夜记梦》：

十年生死两茫茫，不思量，自难忘。千里孤坟，无处话凄凉。纵使相逢应不识，尘满面，鬓如霜。

夜来幽梦忽还乡，小轩窗，正梳妆。相顾无言，惟有泪千行。料得年年肠断处，明月夜，短松冈。[60]

亲人离世的一瞬间，或许不是活着的人最悲伤的时候。有时候参加追悼会就像走个流程，大家排成一队，依次和遗体告别，有人见了遗体突然大哭，走过后恢复平静，转了一圈轮到你，你突然又大哭，循环往复，仿佛一个定时开关。

等仪式结束后，大家在一起吃顿饭，多日不见的亲友互诉衷肠，仿佛一场久违的家庭聚会。或许没人在乎是多了一个人还是少了一个人，一切很快就会归于平常。

然而，可能某天你正在厨房做菜，想起电视还开着，于是脱口而出："XXX，把电视关了。"下一秒，你才想起来那个人已经不在了。

1075年正月二十日的夜晚，苏轼也经历了这样一个瞬间：他突然想起王弗已经离开10年了。此时苏轼身在密州，距四川千里之遥，满心凄凉不知与谁诉说。

十年生死两茫茫，不思量，自难忘。千里孤坟，无处话凄凉。

即使我们现在相见，你大概也认不出我了吧，那时候我19岁，你16岁，可现在我已经是个老头儿了。

苏轼因反对王安石变法而遭到诬陷，被迫离开京城，四处漂泊。

纵使相逢应不识，尘满面，鬓如霜。

梦里忽然回到了故乡，我们还在一起，透过小轩窗，我看到你正在梳妆。我想和你说点什么，却怎么也开不了口，眼泪止不住地流。

夜来幽梦忽还乡，小轩窗，正梳妆。相顾无言，惟有泪千行。

我在埋葬你的地方，前前后后种了很多棵松树，当年种下去的时候，它们还只是小树苗。多年来，我时常会想到你，当年种下的

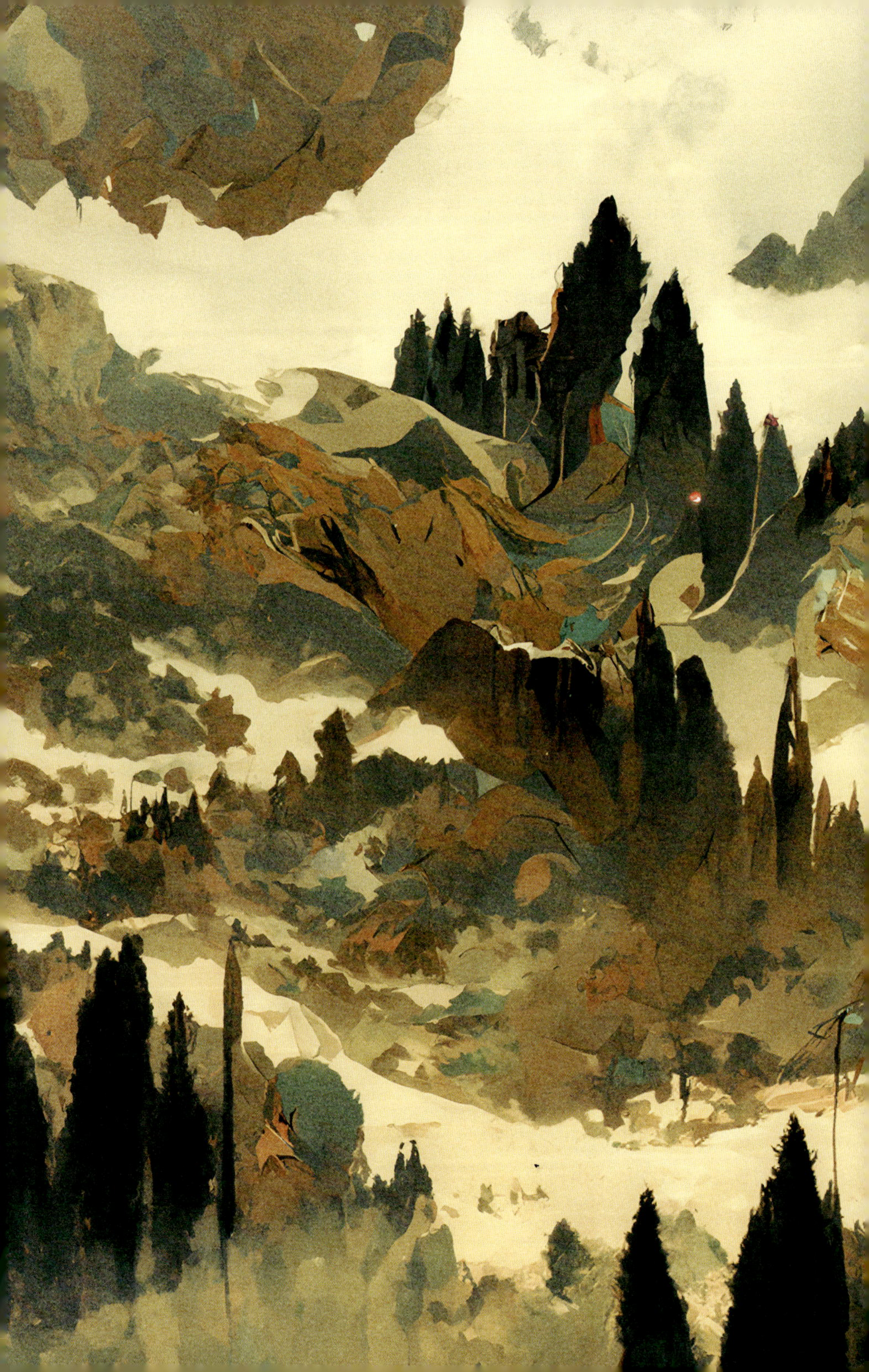

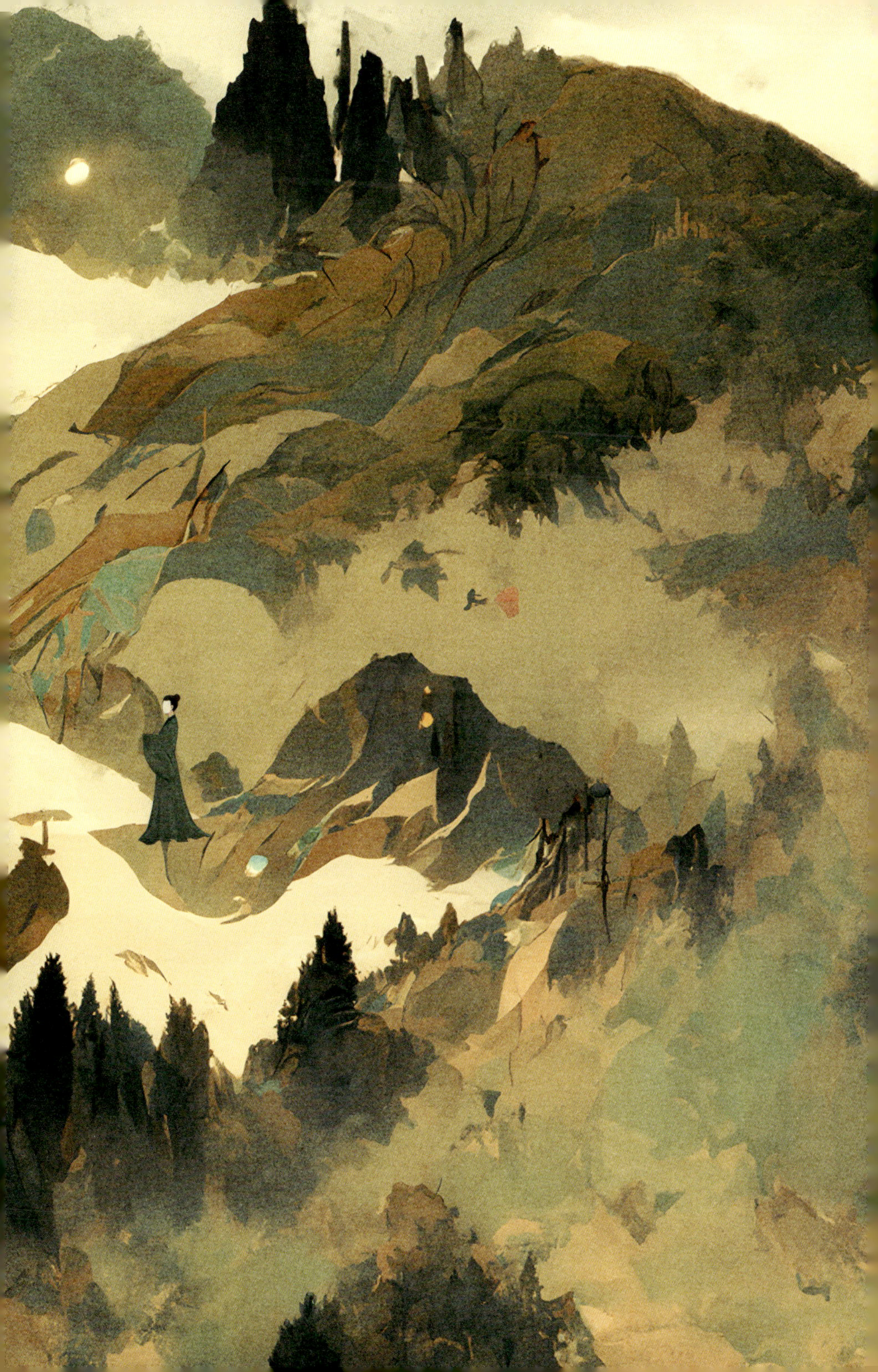

松树现在是不是已经布满了山冈呢?

> 料得年年肠断处,明月夜,短松冈。

那一年苏轼将近40岁,在那个夜晚,他写出了刻骨铭心的悼亡词。

注 释

第一篇 正是江南好风景——感怀

1. 纪昀.四库全书总目提要[M].石家庄：河北人民出版社，2000：5110.
2. 王步高.唐诗三百首汇评（修订本）[M].南京：凤凰出版社，2017：1004.
3. 同上。
4. 同上。
5. 郭茂倩.乐府诗集[M].北京：中华书局，1979：569.
6. 刘昫等.旧唐书：卷一百九十（中）[M].北京：中华书局，2013：5034.
7. 欧阳修，宋祁.新唐书：卷二百零二[M].北京：中华书局，2013：5764.
8. 郑处诲，田廷柱.明皇杂录[M].北京：中华书局，1994：64.
9. 彭定求等.全唐诗（增订本）[M].北京：中华书局，1999：265-266.
10. 陈子昂，徐鹏.陈子昂集（修订本）[M].上海：上海古籍出版社，2013：276.
11. 陈子昂的生年存在诸多争议，一说为658年，参见：韩理洲.陈子昂生卒年考辩[J].西南师范大学学报（人文社会科学版），1980（04）。一说为659年，参见：吴明贤.《陈子昂生卒年辨》补证[J].重庆师院学报（哲学社会科学版），1983（03）。一说为661年，参见：陈子昂，徐鹏.陈子昂集（修订本）[M].上海：上海古籍出版社，

2013：318。本文采用第三种说法。

12. 陈子昂,徐鹏.陈子昂集（修订本）[M].上海：上海古籍出版社,2013：149-150.

13. 刘昫等.旧唐书：卷一百零九[M].北京：中华书局,2013：112.

14. 同上。

15. 司马光,胡三省.资治通鉴：卷二百零三[M].北京：中华书局,2013：6639-6640.

16. 司马光,胡三省.资治通鉴：卷二百零三[M].北京：中华书局,2013：6619.

17. 陈子昂,徐鹏.陈子昂集（修订本）[M].上海：上海古籍出版社,2013：10.

18. 陈子昂,徐鹏.陈子昂集（修订本）[M].上海：上海古籍出版社,2013：5.

19. 陈子昂,徐鹏.陈子昂集（修订本）[M].上海：上海古籍出版社,2013：237.

20. 陈子昂,徐鹏.陈子昂集（修订本）[M].上海：上海古籍出版社,2013：25.

21. 缪文远,缪伟,罗永莲.战国策（下）[M].北京：中华书局,2012：941-942.

22. 刘昫等.旧唐书：卷七十一[M].北京：中华书局,2013：2561.

23. 欧阳修,宋祁.新唐书：卷一百二十六[M].北京：中华书局,2013：4424.

24. 欧阳修,宋祁.新唐书：卷一百二十六[M].北京：中华书局,2013：4427.

25. 刘昫等.旧唐书：卷一百九十[M].北京：中华书局,2013：5004.

26. 董诰.全唐文[M].上海：上海古籍出版社,1990：1988.

27. 刘昫等.旧唐书：卷一百零六[M].北京：中华书局,2013：3235.

28. 司马光,胡三省.资治通鉴：卷二百一十四[M].北京：中华书局,

2013：7030.

29. 彭定求等.全唐诗（增订本）[M].北京：中华书局，1999：575.
30. 彭定求等.全唐诗（增订本）[M].北京：中华书局，1999：594.
31. 刘昫等.旧唐书：卷一百零七[M].北京：中华书局，2013：3264.
32. 刘昫等.旧唐书：卷九[M].北京：中华书局，2013：234.
33. 李白，瞿蜕园，朱金城.李白集校注[M].上海：上海古籍出版社，1980：661.
34. 李白，瞿蜕园，朱金城.李白集校注[M].上海：上海古籍出版社，1980：552.
35. 欧阳修，宋祁.新唐书：卷二百零二[M].北京：中华书局，2013：5763.
36. 葛景春.李白诗选[M].北京：中华书局，2009.
37. 李白，瞿蜕园，朱金城.李白集校注[M].上海：上海古籍出版社，1980：1280.
38. 李白，瞿蜕园，朱金城.李白集校注[M].上海：上海古籍出版社，1980：275.
39. 叶嘉莹.谈李白、杜甫的友谊和天才的寂寞——从杜甫《赠李白》诗说起[J].北京师范大学学报，1982（3）：1-13
40. 蘅塘退士，陈婉俊.唐诗三百首[M].上海：上海古籍出版社，2022：243.
41. 黄生.黄生全集[M].合肥：安徽大学出版社，2009.
42. 蘅塘退士，陈婉俊.唐诗三百首[M].上海：上海古籍出版社，2022：243-244.
43. 刘昫等.旧唐书：卷八[M].北京：中华书局，2013：165.
44. 司马光，胡三省.资治通鉴：卷二百一十一[M].北京：中华书局，2013：6899-6900.
45. 蘅塘退士，陈婉俊.唐诗三百首[M].上海：上海古籍出版社，2022：223.

46. 蘅塘退士，陈婉俊. 唐诗三百首 [M]. 上海：上海古籍出版社，2022：5.

第二篇　与尔同销万古愁——咏志

1. 彭定求等. 全唐诗（增订本）[M]. 北京：中华书局，1999：2454.
2. 司马光，胡三省. 资治通鉴：卷二百零三 [M]. 北京：中华书局，2013：6609.
3. 冯梦龙. 醒世恒言：卷四十 [M]. 海口：海南出版社，1993：708.
4. 冯梦龙. 醒世恒言：卷四十 [M]. 海口：海南出版社，1993：709.
5. 同上。
6. 冯梦龙. 醒世恒言：卷四十 [M]. 海口：海南出版社，1993：712.
7. 刘昫等. 旧唐书：卷一百九十（上）[M]. 北京：中华书局，2013：5005.
8. 同上。
9. 同上。
10. 王勃. 王勃集：卷四 [M]. 太原：三晋出版社，2017.
11. 王勃，蒋清翊. 王子安集注：卷四 [M]. 上海：上海古籍出版社，1995：145.
12. 王勃，蒋清翊. 王子安集注：卷六 [M]. 上海：上海古籍出版社，1995：189.
13. 王勃，蒋清翊. 王子安集注：卷六 [M]. 上海：上海古籍出版社，1995：241.
14. 彭定求等. 全唐诗（增订本）[M]. 北京：中华书局，1999：1684-1685.
15. 李林甫等，陈仲夫. 唐六典 [M]. 北京：中华书局，1992.
16. 余光中. 余光中集（第 2 卷）[M]. 天津：百花文艺出版社，2003：479.
17. 李白，瞿蜕园，朱金城. 李白集校注 [M]. 上海：上海古籍出版社，1980：228
18. 李白，王琦. 李太白全集 [M]. 北京：中华书局，1999：2.
19. 曹植，黄节. 曹子建诗注 [M]. 北京：中华书局，2008.
20. 王维，陈铁民. 王维集校注 [M]. 北京：中华书局，1997：191.

21. 张进，侯雅文，董就雄. 王维资料汇编 [M]. 北京：中华书局，2014.
22. 杜甫，仇兆鳌. 杜诗详注 [M]. 北京：中华书局，1979.
23. 辛文房，傅璇琮. 唐才子传校笺：第 2 册 [M]. 北京：中华书局，1995：96.
24. 李白，瞿蜕园，朱金城. 李白集校注 [M]. 上海：上海古籍出版社，1980：610–611.
25. 王维，陈铁民. 王维集校注 [M]. 北京：中华书局，1997：484.
26. 彭定求等. 全唐诗（增订本）[M]. 北京：中华书局，1999：1481.
27. 关于刘长卿的登进士第时间，存在诸多争议。一说为天宝十四载（755 年），参见：杨世明. 刘长卿行年考述 [J]. 四川师范学院学报（哲学社会科学版），1990（4）。一说为至德二载（757 年），参见：刘长卿，储仲君. 刘长卿诗编年笺注 [M]. 北京：中华书局，1996：580。一说为天宝七载（748 年）或八载（749 年），参见：胡可先. 刘长卿事迹新证 [J]. 学术研究，2008（6）。此处采用第一种说法。
28. 彭定求等. 全唐诗（增订本）[M]. 北京：中华书局，1999：1560.
29. 司马迁，陈曦等. 史记（全十册）[M]. 北京：中华书局，2019：3021.
30. 蘅塘退士，陈婉俊. 唐诗三百首 [M]. 上海：上海古籍出版社，2022：201.
31. 彭定求等. 全唐诗（增订本）[M]. 北京：中华书局，1999：1538.
32. 刘昫等. 旧唐书：卷一百六十 [M]. 北京：中华书局，2013：4214.
33. 蘅塘退士，陈婉俊. 唐诗三百首 [M]. 上海：上海古籍出版社，2022：193.
34. 刘昫等. 旧唐书：卷十四 [M]. 北京：中华书局，2013：418.
35. 蘅塘退士，陈婉俊. 唐诗三百首 [M]. 上海：上海古籍出版社，2022：230−231.
36. 苏轼曾在《东坡题跋》中评论称："柳子厚云：'千山鸟飞绝，万径人踪灭。'人性有隔也哉！殆天所赋，不可及也已。"

第三篇　夜半钟声到客船——言愁

1. 辛文房，傅璇琮.唐才子传校笺：第3册[M].北京：中华书局，1987：450.
2. 辛文房，傅璇琮.唐才子传校笺：第3册[M].北京：中华书局，1987：449.
3. 同上。
4. 同上。
5. 辛文房，傅璇琮.唐才子传校笺：第3册[M].北京：中华书局，1987：446.
6. 黄生等，何庆善.唐诗评三种[M].合肥：黄山书社，1995.
7. 彭定求等.全唐诗（增订本）[M].北京：中华书局，1999：1705.
8. 王步高.唐诗三百首汇评（修订本）[M].南京：凤凰出版社，2017.
9. 彭定求等.全唐诗（增订本）[M].北京：中华书局，1999：2712.
10. 蘅塘退士，陈婉俊.唐诗三百首[M].上海：上海古籍出版社，2022：254.
11. 蘅塘退士，陈婉俊.唐诗三百首[M].上海：上海古籍出版社，2022：255.
12. 蘅塘退士，陈婉俊.唐诗三百首[M].上海：上海古籍出版社，2022：253.
13. 王国维.人间词话[M].北京：中华书局，2014：17.
14. 同上。
15. 彭定求等.全唐诗（增订本）[M].北京：中华书局，1999：10118-10119.
16. 李清照，徐培均.李清照集笺注[M].上海：上海古籍出版社，2002：14.
17. 李清照，徐培均.李清照集笺注[M].上海：上海古籍出版社，2002：20.
18. 李清照，徐培均.李清照集笺注[M].上海：上海古籍出版社，2002：238.

19. 李清照，徐培均. 李清照集笺注 [M]. 上海：上海古籍出版社，2002：472.
20. 蘅塘退士，陈婉俊. 唐诗三百首 [M]. 上海：上海古籍出版社，2022：144.
21. 唐圭璋. 全宋词 [M]. 北京：中华书局，1965.
22. 李清照，徐培均. 李清照集笺注 [M]. 上海：上海古籍出版社，2002：161–162.
23. 辛弃疾，辛更儒. 辛弃疾集编年笺注 [M]. 北京：中华书局，2015：520.
24. 王国维. 人间词话 [M]. 北京：中华书局，2014：28.
25. 李有棠，崔文印. 金史纪事本末：卷二十七 [M]. 北京：中华书局，2015.
26. 徐梦莘. 三朝北盟会编：卷二百四十九 [M]. 上海：上海古籍出版社，2019.
27. 辛弃疾，辛更儒. 辛弃疾集编年笺注 [M]. 北京：中华书局，2015：1712.
28. 辛弃疾，辛更儒. 辛弃疾集编年笺注 [M]. 北京：中华书局，2015：2214.
29. 辛弃疾，辛更儒. 辛弃疾集编年笺注 [M]. 北京：中华书局，2015：457.
30. 陈邦瞻. 宋史纪事本末 [M]. 北京：中华书局，2015：802.
31. 辛弃疾，辛更儒. 辛弃疾集编年笺注 [M]. 北京：中华书局，2015：225.
32. 阚海娟. 梦粱录新校注 [M]. 成都：巴蜀书社，2015：6.
33. 同上。

第四篇　十年生死两茫茫——道别

1. 关于两首《别董大》的创作时间，有几种不同的说法：一是都作于747年，二是都作于764年，三是"六翮飘飖私自怜"这首作于747年，"千里黄云白日曛"这首作于764年。目前没有定论，我个人倾向于第三种说法，这也是本文的思路依据。

2. 关于董大是谁，敦煌写本《唐诗选》残卷题为《别董令望》，此董令望不可考。有学者认为，董大就是当时著名的琴师董庭兰。本文采用第二种说法。

3. 彭定求等.全唐诗（增订本）[M].北京：中华书局，1999：2242.

4. 韩婴，屈守元.韩诗外传笺疏[M].成都：巴蜀书社，2012.

5. 关于该诗的题目仍存在争议，程千帆先生和施蛰存先生在总结前人研究的基础上分别提出各自的意见：程先生认为此题目应为《听董大弹胡笳声兼寄语房给事》，施先生则认为应是《听董大弹胡笳声兼语弄寄房给事》。

6. 刘昫等.旧唐书：卷一百八十七（下）[M].北京：中华书局，2013：4900.

7. 高适，刘开扬.高适诗集编年笺注[M].北京：中华书局，2018：228.

8. 袁枚.随园诗话[M].杭州：浙江古籍出版社，2015：379.

9. 李白，王琦.李太白全集[M].北京：中华书局，1999：645.

10. 李子龙.关于汪伦其人[J].李白学刊，1989（2）：194-199.

11. 袁枚.随园诗话[M].杭州：浙江古籍出版社，2015：379.

12. 李白，王琦.李太白全集[M].北京：中华书局，1999：1598.

13. 李白，王琦.李太白全集[M].北京：中华书局，1999：1067.

14. 同上。

15. 李白，王琦.李太白全集[M].北京：中华书局，1999：646.

16. 梁川等.唐诗三百首鉴赏[M].北京：北京理工大学出版社，2008：191-193.

17. 方东树，汪绍楹.昭昧詹言：第12卷[M].北京：人民文学出版社，1961：248.

18. 岑参，廖立.岑嘉州诗笺注[M].北京：中华书局，2004：317.

19. 王勃，蒋清翊.王子安集注：卷三[M].上海：上海古籍出版社，1995：84.

20. 欧阳修，宋祁. 新唐书：卷二百二十一（下）[M]. 北京：中华书局，2013：6265.
21. 岑参，廖立. 岑嘉州诗笺注[M]. 北京：中华书局，2004：341.
22. 李白，瞿蜕园，朱金城. 李白集校注[M]. 上海：上海古籍出版社，1980：279.
23. 王维，陈铁民. 王维集校注[M]. 北京：中华书局，1997：133.
24. 李白，瞿蜕园，朱金城. 李白集校注[M]. 上海：上海古籍出版社，1980：279.
25. 岑参，廖立. 岑嘉州诗笺注[M]. 北京：中华书局，2004：764.
26. 欧阳修，宋祁. 新唐书：卷一百三十五[M]. 北京：中华书局，2013：4578.
27. 岑参，廖立. 岑嘉州诗笺注[M]. 北京：中华书局，2004：369.
28. 刘昫等. 旧唐书：卷一百零九[M]. 北京：中华书局，2013：3298.
29. 司马光，胡三省. 资治通鉴：卷二百一十六[M]. 北京：中华书局，2013：7115-7116.
30. 杜佑，王文锦等. 通典：卷一百八十五[M]. 北京：中华书局，1988：4980.
31. 彭定求等. 全唐诗（增订本）[M]. 北京：中华书局，1999：4654.
32. 彭定求等. 全唐诗（增订本）[M]. 北京：中华书局，1999：4520.
33. 余嘉锡. 四库提要辨证：第3册[M]. 北京：中华书局，1980：1029.
34. 同上。
35. 范摅，唐雯. 云溪友议校笺[M]. 北京：中华书局，2017：164.
36. 王建，尹占华. 王建诗集校注（上）[M]. 上海：上海古籍出版社，2020：433.
37. 白居易，谢思炜. 白居易诗集校注[M]. 北京：中华书局，2006：55.
38. 鲁迅. 中国小说史略[M]. 长春：时代文艺出版社，2009：57.
39. 章剑，胡炼. 中国文化东渐对日本文学的影响——以《和汉朗咏集》为例[J]. 中南民族大学学报（人文社会科学版），2023，43（02）：

73-74.
40. 王步高. 唐诗三百首汇评（修订本）[M]. 南京：凤凰出版社，2017.
41. 彭定求等. 全唐诗（增订本）[M]. 北京：中华书局，1999：3570.
42. 白居易，谢思炜. 白居易诗集校注 [M]. 北京：中华书局，2006：1240.
43. 白居易，谢思炜. 白居易诗集校注 [M]. 北京：中华书局，2006：943.
44. 彭定求等. 全唐诗（增订本）[M]. 北京：中华书局，1999：9350.
45. 白居易，谢思炜. 白居易诗集校注 [M]. 北京：中华书局，2006：1042.
46. 白居易，谢思炜. 白居易诗集校注 [M]. 北京：中华书局，2006：2928.
47. 彭定求等. 全唐诗（增订本）[M]. 北京：中华书局，1999：6194-6195.
48. 杜牧，吴在庆. 杜牧集系年校注 [M]. 北京：中华书局，2008：15.
49. 杜牧，吴在庆. 杜牧集系年校注 [M]. 北京：中华书局，2008：80.
50. 杜牧，吴在庆. 杜牧集系年校注 [M]. 北京：中华书局，2008：72.
51. 白居易，谢思炜. 白居易诗集校注 [M]. 北京：中华书局，2006：2619.
52. 蘅塘退士，陈婉俊. 唐诗三百首 [M]. 上海：上海古籍出版社，2022：52.
53. 曾枣庄，刘琳. 全宋文：第43册 [M]. 上海：上海辞书出版社，2006：161-162.
54. 曾枣庄，刘琳. 全宋文：第91册 [M]. 上海：上海辞书出版社，2006：399.
55. 陆绍珩. 小窗幽记 [M]. 南昌：江西人民出版社，2016：159.
56. 苏轼，王文诰. 苏轼诗集 [M]. 北京：中华书局，1982：1341.
57. 林语堂. 苏东坡传 [M]. 北京：新世界出版社，2015：7.
58. 曾枣庄，刘琳. 全宋文：第92册 [M]. 上海：上海辞书出版社，2006：83.
59. 同上。
60. 邹同庆，王宗堂. 苏轼词编年校注 [M]. 北京：中华书局，2002：141.